Eileen MacDonald

›Erschießt zuerst die Frauen‹

Aus dem Englischen übersetzt
von Annette Charpentier

Klett-Cotta

Verlag Klett-Cotta
Die Originalausgabe erschien unter dem Titel
»Shoot the women first«
im Verlag The Fourth Estate, London

Printed in Germany
Umschlag: Klett-Cotta-Design
Gesetzt aus der 9 Punkt Sabon von
Steffen Hahn FotoSatzEtc., Kornwestheim
Auf säurefreiem und holzfreiem Werkdruckpapier gedruckt von
Gutmann, Heilbronn
Gebunden von Röck, Weinsberg

Die Deutsche Bibliothek – CIP-Einheitsaufnahme
MacDonald, Eileen:
Erschiesst zuerst die Frauen/Eileen MacDonald.
Aus dem Engl. übers. von Annette Charpentier. –
Stuttgart: Klett-Cotta, 1992
Einheitssacht.: Shoot the women first <dt.>
ISBN 3-608-95847-9

Trifft der Himalayawanderer einen Bären auf dem Steg,
Ruft er laut, und manchmal kehrt das Untier sich vom Weg.
Doch die Bärin reißt in Stücke jeden Rufer, macht nicht Halt:
Tödlicher ist jede Art in ihrer weiblichen Gestalt.

Rudyard Kipling
(deutsch von Joachim Kalka)

»Erschießt zuerst die Frauen«

Gespräche mit Antiterrorismus-Einheiten

Vor einigen Jahren schloß ich mich einer Gruppe radikaler Tierschützer an, um eine Reportage über sie zu schreiben. Einige von ihnen standen unter dem Verdacht, Bomben unter Autos von Wissenschaftlern gelegt zu haben, die an Vivisektionen und anderen Tierversuchen teilgenommen hatten. Ich hatte vermutet, solche Gewalttaten würden von Männern ausgeübt. Doch innerhalb der Gruppe fand ich heraus, daß Frauen sich nicht nur in der Mehrheit befanden, sondern die Gruppe tatsächlich anführten. Ich hatte gelesen, daß Frauen in solchen Gruppen gewöhnlich nur eine untergeordnete Rolle spielten, etwa als Freundinnen der Männer. Mir wurde jedoch rasch klar, daß die Männer zwar eine Menge redeten und planten, doch es waren die Frauen, die bis spät in die Nacht aufblieben, um die Aktionen auszuführen. Sie schienen mehr Energie zu haben und sich der Sache stärker verpflichtet zu fühlen als die Männer. Ich begann mich zu fragen, ob dies typisch für Frauen in Gruppen ist, die Gewalt befürworten.

Kurz vor Ende meines Auftrags wurde ich von einem Beamten der Antiterrorismus-Abteilung der Polizei verhört, der es angebracht fand, mich recht geheimnisvoll zu warnen, ich sei »genau der Typ«, der zur Terroristin wird. Ich fragte ihn, was um alles in der Welt er damit meine, aber er wollte es mir nicht verraten. Statt dessen wiederholte er seine Warnung und meinte, es würde ihm nicht gefallen, »mich auf der anderen Seite des Tisches« wiederzusehen.

Wenn ich damals schon einiges von dem Material gelesen hätte, das ich bei der Recherche zu diesem Buch durcharbeitete, hätte ich ihn wohl beruhigen können. Ich hätte zum Beispiel überlegt, ob ich ungewöhnlich stark behaart bin, und mich auf schnellstem Weg einem Intelligenztest unterzogen. Lassen Sie mich erklären: Es gibt zahlreiche und sehr unterschiedliche Theorien, warum Frauen bereit sein sollen, zu töten oder getötet zu werden, und einige sind geradezu bizarr. Ein gewisser Cesare Lombroso behauptet, weibliche Kriminelle seien ein Atavismus der Natur; sie wiesen mehr Körperbehaarung und einen geringeren Intelligenzgrad auf als normale Frauen. Freud glaubte, aggressive Frauen versuchten, Männer zu sein. Andere spekulieren, daß Terroristinnen Chromosomenfehler haben, die sie eher masukulin als feminin machen.

Damals hatte ich noch keine Ahnung von solchen Theorien, und die Warnung wirkte nur dahingehend, daß mich Frauen, die sich der Gewalt verpflichten, noch mehr faszinierten. Sicher hatte das der Beamte nicht beabsichtigt. Er hatte versucht, mich zur Weitergabe von Informationen zu bewegen. Mich hat immer schon interessiert, wie Frauen in vermeintlich männerbeherrschter Umgebung zurechtkommen – vermutlich, weil ich als Journalistin in genauso einem Milieu gearbeitet habe. Nachdem mir nun gesagt worden war, ich hätte etwas mit Terroristinnen gemein, wuchs meine Neugier noch und schlug sich schließlich in diesem Buch nieder.

Die Frauen, mit denen ich sprach, gehören den verschiedensten Gruppen an, die man oft als »terroristisch« bezeichnet. Man hält die Mitglieder solcher Organisationen für verrückt, verderbt, grundböse und gnadenlos. Sie seien Tiere, Untermenschen, Feiglinge, nicht einmal der Verachtung würdig. Sie jagen Kneipen und vollbesetzte Flugzeuge in die Luft oder legen Bomben bei Trauerfeiern am Totensonntag. Niemand ist vor ihnen sicher, und nichts kann uns vor ihnen schützen, denn diesen Killern ist es egal, wer ihre Opfer sind. Sie stören unser Alltagsleben, indem sie einen Schatten der Angst auf unsere Zukunftspläne werfen. Menschenleben sind ihnen völlig gleichgültig. Ihre Taten entziehen sich jeglichen Verständnisses; man macht uns sogar glauben, daß rechtschaffene Leute ihre Zeit nicht damit verschwenden sollen, indem sie versuchen, sie zu verstehen. Das verdienten sie nicht. Unsere Reaktion auf den Begriff »Terrorist« ist pawlowsch. Wir wissen, um was für brutale Typen es sich dabei handelt, und deshalb braucht man kein Wort weiter darüber zu verlieren. Das ist einer der Gründe, warum ich versucht habe, den Begriff zu vermeiden. Er ist zu emotional befrachtet, zu aufgeladen für ein Buch, das eher zu verstehen versucht, statt zu verdammen.

Damit habe ich nicht vor, eine bestimmte Gruppe oder Aktion anzuprangern oder zu entschuldigen; ich will nur zeigen, daß mit solchen Dingen Werturteile verbunden sind und daß der Gebrauch des Wortes »Terrorist« allein – mit seiner normalen Fracht von Haß, Angst und Verdammung – ein angemessenes Urteil über dieses besonders komplexe Thema ausschließt. Es ist ein zu vages Wort, um allgemein auf eine so große Vielfalt von Menschen und Gründen angewendet zu werden. Es gibt nationalistische Bewegungen, die für Freiheit kämpfen: die *Irisch-Republikanische Armee,* die Palästinenser der Intifada, die ETA, die für eine baskische Heimat kämpft.

Dann gibt es die politischen Revolutionäre Europas: die *Rote Armee*

Fraktion, Nachfolger der Baader-Meinhof-Gruppe, die französische *Action Directe,* die italienischen *Roten Brigaden* – die alle für den Sturz von Gesellschaften eintreten, die sie für korrupt und kapitalistisch halten, egal, ob die Mehrheit ihrer Landsleute mit diesen Gesellschaften zufrieden ist. Abgesehen von diesen zwei Hauptkategorien gibt es Menschen, die auf Anordnung des Staates Massenmord verüben: Regierungsagenten wie Kim Hyon Hui, die auf Anweisung des nordkoreanischen Regimes ein vollbesetztes Flugzeug in die Luft jagte.

Warum sollte jemand, der sich für eine nationalistische Sache einsetzt, mit dem gleichen Pinsel geschwärzt werden wie jemand, der eine Gesellschaft schaffen will, die die meisten seiner Mitbürger nicht wünschen? Unsere Antwort lautet, weil sie die gleiche Waffe benutzen – Terror –, um ihr Ziel zu erreichen. Nationalistische Bewegungen bezeichnen ihre Aktionen jedoch nicht als terroristisch, sondern als Kriegshandlung. Selbst Europas am besten organisierte Antiterrorismus-Abteilung sagt recht kategorisch, es gebe fundamentale Unterschiede. Der Leiter dieser Abteilung, die in Wiesbaden ihren Sitz hat, widersprach der Behauptung, nationalistische Bewegungen seien terroristisch: »Die IRA und ETA und ähnliche Gruppen kämpfen für ihre Heimat. Sie führen einen Bürgerkrieg«, sagte er. Man könne sie nur als Terroristen bezeichnen, fuhr er fort, wenn die Guerillas dieser Bewegungen Unschuldige töteten und damit »terroristische Handlungen« begingen.

Diese Unterscheidung scheint recht spitzfindig, aber sie deutet an, daß jene, die tagtäglich mit Terrorismus zu tun haben, sich des Problems der Terminologie schärfstens bewußt sind. Manchmal wenden Regierungen Terror an. Die französische Widerstandsbewegung war terroristisch, bis Frankreich befreit wurde und ihre Mitglieder zu Helden wurden. Nur die Geschichte kann offenbar entscheiden, wer ein Terrorist ist und wer nicht.

Keine der von mir interviewten Frauen hielt sich selbst für eine Terroristin – mit Ausnahme von Kim Hyon Hui, die einen Sonderfall darstellt, weil sie nach lebenslanger Gehirnwäsche auf Befehl des nordkoreanischen Staates handelte. Das überrascht wohl kaum. Wenn wir das Wort hören, sehen die meisten eine maskierte, paramilitärische Gestalt mit kalten Killeraugen, die entweder eine Kalaschnikow im Arm hält oder eine Bombe präpariert. Sie müssen unmenschlich und gefühllos sein, denn wie könnten sie sonst solche Dinge tun? Es ist das Bild eines Monsters, doch genau aus diesem Grund seltsam tröstlich. Diese Kreaturen haben mit uns nichts zu tun. Man kann sie auf eine Meile Entfernung erkennen und die Flucht ergreifen. Es ist viel beängstigender, wenn man wie ich entdeckt, daß diese »Monster« oft aussehen und sprechen wie die Nachbarin oder die Frau hinter einem an der Supermarktkasse. Wenn sie nicht ganz offensichtlich verrückt, böse und behaart sind, wenn sie keine blutunterlaufenen Augen haben und nicht ausschließlich über Morde reden, dann ist es schwerer herauszufinden, was sie antreibt. Wenn man zuerst versucht zu verstehen und dann zu urteilen, geht man das Risiko ein, als Sympathisant beschuldigt zu werden, aber vielleicht ist es besser, dessen bezichtigt zu werden, als sich entsetzt vor dem Bild eines Monsters zu ducken, das es nicht gibt.

Welches Image haben Frauen in solchen Gruppen? Es scheint, daß die meisten, die um einer Sache willen Grausamkeiten begehen, Männer sind: der berüchtigte »Carlos« (eigentlich Ilich Ramirez Sanchez), ein venezolanischer Söldner, der für die Palästinenser und Oberst Ghaddafi arbeitete; der böse Hindawi, der seine schwangere Freundin in ein El-Al-Flugzeug setzte und ihr Sprengstoff in den Koffer mit den Hochzeitskleidern packte; die gefürchtete Abu-Nidal-Gruppe, angeführt von einem Mann, der von den Geheimdiensten als »gefährlichster Terrorist« bezeichnet wird.

Zu diesen Organisationen gehört aber auch eine beträchtliche Anzahl von Frauen (in manchen Fällen über fünfzig Prozent), und diese Tatsache stellt ein weiteres Problem für uns dar. Männer hält man traditionellerweise für vertraut mit Gewalt – ob als Verteidiger oder als Aggressor; man erwartet von ihnen, daß sie wissen, wie man kämpft. Frauen hingegen verbindet man mit Fürsorge und Hilfsbereitschaft, und sie werden von manchen Gesellschaften als Madonna verehrt. Sie gelten als Beschützerinnen und Spenderinnen von Leben, nicht als dessen Vernichterinnen. Wenn die männlichen Mitglieder einer der Gewalt verpflichteten Organisation als wahnsinnig, verbrecherisch und böse betrachtet werden, wie viel stärker noch die Frauen? Wenn diese zur Waffe greifen, begehen sie gleich ein doppeltes Verbrechen: Sie wenden Gewalt an und zerstören dabei unser sicheres traditionelles Bild der Frau.

»Schießt zuerst auf die Frauen«, soll eine Anweisung gelautet haben, die man in der BRD der bewaffneten Antiterrorismus-Einheit gab; den gleichen Rat erteilt Interpol anderen europäischen Einheiten. Ich habe mit Angehörigen mehrerer dieser Organisationen gesprochen, und obwohl keiner bestätigen wollte, eine solche Anweisung erhalten zu haben, hielten sie den Ratschlag doch für verdammt nützlich. Christian Lochte, bis zu seinem Tod Leiter einer Verfassungsschutzabteilung, hatte über zwanzig Jahre Erfahrung mit politischen Revolutionären, die in seinem Land gemordet und Bomben gelegt haben. Er meinte: »Für jeden, dem sein Leben lieb ist, ist es eine ausgesprochen gute Idee, sich die Frauen zuerst vorzunehmen. Meiner Erfahrung nach haben Terroristinnen einen stärkeren Charakter, mehr Durchsetzungskraft, mehr Energie. Es gibt Beispiele dafür, daß Männer einen Moment zögerten, ehe sie schossen, während Frauen sofort abdrückten. Das ist ein allgemeines Phänomen bei Terroristen.«

Sind also Terroristinnen gefährlicher, skrupelloser als Männer, fähig, ohne Zögern oder Überlegung zu schießen? Ich bat die britische Antiterrorismus-Abteilung um einen Kommentar zu dem Unterschied – falls vorhanden – in Motivation und Aktionen zwischen Männern und Frauen. Die Antwort war nicht sonderlich erhellend. Ein Pressesprecher von Scotland Yard informierte mich, daß die Abteilung dazu nichts zu sagen hätte, außer daß Terroristen und Terroristinnen in jeder Hinsicht gleich seien. Der einzige Unterschied bestünde darin, daß Frauen nach ihrer Ergreifung versuchten, gegenüber den Beamten ihre »Weiblichkeit« einzusetzen.

Ich suchte weiter nach einer Erklärung, warum Frauen vor ihren männlichen Kollegen zum Ziel werden sollten. Ich las zahlreiche Artikel, die über solche Frauen und ihre Taten geschrieben worden waren, und fand, daß sie sich auf eine Frage konzentrierten – und zwar überwiegend mit Entsetzen und Entrüstung: »Wie kann eine Frau dies nur tun?« Die Antwort war, wenn man den populären Blättern glauben soll, daß sie alle Lesben oder zumindest überdrehte Feministinnen sind.

Sehen wir uns doch an, wie man Astrid Prolls Sexualität ausschlachtete, als sie 1978 in London verhaftet wurde. Die *Daily Mail* zitierte mit anderen Blättern einen ihrer männlichen Wohngenossen: »Ich mochte sie sehr gern, aber (sie) ... interessierte sich eher für Frauen.« Man erwähnte eine Freundin von Proll namens Karen in Verbindung mit der Tatsache, daß das Paar »manchmal die Nacht zusammen in ihrem Zimmer verbrachte« und daß sie »sehr glücklich miteinander« wirkten. Der *Daily Express* war weniger zurückhaltend: »Leute, die in London mit ihr zusammen gearbeitet haben, sagten, sie sei eine Emanze und hätte keinen Freund gehabt. Sie war ihrer eigenen Aussage nach eine Lesbierin.« Der *Sunday Mirror* enthüllte in einem Artikel mit der Überschrift: »Die Sexgeheimnisse eines Terrormädchens«: »Freunde redeten über ihre lesbischen Liebschaften und daß sie gern Automechanikerin war.« Der *Daily Telegraph* dröhnte: »Als sie in der Gegend auftauchte... hielt man sie für einen Mann.«

Dr. Rose Dugdale erhielt eine ähnliche Behandlung, als man sie wegen Diebstahls von Ölgemälden verhaftete, mit denen sie die IRA finanzieren wollte. In den Zeitungen wurde ihr maskulines Aussehen beschrieben, und man stürzte sich auf die Tatsache, daß sie kein Make-up auflegte und gern Männerkleider trug. Die *Daily Mail* fragte sogar: »Ist Rose Dugdale ein Mann?« Die Journalisten waren recht überrascht, als sie im Gefängnis ein Baby bekam.

Was soll es, könnte man fragen, wenn diese Frauen lesbisch waren? Welches Licht wirft das auf ihre Entscheidung, sich einer Gruppe anzuschließen, die die Anwendung von Gewalt für gerechtfertigt hält? Die von den Medien gegebene Antwort scheint zu lauten, daß sie als Lesbierinnen keine »richtigen« Frauen waren. Normale Frauen taten doch so etwas nicht. Diese Ansicht wurde von einem Beamten des deutschen Innenministeriums bestätigt, der sich über den Anteil an Frauen in der Baader-Meinhof-Gruppe ausließ. Er sagte, die ganze Sache habe »etwas Irrationales«, und bezog sich auf die Tatsache, »daß so viele Frauen beteiligt sind«. Vorsichtig deutete er noch an: »Es könnte ein Exzeß der Frauenbewegung sein.«

Andere von den Medien vorgetragene Theorien deuten an, daß diese Frauen so häßlich waren, daß sie männliche Aufmerksamkeit nur auf sich lenken konnten, indem sie zu Mörderinnen wurden. Dann wieder sind sie so hübsch und unschuldig, daß die sexuelle Ausstrahlung von Männern wie Carlos sie in das Netz des Terrorismus lockte. Selbst in ernster zu nehmenden Artikeln fanden sich kaum mehr Informationen. Frauen, die gewalttätige Handlungen ausführten, waren Rebellen, und manchmal wirkten sie gnadenloser als Männer. Niemand schien weiter zu gehen und nach dem Warum zu fragen. Es schien ausreichend, Ungläubigkeit zu äußern und der Leserschaft nachdrücklich einzubleuen, daß diese Frauen alles gräßliche Außenseiterinnen oder niedliche kleine Mädchen seien, die sich in die falschen Typen verknallt hatten.

Vielleicht überrascht es nicht, daß Frauen, die sich aus politischen Gründen der Gewalt bedienen, so behandelt werden. Die Anzahl von Frauen, die Gewaltverbrechen begehen, ist im Vergleich zu Männern verschwindend gering. Der Statistik für Großbritannien zufolge wurden 1989 179 Männer des Mordes für schuldig befunden und nur zehn Frauen. Bei versuchtem Mord lauten die Zahlen 60 zu 5, bei Verschwörung oder Anstiftung zum Mord 482 zu 32, bei Totschlag 232 zu 34. Von den 55 600 Menschen, die wegen »Gewalt gegen Personen« verurteilt wurden, waren bloß 4400 Frauen. In fast jeder Kategorie von Schwerverbrechen stellen Frauen eine Minderheit – mit der einzigen Ausnahme bei Kindesmord (drei Frauen wurden schuldig gesprochen, kein Mann), Grausamkeit an Kindern oder Vernachlässigung: 107 Frauen verglichen mit 105 Männern.

Kriminologen schätzen, daß durchschnittlich sechs Prozent aller

Gewaltverbrechen von Frauen verübt werden. Die Mehrheit dieser Frauen hat die eigenen Kinder angegriffen, vorwiegend Kleinkinder unter vier Jahren. Die Anzahl von Frauen, die Gewaltverbrechen ausüben, scheint daher gering. Wenn sich also das Scheinwerferlicht der Medien auf eine richtet – wenn sie verhaftet oder erschossen wird oder vor Gericht erscheint –, ist die Erregung groß, und sie wird zum Sonderfall. Solange die Motive der Frau mit den traditionellen Ansichten übereinstimmen und auf irgendeine Weise als »leidenschaftlich« bezeichnet werden können, ist alles in Ordnung. Man hält es jedoch nicht für notwendig, ihre politischen Motive in Erwägung zu ziehen. Es ist viel interessanter, ihre Sexualität zu beleuchten, auf ihre Häßlichkeit oder Schönheit hinzuweisen und die katastrophale Beziehung mit einem Mann zu diskutieren, die sie vom rechten Weg brachte.

Darüber hinaus werden nur flüchtige Versuche unternommen, zu verstehen, warum Frauen gewalttätig werden. In den beiden Bereichen, in denen Frauen Männer zahlenmäßig übertreffen, bei Kindesmord und Grausamkeit an Kindern, herrscht oft ein gewisses Mitleid mit der Frau. Wir lesen, sie sei ein Opfer von Armut, von Isolierung, von Frustration, den ganzen Tag allein mit dem Kind zu Hause. Ihre Wut sei einfach übergeschäumt, und in den meisten Fällen ist sie ehrlich entsetzt über das, was sie dem Kind angetan hat. Doch kann es Verständnis oder gar Mitleid mit einer Frau geben, die ein Gewehr ergreift und einen Industriellen in den Kopf schießt?

Es scheint nur eine begrenzte Anzahl von Fällen zu geben, bei denen die Gesellschaft begreifen kann, daß eine Frau gewalttätig wird. Wenn eine Frau sich gegen einen Angreifer oder Vergewaltiger wehrt, gratuliert man ihr, gewöhnlich mit dem Unterton, sie sei eine »tapfere kleine Frau«. Wenn ihre Kinder bedroht werden, erwartet man mehr oder minder, daß sie sie verteidigt wie eine Löwin ihre Jungen. Nach jahrelangen Prügeln vom Ehemann kann eine Frau schließlich zurückschlagen, manchmal sogar, um ihn zu töten. Es gibt auch Fälle, bei denen Gewalt von Frauen entweder mit prämenstruellem Syndrom oder nachgeburtlicher Depression entschuldigt wird, weil ihr besonderer, weiblicher Zustand sie unzurechnungsfähig machte.

Im Krieg, wenn ihre Heimat bedroht ist, dürfen Frauen die Arena der Gewalt betreten. Großbritannien zog im Zweiten Weltkrieg alle unverheirateten Frauen zwischen 18 und 30 ein, doch man erwartete von ihnen nicht, daß sie an der Front kämpften oder Bomben auf Dresden warfen. Natürlich töteten viele Tausende von Frauen in den europäischen Widerstandsbewegungen und wurden für diese Taten geehrt. Doch sobald der Krieg vorbei war, so redet man uns ein, waren sie froh, wieder in ihre »natürlichen« Rollen zu schlüpfen. Es war ein notwendiges Übel, erklärte eine italienische Partisanin, das man um der Familie willen tat. »Es heißt, Frauen haben Kinder und würden daher nicht töten... damals aber war klar, daß jeder Nazi, den ich umbrachte, und jede Bombe, die ich scharfmachen half, den Krieg verkürzte und das Leben von Frauen und Kindern rettete.«

Aber Männer sind keineswegs glücklich, wenn Frauen an Frontaktionen teilnehmen. Im Krieg gegen den Irak 1991 nahmen über 30.000 amerikanische Frauen teil, doch häufig gegen den Wunsch ihrer Männer. Die israelische Armee, die einst Soldatinnen in der vordersten Linie kämpfen ließ, mußte dies schließlich zurücknehmen, teilweise, weil die Männer sich zu sehr aufregten, wenn eine Frau verletzt oder getötet wurde.

Viele der in diesem Buch interviewten Frauen wähnen sich in einem Krieg, in dem sie um ihre Heimat kämpfen. Doch sie stehen nicht auf der Siegerseite, zumindest noch nicht. Teil des Preises, den sie bezahlen müssen, ist daher, daß man sie als Monster betrachtet, als Verrückte oder Außenseiterin – denen sogar die Rechtfertigung des Mannseins fehlt – weil sie Gewalt anwenden müssen, um ihr Ziel zu erreichen.

Sie erlangen vielleicht nicht einmal einfachstes Verständnis, doch Frauen, die Gewalt anwenden und den Tod riskieren, um ihr Ziel zu erreichen, rufen oftmals eine gewisse Verehrung hervor. Die Teenager, die im Libanon in den achtziger Jahren bei Selbstmordmissionen Bomben warfen, stellen einen solchen Fall dar. Sie waren zwischen siebzehn und neunzehn und wurden häufig gefilmt, ehe sie sich aufmachten, um sich zusammen mit ihren Opfern in die Luft zu jagen. Auf den Videos, die man veröffentlichte, trugen sie Make-up und lächelten in die Kamera – und sandten Schockwellen in die Wohnzimmer rund um die Welt. Sie sahen in ihren westlichen Kleidern wie ganz normale junge Mädchen aus, und dennoch schickten sie sich an, zu töten und unter schrecklichsten Umständen ums Leben zu kommen. Experten meinten, sie stünden entweder unter Drogen oder seien einer Gehirnwäsche unterzogen worden. Diese Interpretationen wurden von den Medien schnell aufgegriffen. Man wollte lieber alles andere glauben, als daß diese Mädchen bei vollem Verstand und einer Sache verpflichtet waren und aus eigenem Willen handelten. Gleich, wie die Wahrheit lautet, das Bild dieser hübschen, lächelnden Teenager auf dem Weg zu einer Gewalttat, die nur sehr wenige erwägen würden, hatte eine unglaublich starke Ausstrahlungskraft.

Es besteht kein Zweifel, daß die Welt der Freiheitskämpfer, der Revolutionäre, der Terroristen einen gewissen Glanz ausstrahlt. Eine

Frau, die alle Normen der Gesellschaft verachtet und ihr Leben für eine scheinbar hoffnungslose Sache riskiert, weil sie leidenschaftlich an deren Rechtmäßigkeit glaubt, hat eine gewisse Attraktion. Solche Gestalten appellieren an den Rebellen in einem jeden – weil sie gefährlich sind und alle Grenzen überschritten haben. In Romanen und Filmen hat der revolutionäre Mann ausgeprägte Sexualität und Macht, und Frauen fühlen sich unwiderstehlich von ihm angezogen. Gilt aber das gleiche für weibliche Terroristen? Genießen sie einen gewissen Status, den andere Frauen – heimlich vielleicht – zu erreichen suchen? Begehren Männer sie? Ganz gewiß sind die eindrucksvollsten Fotos die von revolutionären Frauen. Patty Hearst mit dem Gewehr beim Banküberfall, wie sie resolut vor der Fahne der Revolution steht; Leila Khaled, den Kopf demütig gesenkt, den harten Stahl ihrer Kalaschnikow streichelnd; Ulrike Meinhof, die Arme im Nacken verschränkt, in einer Haltung von Offenheit und Trotz – ein Bild, das man zum Poster machte und das in den Siebzigern in ganz Europa Studentenbuden schmückte. »Damals galt es nicht als phantastisch, irgendein Rockstar zu sein, sondern ein Revolutionär«, sagte mir eine der Frauen.

Solche Bilder halfen gewiß, die Meinung zu verändern, Frauen seien schwache Wesen, die einen Mann als Beschützer brauchten. Die Tatsache, daß sie auch sexuell gefährlich schienen, machte die Bedrohung gesellschaftlicher Tabus doppelt verstörend. Solche Frauen nahmen nicht nur eine maskuline Rolle an – aggressiv, raubgierig, politisch –, sondern schienen dadurch auch als Frauen attraktiver zu werden. Die Vorstellung, daß Terroristinnen statt Filmstars so zum Vorbild von Teenagern wurden, erschütterte das Bild der Gesellschaft sowohl von der Frau als auch von sich selbst. Hier hatte man einen Feind, der die Barrikaden erstürmte und gleichzeitig durch die Hintertür hereinschlüpfte.

Die Verehrung männlicher Revolutionäre ist nichts Neues – von Robin Hood bis zu Che Guevara reicht das Spektrum. Im Fall ihrer weiblichen Kollegen scheint das Phänomen relativ neu. Das gleiche gilt für die Standardreaktion der Gesellschaft: daß solche Frauen von ihren Männern verführt worden seien, an Gewaltaktionen teilzunehmen. Diese Deutung dient allen Zwecken: Die Männer sind letztendlich für die Gewalt verantwortlich, die Frauen, Opfer ihrer eigenen Schwäche, spielen eine untergeordnete Rolle, und das wahre Motiv der Frau ist nichts anderes als Leidenschaft – doch eher mit Schwäche als mit Stärke verbunden: Die Frauen werden als überemotional betrachtet, statt als stark einer Sache verpflichtet.

Manche Frauen wurden allerdings getäuscht, damit sie Terrorakte ausführten. Ann Murphy, die schwangere Freundin von Hindawi, hatte keine Ahnung, daß ihr Koffer mit Sprengstoff vollgestopft war; Carlos ist berüchtigt dafür, wie er seine Freundinnen in Paris als Beschaffer von sicheren Schlupfwinkeln und als Boten ausnutzte. Doch als ich hörte, wie ein Antiterrorismus-Beamter eine radikale Tierschützerin, die gerade verurteilt worden war, als »armes kleines Ding« bezeichnete, das von dem männlichen Anführer der Gruppe angestiftet worden sei, Gewalt auszuüben, als ich den Psychiater des britischen Innenministeriums hörte, dessen Klienten Gefängnisstrafen wegen Bombenwerfen und Mord absitzen, wie er unschuldig konstatierte: »Natürlich machen die meisten es wegen ihrer Männer«, begann ich mich zu fragen, ob dies wirklich der Fall war. Es schien mir zu glatt, zu leicht.

Wenn wir über die Frage nach Motiven hinausgehen, scheinen die Theorien über die Wirkung von Frauen in gewalttätigen Organisationen ebenfalls die traditionelle Ansicht von Frauenrollen zu bestätigen. Nach Professor J. K. Zawodny regen Frauen Männer zur Gewalt an. In einem Artikel mit dem Titel: »Internal Catalysts of Violence Within Terrorist Movements« (Interne Katalysatoren der Gewalt innerhalb terroristischer Bewegungen) behauptet er, weil Frauen sich in diesen Organisationen in der Minderheit befänden, würden die Männer versuchen, einander »auszustechen«, um die Bewunderung der Frauen zu erlangen. In dem Aufsatz »Profile of a Terrorist« schreiben Charles A. Russell und Captain Bowman H. Miller, daß Terroristinnen gefährlich seien, weil sie sich als Frauen und Mütter ausgäben und ohne Verdacht zu erregen verbotene Bereiche betreten könnten, um Informationen für die männlichen Kollegen zu sammeln. Wiederum wird die Frau als grundsätzlich passives Anhängsel der männerorientierten Organisation betrachtet.

Diese Theorien sind sämtlich interessant, und in jeder steckt vermutlich ein Körnchen Wahrheit. Doch ich hatte den Eindruck, daß sie bestenfalls unzulänglich waren, schlimmstenfalls ignorant. Was veranlaßt eine Frau, ihre vermeintliche Rolle so dramatisch zu verlassen? Und wenn sie diesen Schritt getan hat, stimmt es, daß sie dann besonders gefährlich wird? Ich erkannte, daß ich die Antworten nur im Gespräch mit diesen Frauen selbst herausfinden konnte. Für mich war das ein ungewöhnlicher Lernprozeß, bei dem viele meiner Vorstellungen und Vorurteile gründlich ausgeräumt wurden. Als ich begann, über diese Frauen zu lesen, fragte ich mich, auf was ich mich eingelassen hatte. Ich stieß auf einen Bericht von zwei führenden Mitgliedern der revolutionären französischen Gruppe *Action Directe.* Sie sollten für den brutalen Mord an einem Fabrikdirektor von Renault vor dessen eigener Haustür verantwortlich sein. Sie erschossen ihn aus kürzester Entfernung. Als er sterbend auf dem Boden lag, verabreichte ihm eine der Frauen den Gnadenschuß ins Auge. »Ist das alles?« fragte ihre Begleiterin. »Ja, klar«, antwortete sie.

Als die eine verhaftet wurde, war sie bei ihrem Freund. Er ergab sich ohne Gegenwehr. Sie aber zog zwei Revolver und schoß mit dem Schrei auf die Polizisten: »Ich bin die *Action Directe*!«

Kurz darauf las ich über eine Frau, die als »Rote Terrorkönigin« bekannt ist, Fusako Shigenobu, Anführerin der japanischen *Roten Armee.* Sie hält offensichtlich die meisten revolutionären Gruppen für nicht gewaltsam genug. Ihre Methode, mit Mitgliedern fertig zu werden, die vom revolutionären Weg abweichen, ist besonders unangenehm. Sie soll vierzehn umgebracht haben, unter anderem, weil sie entgegen ihrer Anweisung Make-up trugen.

Es überrascht daher nicht, wenn ich erwartete, daß zumindest einige der Frauen, mit denen ich sprach, auffallend böse wirkten. Sicher würden mir die Haare zu Berge stehen, wenn ich ihnen gegenüber saß. Aber so war es nicht. Die Mehrheit der Frauen, die ich kennenlernte, wirkte extrem normal. Sie waren verheiratet, hatten Freunde oder waren homosexuell. Sie liebten ihre Kinder. Sie waren schüchtern oder gesellig und insgesamt sehr freundlich. In jeder Hinsicht waren sie dem Rest der weiblichen Spezies sehr ähnlich. Sie brüteten nicht über den neuesten Anweisungen zum Bombenbasteln, stießen keine spitzen Freudenschreie aus, weil sie gerade sechs Menschen im Supermarkt abgeknallt hatten. Sie saßen ruhig in einer Kneipe oder entspannt bei den Kindern zu Hause. Sie kochten für mich. Nach den ersten Interviews suchte ich nicht mehr nach ihrem Pferdefuß. Das soll nicht heißen, daß sie nicht angsterregend oder einschüchternd sein konnten, nur, daß die Mehrheit verstörend normal war.

Ich entdeckte rasch, daß Frauen, die zu Gewalt befürwortenden Bewegungen gehören oder gehörten, auf die Frage, warum sie töteten oder Terrorakte ausübten, eine offensichtliche Antwort parat haben: »Um die Briten hinauszujagen«, »um Unabhängigkeit für unser Land zu erreichen«, »um die Revolution herbeizuführen«. Ich mußte daher versuchen, die Frauen von ihren Kriegen zu trennen, um sie nach ihren Gefühlen und ihrer Einstellung zur Gewalt zu befragen.

Hielten sie sich ihrer Sache für stärker verpflichtet als Männer, waren sie gnadenloser und entschlossener als diese? Würden sie eher auf einen Feind schießen, als die Waffe fallenlassen? Ich wollte wissen, wie sie sich selbst betrachteten und wie ihre männlichen Kollegen sie sahen. Ich wollte herausfinden, warum das weniger gewalttätige Geschlecht von den Antiterrorismus-Einheiten als das tödlichere betrachtet wird.

KAPITEL EINS

»Wir haben viel mehr zu verlieren«

Bei den Frauen der ETA

Die Altstadt von Bilbao ist ein Labyrinth aus Passagen und dunklen kopfsteingepflasterten Gäßchen. Hier, in den neonerleuchteten Bars und in den Schatten der hohen, alten Gebäude, schlägt das Herz der ETA am stärksten, der ehrwürdigsten Stadtguerilla-Bewegung Europas. Ihr Lebensblut sind die jungen Menschen, die sich durch das alte Viertel drängen, ihr Puls der Trommelschlag und der klagende Flötenton der drei Musiker, zwei Männer und eine Frau, die langsam durch die Straßen ziehen.

Rote Schriftzeichen narben die Mauern der Kirche aus dem fünfzehnten Jahrhundert: die Buchstaben ETA, die Parole »Guardia Civil – Mörder«, die Rache verspricht. Auf eine Wand ist die Geschichte einer Frau mit Namen Maite gekritzelt, einer Genossin, die von der Polizei getötet wurde; in einer nahegelegenen Café-Bar hängt eine grobe Federzeichnung von einer anderen Frau mit dem gleichen Namen, die auf ähnliche Weise umkam.

In dieser hoffnungslos überfüllten Bar muß man schreien, um sich verständlich zu machen, doch die Frauen, mit denen ich hier zusammen bin, sind entspannt. Hier befinden sie sich unter Freunden. Alle sind jung, jeder hat Freunde oder Bekannte, die auf die eine oder andere Weise am Kampf für die baskische Heimat beteiligt sind, und die Frauen, mit denen ich rede, strahlen die gewisse Kameraderie aus, die aus gemeinsamem Leiden entsteht.

Alaznes Gesicht war das traurigste, das ich je gesehen habe. Sie hätte hübsch sein können mit ihren überraschend blaugrünen Augen und dem hellen Haar, aber sie sah schrecklich verhärmt aus, als wartete sie nur auf den nächsten Schicksalsschlag. Erst nach mehreren Stunden konnte ich mir ihre völlige Niedergeschlagenheit erklären. Amaia, dick und fröhlich, mit einer passenden Antwort auf alle Fragen, war genau das Gegenteil, die baskische Version einer Komödiantin. Ohne große Vorreden und ohne auf die anderen Gäste zu achten sagte sie unverblümt: »Ich wurde verhaftet, weil ich zu einer bewaffneten Gruppe gehörte – jemand hatte mich verraten.«

Alazne und Amaia waren verhaftet, gefoltert und am Ende gebrochen worden. Man begreift rasch, daß niemand Schuld trifft, wenn schließlich

Geheimnisse preisgegeben werden, denn es ist völlig verständlich: »Bei den Methoden bricht jeder zusammen.« Txikia, einen Meter fünfzig klein, mit einem Gewicht von neunzig Pfund, hatte man an Händen und Füßen an einen Balken gebunden und dann geschlagen. Sie hatte wie ein Affe da gehangen und an die Decke gestarrt, die vom Blut früherer Gefangener bespritzt war.

Ihre Folterer waren Angehörige der spanischen Polizei – eine Tatsache, die sich in Berichten von *Amnesty International* niedergeschlagen hat. Die Polizei und die spanische Zivilgarde sind Hauptziele der ETA, und man bringt ETA-Kommandos schon sehr früh bei, welche Foltern sie bei einer Verhaftung erwarten. Mehrere ETA-Angehörige sind in der Haft gestorben, andere, so meinen sie, seien Zielscheibe der GAL geworden (einer antiterroristischen Gruppe). Die GAL besteht angeblich aus Söldnern, Soldaten und Polizisten und droht, für jedes ETA-Opfer einen baskischen Zivilisten umzubringen. 1990 wurde bekannt, daß die GAL direkte Verbindungen zum spanischen Innenministerium hat, und man klagte zwei Polizisten wegen Mordversuchs an fünf baskischen Flüchtlingen in Frankreich an. Die Frauen der ETA berichteten von zahlreichen Fällen, in denen Genossen – Männer wie Frauen – unter mysteriösen Umständen tot aufgefunden worden waren: etwa die Leichen des Paares, das man im Juni 1990 am Grund einer Schlucht fand. Ein Doppelselbstmord, behauptete die Polizei. Erst später wurde bekannt, daß der Mann, der angeblich seine Freundin in den Hinterkopf geschossen hatte, ehe er in den Tod sprang, durch Ertrinken gestorben war. Ein anderer Mann wurde tot an einer Straße gefunden – mit verbrannten Füßen. Sie sollen Opfer der GAL oder von übereifrigen Polizeibeamten gewesen sein. GAL übt auch die Praxis der »Abschreckung« aus: Einer aktiven Studentin ritzte man die Buchstaben ETA ins Gesicht.

Die Buchstaben ETA stehen für *Euskadi Ta Askatasuna* (»Heimatland und Freiheit«). Die Bewegung entstand Ende der fünfziger Jahre als Reaktion auf die Unterdrückung unter Franco. Der Diktator hatte die baskische Sprache und Kultur verboten, teils, um die Basken zu bestrafen, weil sie im Bürgerkrieg auf der republikanischen Seite gekämpft hatten, teils auch, um seinen Traum von einem geeinten Spanien durchzusetzen. Hunderte von ETA-Mitgliedern und Sympathisanten wurden gefangengenommen und gefoltert, aber ihre Anführer flohen nach Südfrankreich und errichteten Ausbildungslager. Von dort aus wurden ETA-Kommandos über die Grenze geschickt, um Anschläge im Baskenland und im restlichen Spanien auszuführen. Eine gewisse Sympathie bei den französischen Behörden für ein Volk, das gegen den

Faschismus gekämpft hatte, ermöglichte der Bewegung, sich zu entfalten.

1975, als Franco starb, hofften die Basken, man würde ihnen endlich die Unabhängigkeit gewähren, aber obwohl man ihnen ihre eigene Sprache und einige kulturelle Traditionen zugestand, sah sich die Mehrheit der Bevölkerung von der Demokratie enttäuscht. 1979 gab man dem Land eine gewisse Autonomie, etwa ein eigenes Parlament, aber in den Augen der ETA war dies nur ein Vorwand, um die volle Unabhängigkeit von Spanien zu verhindern.

Heute führt die ETA etwa ein Dutzend Anschläge pro Jahr aus. Zwar sind Politiker, Polizei und die *Guardia Civil* die Hauptziele, doch hat man die Aktionen auch auf ökologische und moralische Bereiche ausgeweitet. Industrien, die man als bedrohlich für die Umwelt begreift, Kinos, in denen man Sexfilme zeigt, werden bombardiert, Drogenhändler in die Knie geschossen oder umgebracht. Die Verantwortung für die Aktionen wird jeden Monat in einem ETA-Kommuniqué übernommen, das anschließend in der baskischen Zeitung *Egin* veröffentlicht wird. Die Sprache dieser Erklärungen ist blumig und von schrecklicher Höflichkeit: »Wir übernehmen die Verantwortung für die gescheiterte Aktion gegen ein Mitglied der spanischen Polizei in Basauri, unter dessen Auto man Sprengstoff anbrachte. Wir beklagen die Verletzungen, die seinem Nachbarn Carmuelo Alonso Lopez zufällig und unfreiwillig zugefügt wurden, und wir wünschen ihm rasche und vollständige Genesung.« (9. Oktober 1989)

Im gleichen Monat tötete die ETA zwei Polizisten, legte Bomben in Niederlassungen der französischen Autofabriken Peugeot, Citroën und Renault und scheiterte bei ihrem Anschlag auf den spanischen Konsul in Rotterdam, der als Opfer ausersehen wurde, weil die Holländer vier baskische »politische Flüchtlinge« nach Spanien ausgewiesen hatten. Dazu verübten sie einen Anschlag auf eine Firma, die eine Autobahn durch das Baskenland baut, und schickten eine Briefbombe an den Direktor für öffentliche Arbeiten, weil er die Volksmeinung bei diesem Projekt mißachtet hatte. Dieser letzte Bericht wird von einer längeren Polemik begleitet, in der die Regierung und die Baufirma aufgefordert werden, öffentliches Unbehagen zur Kenntnis zu nehmen. Die ETA läßt verlauten, sie hege den »... heißen Wunsch, unter allen Umständen ein schmerzliches Ende zu vermeiden.« Die Botschaft endet aber bedrohlicher: »Eine negative Reaktion, die Weiterbetreibung des Projektes, wird leider und sehr zu unserem Bedauern die Situation verschärfen. Wir vertrauen aber darauf, daß Vorsicht und gesunder Menschenverstand zum Guten unseres Volkes überwiegen werden.« Ansonsten, so könnte man hinzufügen, geht ihr drauf.

1990 gab es eine Serie von ETA-Briefbomben, aber mehrere wurden von Postbeamten oder Angestellten der eigentlichen Opfer geöffnet. Als Pilar Fernandez, die einen Brief für einen Gefängnisbeamten geöffnet hatte, schwer verletzt wurde, entschuldigte sich die ETA bei ihr, fügte aber hinzu: »Mit der Absicht, eine Wiederholung solch schwerer Zwischenfälle zu vermeiden, müssen wir darauf bestehen, daß niemand Päckchen oder Briefe öffnet, die nicht an ihn adressiert sind.«

Ein weiteres kühnes Kommuniqué übernimmt die Verantwortung für den Mord an einer Anwältin: »Exekution der Staatsanwältin Carmen Tagle, einer der wichtigsten Repräsentantinnen der Nationalversammlung, die zur Speerspitze der direkten Unterdrückung zahlreicher Patrioten und Revolutionäre aus dem Baskenland wie dem übrigen Spanien geworden war.« Die ETA hat in der Vergangenheit auch eine Bombenkampagne in Ferienorten durchgeführt, doch die Sprengstoffanschläge sollten dort eher Angst und Schrecken verbreiten, statt zu töten.

Die Organisation finanziert sich auf verschiedene Weise: durch Raubüberfälle, Entführungen, Erpressung und Spenden von Sympathisanten, darunter einer Reihe baskischer Priester, die traditionellerweise die Ziele der ETA unterstützen, obwohl in jüngster Zeit viele die zunehmende Gewalt der Gruppe ablehnen.

Im Verlauf der Jahre hat sich die ETA von einer Gruppe, die sich für eine sozialdemokratische Heimat einsetzt, zu einer marxistisch-leninistisch ausgerichteten verwandelt. Diese Veränderung und andere, darunter die Kontroverse über den Einsatz von Gewalt, führten zu Zersplitterung und Fraktionierung, und heute gibt es nur eine »bewaffnete Speerspitze«, die sich ETA-m oder »Milis« nennt. Ihr Motto soll lauten: »Aktionen einen, Worte spalten.« Die ETA wird von den Polizeikräften ganz Europas als eine hochausgebildete und -organisierte Terroristengruppe betrachtet.

Die Infiltration durch Polizisten hat bewirkt, daß die Organisation ein System »schlafender Kommandos« einrichtete. Diese Männer und Frauen führen nach außen hin ein normales Leben mit regulären Arbeitsstellen, werden zugleich aber für besondere Aktionen ausgebildet und bereitgehalten. Oft wissen die einzelnen Kommandos nichts voneinander und erhalten ihre Anweisungen in Codeform aus unbekannten Quellen. Nach Ausführung einer Aktion nehmen die Kommandos sofort ihr normales Leben wieder auf.

Die ETA hat, wie die IRA mit der *Sinn Fein,* einen politischen Flügel – *Herri Batasuna* (»Volks-Einheit«), der in den letzten Wahlen zum baskischen Parlament im Oktober 1990 seine dreizehn Sitze von fünfundsiebzig verteidigte und als dritte unter acht Parteien endete. Diese Zahlen strafen spanische Presseberichte Lügen, daß die *Herri-Batasuna*-Partei (die sich 1988 als einzige von allen politischen Parteien im Baskenland weigerte, einen Pakt zur Verurteilung von Gewalt zu unterzeichnen) an Boden verlöre.

Ich erlebte das Ausmaß an öffentlicher Unterstützung nicht nur des politischen Flügels, sondern auch der ETA selbst kurz vor den Wahlen 1990. Die Organisatoren hatten gemeint, es gäbe einen Demonstrationszug von etwa zehn- bis fünfzehntausend Menschen durch Bilbao. Man schätzte das tatsächliche Aufkommen auf eher fünfzigtausend, und unter den Marschierenden befanden sich Kleinkinder ebenso wie alte Damen. Es war wie eine Messe unter freiem Himmel. Man schwenkte Wunderkerzen, als sich Welle um Welle durch das Stadtzentrum schob: Elegante ältere Damen standen Schulter an Schulter mit Studenten, Geschäftsleuten und Kindern und sangen: »ETA, ETA, Freiheit!«

Als ich um Gespräche mit ETA-Frauen nachsuchte, stieß ich zunächst auf große Nervosität und auf Mißtrauen. Die Wahlen standen vor der Tür, und ein ETA-Anführer und zehn Kommandos waren gerade verhaftet worden. Eine Woche vor meiner Ankunft waren 500 Pfund Sprengstoff, Bombenzubehör und Waffen in einer Höhle gefunden worden. Ich hätte ein Infiltrator oder Polizeiinformant sein können, und niemand in der Bewegung wollte die Verantwortung übernehmen, mir Vertrauen zu schenken. Schließlich wurde das Problem von einer Frau in Belfast gelöst, die ich durch *Sinn Fein* kennengelernt hatte. Sie verbürgte sich, daß ich Journalistin sei.

Meine ersten Informationen erhielt ich von zwei Schwestern, Begona, einer Krankenschwester, und Yolanda, einer Wirtschaftswissenschaftlerin, beide Ende zwanzig. Begona arbeitete für *Egizan* (in baskisch heißt das wörtlich: »Handele, Frau!«), eine feministische Bewegung, die zum politischen Flügel der ETA gehört. Ihre jüngere Schwester arbeitete für *Herri Batasuna*. Sie erklärten mir, daß *Herri Batasuna* und eine Amnesty-Gruppe, die sich für die Freilassung von ETA-Gefangenen einsetzt, legale Organisationen seien. Andere, wie *Egizan* zum Beispiel, seien illegal, weil sie eine eigene Nation für die Basken forderten. ETA-Leute können in allen diesen Gruppen Mitglieder sein.

Yolanda war offen, aber sehr bitter. »Wir dürfen jetzt baskisch sprechen, aber wir können nicht alles in dieser Sprache studieren. An der Universität kann man beispielsweise nur sehr wenige Fächer in baskisch belegen, und kaum ein Lehrer lernt diese Sprache. Außerdem ist das Studium nicht frei; man muß dafür bezahlen, und so können manche Leute es sich nicht leisten, in ihrer Sprache zu studieren. Man sagt uns, die Sprache breite sich rasch aus, weil wir nun unseren eigenen baskischen Fernsehsender haben. Der Sender hat zwei Programme, doch bei dem einen ist fast sämtliche Werbung in Spanisch, der andere ist ganz und gar spanisch.

Es gibt hier etwa zweieinhalb Millionen Basken, aber wir haben drei Polizeieinheiten – die *Guardia Civil,* die Nationalgarde und die *Ertzantza* (baskische Polizei). Als sie die *Ertzantza* einrichteten, sagte man uns, sie würde die anderen Einheiten ersetzen, aber das ist nicht geschehen, daher haben wir viel Polizei hier. Wir haben auch vier Regierungen: die baskische Regierung für drei der baskischen Provinzen; die Regierung Navarras für die vierte; dann natürlich die spanische; und die französische für eine Viertelmillion jenseits der Grenze.« Beide Schwestern standen zwar voll hinter den Aktionen der ETA, aber sie stritten ab, persönlich irgendwelche ETA-Frauen zu kennen, was nicht überrascht, da schon bloße Kenntnis eine Gefängnisstrafe nach sich ziehen könnte. Yolanda faßte es zusammen: »Ich weiß nicht, wer in der ETA ist, und ich will es auch nicht wissen.«

Gelegentlich redeten die Schwestern so, daß es meiner Dolmetscherin die Sprache verschlug. Es war baskisch und hatte keinerlei Ähnlichkeit mit Spanisch oder Französisch. Sie diskutierten eine Frage über die Bildung von ETA-Zellen in ihrer eigenen Sprache, ehe sie sich wieder des Spanischen bedienten.

»Sie müssen immer komplexer werden. Gelegentlich bildet sich eine Zelle, wo Menschen zusammen leben, aber zu anderen Zeiten kennt niemand den anderen. Man ist sehr vorsichtig geworden, weil die Polizei sie infiltriert. Die ETA trifft alle Entscheidungen in einem Komitee, ehe ein Anschlag ausgeführt wird. Im Sommer nahmen sie sich die Eisenbahn vor, ließen im ganzen Staat Teile des Schienennetzes hochgehen, um maximale Aufmerksamkeit zu erlangen. Das ist der einzig mögliche Weg – die spanische Regierung versteht nur die Sprache der Gewalt.«

Begona war als erste in der baskischen Separatistenbewegung aktiv geworden, aber sie lachte, als ich fragte, ob sie Yolanda zum Mitmachen überredet habe. Ihre jüngere Schwester, sagte sie, habe ihren eigenen Willen. Ernster fuhr sie fort, ja, ihre Eltern machten sich große Sorgen um sie. »Sie haben schon lange Angst. Sie glauben, daß es sehr gefährlich ist, was wir tun, und sie haben Angst vor der Polizei.«

Sie erklärte, die *Herri-Batasuna*-Partei habe zwar vier Abgeordnete mit Sitz im spanischen Parlament, aber sie übten aus Prinzip Stimmenthaltung. Doch selbst als ordentlich gewählter Angehöriger des Parlaments ist man anscheinend nicht sicher vor der GAL. Begona berichtete von einem Abgeordneten, der auf dem Weg zur Vereidigung nach

Madrid – das einzige Mal, daß ein *Herri-Batasuna*-Angehöriger sich ins spanische Parlament begibt – ermordet wurde.

»Zuerst schien es, als wäre er von zwei rechtsgerichteten Polizisten umgebracht worden, aber bei der Verhandlung kam heraus, daß sie überhaupt nicht zum rechten Flügel gehörten. Wir glauben, daß er auf Anordnung der Regierung umgebracht wurde. Er wurde am Jahrestag von Francos Tod ermordet, einem Gedenktag der Rechten, an dem immer etwas passiert.«

Keine der beiden Schwestern konnte auf Anhieb schätzen, wie viele ETA-Kommandos gegenwärtig operierten oder welcher Prozentsatz von ihnen weiblich sei. Frauen stellen jedoch zehn Prozent der inhaftierten ETA-Angehörigen, so könne man das als Anhaltspunkt nehmen. Beide bestanden darauf, wie jeder baskische Aktivist, daß die ETA nur ein Teil des nationalen Kampfes für Unabhängigkeit sei, doch es war offensichtlich, daß sie wie alle anderen die bewaffnete Gruppe als die Elite betrachteten.

Dies wurde am deutlichsten in Begonas Schilderung der Entstehung von *Egizan* im Jahre 1988 – spät, so mag man denken, für eine feministische Gruppe in einem revolutionären Kampf. Begona erklärte, daß nach jahrelangen gescheiterten Experimenten mit einer feministischen Organisation in der baskischen nationalistischen Organisation die ETA den entscheidenden Schritt getan habe.

»1980 hatte es eine Frauenbewegung gegeben, aber sie war aufgrund politischer Argumente gescheitert. Es gab Unstimmigkeiten, wie man Frauenprobleme betrachtete, und manche dachten, daß schon der Gedanke, Frauen hätten ihre eigenen Probleme, bourgeois sei. Doch die ETA bestand darauf, eine Frauenorganisation einzurichten, weil sie erkannte, daß Frauen besondere Probleme haben, nicht innerhalb der Bewegung, sondern in der Gesellschaft – und daher hat sie sich am stärksten dafür eingesetzt, daß es *Egizan* heute gibt. Die ETA hat große Fähigkeiten zur politischen Analyse und ist artikulierter als alle anderen Gruppen.

Jetzt haben wir 500 Mitglieder und werden unsere Botschaft in die Dörfer tragen. Die Frauen in *Egizan* haben ein sehr hochentwickeltes politisches Bewußtsein, aber ich glaube nicht, daß auch nur eine der ETA angehört, obwohl man zu beiden gehören kann.«

Ich fragte, warum die ETA die Verwirrung habe lösen können, wie man mit Frauenproblemen umgeht. Lag es daran, daß es viele Frauen in führenden Rollen in der Organisation gab? Begona, die nie militant war, wußte es nicht, aber andere ehemalige Kommandos meinten, daß dies der Grund sei.

Das war überraschend – ich hätte die ETA aufgrund eines Artikels von Robert P. Clark mit dem Titel »Patterns in the Life of ETA-Members«

(Gemeinsamkeiten in den Lebensläufen von ETA-Mitgliedern) fast nicht abgehandelt. Clark behauptet, die ETA widersetze sich stark einer Teilnahme von Frauen, weil »ihr Platz zu Hause ist« und sie »zuviel reden, besonders mit ihren Priestern«. Ich fragte alle Separatistenfrauen, die ich kennenlernte, wie sie zu diesem Zitat stünden, und die Reaktionen waren identisch – Wut und Widerspruch. Es habe in der ETA immer Frauenkommandos und Aktivistinnen gegeben, informierte man mich scharf. Um das zu beweisen, lernte ich in den nächsten vierundzwanzig Stunden vier von ihnen kennen.

Alazne und Amaia waren beide ein »Kommando« gewesen, Alazne bei einem extrem anarchischen Flügel der ETA, dem *Autonomen Antikapitalistischen Kommando,* Amaia bei der ETA-m. Die traurige Alazne hatte vier Jahre im Gefängnis gesessen, die fröhliche Amaia fünf. Beide waren wegen Mitgliedschaft in einer terroristischen Vereinigung verurteilt worden; man hatte ihnen aber keine Informationen entlocken können – auch nicht unter Folter –, um andere Anklagen zu erheben. Doch schon in der ersten Stunde unseres Treffens, in einem vollbesetzten Café mitten in Bilbao, redeten sie ungehindert über die Aktionen, an denen sie beteiligt waren. Sie baten nur darum, daß ihre Namen geändert würden, eine Bitte, der ich entsprach. Dies zeigte ein ungeheures Vertrauen, und ich fühlte mich fast als Komplizin.

Beide waren »schlafende Kommandos« gewesen, Amaia als Gehilfin in einer Bäckerei, Alazne beim Steueramt in der Verwaltung ihres Dorfes. Alazne, die vierunddreißig war, aber viel älter aussah, sprach leise, mit gesenktem Blick: »Ich stamme aus einem Dorf in der Nähe von San Sebastian, wo man zu neunzig Prozent baskisch spricht, aber das war nicht der Grund, warum ich mich der Kommandoeinheit anschloß. Das Dorf war kaum ein Zentrum für politisches Bewußtsein oder für Aktivitäten, und meine Eltern haben mich nicht dahingehend beeinflußt. Mir wurden die Ungerechtigkeiten und die Unterdrückung des baskischen Volkes schon als Teenager klar, aber erst mit vierundzwanzig oder fünfundzwanzig schloß ich mich der Bewegung an, weil ein Bekannter dort Mitglied war.« Dies schien die allgemein vertretene These zu bestätigen, daß Frauen zu solchen Bewegungen stoßen, weil sie eine Beziehung mit einem Mann haben, der dazugehört. Ich fragte, ob viele ETA-Frauen auf diesem Weg zur Bewegung gelangten. Die Antwort erfolgte ohne Zögern und explosiv.

Alazne lachte und schüttelte den Kopf. Amaia begann eine minutenlange Schimpfkanonade, bis die Dolmetscherin die Hand hob. Knapp und ohne die Schimpfworte übersetzte sie: »Absoluter Quatsch!«

Alazne fuhr fort: »Der Mann war bloß ein Freund. Er nahm an einer Aktion teil, die ich befürwortete, und weil ich ihn kannte, konnte ich in die Gruppe gelangen.« Ja, sie habe an zahlreichen Aktionen teilgenommen, »bei denen Menschen getötet wurden«, gab sie vorsichtig zu. Nein, sie glaube nicht, daß Frauen in bewaffneten Gruppen überzeugt seien, sie hätten Männern irgend etwas zu beweisen. Amaia, die immer noch vor Zorn kochte, warf ein: »Wenn Frauen sich entscheiden, etwas zu tun, tun sie es für sich! Sie brauchen Männern nichts zu beweisen.«

Nun beherrschte Amaia gekonnt das Gespräch: »Die ETA ist die Speerspitze unserer Revolution. Wenn die Revolution plant, unsere Gesellschaft zu ändern, bedeutet das, daß die Speerspitze ihre Einstellung gegenüber Frauen ändern muß. Man kann kaum die Gesellschaft ändern, ohne die Macho-Einstellungen der Männer und sogar mancher Frauen zu ändern. Frauen können ebenso *machista* sein, indem sie die Vorherrschaft der Männer unterstützen. So tragen sie die Gewalt gegenüber Frauen weiter, die das Herz von Macho-Männern erfüllt. Die Revolution beginnt, wenn man so will, zu Hause.«

Doch sie zeigte auch Mitgefühl gegenüber Frauen, die von Männern abhängig waren. »Hier zum Beispiel hängen viele Frauen wirtschaftlich von Männern ab, und daher muß es Fälle geben, bei denen Frauen durch ihre Männer in den bewaffneten Kampf hineingezogen werden. Aber das war bei uns nicht der Fall.

In der ETA gibt es weniger militante Frauen, weil die Frauen eigentlich gerade erst anfangen, auf die Straße zu gehen. Das ist Ziel unseres Emanzipationsprozesses. Bei Männern ist man es gewöhnt, daß sie stark und *macho* sind, von Frauen, daß sie ihnen folgen – Männer wie Frauen denken immer noch in diesen Klischees. Im Alltagsleben, bei der Arbeit, müssen Frauen vielleicht viel besser als Männer sein, um ihnen zu beweisen, daß sie ebenbürtig sind. Aber in revolutionären Gruppen geht man davon aus, daß beide gleich sind.«

Man fragt sich, ob ein Teil der Wut und Frustration, die Amaia dazu führte, gewaltsam gegen Autoritäten vorzugehen, darin begründet lag, daß ihre Gesellschaft männliche Gewalt gegen Frauen duldete – wobei die Frauen selbst diese Duldung von einer Generation an die nächste weitertragen. Sie hatte extrem wütend über die Vorstellung gewirkt, daß ETA-Männer ihre Genossinnen beeinflussen könnten – entweder, indem sie sie in die Gruppen zogen oder indem sie den weiblichen Guerillas das Gefühl gaben, sich Männern gegenüber beweisen zu müssen. Die ETA wird immerhin, wie viele bewaffnete Flügel von nationalistischen Bewegungen, als Elite betrachtet, und wenn Männer auf dieser Ebene die Zügel der Macht hielten, würde die Gruppe einfach die Gesellschaft widerspiegeln, gegen die sie kämpfen. In einer solchen Gesellschaft, in der Frauen machtlos scheinen, die Kette der Gewalt gegen sie zu brechen, stellt es gewiß eine sehr machtvolle Position dar, zu einem bewaffneten Kommando zu gehören.

Amaia war achtzehn, als sie sich der Zelle von ETA-m anschloß; davor hatte sie an pro-baskischen Demonstrationen teilgenommen. »Ich bin in Bilbao geboren und hier aufgewachsen, daher war mir die Bewegung schon von klein auf vertraut. Mit etwa vierzehn lernte ich neue Freunde kennen, und wir gingen auf Demos und zu Veranstaltungen. Wir wollten alle mehr tun, als nur akzeptieren, wie man uns behandelte. Als Kommando lebte ich eine Art Doppelleben. Ich wohnte hier mit Freunden und arbeitete als Gehilfin in einer Bäckerei. Zugleich war ich jedoch ein Mitglied von ETA-m und übte in drei Jahren etwa fünf oder sechs Anschläge aus. Meine Ziele waren vorwiegend die Polizei und die *Guardia Civil,* doch ich nahm auch an Banküberfällen teil, um Geld für die Gruppe zu beschaffen.

Gewöhnlich wohnt man nicht mit anderen Leuten zusammen, wenn man einen Anschlag vorbereitet. Man hält nur den Kontakt zu jemandem, der einem ab und zu mitteilt, daß man für dies oder jenes gebraucht wird. Zuweilen überließ uns ein Sympathisant sein Haus für eine bestimmte Zeit, damit eine Gruppe zusammen wohnen konnte. Doch meistens klappte es anders: Ein Bote kam und sagte, man würde für eine Aktion gebraucht. Wenn das in der Arbeitszeit passierte, sagte ich, ich müßte schnell zum Arzt. Danach legte ich immer eine ärztliche Bescheinigung vor.«

Ich stellte mir Amaia mit ihrer etwas fülligen Figur vor, wie sie ihr Kuchenblech schnell in den Ofen schob, wenn eine Nachricht ankam. Das wirkte komisch, doch diese Botschaft befahl ihr vermutlich, sich an einem Mordanschlag oder Raub zu beteiligen.

»Jedenfalls hatte ich trotz der Arbeit die Abende frei – ich stand von sieben Uhr abends bis ein Uhr morgens zur Verfügung und natürlich auch an den Wochenenden. Zwischen den einzelnen Aktionen lagen immer mehrere Monate. Ich habe alles gemacht: Informationen über mögliche Ziele gesammelt, Waffen transportiert, bewaffneten Raubüberfall und Bombenlegen...« Sie wirkte blasiert, als sie mir diese Einzelheiten schilderte, als zählte sie Dinge auf einer Einkaufsliste auf. Sie war also für den Mord an Menschen verantwortlich? Oh, nein, erwiderte sie, sie habe nie direkt jemanden umgebracht. Ich fragte sie nach den Bomben, die sie gerade erwähnt hatte.

Was hatte sie empfunden, wenn sie hörte, daß die Anschläge »erfolgreich« waren?

»Befriedigung«, antwortete sie wie aus der Pistole geschossen. »Diese Schweine, das hatten sie nur verdient. Ja, ich habe Bomben gelegt, die Menschen töteten.« Ich fragte mich, ob sie ebenso verwirrt über den Widerspruch in ihren letzten beiden Antworten war wie ich. Sie schien stolz auf die Morde und zeigte keine Reue. War sie ein so gnadenloser Killer, wie sie tat? Ich hatte das Gefühl, daß sie die Wahrheit verdrängte, die Rolle eines harten Guerillas bloß spielte. Ich fragte sie, ob sie jemals in die entsetzten Augen eines ihrer Opfer geblickt habe.

Amaias Antwort fiel diesmal viel langsamer aus. »Nein, ich habe niemals jemandem in die Augen geblickt und dann geschossen. Ich glaube, wenn man auf jemanden zugehen und ihn erschießen muß, wäre das schwierig, viel schwerer, als einfach eine Bombe zu legen.« Ihre Stimme verebbte, doch dann gewann sie ein wenig von ihrem revolutionären Schwung wieder. »Als Kommando akzeptiert man, daß dies geschehen kann – daß man aufgefordert wird, zu töten. Es macht stolz, zu einer solchen Gruppe zu gehören. Es muß sein, denn die Gewalt ist notwendig für den Kampf, und man hat das Gefühl, man tut wenigstens etwas.«

Sie hatte das dünne Eis wieder verlassen, wirkte aber immer noch aufgestört. Wie fühlte sie sich, als Menschen durch ihre Bomben starben? Diese Frage schien ihre Barrieren zu durchdringen, die sie um ihre Gefühle errichtet hatte; es war, so ungewöhnlich das klingt, als hätte sie sich niemals zuvor mit den Folgen ihrer Aktionen befaßt. Ihre Stimmung wechselte unvermittelt von Heldenhaftigkeit zu Verzweiflung. Sie vergrub den Kopf in den Armen. Ein paar Sekunden lang herrschte Stille. Dann blickte sie fast flehend hoch. »Oh, Gott, das ist schwer«, stöhnte sie. »Wir waren auf dieses Interview nicht vorbereitet. Wir hatten keine Ahnung, welche Fragen man uns stellen würde.« Sie müßten nun gehen, fügte sie hinzu. Die Demonstration würde bald beginnen, aber sie würden später wiederkommen.

Fast rechnete ich damit, Alazne und Amaia nie wiederzusehen, aber sie tauchten aus der nächtlichen Menge lächelnd und winkend wieder auf. Eine dritte Frau, Gloria, die in der Zwischenzeit von *Egizan* aufgetrieben worden war, gesellte sich zu uns. Wir gingen durch das Gassenlabyrinth in eine »ruhige« Café-Bar – wo man die Stimme immer nur leicht heben mußte, statt zu schreien. Unterwegs erklärte Gloria, sie sei kein Kommando gewesen, aber man habe sie zu vierzehn Monaten Gefängnis verurteilt, weil sie für den Radiosender der ETA gearbeitet habe. Sie hatte Amaia und Alazne im Gefängnis kennengelernt, und zwischen diesen dreien bestand das besondere Band, das ehemalige Gefangene verbindet. Gloria war dreiunddreißig und wirkte vernünftig und nachdenklich. Sie war auch, wie sich herausstellte, knochenhart.

Alazne und Amaia schienen inzwischen gestärkt und auf jede Frage vorbereitet, die ich ihnen stellen würde, aber sie bekamen kein Wort mehr heraus. Wie, fragte ich, wurden sie mit ihren Schuldgefühlen nach den Aktionen fertig?

Da brach es aus der bislang stillen Gloria hervor: »Es besteht kein Grund für irgendwelche Schuldgefühle, wenn man an einer revolutionären Aktion beteiligt ist – absolut kein Grund. Das wäre eine persönliche Sache. Es gibt aber keine persönliche Schuld, denn dafür ist bei revolutionärer Gewalt kein Platz. Gewalt ist notwendig für den Kampf, und wenn sich jemand schuldig fühlt, dann muß er selbst damit fertig werden. Die Verantwortung für den Mord liegt bei der Bewegung.«

Das waren harte Worte. Im Kampf für die baskische Heimat ist Gewalt gerechtfertigt, aber niemand, der tötet, braucht sich darüber Gedanken zu machen. Es war interessant, daß Alazne und Amaia, die beide getötet hatten, nun bereit wirkten, zu erklären, wie sie mit ihren Emotionen fertig wurden, während Gloria, die nicht getötet hatte, die Propaganda für sich sprechen ließ. Mehr noch, sie tat alles, um die beiden anderen vom Reden abzuhalten. Selbst Amaia verstummte und bestätigte respektvoll nickend diese Rhetorik, als erhielte sie so alle Antworten auf Fragen, die sie verwirrten. Es wurde offensichtlich, daß die beiden Kommandos nichts mehr sagen würden, wenn die unerbittliche Gloria nicht ihre Einwilligung dazu geben würde.

Ich schlug alle Warnungen in den Wind und zitierte Mr. Clark und seine Überzeugung, die auf einem Interview mit einem ETA-Mann basierte: Frauen redeten zuviel, um eine nützliche Rolle in der ETA zu finden. Amaia schien fast an einem Anfall zu ersticken, Alaznes gebrochene Augen flammten auf, und Gloria blieb der Mund offen stehen. Als der Sturm sich gelegt hatte, übersetzte meine Dolmetscherin: »Sie sind verdammt wütend über diese Behauptung und wollen wissen, wer das gesagt hat. Sie meinen, es müsse ein Chauvi gewesen sein, oder jemand, der dem Autor einen Streich spielte.« Gloria schien beschlossen zu haben, daß Amaia und Alazne nun doch reden sollten, damit ich keinen falschen Eindruck bekäme.

Alaznes Geschichte war schrecklich, und nun verstand ich ihre unendliche Traurigkeit. Nach zwei Jahren bei ihrer Kommandoeinheit, in denen sie für zwei Morde verantwortlich war (»aber ich habe niemanden direkt erschossen«), wurde sie verhaftet. »Ich parkte mein Auto, als die Polizei mich faßte. Nicht, daß mich jemand verraten hätte, es war das Auto. Man hatte es mit der Organisation in Verbindung gebracht. Man führte mich auf die Polizeiwache und band mich an einen Tisch, so daß mein Rücken über die Kante hing. Jedesmal, wenn ich mich aufrichten wollte – in dieser Position ist das Liegen äußerst schmerzhaft –, schlugen sie mich.

Dann brachten sie einen Eimer Wasser und stießen meinen Kopf hinein, so daß ich fast erstickte. Das machten sie immer wieder. Sie wollten Namen, Namen von Genossen. Nach drei Tagen Folter und unsäglichen Schmerzen zwangen sie mich, zu Hause anzurufen und meinen Freunden zu sagen, es ginge mir gut und ich wohnte vorübergehend woanders, damit sich niemand Sorgen machte und nicht auffiel, daß ich verschwunden war. Sie befahlen mir auch, bei meiner Arbeitsstelle anzurufen und zu sagen, es ginge mir gut. Ich mußte mir eine Entschuldigung für mein Fehlen einfallen lassen. Ich wußte also, daß niemand eine Ahnung hatte, wo ich war, und niemand würde mißtrauisch werden. Das war sehr erschreckend. Es war, als wäre ich verschwunden, und die Polizisten sagten immer wieder, sie könnten mich einfach verschwinden lassen – das hätten sie schon früher mit Genossen getan und könnten es wieder tun. Dann zogen sie mir eine Plastiktüte über den Kopf, bis ich fast erstickte. Sie bedrohten meine Familie. Was sie sagten und taten, war schier unglaublich.

Ich konnte nicht mehr und bin zusammengebrochen. Die Polizei wußte, daß sich Genossen von mir in Frankreich versteckten und planten, nach Spanien zu kommen, um Anschläge auszuführen. Sie wußten, daß ich ihren Plan kannte, und so zwangen sie mich, sie anzurufen und ihnen grünes Licht zu geben. Sie kamen mit einem Boot, und kurz vor dem Ufer umzingelte sie die Polizei. Sie stellten Suchscheinwerfer an und schossen.

Sie waren zu fünft in dem Boot, alles Männer. Zwei starben sofort, und drei sprangen über Bord. Zwei weitere starben im Wasser, aber der dritte überlebte und sitzt nun im Gefängnis. Die Tatsache, daß ich an diesem Hinterhalt schuldig bin, ist sehr schwer für mich zu ertragen.«

Sie holte tief Luft, ehe sie fortfuhr: »Ich habe mehr getan, als diese Morde nur zuzulassen. Die Polizei nahm mich mit, denn ich mußte den Männern im Boot das Signal geben, sonst hätten sie sich dem Ufer nicht genähert. Ich war an Händen und Füßen gefesselt, und ein Polizist hielt das Ende des Stricks. Sobald ich das Zeichen gegeben hatte, zerrte er mich herab. Ich hatte nur einen der Männer gekannt, weil ich früher mit ihm gearbeitet habe, aber auch die anderen waren meine Genossen. Ich lag am Boden und hörte die Schüsse. Damit muß ich nun leben.«

Sie hatte ihre Geschichte ohne große Gefühlsregungen erzählt, aber in dem Dämmerlicht der Kneipe glänzte ihr Gesicht jetzt von Tränen.

»Man klagte mich der Zusammenarbeit mit einer bewaffneten Gruppe an und verurteilte mich zu sechs Jahren. Bei meiner Verhandlung versuchte ich, über die Folter zu sprechen und daß man mich gezwungen hatte, an dem Polizeihinterhalt teilzunehmen, doch das Gericht weigerte sich, mich anzuhören. Die Polizei behauptete, meine Genossen seien getötet worden, weil sie das Feuer eröffnet hätten. Es sei eine bewaffnete Konfrontation gewesen. Die Polizei habe in Notwehr gehandelt. Es habe keine Zeugen gegeben.

Es ist ziemlich normal, so etwas zu behaupten; manchmal geben sie an, die Kommandos hätten Selbstmord begangen. Ich glaube, das Rechtswesen ist in festen Händen der Regierung. Wenn man eine Leiche mit verbrannten Füßen findet, gibt es vielleicht einen Verdacht, aber keine Beweise, daß diese Person gefoltert wurde. Die Polizei unterdrückt alle Informationen, und in meinem Fall stand meine Aussage gegen ihre. Wer würde mir schon glauben?«

Warum hatte sie ihre Geschichte nicht der Presse mitgeteilt? Sie zuckte bloß mit den Achseln. »Die Zeitungen übernehmen grundsätzlich die Pressemitteilungen von Regierung und Polizei und betrachten sie als Wahrheit. Daher ist es so wichtig, eine eigene Zeitung zu haben.

Ich saß vier Jahre und drei Monate im Gefängnis. *Amnesty International* hat sich für mich eingesetzt, und ich habe im Gefängnis gearbeitet. Daher hat man mich vorzeitig entlassen, weil ich gearbeitet habe, nicht aufgrund von gutem Verhalten. Vor zwei Jahren und fünf Monaten, im Mai 1988, wurde ich entlassen.« (Das sagte sie ohne groß nachzurechnen, als wüßte sie immer genau die Anzahl von Tagen, seit sie wieder frei ist.)

»Ich begann bei der *Amnesty*-Gruppe mitzuarbeiten. Meine Zelle war 1986 aufgelöst worden, weil sie sehr klein war und keine Unterstützung von außen hatte. Sie hatte immer die gleichen Ziele wie die ETA vertreten, daher war es keine Frage von Standpunktwechsel. Aufgrund meiner Gefängnisstrafe kann ich nun an keiner bewaffneten Aktion mehr teilnehmen.«

Alazne hatte selbst beim Weinen gefaßt gewirkt und schien seelisch wie körperlich schwer, fast tödlich verletzt. Meine Sympathie lag im Widerstreit mit der Tatsache, daß sie Menschen umgebracht hatte. Dann verließ sie den Tisch, und Gloria sagte, als sie Alazne im Gefängnis kennenlernte, habe sie »schrecklich verhärmt« ausgesehen. Ich sagte, ich teile diesen Eindruck von Alazne. Gloria war überrascht. »Oh, aber sie sieht jetzt viel besser aus. Damals wirkte sie absolut fertig.«

Alazne faßte kurz zusammen: »Meine Verhaftung und Strafe waren für meine Familie sehr hart. Sie haben sich schrecklich aufgeregt, als man mich faßte, aber sie haben mich so oft es ging im Gefängnis besucht. Es war schwer für sie, denn sie konnten eigentlich nicht begreifen, was ich getan hatte, doch sie haben zu mir gehalten. Wir stehen uns jetzt in der Familie viel näher, und sie schenken mir viel mehr Beachtung als früher.«

Als Alazne 1984 verurteilt wurde, verfolgten die Behörden die Politik, alle ETA-Gefangenen zusammenzulegen, weshalb sie eine Gemeinschaft bilden und einander helfen konnten. Zweifelsohne half ihr die Unterstützung der Genossinnen, ihren Verstand zu bewahren. Seit kurzem verfolgt die spanische Regierung jedoch eine neue Politik, nach der die ETA- Gefangenen verteilt werden, so daß sie sich nicht mehr gegenseitig helfen können.

Alle drei Frauen schrieben ihren relativ stabilen Geisteszustand der engen Gefängnisgemeinschaft zu. Keine, selbst nicht die so schwer getroffene Alazne, hat psychiatrische Hilfe gesucht, obwohl sie zugaben, daß einige ETA-Gefangenen dies dringend gebraucht hätten.

Amaia erklärte: »Im Gefängnis, mit anderen Frauen, die die gleiche Folter mitgemacht hatten, waren wir unter Freunden, und es gab einen Prozeß der Normalisierung, den nur Menschen, die das gleiche erlitten hatten, herbeiführen konnten. Anscheinend hatten wir alle die gleiche Erfahrung nach der Folter, eine Art Amnesie. Wir konnten uns nur an Kleinigkeiten erinnern, an die Namen von Freunden und Straßen. Das war sehr verstörend. Wenn man eine neue Gefangene in den Block brachte, sprachen wir mit ihr über den Gedächtnisverlust und versicherten ihr, sie sei nicht wahnsinnig und würde sich allmählich wieder an alles erinnern. Jetzt sind die Gefangenen alle isoliert und dürfen nur Besuch von der Familie erhalten, nicht von Freunden. Sie sind in einem viel schlechteren Zustand als wir damals.« Bei der Folter, fuhr Amaia fort, schien die Polizei härter mit den Frauen der ETA umzuspringen als mit den Männern. Viele Kriminologen glauben, man könne diese Behandlung damit erklären, wie die Gesellschaft gewalttätige Frauen betrachtet: Sie seien doppelt schuldig. Sie hätten nicht bloß ein Verbrechen begangen, sondern damit auch das traditionelle Bild der Frau als sanftes, rechtschaffenes Wesen bedroht. »Es ist fast so, als wollten sie uns dafür bestrafen, weil wir es wagten, uns an einem bewaffneten Kampf zu beteiligen. Sie können nicht akzeptieren, daß Frauen solche Dinge tun. Sie schreien einen an, lachen, beschimpfen einen, und man wird körperlich und sexuell mißhandelt. Sie behandeln einen wie etwas Unnatürliches. Mütter werden besonders gequält, indem sie deren Kinder bedrohen. Daher gibt es in den Kommandos nur sehr wenige Mütter; die spielen meistens nur Hilfsrollen.

Natürlich nutzt die Polizei aus, daß wir Angst vor Vergewaltigung haben, und drohen damit. Leider bleibt es aber nicht bei der Drohung.

Viele Frauen sind bei der Folter vergewaltigt worden, manche mit Schlagstöcken. Wenn die Folterer einem sagen, daß sie das vorhaben, weiß man, es ist keine leere Drohung. Sie sagen: ›Denk daran, was mit der und der passiert ist...‹«

Die Folterer seien barbarisch, schloß Amaia, sie seien wahnsinnig und »etwas stimme nicht mit ihnen«. Die wahnsinnigsten und barbarischsten aber seien die Frauen. Oft nähmen Polizeibeamtinnen an der Folterung von ETA-Frauen teil. Alle drei Frauen erinnerten sich, daß bei ihrer Folterung eine Frau anwesend war. Alazne meinte tonlos, das habe für sie keinen Unterschied gemacht, aber sie fügte hinzu: »Die Frau war oft viel brutaler zu mir als die Männer.« Amaia meinte, sie hätte es schrecklich gefunden, daß eine Frau dabei war und ihren zerbrochenen Körper obszön beschimpfte. Die Frau sei »eine zusätzliche seelische Folter« gewesen. Gloria, die von körperlicher Folter verschont geblieben war, hatte man sieben Tage lang seelischem Terror und verbaler Mißhandlung ausgesetzt, und die Frau, die sie verhörte, hatte sie am stärksten eingeschüchtert. »Ich weiß noch, wie ich dachte: ›Wie kannst du bei der Folterung einer anderen Frau mitmachen? Wie kannst du da stehen und zulassen, daß Männer so etwas tun? Wie kannst du nur?‹ Das schlimmste war für mich, daß ich meine Periode hatte und um Binden bitten mußte. Da haben alle gelacht. Ich habe mich sehr verletzlich gefühlt.«

Das war eine faszinierende Perspektive: wie Frauen, die sich entschieden hatten, Gewalt anzuwenden, andere Frauen betrachteten, die die gleiche Entscheidung getroffen hatten – nur auf der anderen Seite. Man glaubt allgemein, daß Menschen, die Terrorakte begehen, entweder wahnsinnig oder grundsätzlich schlecht seien, besonders aber Frauen, von denen man erwartet, daß sie Leben schützen und nicht vernichten. Diese drei Frauen rechtfertigten Gewalt als Bestandteil ihres revolutionären Kampfes, aber sie benutzten die gleichen verdammenden Begriffe für die Vernehmungsbeamtinnen und drückten das gleiche Entsetzen darüber aus, daß Frauen foltern können, das ihnen gewöhnlich selbst entgegengebracht wurde. Damit will ich nicht sagen, Folter sei nicht das schrecklichste aller Verbrechen, doch wie viele Opfer von Bomben und Schüssen bleiben am Leben, gequält von ihren Verletzungen?

Ich war schockiert, daß Beamtinnen der spanischen Polizei an Folterungen teilnehmen. »Ich kann nicht begreifen, wie sie damit fertig werden«, sagte Amaia – doch wenn ein Grund, daß es Frauen in der baskischen ETA gibt, die natürliche Entwicklung der Emanzipation ist, wie Amaia gemeint hatte, warum sollte es überraschen, daß Frauen sich an der Vernichtung dieser Kommandos beteiligen und sich der schlimmsten zur Verfügung stehenden Mittel bedienen?

»Sie können es, und sie können damit leben«, fuhr Amaia fort, »weil sie durch die Gesellschaft unterstützt werden. Man gibt ihnen offiziell die Genehmigung, uns zu foltern. Ihre Arbeit besteht darin, uns zu entmenschlichen, aber sie selbst sind es, die unmenschlich werden.« Man denkt daran, wie oft das gleiche über revolutionäre Gruppen gesagt wurde, die Terrorakte begehen – man bezeichnet die Täter als »wilde Hunde«, »Bestien«, »verworfene Killer«, ihre Taten als unmenschlich. Wenn man eine Polizistin privat kennenlernte, würde man sie vermutlich ebenso herzlich, freundlich, nachdenklich – und menschlich – finden wie diese drei Frauen. Amaia erzählte nun die Geschichte von ihrer Verhaftung und Folterung. Sie schien die Einzelheiten herunterzuspielen, wie in Ehrfurcht vor Alaznes erschütterndem Bericht.

»Ich wurde 1983 in Bilbao verhaftet, ich glaube, weil jemand unter Folter meinen Namen preisgegeben hatte. Ich war einkaufen, als mich plötzlich vier Polizisten umzingelten. Sie fragten mich nach meinem Ausweis, dann sagten sie: ›Kommen Sie mit. Wir wollen Ihnen ein paar Fragen stellen.‹ Man brachte mich in ein Polizeiauto, dem ein weiteres folgte. Ich weiß noch, daß ich meine Einkaufstasche immer noch bei mir hatte.

Auf der Wache unterzog man mich der gleichen Folter wie Alazne. Außerdem gab man mir Elektroschocks. Das machen sie, weil es keine Spuren hinterläßt – genau wie das mit der Plastiktüte über dem Kopf. Und ohne Narben kann man nur schwer beweisen, daß man mißhandelt wurde. Dann wurde ich auf normalere Weise verhört, von dem guten und dem bösen Polizisten, aber sie tauschten die Rollen aus, und so wußte man nie, welcher der gute war.

Dann ging die Polizei zu mir nach Hause und verhaftete das Mädchen und den Jungen, die dort wohnten. Sie gehörten nicht der Organisation an und wußten von nichts. Sie wurden nach ein paar Tagen entlassen, aber die Polizei riet ihnen: ›Sagt niemandem etwas von ihrer Verhaftung, sonst holen wir euch wieder.‹ Drei Tage lang wußte niemand, wo ich war, und mir hätte alles mögliche zugestoßen sein können. Danach hat meine Familie es herausgefunden, und meine Mutter und meine Schwester – mein Vater hatte uns schon vor einiger Zeit verlassen – haben mir geholfen.

Man hielt mich zehn Tage lang im Kommissariat und folterte mich, ehe man mich vor Gericht stellte. Wie Alazne habe ich versucht, über die Folter auszusagen, aber der Richter meinte, an meinen Anschuldigungen sei niemand interessiert.

Man klagte mich nur der Mitgliedschaft in einer ETA-Bande an, weil sie mir nicht beweisen konnten, an irgendwelchen Aktionen teilgenommen zu haben.«

Es überrascht nicht, daß die Vernehmungsbeamten Hauptziele für Anschläge von ETA-Kommandos sind. Sie werden offensichtlich alle drei Monate auf eine andere Polizeistation versetzt, um ihre Identifizierung zu erschweren. Amaia fügte hinzu: »Die Beamten tragen jetzt Schalmützen, damit man sie nicht erkennen kann. Als ich verhaftet wurde, war das noch nicht so, aber sie schrien mich immer wieder an, sie nicht anzusehen und den Kopf gesenkt zu halten.

Sie sind Hauptangriffsziele, nicht nur, weil sie den ETA-Leuten das antun, sondern weil sie von der Regierung geschützt werden. Es gibt sehr viele, und sie sind hochqualifiziert. Wir haben Informationen an *Amnesty International* weitergegeben. Es hat mit Sicherheit Kontakte zwischen AI und der spanischen Antiterrorismus-Einheit gegeben, aber die Folter geht weiter. Die französische Regierung hat nach der Behandlung der Gefangenen gefragt, aber meistens gibt es nur wenig Beweise.«

Die Frauen waren überzeugt, daß die Urteile für Helfer der ETA und Kontaktpersonen von ETA-Gruppen besonders hart ausfielen. Es scheint, daß die spanische Polizei auf Verdacht verhaften und festhalten kann und daß junge Leute, die an Demonstrationen teilnehmen, automatisch in Verdacht geraten. Alle drei behaupteten, Leute zu kennen, die gegenwärtig lange Gefängnisstrafen verbüßten, bloß weil sie mit Kommandoeinheiten befreundet gewesen seien.

In den letzten zehn Jahren, sagten sie, hätten die Behörden erkannt, daß die ETA nicht ohne die Infrastruktur und die Unterstützung vieler Menschen in der Gemeinschaft existieren könne. Daher betrachtet man Personen, gewöhnlich Frauen, die den ETA-Zellen Unterstützung gewähren – Informationen sammeln, Unterschlupf zur Verfügung stellen, Nachrichten übermitteln – als gleich wichtig. Gloria zollte diesen Arbeiterinnen im Hintergrund ihren Respekt. »Ohne ihre Unterstützung könnte es keine direkten Aktionen geben, und so betrachtet die Polizei jede Hilfe für die ETA als fast ebenso schwerwiegend wie die eigentlichen Aktionen. Vor zehn Jahren hätten Leute, die die ETA unterstützten, geringe Strafen bekommen, jetzt sitzen sie ziemlich lange im Gefängnis.«

Sie war ein Sonderfall. Ihr ehemaliger Freund wurde als Verdächtiger von der Polizei gejagt, und als Gloria eines Tages nach Hause kam, sah sie eine Pistole auf sich gerichtet. »Ich war mit Freunden ausgewesen und kam erst um acht Uhr morgens nach Hause. Da war das Schloß aufgebrochen, und die Tür stand offen. Ich hatte Angst, denn ich dachte an Einbrecher und fragte mich, ob sich noch jemand in der Wohnung aufhielt. Vorsichtig ging ich hinein, und plötzlich hatte ich die Pistole am Kopf. Es waren fünf Polizisten und eine Beamtin. Sie waren um zwei Uhr nachts aufgetaucht, hatten die Tür aufgebrochen und auf mich gewartet.

Sie suchten einen ehemaligen Freund von mir und meinten, ich wüßte vielleicht, wo er war.

Sie suchten ihn, weil ein anderer junger Mann, den sie verhaftet hatten, ihn erwähnte. Dieser Gefangene konnte sich nur daran erinnern, daß mein Ehemaliger mal mit einer Gloria zusammengewesen war. Er hatte mich kennengelernt, weil mein ehemaliger Freund und ich mal mit ihm und einer Freundin verreist waren. Er wußte, der Name des anderen Mädchens war Arantza und daß sie mich und meine Adresse kannte. Er konnte sich bei Arantza nur daran erinnern, daß sie in einer bestimmten Fabrik arbeitete.

Arantza ist ein sehr häufiger Name, aber das hielt die Polizei nicht ab, zu der Fabrik zu gehen und jedes Mädchen mit diesem Namen zu verhaften. Es waren eine ganze Menge! Schließlich fanden sie die richtige, und die hat ihnen meine Adresse gegeben. Offensichtlich hatte die Polizei davor zwei andere Mädchen festgenommen, die auch mal mit meinem Exfreund zusammen waren. Wir hatten uns erst ein Jahr zuvor getrennt, und er hatte schon zwei andere Beziehungen! Diese anderen Mädchen konnten der Polizei aber nicht sagen, wo er war, und so waren sie nun hinter mir her. Beim Warten auf mich durchsuchten sie meine Wohnung und fanden leider Beweise, daß ich für den ETA-Radiosender arbeitete, was illegal ist, weil sie behaupten, er rufe zum bewaffneten Kampf auf. Sie verhafteten mich und verhörten mich sieben Tage lang. Abgesehen von einem Hieb in die Magengrube ganz am Anfang folterten sie mich nicht körperlich, nur psychisch. Sie versuchten, mich mit ETA-Aktionen in Verbindung zu bringen, und verhörten mich auf sehr seltsame Weise. Sie setzten mich auf einen Stuhl und standen um mich herum – manchmal sechs oder sieben, manchmal nur zwei. Dann stellten sie mir unaufhörlich Fragen: ›Kennen Sie einen Soundso von der Universität? Wann haben Sie Z. zum letztenmal gesehen?‹ Diese Fragen wurden geschrien, was sehr einschüchternd wirkte.

Sie waren ja sechs oder sieben Stunden in meiner Wohnung gewesen – denn es ist ihre Gewohnheit, einen mitten in der Nacht zu verhaften – und hatten Zeit gehabt, alle meine Briefe und Papiere durchzuwühlen. Sie wußten also alles über mich. Sie hatten Briefe von Leuten gelesen, die ich seit Jahren nicht mehr gesehen hatte, aber das wußte ich nicht. Ich fand es nur komisch, daß sie soviel über mich wußten, selbst über alte Freunde, und das brachte mich aus der Fassung. Ein anderes Spiel war, daß sie sagten, mein Anwalt sei da. Dann betrat ein Mann den Raum, und ich dachte: ›Der wird mich schützen.‹ Bald merkte ich aber, daß er auch Polizist war, und am Ende konnte ich niemandem mehr trauen.

Glücklicherweise hatte einer meiner Nachbarn gesehen, wie die Polizei in meine Wohnung eindrang, und hatte meine Freunde und meine Familie benachrichtigt. Damals wußte ich das nicht, aber am nächsten Morgen erwähnten sie meine Verhaftung in den Radionachrichten und in der Presse, und so war es öffentlich geworden. Jeder wußte zwar, wo ich war, doch die Polizei hielt mich trotzdem zehn Tage fest, und die Verhöre ohne Folter waren schlimm genug. Dann schickten sie mich nach Madrid.

Bei den Verhören war ich so eingeschüchtert worden, daß ich eine Erklärung unterschrieb, alle möglichen Dinge begangen zu haben, was aber nicht stimmte. Als ich ins Hauptquartier nach Madrid kam, sagte ich der Polizei, ich hätte nur aus Angst vor der Folter unterschrieben, daher klagte man mich nur an, für den ETA-Sender gearbeitet zu haben.«

Gloria erklärte ausführlich, daß die ETA-Männer insgesamt zwar von Frauen erwarten, Hilfsrollen zu spielen, aber wenn eine Frau Mitglied eines Kommandos geworden ist, wird sie als gleichberechtigte Genossin akzeptiert. Sie lachte. »Glaub aber nicht, daß alle Männer in der ETA für die Frauensache sind – viele sind immer noch von gesellschaftlichen Vorurteilen und Traditionen gefangen. Auch sie müssen umerzogen werden.«

Alle drei meinten übereinstimmend, daß Frauen auf verschiedene Weisen mehr erreichen könnten als männliche Kommandos, einfach aufgrund ihres Geschlechts, doch da Frauenkommandos immer häufiger würden, sei dies nicht mehr so leicht wie früher.

»Früher funktionierte das Macho-System zu unseren Gunsten«, erinnerte sich Amaia. »Wenn die Polizei den Mann oder Freund einer Frau faßte, nahm sie immer an, die Frau sei unschuldig. Darum hatten die Frauen oft Glück, denn die Polizei konnte sich einfach nicht vorstellen, daß eine Frau eine aktive Rolle im bewaffneten Kampf spielte. Wir haben dies zu unseren Gunsten genutzt. Wenn man gefaßt wurde, behauptete man, auch wenn man keinen Freund hatte, daß man keine Ahnung habe, was er tue oder in was er einen reingezogen hätte. Wenn man etwas getan hatte, rief man einfach: ›Er hat mich dazu gezwungen!‹« Selbst heute, so meinten sie, könnten viele Polizisten nicht akzeptieren, daß »gewisse Frauen« Mitglieder einer ETA-Zelle sind, die einen Anschlag plant. Das Geheimnis liegt offensichtlich darin, sich elegant zu kleiden und stark zu schminken, damit man respektabel und angesehen wirkt. »Schon mehrere Anschläge wurden von sehr eleganten Frauen ausgeführt«, meinte Gloria.

Ich fragte Alazne und Amaia, die beide nicht aussahen, als ob sie großen Spaß an Make-up und Kleidung hätten, ob sie sich jemals so verkleidet hätten. Amaia kicherte. »Nein, aber ich war einmal mit einem Kommando-Mann in einer Bar, als die Polizei kam. Ich tat so, als wäre ich ... nun, schrecklich in ihn verliebt, während wir in Wirklichkeit etwas ganz anderes im Sinn hatten.« Eine Bombe legen? Sie lachte bloß.

Dann erwähnten sie eine weitere Frau, Belen Gonzalez. Frau Gonzalez ist offensichtlich die am meisten gesuchte ETA-Frau im Polizeicomputer und war den Behörden zufolge bei allen Schießereien und Bombenanschlägen in Madrid beteiligt. Vor ein paar Jahren saß sie bei einer Straßensperre der Polizei in der Hauptstadt fest. Sie schlenderte zu einem jungen Paar und fragte, ob sie den jungen Mann ein paar Minuten »borgen« könne. Dann umarmte sie den verdutzten Jüngling und spazierte in liebevoller Umarmung mit ihm durch die Polizeibarrieren.

Amaia brüllte vor Lachen. »Die Polizei konnte nur ein Liebespaar sehen. Als sie hinterher merkten, daß sie ihnen entwischt war, waren sie höllisch wütend, viel wütender, als wenn ihnen ein Mann durch die Lappen gegangen wäre. Das hatte ein ziemlich starkes Element von verletztem männlichem Stolz, daß sie diese verdammte Frau nicht fangen konnten, daß sie ihnen wieder mal durch die Finger geschlüpft war. Sie war ein Dorn in ihrem Fleisch.« Frau Gonzalez soll inzwischen in Südamerika in Sicherheit leben.

Alle schienen nun sehr entspannt, und so stellte ich die Frage, vor der ich mich bisher gedrückt hatte – die Erhebung der sogenannten »Revolutionssteuer« von der ETA, die andere vielleicht Erpressungsgeld nennen würden. Diese Methode der Geldbeschaffung funktioniert, weil die ETA reiche und bekannte Geschäftsleute entführt und tötet, wenn das Lösegeld nicht bezahlt wird. Die »Revolutionssteuer« kommt ohne die unangenehme Entführung aus. Man droht einfach damit, um Geschäften im Baskenland große Summen abzuverlangen. Manche Geschäftsleute haben sich dieser Steuer widersetzt und teuer dafür bezahlt. Die meisten aber, darunter auch Banken, haben stillschweigend bezahlt, während sie zugleich öffentlich die ETA verdammen. Man glaubt, daß die GAL zum Teil aus Söldnern besteht, die von Geschäftsleuten angestellt wurden, die es leid sind, diese Revolutionssteuer zu bezahlen.

Meine vorsichtige Frage löste bloß breites Grinsen am Tisch aus. Ja, nickten sie, die Steuer brächte der Bewegung wichtige Gelder. Es war deutlich, daß sie diese Praxis nicht als moralisch bedenklich betrachteten. »Natürlich nimmt man sich die großen Firmen vor, denn die kleineren will keiner schädigen. Wir stellen unsere Forderungen an die Besitzer oder Leiter von Firmen und Banken, die eine Menge Kapital haben und ihre Arbeiter ausbeuten. Das Geld, das wir als Steuer erhalten, zahlen wir den Arbeitern, um sie zu befreien.« War die

Drohung mit Entführung notwendig? Das löste spöttische Belustigung aus. »Die würden sich doch nicht freiwillig von ihrem Geld trennen, oder?«

Das alles klang furchtbar vernünftig, solange man die revolutionären Argumente akzeptierte und Firmen als legitime Ziele betrachtete und die Tatsache ignorierte, daß man Menschen mit Terror einschüchterte.

Dann fragte ich, wie sie den Mord an Unschuldigen rechtfertigten, die durch Versehen getötet würden. 1987 explodierte zum Beispiel eine Bombe in einem Quartier der *Guardia Civil.* Elf Menschen wurden getötet, darunter vier Kinder.

Alazne, die eine Weile geschwiegen hatte, ergriff das Wort: »Natürlich gefällt das niemandem, und es will auch keiner, es tut uns allen weh. Das tun wir nicht mit Absicht, aber in einem Krieg geschehen manchmal solche Dinge.«

Amaia stimmte ein: »Die Presse benutzt solche Tragödien gegen uns. Wenn Frauen und Kinder bei einem Anschlag getötet werden, sagen sie, uns sei alles egal. Wir wären rücksichtslose Killer und mordeten Unschuldige. Das ist aber nicht wahr. Es ist für uns sehr schlimm, doch es passiert manchmal, und wir betrachten es als unvermeidlich. Gleichzeitig geschieht es oft, daß die Polizei und die Zivilgarde Eltern zum Verhör mitnehmen und deren Kinder ohne Betreuung zurücklassen. Sie werden einfach völlig im Ungewissen gelassen, was mit ihnen geschieht. Das ist grausam. Und tragischerweise geraten immer wieder Menschen, die mit dem bewaffneten Kampf nichts zu tun haben, in eine solche Situation.«

Gloria, die im Verlauf des Abends zunehmend menschlicher und angenehmer geworden war, verdarb nun alles: »Bei dem Quartier der *Guardia Civil* und anderen Bombenanschlägen – die können sich doch nicht hinter ihren Frauen und Kindern verstecken. Die Frauen und Kinder haben dort nichts zu suchen, aber wenn sie dort sind, gehören sie zur Organisation und zu den Unterdrückern unseres Volkes. Also sind sie legitime Opfer.«

Man wußte nicht, ob Gloria sich so radikal anhörte, weil sie nie jemanden getötet oder verletzt hatte, oder ob sie, falls sie nicht für ihre Mitarbeit am Sender geschnappt worden wäre, ohne mit der Wimper zu zucken Kindergärten mit Nachwuchs der *Guardia Civil* in die Luft gejagt hätte. Ich hatte noch nie jemanden kennengelernt, der solche Dinge sagte – und Gloria brachte es mit voller Überzeugung heraus. Sie bezeichnete jedoch den Anschlag auf ein Warenhaus in Barcelona im Jahre 1987 als Fehler der ETA, einen, für den sich die Bewegung entschuldigte. »Der Laden gehörte zu einer großen Kette, und der Anschlag fand statt, als die ETA sich Warenhäuser vornahm, an denen der Staat beteiligt war. Normalerweise hätte man die Bombe gezündet, wenn sich niemand dort aufhielt; hier jedoch ging die Bombe ohne Warnung los und tötete fünfzehn oder achtzehn Menschen.

In der ETA gab es sehr viel Selbstkritik wegen dieses Anschlags, und von außen natürlich auch. Die Leute der Organisation waren schockiert, weil niemals geplant war, Unschuldige sterben zu lassen. Wir wollen kein zielloses Morden, und wir hätten das nicht tun sollen. Wir haben es bitter beklagt.« Das war eher nachzuvollziehen. Gloria wirkte ehrlich betroffen – aber dann fuhr sie fort: »Es gab viel Kritik an dieser Aktion, weil wir damit gerechnet hatten, die Polizei würde die Warnung weitergeben, daß wir eine Bombe in dem Kaufhaus gelegt hatten. Die ETA benachrichtigt gewöhnlich die Polizei im voraus, aber hier entschieden die Behörden bewußt, die Warnung nicht weiterzugeben. Das geschah zu Propagandazwecken – sie wollten die Öffentlichkeit stark gegen die ETA aufbringen.«

Alazne löste mit ihrem Leiden und ihrer Sanftheit Mitleid und Respekt aus; Amaia war so was wie ein netter, aufrichtiger Schurke. Beide hatten für ihre Aktionen gelitten, und ihre Rhetorik war durch Erfahrung gemäßigt. Ihre Berichte über die Folterungen waren sehr schockierend, so daß man sich immer wieder vor Augen führen mußte, warum sie verhaftet worden waren. Bei Glorias Worten lief mir jedoch ein Schauder den Rücken herab. Es war schwer, die beiden Seiten ihrer Persönlichkeit miteinander in Einklang zu bringen: die Frau, die sich so gedemütigt und verletzt gefühlt hatte, als sie gezwungen war, ihre Vernehmungsbeamten um Binden zu bitten, und die revolutionäre Theoretikerin, die Gewalt in Ordnung fand und meinte, daß die Kinder ihrer Feinde besser achtgeben sollten.

Der Deckname der jungen Frau, Txikia (»die Kleine«), hätte nicht passender gewählt sein können. Es war nicht schwer, diese winzige Person als Kind zu sehen. Doch solche Gedanken verflogen rasch, wenn Txikia zu reden begann. Sie war zutiefst enttäuscht, daß sie sich nach einer achtzehnmonatigen Gefängnisstrafe nicht wieder einer ETA-m-Einheit anschließen und das werden konnte, was sie sein wollte – Guerilla-Frontkämpferin. Sie war gefoltert worden und litt ständig unter Schuldgefühlen, weil sie am Ende zusammengebrochen war und Informationen preisgegeben hatte. Und sie war fest überzeugt, daß Gewalt, Mord eingeschlossen, schneller zum Ziel führt als Worte.

Txikia war erst wenige Monate bei einer ETA-m-Einheit, als sie verhaftet wurde. Als neues Mitglied war sie auf ziemlich niedriger Ebene beschäftigt – sie trug Informationen über mögliche Opfer der Bewegung zusammen –, aber sie gab freimütig zu, daß sie rasch aufgestiegen wäre, wenn ihre Karriere nicht ein so drastisches Ende gefunden hätte. Sie weigerte sich, zu schildern, wie sie ihre Aufgaben erfüllte, aber man konnte sie sich gut als Spionin vorstellen; niemand hätte gedacht, daß diese winzige Person mit dem süßen Gesicht aufmerksam beobachtete, wann Polizeibeamte Dienstwechsel hatten oder wo sie sich nach Dienstschluß zu einem Gläschen trafen.

Ihre Informationen könnten zum Tod der Beobachteten geführt haben, aber sie war völlig ohne Reue. Sie gewann Befriedigung aus ihrer Rolle und genoß das Gefühl von Kameraderie in der Gruppe. Die meisten dort waren zwar Männer, darunter auch ihr Partner, aber es gab auch Frauenkommandos, die Txikia bewunderte und denen sie sich anschließen wollte. Sie war immerhin nicht bloß eine Frau in einer repressiven Gesellschaft; sie war vielleicht klein, aber selbst eine kleine Frau ist eine Macht, mit der zu rechnen ist, wenn sie ein Gewehr bei sich trägt, das sie zu benutzen weiß. Die Entscheidung, Guerilla zu werden, hatte sie, wie sie erklärte, nicht leichtfertig getroffen. Sie hatte so viel mehr zu verlieren als ein Mann. Es war deutlich ein Thema, über das sie viel nachgedacht hatte: »Frauen haben viel mehr Schwierigkeiten, wenn sie untertauchen und voll einsatzbereit werden. Zweifelsohne hat das eine Menge mit den traditionellen strengen Einstellungen unserer Gesellschaft gegenüber Frauen zu tun – daß sie zu Hause bleiben und Kinder bekommen sollen. Diese Denkweise verändert sich, aber wir sind immer noch konditioniert, Sicherheit anzustreben, und wenn man sich einer Kommandozelle anschließt, besteht die große Möglichkeit, daß man seine Familie, sein Zuhause und natürlich alle Sicherheit verliert.

Für Männer ist es leichter. Man erwartet traditionellerweise, daß sie außer Haus das Geld verdienen. Sie wissen, was immer ihnen zustößt, ihre Frauen werden sich um die Kinder kümmern. Aber wenn eine Frau so etwas tut, muß sie alle Verbindungen durchtrennen und solche Gefühle vergessen.

Für mich gab es nicht so viele Probleme. Der Mann, mit dem ich zusammenlebte, war nur mein Freund, und außerdem machten wir das gleiche.«

Sie betonte, daß ihr Freund sie auf keine Weise beeinflußt habe, »voll einsatzbereit« zu werden. »Ich weiß nicht mehr, wer von uns zuerst dazu stieß, aber wir haben uns durch die Gruppe kennengelernt. Ich kenne keine ETA-Frau, die durch ihren Mann zur Frontaktion gedrängt wurde. Was die allgemeine Unterstützung angeht, so stimmt es vielleicht, daß Frauen durch ihre Männer hineingezogen werden – sie stellen Unterschlupf zur Verfügung, geben Geld und ähnliche Dinge. Aber Frauen, die tatsächlich zum Kommando werden, machen das freiwillig und werden bei Entscheidungen als gleichberechtigt betrachtet. Diejenigen, die zum bewaffneten Kampf vorstoßen, sind der Revolution viel verpflichteter als die anderen. Sie sind politisch fortschrittlicher, und das bedeutet, daß sich die Männer der Rechte der Frauen bewußt sind.«

In Txikias Einheit wurde allen, vom jüngsten Rekruten bis zum erfahrensten Kämpfer, beigebracht, was sie bei einer Festnahme zu erwarten hätten: »Folter. Wir waren psychologisch darauf vorbereitet. Man beschrieb uns die verschiedenen Arten der Folter und wie wir erkennen konnten, was als nächstes folgen würde. Wenn man weiß, was kommt, kann man sich leichter dagegen wappnen.«

Diese Lektionen nutzten ihr, als sie verhaftet und festgehalten wurde, zuerst in der Polizeiwache in Bilbao, dann im Polizeihauptquartier in Madrid.

Es war zwei Uhr morgens, als die Polizei die Tür zu der Wohnung aufbrach, in der Txikia mit ihrem Freund wohnte. »Es waren etwa zwanzig Mann, alle bis an die Zähne bewaffnet, und sie schnappten einfach alles – Bücher, Fotos, alles, was sie sahen. Sie beschimpften uns, besonders mich, nannten mich die Tochter einer Hure – bedeutungslose Worte. Dann verhafteten sie uns beide, und mich brachte man auf die Polizeiwache in Bilbao.

Sie begannen sofort, mich zu schlagen. Ich erinnere mich an die kräftigen Männer, die um mich herumstanden und auf mich einschlugen. Sie hatten mich an den Hand- und Fußgelenken an einen Balken gebunden, so daß ich wie ein Affe zwischen zwei Tischen schaukelte. Ich hatte das Gefühl, mein Rücken würde brechen.

Ihre Methode besteht zunächst darin, einen körperlich zu brechen und dann psychisch zu foltern. Sie verhöhnen einen damit, was man über Genossen weiß, die bei der Vernehmung starben. Sie drohen, die Eltern zu verhaften. Das war ein schrecklicher Gedanke, zu wissen, daß sie es konnten, daß sie vielleicht auch meine Eltern foltern würden.

Man folterte mich sieben Tage lang, erst drei Tage in Bilbao, dann im Hauptquartier in Madrid. Nach Madrid gebracht zu werden ist das Schlimmste, was einem passieren kann. Da liegen die Vernehmungsräume in Kellern mit gewölbten, grün gestrichenen Decken. An den Decken klebt das Blut von Gefangenen – es ist wie eine mittelalterliche Folterkammer.« Sie gab zu, daß die Erinnerung an ihr Scheitern, als sie zusammenbrach und redete, sie immer noch heimsucht. Zögernd und mit gesenktem Blick fuhr sie fort: »Ich fühle mich deshalb sehr schuldig. Es ist so schwer, nichts zu sagen, wenn man so gequält wird. Ich mußte am Ende reden, auch wenn es gegen meinen Willen war. Ich finde es schwer, zuzugeben, daß ich geredet habe, und ich habe seitdem tiefe Schuldgefühle.« Hatte sie ihre Genossen verraten? »Ja«, flüsterte sie, »aber ich gab ihnen nicht genügend Informationen, um alle verhaften zu lassen.«

Neun Jahre später leidet sie immer noch unter Rückenschmerzen aufgrund der Behandlung beim Verhör. Sie bezeichnete ihre Verlegung in das Madrider Gefängnis, in dem sie achtzehn Monate saß, als Befreiung nach dem Aufenthalt bei der Polizei. Man hatte ihr mit sechs Jahren Gefängnis gedroht, daher war sie zusätzlich erleichtert, als sie eine relativ kurze Gefängnisstrafe erhielt.

Bei der Einlieferung ins Gefängnis wurde sie vom dortigen Arzt untersucht. Txikia zufolge betrachtete er ihre zahlreichen Prellungen und die zerschundenen Hände und bezeichnete sie als perfekt gesund. »Er sagte: ›Oh, das ist doch nichts, heute ist alles lila, morgen werden die Flecken gelb sein.‹ Er untersuchte nicht einmal, ob in meinen Händen Knochen gebrochen waren.«

Sie war 1981 verhaftet worden, und ihre Zellengenossinnen waren ebenfalls ETA-Frauen. Abgesehen von der gegenseitigen Unterstützung und Aufmunterung teilten sie alles, was sie hatten – Essenspakete von Zuhause waren besonders wichtig, da das Gefängnisessen »ekelhaft« war. Doch ihre Erinnerung an diese Zeit ist bitter. Die Aufseherinnen hatten die Gefangenen ständig gequält, die Zellentür mitten in der Nacht aufgerissen und zugeknallt und sie wiederholt beschimpft. Trotz dieser Behandlung war Txikia keineswegs gebrochen. »Meine Erfahrung im Gefängnis überzeugte mich, daß der bewaffnete Kampf der einzige Weg war, diese Leute zu ändern. Als ich herauskam, wollte ich bei den Kommandos weitermachen, aber natürlich war mein Gesicht überall bekannt, und es war zu leicht, mich zu überwachen. Manche Ex-Gefangene bekommen mitten in der Nacht Anrufe von der Polizei und werden überall beschattet. Aus Sicherheitsgründen konnte ich mich keiner ETA-Einheit anschließen.

Als ich freigelassen wurde, veranstaltete die Bewegung eine große Party für mich, und nach zwei Monaten begann ich, in der Amnesty-Gruppe zu arbeiten.« Aufgrund der Mitarbeit in dieser Gruppe vor vier Jahren hatte Txikia sich entschlossen, der ETA beizutreten. Es war ein Weg zur Gewalt, der bei den von mir interviewten Frauen sehr häufig war. Zuerst die Unterstützung der Gefangenen, dann folgte, vielleicht aus einem Gefühl der Enttäuschung heraus, daß die Gefangenen immer noch mißhandelt wurden, die Erkenntnis, daß man der Ungerechtigkeit nur Einhalt gebieten konnte, indem man persönlich zurückschlug. Frauen schienen weitaus emotionaler mit dem Leiden der Gefangenen befaßt als die Männer, und wenn sie den Schritt vom Sympathisanten zum Guerilla tun, scheinen sie eine tiefere Verpflichtung für den Kampf mitzubringen. »Ich war in ständigem Kontakt mit Männern und Frauen, die gefoltert worden waren und lange Gefängnisstrafen verbüßten. Ich setzte mich für sie ein und erkannte, daß auch ich kämpfen mußte. Das war keine plötzliche Entscheidung. Es war eine natürliche Entwicklung für mich, weil ich politisch bewußter wurde und das Gefühl bekam, etwas tun zu müssen, um zurückzuschlagen.

Soweit ich mich zurückerinnern kann, war ich über die Unterdrükkung der Basken wütend gewesen. Ich stamme aus einem Arbeitervorort in Bilbao, in dem man auf den Straßen baskisch spricht. Zu Hause konnte aber keiner die Sprache, obwohl meine Eltern beide Basken sind, weil Franco sie verboten hatte, als sie Kinder waren. Mir schien das immer falsch, daß sie ihre eigene Sprache nicht sprechen konnten. Mein Großvater hatte im Bürgerkrieg mit den Republikanern gekämpft, und meine Eltern hatten immer noch Angst. Ich lernte auf der Straße baskisch sprechen und wurde mit dem baskischen Kampf für Unabhängigkeit bald vertraut.

Schon früh war ich wütend über die Ungerechtigkeiten, die uns Franco angetan hatte. Die Lehrer in der Schule waren Faschisten, alles ›Viva Franco‹-Leute. Die baskische Sprache war verboten. Man betrachtete sie als etwas Rückständiges. Wenn man baskisch sprach, gaben sie einem das Gefühl, schlecht zu sein, als hätten die Basken absolut kein kulturelles Erbe.

Meine Mutter hatte nur zwei Kinder, mich und meine Schwester, die sieben Jahre älter ist. Sie stand vor dem Dilemma: Sie wollte, daß wir gut in der Schule waren, zur Universität gingen, eine gute Stelle bekämen und unabhängige Frauen würden. Andererseits hatte sie Angst um uns und war sehr beschützend. Als ich heranwuchs und begann, nach meiner Identität zu suchen, fühlte ich mich stark zur baskischen Bewegung hingezogen. Ich wollte eine baskische Frau sein.« Im November 1975, als Txikia fünfzehn war, starb Franco. Da hatte sie sich bereits der baskischen patriotischen Jugendbewegung angeschlossen und war zu Versammlungen und kulturellen Veranstaltungen gegangen, die ein paar linksgerichtete baskische Priester in der Gegend organisiert hatten.

»Ich erinnere mich noch an die Freude, als Franco starb. Alle dachten, nun würden sich die Dinge über Nacht ändern, nicht, daß gleich alles wunderbar wäre, aber wir glaubten, daß es besser würde. Allmählich aber wurde uns klar, daß Spanien immer noch von einem mächtigen Beamtenapparat regiert wurde. Unsere Träume der Selbstbestimmung verwirklichten sich nicht, und es herrschte immer noch Unterdrückung.

Ich verließ die Schule und ging aufs Lehrerseminar, doch zugleich trat ich der Amnesty-Gruppe bei. Ich war einundzwanzig, als ich mich der ETA anschloß.«

1988 wurde Txikia eines der ersten Mitglieder von *Egizan* und setzte ihren Kampfgeist in Kampagnen für bessere Bedingungen für die baskischen Frauen zu Hause und in der Gesellschaft ein. Ja, sagte sie, die Arbeit war anstrengend, weil sie noch eine Ganztagsstelle als Übersetzerin hatte, aber es war zufriedenstellend. »Nicht so befriedigend jedoch«, schoß sie plötzlich mit funkelndem Blick hinterher, »wie eine waffentragende ETA-Frau zu sein.«

Sie seufzte. »Wenn man wie ich heute tagein, tagaus arbeitet, steckt man viel Mühe in Dinge, bei denen man manchmal nur geringe Ergebnisse sieht. Ich glaube, daß man mit Waffen diese Arbeit umgehen und schneller Resultate erzielen kann. Es stimmt, was die revolutionären Schriftsteller sagen, der tägliche Kampf ist der härteste. Gewalt ist sicher für unseren Kampf nötig.«

Sie erklärte ihren Standpunkt: 1981 entführte die ETA den leitenden Ingenieur eines Atomkraftwerks, das sich in Lemoniz, in der Nähe Bilbaos, in Bau befand. Sie forderten, das halbfertige Kraftwerk ab der folgenden Woche zu zerstören, worauf der Mann freigelassen würde. Die Baufirma weigerte sich zu verhandeln, und eine Woche später fand man den Mann tot auf. Die ETA bombardierte das Kraftwerk und tötete zwei Angestellte – danach wurde die Arbeit an dem Projekt eingestellt.

Die kleine Txikia rief begeistert: »Das war ein Sieg für die ETA. Jahrelang hatten die Leute hier gegen das Atomkraftwerk protestiert, Demonstrationen abgehalten und Petitionen eingereicht. Man hatte sie ignoriert, der Bau ging weiter. Durch das Einschreiten der ETA, der Speerspitze, wurde erreicht, was alle wollten. Das zeigte, daß Gewalt die einzige Sprache war, die die Behörden begriffen. In dieser Situation arbeiteten die ETA und das Volk zusammen. Die ETA hätte ohne die Unterstützung des Volkes nicht getötet, und das Volk hätte ohne die ETA nicht bekommen, was es wollte.«

Ihre Worte zeigten kein Bedauern für den toten Ingenieur, einen neununddreißigjährigen Vater von fünf Kindern, der in seiner Gemeinde als bescheidener Mann sehr beliebt war. Auch erwähnte sie nicht die Demonstration von etwa 10 000 Menschen in Bilbao, die seine Freilassung forderten. Der Mord führte sogar zu schwerer Kritik innerhalb der ETA und rief große Ablehnung im Baskenland und in Spanien hervor.

Txikia hatte ihr Beispiel gegeben und stritt nun ab, daß Frauen in irgendeiner Weise härter seien als Männer. »Das ist meiner Meinung nach eine Polizeiansicht, denn sie denken, Frauen sollten sich um andere kümmern und sie nicht bekämpfen. Die Frauen, die ich kenne, waren, wenn sie sich einmal entschlossen hatten, sehr entschiedene Kämpferinnen. Sie glaubten, daß das, was sie taten, richtig war, und sie führten ihre Aufträge ohne Zögern aus. Aber ich könnte nicht sagen, daß sie engagierter waren als Männer.

Ich glaube, das einzige, in dem Kämpferinnen härter sind als Männer, ist, daß sie Schmerzen besser aushalten können. Daher geben Männer unter Folter wohl auch mehr preis als Frauen.« Diese Bemerkung tauchte in verschiedenen Gesprächen mit Frauen aus anderen Gruppen auf: Da wir Frauen sind, können wir besser erdulden, denn wir müssen es auch in unserem Alltag. Daher sind wir stärker als Männer.

Wir verließen das karge Büro, das Hauptquartier der *Egizan,* und gingen in eine Kneipe in der Altstadt. Wieder hing ein Bild von Maite (was im baskischen »Liebe« bedeutet) über den Flaschen, und Txikia erzählte mir die Geschichte von ihrem Tod durch die GAL. Schlicht bemerkte sie: »Wir wissen, daß jede von uns jeden Moment umgebracht werden kann, und vielleicht werden unsere Leichen niemals gefunden.

Oh ja, meine Eltern machen sich große Sorgen um mich. Es war ein Schock für sie, daß ich gefoltert wurde. Das erinnerte sie an den Bürgerkrieg. Zuerst konnten sie es nicht glauben, daß ich mich mit der ETA eingelassen hatte: Sie waren sicher, alles sei nur ein Irrtum. Doch das überwältigendste war ihre Entschlossenheit, mich zu schützen. Das war ihr erster Gedanke.«

Ihren Vater sieht sie nicht sehr oft, aber wenn, dann lädt er sie jedesmal zum Essen ein und schenkt ihr Geld. Sie überlegte laut, warum sie sich in dieser Generation als einzige der Familie für den bewaffneten Kampf entschieden hatte. »Komisch, daß ich es sein mußte«, staunte sie. »Meine Schwester hat geheiratet, Kinder bekommen und nichts mit der Bewegung zu tun. Ich habe das Kinderkriegen aufgeschoben. Ich bin doch noch jung. Ich kann noch warten. Kinder würden mein Leben sehr ändern.

Komisch, daß ich allein die Kämpferrolle meines Großvaters übernommen habe.«

KAPITEL ZWEI

»Ich brauchte nur die Bombe zu legen«

Kim Hyon Hui

Es war mitten in der Nacht, und die meisten Passagiere auf dem Flug 858 der Korean Airlines schliefen auf der dreistündigen Reise zwischen Bagdad und Abu Dhabi. Nur zwei konnten nicht schlafen, taten aber so: eine auffallend schöne Frau in den Zwanzigern, dem Paß nach eine Japanerin, und ein Siebzigjähriger, der wie ihr Vater wirkte. Beide hielten die Augen geschlossen und versuchten, ruhig und tief zu atmen, aber sie mußten alle Energie aufwenden und ihr Training mobilisieren, um diese Rollen zu spielen.

Direkt über ihren Sitzen, in einem Gepäckfach, lag eine Plastiktüte. Darin befanden sich ein Panasonic-Radio mit einer 350 Gramm schweren Bombe und eine Flasche, die vermeintlich Whisky enthielt, aber mit flüssigem Sprengstoff gefüllt war. Die Radiobombe sollte in neun Stunden hochgehen, aber die Frau und der Mann wußten trotz sorgfältigster Vorbereitungen nicht genau, wie zuverlässig der Zünder sein würde. Sie redeten nicht, auch nicht miteinander; so nervös sie waren, hatten sie Angst, einen Fehler beim Sprechen zu machen und ihre wahre Nationalität zu verraten.

Sie waren Agenten Nordkoreas und befanden sich ihrer Meinung nach auf einer heiligen Mission. Die Frau war sieben Jahre auf diesen Moment vorbereitet worden. Sie versuchte, alle Geräusche ringsum auszublenden, das Gespräch zweier koreanischer Männer hinter ihr, den Versuch der französischen Frau auf dem Fensterplatz neben ihr, eine Unterhaltung zu beginnen. Sie hatte nicht darauf geachtet, ob sich Kinder an Bord befanden, aber es hätte auch keine Rolle gespielt, wenn eine ganze Schulklasse in der Maschine gewesen wäre, denn alle Menschen auf diesem Flug, der schließlich nach Seoul führen sollte, würden geopfert werden. Die Frau hatte keine Zeit für Mitleid; sie wußte auch, daß ihr Leben vielleicht ebenfalls verloren sein könnte. Ihr Führungsoffizier hatte ihr befohlen, im Flugzeug zu bleiben, falls sich das als nötig erweisen sollte. Festgenommen und vielleicht zum Reden gezwungen zu werden stand außer Frage. Dafür sorgte eine Zyankalikapsel, die in einem Filter der Zigaretten in ihrer Handtasche versteckt war.

Doch nichts lief schief. Das Flugzeug landete um 2.44 Uhr in Abu Dhabi, und fünfzehn Passagiere machten sich bereit, hier auszusteigen.

Die japanische Frau und ihr Vater nahmen ebenfalls zwei Reisetaschen aus dem Gepäckfach und verließen ruhig das Flugzeug. Niemand bemerkte, daß sie ihre Tüte mit den zollfreien Waren zurückgelassen hatten.

Das koreanische Flugzeug stand knapp eine Stunde auf dem Rollfeld, wurde aufgetankt und nahm einige zusätzliche Passagiere an Bord. Es startete zum nächsten Teil seiner Reise und sollte pünktlich in Seoul, der Hauptstadt Südkoreas, landen, der Heimat der meisten Passagiere. Fünf Stunden später, um 2.05 Uhr koreanischer Zeit, explodierte das Flugzeug vor den Andamanen-Inseln. Es gab keine Überlebenden. Die beiden Agenten saßen inzwischen in ihren Zimmern im *Regency Intercontinental* in Bahrein, wohin sie nach Verlassen der Maschine geflogen waren.

»Kinderstar wurde zur Terroristin«, eine »Schönheit durch Gehirnwäsche gebrochen«, »Opfer eines orwellschen Regimes«, »zerbrechliche Prinzessin, die aus der Ferne geliebt wird«, »Mörderin mit dem Puppengesicht«. Auf Kim Hyon Hui passen alle diese Bezeichnungen und noch mehr. Der Ferne Osten ist von ihr fasziniert – wie konnte eine so schöne, zerbrechliche Frau so gnadenlos töten? Die Fragen wurden alle von Kim selbst beantwortet, denn sie wurde festgenommen und hatte keine Gelegenheit, ihre Zyankalikapsel zu zerbeißen. Ihre Erklärung für die Beteiligung an dem schrecklichsten Gewaltakt, der in diesem Buch beschrieben wird, macht Miss Kim – wie sie von ihren Wärtern genannt wird – zu einem einzigartigen Fall. Sie wurde ihr ganzes Leben lang zu etwas gezwungen, und in ihr war nicht ein Jota Rebellion übrig geblieben, sondern genau das Gegenteil: Sie war eine sehr konservative Frau. Sie interessierte sich nicht für Feminismus, wurde nicht von einem Gefühl für Ungerechtigkeit angetrieben, noch wollte sie die Gesellschaft, in der sie lebte, umstürzen. Sie gehorchte ganz einfach Befehlen, als sie und ihr Mitagent die Bombe an Bord des Flugzeugs brachten. Miss Kim kannte im Gegensatz zu anderen von mir interviewten Frauen kein Zögern und zeigte sich bei der Schilderung ihrer gnadenlosen Aktion nicht verwirrt. Es war, wie sie sagte, als wäre sie Pilotin eines Bombers gewesen. Als man ihr den Befehl gab, war sie gewiß überwältigt – aber nur wegen der ungeheuren Bedeutung des Auftrags, zu dem man sie auserwählt hatte.

Es war schwierig, bei Miss Kim menschliche Emotionen auszumachen, denn sie war wirklich so roboterhaft. Eine Eigenschaft, die jedoch ihr Leben zu durchziehen schien, war Ehrgeiz. Sie war ein ehrgeiziges Kind gewesen, eine ehrgeizige Agentin. Sie triumphierte, als man sie als relativ junge Frau für diesen Auftrag aussuchte, während viele ältere

Kameraden immer noch darauf warteten, in den Kampf geschickt zu werden. Sie strebte immer nach Perfektion und war sehr wütend und verbittert, als ihr Selbstmordversuch scheiterte. Die Rechtfertigung für ihren Anschlag lautete, daß sie einer Gehirnwäsche unterzogen worden war, und das führt natürlich zum Vergleich mit einer anderen Revolutionärin, Patty Hearst. Hearst tötete jedoch niemanden und verschrieb sich, wenn man ihrer Geschichte glauben soll, nicht wirklich, wie gefordert, den revolutionären Ideen ihrer Entführer. Sie spielte die Revolutionärin, um ihr Leben zu retten. Miss Kim hingegen war ihrem Land ergeben und bereit, von eigener Hand zu sterben, um die Geheimnisse zu wahren, die man ihr anvertraut hatte. Man lieferte sie gebunden und geknebelt nach Südkorea aus, in das Land, das sie am meisten fürchtete, und wo die Verwandten ihrer Opfer nach ihrem Blut schrien. Die Vernehmungsbeamten, die sie von Bahrein aus begleiteten, waren beim ersten Anblick der Terroristin verblüfft: Sie beschrieben sie als »zahnlose Tigerin«. Kim zitterte und weinte, überzeugt, daß man sie gräßlich foltern würde, ehe sie einen brutalen Tod erlitt. Aber der südkoreanische CIA hatte andere Pläne mit ihr. Sie wollten ein volles Geständnis, sie wollten sie am Leben und bei genug Verstand, um der Welt zu demonstrieren, wie übel Nordkorea sei.

Es dauerte acht Tage, bis Kim nachgab, Tage, in denen sie sich an eine Reihe von Identitäten klammerte und das Essen verweigerte. Sie sei ein japanisches Mädchen, von einem älteren Mann adoptiert, der sie auf eine Urlaubsreise mitgenommen habe; sie sei Chinesin, und sie zitierte chinesische Gedichte. Am 23. Dezember 1987, etwa um fünf Uhr nachmittags, legte Kim plötzlich die Hand auf den Arm der Vernehmungsbeamtin. Dann flüsterte sie auf koreanisch: »Verzeiht mir. Es tut mir leid.«

Kim Hyon Hui wurde 1962 als älteste Tochter eines Diplomaten in Pjöngjang geboren, der Hauptstadt Nordkoreas. Mit sechs führten ihr hübsches Aussehen und der familiäre Hintergrund dazu, daß sie als Darstellerin für Propagandafilme ausgesucht wurde, und man nahm sie ein Jahr lang von den Eltern fort. Als sie mit achtzehn an der Universität Japanisch studierte, wurde sie wieder auserwählt – diesmal, um Spionin zu werden. Nach siebenjähriger Ausbildung befahl man Kim, das südkoreanische Flugzeug zu sprengen. Ziel war, andere Länder abzuschrekken, Sportler zu den Olympischen Spielen zu schicken, die im folgenden Jahr in Seoul abgehalten wurden. Sie gehorchte fraglos.

1988 stand Kim vor Gericht, und die Olympischen Spiele nahmen ihren Verlauf. Sie sah ihnen auf dem Fernsehapparat in ihrem Zimmer in einem bewachten Haus der Regierung zu und weinte wegen ihrer Tat und deren Sinnlosigkeit. Sie drückte wiederholt den Wunsch aus, hundertmal für ihre Verbrechen getötet zu werden, und 1989 schien es, als würde ihr dieser Wunsch erfüllt. Man verurteilte sie zum Tode. Doch ein Jahr später begnadigte sie die Regierung mit der Begründung, sie sei Opfer einer Gehirnwäsche und daher nicht für ihre Handlungen verantwortlich.

Darauf war Kim technisch gesehen frei, in einem Land, in dem die Verwandten der Opfer immer noch ihren Tod verlangten, aber die Freiheit hat ihre Lebensumstände nur wenig geändert. Heute lebt sie in einem anderen bewachten Haus, umgeben von Leibwächtern und rund um die Uhr von Vernehmungsbeamten der Nationalen Sicherheitsorganisation bewacht, dem koreanischen Gegenstück zum CIA. Sie steht auf der Todesliste Nordkoreas, als Spitzenagentin, die zur Verräterin wurde. Ihre besten Freunde sind ihre Bewacher; die vier Frauen unter ihnen nennt sie »Onni«, »große Schwester«. Eine oder zwei Onni, die aufgrund ihres guten Aussehens ausgewählt wurden, damit Kims eigene Schönheit nicht so hervorsticht, wie man mir erklärte, begleiten sie überall hin. Man hat in Südkorea einen Film mit dem Titel »Die Jungfrauenterroristin« über sie gedreht, aber sie hat ihn nie gesehen. Lieber schaut sie sich die amerikanische Version der »Trappfamilie« und »Ben Hur« an. Mehrere Male erschien sie im Fernsehen: weinend und mit gesenktem Kopf, als sie ihr Geständnis ablegte; vor Gericht, wo die Verwandten ihrer Opfer mit Schuhen nach ihr warfen; nach der Begnadigung und bei einer Zeremonie, bei der sie flüsterte, sie sei Christin geworden. Koreanischen Zeitungen zufolge brach jeder Auftritt alle Zuschauerrekorde, und alle Männer schwärmten von Miss Kims Schönheit. Sie hat Hunderte von Heiratsanträgen von koreanischen und japanischen Männern erhalten. Selbst der oberste der sie umgebenden Beamten, ein grauhaariger Mann in den Vierzigern, scheint unter ihren Bann geraten zu sein. Er bringt ihr Geschenke mit und gibt zu, er würde gern enger mit ihr befreundet sein. Das verhindere jedoch sein beruflicher Status.

Gewiß wird diese Gefangene von Glanz und Ruhm umgeben. Sie ist vermutlich das beste Beispiel für die Faszination, die solche Frauen auf Männer ausüben. Sie ist zu einem Sexsymbol für die Männer des Fernen Ostens geworden. Vielleicht glauben sie, sie zähmen oder umerziehen zu können. Sie ist eine Herausforderung. Sie könnten auch sicher sein, daß Miss Kim trotz ihres Rufes als Massenmörderin sie nicht umbringen würde, denn sie hat ihre Vergangenheit hinter sich gelassen. Sie stellt nicht wirklich eine Bedrohung dar; vermutlich wäre sie auf ewig dankbar, das arme kleine Ding, das man in die Irre leitete und das Schutz braucht.

Natürlich spricht ihre Schönheit für sie – man bezweifelt, ob sie so verehrt würde, wenn sie nicht so gut aussähe. Ihre Schönheit bildet auch ein Problem für diejenigen Experten, die glauben, daß Frauen, die sich der Gewalt bedienen, allgemein häßlich seien und nur mit der Dolchspitze männliche Aufmerksamkeit erlangen könnten. Miss Kim ist sich ihres Aussehens bewußt, und auch, daß sie in der Vergangenheit viel Aufmerksamkeit genossen hat.

Um sie zu begreifen, muß man etwas über das Land wissen, in dem sie geboren wurde. Kim Il Sung, der totalitäre kommunistische Führer, kam 1948 an die Macht. 1950 drang er in den Süden vor. Der Waffenstillstand, der den Koreakrieg beendete, wurde 1953 unterzeichnet, aber zwischen den beiden Koreas herrscht immer noch große Feindschaft. Beide Seiten sind der anderen gegenüber zutiefst mißtrauisch, und Kim Il Sung ist immer noch entschlossen, den Süden kommunistisch zu »befreien«. Man bringt Nordkoreanern bei, die Südkoreaner seien Marionetten der amerikanischen Kapitalisten; die Amerikaner selbst gelten als die Teufel schlechthin. Kim Il Sung hat die Geschichte umgeschrieben, darunter auch die seiner eigenen Geburt. Er wurde nicht von einer Frau geboren, sondern als Stern erschaffen, der dann seine Inkarnation als Mann fand. Sein Sohn entstand auf ähnliche Weise. Nordkoreaner fürchten und verehren die Kim-Familie als Götter; eine Beleidigung des Präsidenten oder seines Sohnes hat eine besondere Art der Exekution zur Folge: Man wird mit einer Eisenstange auf den Kopf geschlagen.

Waisen gelten als ausgesprochen privilegiert, denn man glaubt, sie könnten nicht von den Eltern korrumpiert werden. Sie wachsen in Waisenschulen für den revolutionären Nachwuchs auf und werden vom Präsidenten beschenkt. Am anderen Ende des sozialen Spektrums stehen die Feinde des Präsidenten: jene, die es wagten, die engen Grenzen der Arbeiterpartei zu überschreiten. Für sie und ihre Familien gibt es Konzentrationslager oder das Erschießungskommando.

Es ist eine Gesellschaft der Angst. Die Bevölkerung lebt in kleinen Hauseinheiten, und in jeder Gruppe aus fünf Familien gibt es eine, die die anderen bespitzelt. Kinder werden aufgefordert, die Loyalität zu den Eltern durch die zum Staat zu ersetzen. Sie sollen ihre Eltern denunzieren. Die Indoktrination beginnt früh. Alle nordkoreanischen Frauen müssen außer Haus arbeiten, und die zwei Monate alten Säuglinge werden in Krippen gebracht, in denen man ihnen, wie Kim erzählte, als erste Worte beibringt: »Danke, großer Führer Kim Il Sung.« In den Schulen wird den Kindern durch Bücher ein tiefer Haß auf die Amerikaner eingetrichtert. Als Beispiel eine Rechenaufgabe: »Die koreanische Volksarmee hat vier amerikanische Yankeebastarde getötet und vier gefangengenommen. Wie viele amerikanische Yankeebastarde macht das?« In jedem Haus hängt ein Bild des großen Führers, zusammen mit einem besonderen Tuch, mit dem nur dieses Bild abgestaubt werden darf. Jeden Morgen verbeugt sich die gesamte Familie vor diesem Bild.

Das ist das Regime, das Kim Hyon Hui prägte. Anfänglich wurde sie als Spionin ausgebildet, die die japanische Gesellschaft infiltrieren und Informationen zusammentragen sollte. 1984 gab man ihr den ersten Auftrag – einen nordkoreanischen Agenten auf einer Europareise begleiten, damit sie lernten, sich in kapitalistischen Gesellschaften zurechtzufinden. Das Paar spielte die japanischen Touristen sehr glaubhaft, die zweiundzwanzigjährige Frau als Tochter des siebenundsechzigjährigen Mannes. Als der Sohn des Präsidenten den Plan ausheckte, die Olympischen Spiele in Seoul 1988 zu sabotieren, nannte ihm die Forschungsgruppe der Partei die Namen von Miss Kim und ihrem »Vater« als die besten Kandidaten für diesen Auftrag.

»Ich hätte nie auch nur geträumt, man würde von mir erwarten, daß ich jemanden töte. Sieben Jahre und acht Monate lang wurde ich ausgebildet, um als Agentin in Japan zu operieren. Dann schilderte mir der Stellvertretende Parteileiter am 7. Oktober 1987 die Mission. Als der Befehl eintraf, daß ich und Kim Sung-Il (der siebzigjährige Agent) das südkoreanische Flugzeug sprengen sollten, war ich fassungslos vor Dank der Partei gegenüber. Das war ein so ungeheuer wichtiger Auftrag, und ich war sehr stolz auf das in mich gesetzte Vertrauen. Es war ein Zeichen von großer Ehre. Andererseits war ich über den Gedanken erschrocken, den Befehl auszuführen. Ich dachte, es ist vielleicht zu schwer für mich. Ich fragte mich, ob ich es schaffen konnte. Würde ich es richtig durchführen? Aber so war es nun mal – der Befehl war erteilt, und er kam von Kim Jung Il, dem Sohn des Präsidenten.

Mir wurde nachdrücklich erklärt, wie wichtig es sei, daß wir unter keinen Umständen scheitern dürften. Falls sich ergab, daß wir im Flugzeug bleiben mußten, um die Bombe zu zünden, dann mußten wir das tun. Unser persönliches Leben sollte der Wiedervereinigung des Vaterlandes geopfert werden. Ich war bereit, zu sterben. Ich sah mich als Bomberpilotin während eines Kampfeinsatzes in der Feindzone. Wenn man dem Piloten befiehlt, die Bombe über einem bestimmten Gebiet abzuwerfen, dann klinkt er sie automatisch aus. Er hat nicht die Freiheit, über das Leben der Menschen nachzudenken, die von dieser Bombe getötet werden. So habe ich mir das vorgestellt. Ich brauchte bloß die

Bombe zu werfen.« Auf den ersten Blick ist es schwer, sich die zierliche Miss Kim, die verlegen kicherte und sich bescheiden verbeugte, als sie vorgestellt wurde, als emotionslose Bomberpilotin vorzustellen. Der Vorgesetzte ihrer Betreuer, mit dem ich allein sprach, sagte über sie: »Sie ist mir gegenüber sehr gehorsam, konservativ und selbstverleugnend. Sie ist Männern gegenüber unterwürfig, kann aber recht gut mit ihnen umgehen, auch wenn sie nicht sehr kokett ist.«

Sie war unauffällig gekleidet: knielanger schwarzer Rock, ein senffarbenes, langärmliges, hochgeschlossenes Leinenjackett mit schwarzer und rosaroter Stickerei. Ihr langes Haar wurde mit einer perlenbesetzten Spange zurückgehalten, und ihr Make-up war unauffällig, aber perfekt. Das Gespräch fand in einer Villa auf dem Grundstück eines Hotels am Han-Fluß in Seoul statt. Man hatte das Haus für den Tag gemietet. Direkt hinter der Eingangstür befand sich ein Raum für die Leibwächter, und im Hauptzimmer hatte sich Miss Kim erhoben, um die Besucherin zu begrüßen. Sie verbeugte sich, und die Betreuer, Vertreter der Antiterrorismus-Einheit, Dolmetscher und ein Mann, dessen Karte ihn als »Spezialagent« auswies, verbeugten sich ebenfalls. Alle blieben als Zeugen bei dem Gespräch dabei und kritzelten die fünf Stunden lang fieberhaft alles mit. Eine Onni brachte Getränke, und Miss Kim wartete gefaßt auf den Beginn des Interviews. Es herrschten fast vierzig Grad Hitze, und die Luftfeuchtigkeit betrug fast neunzig Prozent, doch Miss Kim schien dies als einzige im Raum nicht zur Kenntnis zu nehmen. Sie wirkte das ganze Gespräch hindurch steif und kühl.

»Der Anschlag«, erklärte sie, »sollte demonstrieren, daß die Wahl von Seoul als olympischer Schauplatz eine ›manifeste Manipulation von Korea durch eine imperialistische Macht war und ein Versuch, die Teilung der koreanischen Halbinsel zu zementieren‹. Wenn die Olympischen Spiele durch Angst vor Terrorakten gestoppt worden wären, hätte dies einen überaus wichtigen Schritt auf dem Weg zur Wiedervereinigung bedeutet.«

Die Vorstellung, 115 Menschen in die Luft zu jagen, machte Miss Kim zu dem Zeitpunkt nicht zu schaffen. »Natürlich dachte ich flüchtig an die Menschen, die aufgrund meiner Tat sterben würden, aber wiederum war meine erste und vordringlichste Aufgabe, den Auftrag auszuführen, und ich hielt es um des Vaterlandes willen für unvermeidlich, daß diese Menschen geopfert würden.

Wir bestiegen das Flugzeug in Bagdad, und Mr. Kim legte die Bomben, eine in einem Radio, die andere in einer Whiskyflasche, in das Gepäckfach über uns. Ich saß auf dem Mittelsitz, Mr. Kim auf dem Platz neben mir am Gang. Wir waren sehr nervös. Wir wußten nicht, ob die

Bomben zum richtigen Zeitpunkt explodieren würden, etwa neun Stunden später. Das Flugzeug startete um 11.35 Uhr, und die meisten Passagiere schliefen. Mr. Kim, mein Mitagent, und ich beschlossen, es sei gut, wenn wir uns schlafend stellten, weil wir beim Sprechen sonst vielleicht Fehler machten und den Koreanern unsere Identität verrieten. Ich hatte nicht die Zeit und war auch nicht in der Verfassung, um an die anderen Menschen zu denken. Ich stand unter großem Druck, den Auftrag auszuführen, es gut zu machen und zu entkommen, so daß ich für alles andere keine Gedanken hatte.« Sie versuchte nicht, sich für ihren Mangel an Emotionen zu entschuldigen. »Erst als wir in Abu Dhabi ausstiegen, erinnerte ich mich an ein paar Dinge: eine Französin, die auf dem Fensterplatz neben mir gesessen hatte. Nachdem man Getränke und das Essen serviert hatte, stand ich auf, um auf die Toilette zu gehen. Die Frau kam hinter mir her. Ich ging auf den Waschraum der Ersten Klasse zu, und die Frau sagte zu mir, ich solle zu dem nach hinten gehen. Wir gingen zusammen. Ich habe nicht mit ihr gesprochen. Das einzige andere, an das ich mich erinnere, waren die beiden Südkoreaner, die hinter mir saßen und sich unterhielten.«

Die Französin muß allerdings in Abu Dhabi ausgestiegen sein, denn ihr Name stand nicht auf der Totenliste. Die Stewardessen und die Frau des koreanischen Konsuls im Irak waren die einzigen weiblichen Opfer; die große Mehrheit bestand aus jungen Südkoreanern, die bei Ingenieursprojekten im Nahen Osten arbeiteten. Man nimmt an, der Flug via Bangkok nach Seoul sei bewußt ausgesucht worden, weil wahrscheinlich nur sehr wenige Ausländer auf dieser Route flogen, und Nordkorea wollte nicht die Verurteilung der restlichen Welt riskieren.

Hätte es für Miss Kim einen Unterschied ausgemacht, wenn sich eine Schulklasse an Bord befunden hätte oder überhaupt irgendwelche Kinder? Ihre Antwort war eindeutig: »Ich hätte mir solche Gefühle nicht leisten können; das hätte nichts geändert.« Dieses Pflichtbewußtsein und die Rücksichtslosigkeit, verbunden mit dem Ehrgeiz, eine Spitzenagentin und für ihre intellektuellen Fähigkeiten anerkannt zu werden, waren Eigenschaften, die Miss Kim zu einer sehr talentierten Agentin machten.

Miss Kim war ein aufgewecktes Kind. Ihre frühesten Erinnerungen sind aus der Zeit, die sie mit der Familie auf Kuba verbrachte, wo ihr Vater als Diplomat stationiert war. Sie erinnerte sich, wie sie als Dreijährige mit dem Vater am Strand gestanden und er auf die Vereinigten Staaten gezeigt hatte. Er hatte sie vor den fremden Teufeln gewarnt, die dort lebten. Sie hatte ein ausgezeichnetes Gedächtnis und erinnerte sich sogar an das spanische Wort für Eis, weil ihre Mutter ihr jeden Mittag Geld gab, mit dem sie zu dem am Haus vorbeifahrenden Eisverkäufer rannte.

»Meine Familie war sehr liebevoll. Außer mir gab es noch eine jüngere Schwester und einen jüngeren Bruder. Aufgrund der Stellung meines Vaters reisten wir oft ins Ausland, was für die meisten Nordkoreaner ein lebenslanger Traum bleibt. Als wir nach Nordkorea zurückkehrten, hatten wir mehr Spielzeug als andere Kinder. Wir hatten auch einen Kühlschrank zu Hause. Man hielt uns für Angehörige der ›Kernklasse‹, der Gruppe, der man am meisten vertraute, deren Loyalität zur Partei über jeden Zweifel erhaben war. Doch zwischen Reichen und Armen besteht in Korea kaum ein Unterschied. Ich kann mich auch an Zeiten erinnern, in denen wir zu Hause nicht genug zu essen hatten, nur Reisbrei, und wir Kinder haben uns darum gestritten. Aber wie viele andere Menschen denke ich, daß meine Kindheit, umgeben von der Liebe meiner Eltern, die glücklichste Zeit meines Lebens war.«

Wie in allen koreanischen Familien mußte Kims Mutter, eine Lehrerin, arbeiten, um die Familie zu unterstützen. Kim wurde im vorgeschriebenen Alter von zwei Monaten in eine Krippe gegeben, nicht nur, um der Mutter zu ermöglichen, zurück zur Arbeit zu gehen, sondern auch, um sicherzustellen, daß das Kind so weit wie möglich vom Staat erzogen wurde. Das Baby lag also wie Dutzende anderer in einem Bettchen, und man brachte ihm vermutlich bei, als erstes Worte der Dankbarkeit zum Führer Kim Il Sung zu sprechen.

»Auch wenn die Eltern uns ein Geschenk gaben, dankten wir dem großen Führer zuerst, daß er den Eltern erlaubt hatte, es für uns zu kaufen«, erinnerte sich Kim. »Von zwei Monaten an wird man von einer Reihe fremder Menschen umsorgt. Von der Krippe geht es in den Kindergarten und von da in die Grundschule. Als erstes lernt man, dem großen Führer zu danken, dann, wie man grüßt und der Partei seine Loyalität erweist. Vor dem Essen erweist man immer der Partei und dem großen Führer seine Dankbarkeit. In der Krippe lernt man alles über Kim Il Sung. Man hat das Bild des großen Führers an der Wand und lernt Sätze wie: ›Es ist großartig, das Bild des großen Führers jeden Tag zu sehen‹. Fast alle Sätze, die man in der Krippe lernt, haben mit dem großen Führer zu tun, auch die Kinderlieder und Märchen.«

Ihre Mutter war ein vorbildliches Parteimitglied, aber entschlossen, mehr Zeit, als normalerweise gestattet war, mit ihrer Familie zu verbringen. Die Partei sagte den Müttern, sie würde für alles Notwendige sorgen; sie brauchten sich keine Gedanken zu machen und die Kinder zu Hause nicht mit Aufmerksamkeit überschütten. Das System wollte gute, fleißige, ergebene Revolutionäre produzieren und zielte darauf ab, elterliche Einmischung auf ein Minimum zu reduzieren. Lange Arbeitstage bedeuteten, daß die meisten Mütter keine Zeit hatten, mit den Kindern zusammen zu sein; sie standen in ihrer Freizeit um Lebensmittel an, und bereits in der Grundschule gehörten die Kinder den verschiedensten Jugendbewegungen an, an denen sie nach Schulschluß teilnahmen. Frau Kim aber zwackte, ihrer Tochter zufolge, Zeit für die Kinder ab, indem sie eine halbe Stunde mit ihnen verbrachte, ehe sie sie in die Staatskrippen und -schulen brachte. Sie vermittelte ihnen »häusliche Erziehung«, ein koreanischer Ausdruck, der gute Manieren und Freundlichkeit anderen gegenüber bedeutet.

Ihre Familie tat sich sowohl in der Schule wie bei der Parteiarbeit hervor; sie waren der Neid der Hauseinheit. Dann kam der Tag, an dem Kims Schule von der Filmtruppe der Partei besucht wurde, und man suchte sie aus, um in einem Film mitzuspielen.

In Nordkorea werden nur die gesündesten, hübschesten Personen aus Elitefamilien ausgesucht, um Schauspieler zu werden. Daher stellte dies für Kims Eltern ein ziemliches Privileg dar. Ihre Tochter sollte ein kleines Mädchen spielen, das in Armut und Elend in Südkorea aufwächst. Als Jugendliche flüchtet sie zum »schönen Arbeiterparadies Nordkorea«, und in der letzten Szene des Films weint sie um ihre Mutter, die sie im Süden zurückläßt, und um die Wiedervereinigung der koreanischen Halbinsel.

Dieser Film hatte großen Einfluß auf die sechsjährige Kim; man nahm sie aus der Schule und brachte sie auf etwa ein Jahr von den Eltern fort, weil der Film auf dem Land gedreht wurde. Als Kim zurückkehrte, war sie zugegebenermaßen recht verwöhnt und hochmütig von den Komplimenten geworden, mit denen sie die Produzenten, Lehrer und Freundinnen überhäuft hatten. Ihre Mutter gab ihr jedoch einen Schnellkurs in »häuslicher Erziehung« und sagte ihr wiederholt, sie sei bloß ein »ganz normales kleines Mädchen wie alle anderen«. Miss Kim lernte anscheinend diese Lektion gut; es gab nicht den leisesten Ansatz von Rebellion in ihr. Sie war die perfekte Tochter.

»Es war eine große Ehre für mich, für den Film ausgesucht zu werden, dem ersten in Farbe. All die Aufmerksamkeit verdarb mich, aber zugleich mußte ich als älteste Tochter der Familie meine Pflichten erfüllen: putzen, waschen und in der Küche helfen. Ich erfüllte all diese Aufgaben pflichtschuldig und folgte meiner Mutter, wenn sie sagte, ich solle immer freundlich zu anderen Menschen sein. Sie war in diesem Punkt sehr streng.«

Frau Kim nahm die Familie mit in den Film, und ein Teil des Stolzes verflog bei ihrer Tochter, als sie sah, daß man in einer Szene ihr

Unterhöschen sehen konnte. »Das machte mich sehr unglücklich und verlegen, aber ich weiß noch, wie traurig die letzte Szene war. Ich weinte um meine Filmmutter, die in Südkorea lebte.« Eine weitere Filmrolle folgte, und dann kehrte Kim auf die Hashin-Staatsschule zurück. Man erzog sie im Sinne der nordkoreanischen Partei und leitete sie zum Haß auf die Kapitalisten an, besonders die im Süden, in Amerika und Japan. Im Süden wären die Kinder so hungrig, daß sie sich alte Konservendosen um den Bauch banden und um Essen bettelten. Nachts schliefen sie unter Brücken und starben an Krankheiten oder vor Hunger. Die südkoreanische Gesellschaft sei so von amerikanischen und anderen westlichen Einflüssen durchdrungen, daß ihr kulturelles Erbe korrumpiert und verstreut sei; in kapitalistischen Gesellschaften ließen die Reichen die Armen absichtlich hungern und griffen andere Länder an, um ihre Wirtschaft anzuheizen. Ein Lied, das sie in der Schule lernte, hieß: »Raus hier, ihr Bastard-Yankees«, ein anderes: »Hackt die kapitalistischen Hunde zu Tode.«

»Man brachte uns bei, die amerikanischen Bastarde ›zweibeinige Hunde‹ zu nennen, und daß beim Gedanken an die amerikanischen Bastarde selbst Berge und Flüsse erzittern und beben und Tiere erröten, so ungeheuer sind die Grausamkeiten der Imperialisten. Selbst im Kunstunterricht muß man zeichnen, wie die koreanische Volksarmee ›Yankeebastards‹ erschießt, mit Panzern überrollt oder mit Füßen tritt.«

Abgesehen von diesen Lektionen wurden die Kinder zu gewalttätigen Spielen angeleitet. »Wenn du mit deinen Freunden spielst, malst du ein Bild von einem Yankeebastard auf den Boden mit einem Totenschädel als Kopf. Dann nehmt ihr alle Stöcke und schlagt der Reihe nach auf den Kopf ein, bis nichts mehr übrig bleibt, um euren Haß zu zeigen. Man bringt uns bei, diese ›Bastards‹ so sehr zu hassen, daß es unmöglich wäre, auch nur einen Tag mit ihnen zu verbringen.«

Kim demonstrierte mir eine verbreitete Parole, wie man in Pjöngjang mit einem Yankeebastard umgehen sollte: Sie fuhr mit gekrümmten Fingern wie mit einer Pranke durch die Luft, konnte aber den Haß nicht so zeigen, wie sie wollte. Da kam ihr einer ihrer Betreuer zu Hilfe. Er ging zum Kühlschrank und holte einen Eiswürfelbehälter heraus. Mit einem spitzen Gegenstand riß er die Eiswürfel nacheinander heraus. Kim kicherte hinter vorgehaltener Hand und erklärte: »Ja, die Parole lautet, reißt jede Faser Fleisch von seinen Knochen, zerrt sie ab.«

Kim war eine gute Schülerin und strebte danach, die Beste der Klasse zu sein, was auch häufig der Fall war. Sie trat der Jugendliga der Partei bei wie alle nordkoreanischen Kinder, und als sie zehn war, wurde ihr eine weitere Ehre erwiesen: Man suchte sie aus, um einem südkoreanischen

Diplomaten, der den Norden auf einer Mission zur besseren Zusammenarbeit besuchte, einen Blumenstrauß zu überreichen.

In diesem Alter waren sich Kim und ihre Klassenkameraden nur allzu deutlich bewußt, was mit denjenigen passierte, die die Gesetze der Partei nicht befolgten: Sie und ihre Verwandten verschwanden einfach. Eines Tages fehlten mehrere Kinder, denn sie waren mit ihren Eltern in ein Konzentrationslager gebracht worden. Die Kinder sagten immer: »Reden wir nicht darüber.« Aber als Kim dreizehn war, verschwand ihre beste Freundin. »Sie war meine Busenfreundin, schon von der Grundschule an. Es ging das Gerücht, daß ihr Vater eine falsche Bemerkung gemacht hatte oder ihr Bruder ein Agent Südkoreas war – so ähnlich. Deshalb verschwand also unvermittelt eine ganze Familie; selbst die verheiratete Schwester mußte sich wegen der Schande scheiden lassen. Wir hörten später, daß ihre Eltern vor ein Erschießungskommando gestellt und sie und ihre Geschwister in die Yang-Kang-Provinz in ein Konzentrationslager transportiert wurden.

Ich weiß nicht, auf welchem Weg, aber eines Tages bekam ich einen Brief von diesem Mädchen, in dem es mir sein schweres Leben schilderte. Menschen verschwanden so häufig, daß man schon sehr jung genau wußte, was mit einem geschah, wenn man einen falschen Schritt machte. Wir lebten in einer Atmosphäre von Furcht und Einschüchterung. Man wird nicht nur von Agenten der Nationalen Sicherheit bewacht, sondern in jeder Hauseinheit bespitzelt eine Familie die anderen vier. Diese Familie muß alles berichten, daher wird man immerzu beschattet und beobachtet und muß sich stets vorsichtig verhalten.

Als ich hierherkam, sagte man mir, Ehefrauen sorgten sich um ihre Männer, wenn sie tränken, weil sie Angst um deren Gesundheit hätten. In Nordkorea sorgen sich die Frauen, wenn ihr Mann betrunken ist, weil er dann vielleicht etwas sagt, was gegen die Parteilinie verstößt, und er damit die gesamte Familie in Gefahr bringt.«

In der Oberschule müssen die nordkoreanischen Schüler einen Monat im Jahr für die Partei arbeiten und 150 Tage im Jahr auf den Reisfeldern, bei der Ernte oder bei Bauarbeiten mithelfen. Die Kinder werden zu Einheiten aufgestellt, die man »Schnelle Jugend-Kampfbrigaden« nennt, und sie haben Eisenbahnnetze, ein Museum, ein Wohnhaus und einen Kinderpalast gebaut. Kim schickte man auf die Reisfelder, und nur ihr Ehrgeiz hielt sie bei dieser knochenbrecherischen Arbeit. »Es war für ein Kind sehr schwere Arbeit, immer dieses Bücken, aber ich war entschlossen, mir keine Ruhe zu gönnen, um den anderen zu zeigen, daß ich besser war als sie.«

Mit etwa vierzehn wollte sie Biologin werden – einfach, weil Kim Il Sung vor kurzem eine Biologin ausgezeichnet hatte. Dann spielte sie mit dem Gedanken, Musikerin zu werden und sich auf koreanische Musik zu spezialisieren. Aber ihre Eltern wollten, daß ihre schöne, begabte Tochter gut verheiratet würde, wenn die Zeit reif war. Ihr Vater drängte sie, Sprachen zu studieren, besonders Japanisch, in der Hoffnung, sie würde vielleicht die diplomatische Laufbahn einschlagen, nach Tokio geschickt werden und einen guten Ehemann finden.

Sie schrieb sich an der Kim-Il-Sung-Universität ein und tat sich bei dem japanischen Sprachkurs außerordentlich hervor. Im zweiten Studienjahr rief man sie ins Büro der Fakultät. Ihre Leistungen und ihre Ergebenheit der Partei gegenüber hatten Aufmerksamkeit erregt. In dem Zimmer befanden sich ein paar Parteigrößen aus dem Hauptquartier und drei andere Studentinnen. Man fragte die Mädchen nach ihren Familien und nach ihrer Einstellung zum Dienst am Großen Führer. Kim erinnerte sich, daß es eine allgemeine Diskussion war. Einige Tage später erhielt sie einen Brief mit dem Befehl, sich im Parteihauptquartier einzufinden. Es stellte sich heraus, daß von den vier ursprünglich interviewten Studentinnen nur sie und ein jüngeres Mädchen übrig geblieben waren. Beide wurden weiter befragt und dann informiert, sie würden einen Führungsoffizier aus der Forschungsabteilung treffen, dem nordkoreanischen Gegenstück eines Geheimdienstes. Der Führungsoffizier befragte sie nach ihrer politischen Ideologie, ihrer Fähigkeit, sich Fakten zu merken und zu beobachten. Kim wurde einem weiteren Test in Japanisch unterzogen, dann wurden beide nach Hause geschickt.

Drei Tage später kam ein weiterer Befehl, sich im Hauptquartier einzustellen. Kim wurde dem Leiter der Forschungsabteilung und weiteren Parteioffiziellen vorgestellt. Man wies sie an, sich eingehend ärztlich untersuchen zu lassen; danach wurde sie fotografiert. Sie hatte alle Prüfungen bestanden. Eine Woche später kam ein Parteiangehöriger zu ihr nach Hause: Sie solle ihre Bibliotheksbücher zurückgeben, ihre restlichen Lehrgebühren bezahlen und einen schönen letzten Abend zu Hause verbringen. »Ich war sehr aufgeregt«, erinnerte sich Kim. »Jeder persönliche Befehl aus dem Zentralbüro der Partei ist eine große Ehre und wird fraglos befolgt. Mein Vater wußte als Diplomat vermutlich, was ein Befehl von einer solchen Stelle bedeutete, und vermutlich war er auch bestürzt, aber er sagte nur: ›Geh nur und mach deine Sache gut‹.« Mit der vollen elterlichen Unterstützung und mit Stolz begann Miss Kim ihre Karriere als Agentin.

Es war das letzte Mal für zwei Jahre, daß Miss Kim ihre Familie sah, das letzte Mal, daß sie mit ihnen über ihr Leben sprechen konnte. Dann wurden ihre familiären Beziehungen abgeschnitten, und das ideologische Training wurde verstärkt. Die Partei war bereit, eine Menge Zeit,

Mühe und Geld aufzuwenden, um aus dem achtzehnjährigen Mädchen einen fein abgestimmten, gefühllosen und gehorsamen Roboter zu machen. Man brachte sie in einem Regierungsfahrzeug nach Kimson auf die Militärschule, wo sie ein Jahr Grundausbildung erhalten würde. Sie lebte in einem Studentenheim und teilte den Raum mit einer anderen jungen Frau, die ebenfalls in der Ausbildung stand und ihr als Partnerin zugeteilt wurde. Man hatte ihnen neue Identitäten gegeben, und um absolute Sicherheit zu garantieren, mußten die beiden dunkle Brillen tragen, wenn sie zusammen waren. Wenn sie ausgingen, mußten sie sich unter Schirmen verstecken. Kims Isolation war vollständig. Das Paar mißtraute einander anfänglich, weil beide vermuteten, die andere sei eine Informantin. »Ich war bis auf die Knochen einsam«, sagte sie. Man verbot ihnen jeglichen Kontakt mit der Außenwelt und jegliche Gespräche über ihre Vergangenheit und ihre Familien.

Die Ausbildung war schwer und zeitraubend; tagtäglich fanden Schulungen in politischer Ideologie statt, Unterricht im Gebrauch von Handfeuerwaffen, das Erlernen von Codesystemen, Sprachen und Kommunikationsmitteln. Kim mußte außer Japanisch auch Chinesisch lernen. Die beiden jungen Frauen nahmen zwar an Vorlesungen an der Hochschule teil, aber sie sahen keine anderen Studenten, weil die Lehrräume in Einzelzellen abgeteilt waren. Am schlimmsten für Kim war die sportliche Ausbildung. »Man wird direkt von der Universität in diese Welt der Agenten gebracht. Man hat sein Zuhause verlassen und weiß nicht, ob man es jemals wiedersehen wird. Dann begann das sehr harte körperliche Training, und ich litt sehr unter den Anstrengungen und der Anspannung. Zum erstenmal in meinem Leben mußte ich sofort mehrere Meilen rennen, und manchmal glaubte ich, tot umzufallen. Jedesmal, wenn ich an die Grenzen meiner Kräfte gelangte, sagte ich mir, ich müßte mich weiter zwingen, damit ich zu einer guten Revolutionärin würde. Ich biß also die Zähne zusammen und machte weiter. Am Ende konnte ich zwei Kilometer schwimmen und vierzig Kilometer nachts querfeldein rennen.«

Nach dem ersten Jahr wurde sie von ihrem Führungsoffizier sehr gelobt, und man sagte ihr, sie sei viel besser als ihre Partnerin. Miss Kims Bedürfnis nach Anerkennung war befriedigt; danach wurde die Beziehung zwischen den beiden Frauen freundlicher, und Kim half der anderen bei schwierigen Aufgaben.

Dann schickte man sie zum Spezialtraining in die Berge im Norden. In diesem Gebirge, das bis an die chinesische Grenze reicht, liegen zehn Guerilla-Lager, in denen in den letzten zwanzig Jahren über 10 000 Ausländer in Entführung, Mord, Planung von Anschlägen, Scharfschießen, Bombenherstellen und Demagogik ausgebildet wurden.

In den nächsten sechs Jahren war ihr Zuhause ein »Gästehaus« der Regierung in den Bergen, in der Nähe eines dieser Lager. Trotz der Nähe von Hunderten anderer Guerilla-Schüler lernten die beiden jungen Frauen niemanden kennen. Die Forschungsabteilung hatte beschlossen, sich auf Kims Japanischkenntnisse zu konzentrieren, bis man sie als Spionin in dieses Land schicken konnte.

Man verlegte Kim in ein anderes Haus, in dem sie eine Japanerin kennenlernte, Li Eun Hye. Li stand unter Schock. Sie war gerade erst von nordkoreanischen Agenten von einem Badestrand in Japan entführt worden. Sie war verheiratet und hatte zwei Kinder von zwei und fünf Jahren. Zuerst weigerte sie sich zu essen und weinte bloß, aber schließlich schien sie sich zu fügen und akzeptierte Kim als ihre erste Schülerin.

Ein typischer Tagesablauf für eine künftige Japanerin begann um halb sieben mit anderthalb Stunden intensiven Übungen. Um 8 Uhr war Frühstück, dann wurde eine halbe Stunde zu Kim Il Sung gebetet. Die Japanischlektionen dauerten vier Stunden, gefolgt vom Mittagessen, dann wieder Sprachunterricht, Abendessen um sieben Uhr, und bis etwa 23 Uhr japanische Dokumentarfilme und Lektüre japanischer Zeitungen. Jeden Morgen wurde Kim zwanzig Minuten über die Arbeit des Vortags befragt. Sie lernte außer Geographie japanische Umgangsformen und Eßgewohnheiten, erfuhr, wie der Alltag einer Hausfrau aussieht und wie öffentliche Transportmittel benutzt werden. Samstags fand gewöhnlich eine allgemeine Prüfung statt, um zu beurteilen, was sie in der Vorwoche gelernt hatte.

Anfänglich verhielt sich Miss Kim kalt und ablehnend ihrer Japanischlehrerin gegenüber und bemerkte mißbilligend, daß diese häufig trank und am Tag eine Packung Zigaretten rauchte. Die Entschuldigung für so undamenhaftes Verhalten war ihrer Vermutung nach, daß die Frau wohl »ihre Kinder sehr geliebt hatte«. Schließlich bröckelte der emotionale und ideologische Panzer Miss Kims ein wenig.

»Zuerst mochte ich sie überhaupt nicht, weil Japan unser Land sechsunddreißig Jahre lang besetzt und die Japaner schreckliche Grausamkeiten an unserem Volk begangen hatten. Ich glaubte, die Japaner hätten die moralische Verpflichtung, uns bei unseren Bemühungen um eine Wiedervereinigung zu helfen. Diese Frau tat also nur ihre Pflicht, um für die Untaten ihres Volkes zu bezahlen.

Doch als ich sie näher kennenlernte – wir wohnten anderthalb Jahre zusammen –, begann sie mir leid zu tun, und am Ende waren wir enge Freundinnen. Ich mußte ›japanisiert‹ werden, daher mußte ich ihre Gewohnheiten und Gebräuche annehmen. Sie sollte mir so rasch wie möglich Japanisch beibringen, und so unterhielten wir uns ausschließlich in dieser Sprache. Am Ende war ich sehr überzeugend.«

Die Entführung von Li Eun Hye hört sich vielleicht erfunden an, aber es hat Zeitungsberichte über ähnliche Fälle gegeben. Die entführten Japaner genießen offensichtlich einen privilegierten Lebensstil, weil sie Nordkoreanern ihre Sprache und Lebensweise beibringen. Es ist unwahrscheinlich, daß man ihnen jemals erlauben wird, wieder nach Hause zurückzukehren.

Nach zwei Jahren Ausbildung gestattete man Kim, auf zwei Tage und drei Nächte nach Hause zurückzukehren. Anlaß war der Geburtstag Kim Il Sungs am 15. April. Doch es gab mehrere Auflagen: Sie durfte nicht über ihre Ausbildung reden oder auch nur andeuten, was sie tat; sie durfte sich nicht mit alten Freunden treffen und nicht ausgehen.

Überraschenderweise brach Kim eine Regel. Sie lud ein paar ihrer besten Freunde in die Wohnung ihrer Eltern ein. Das war eine seltsame Wiederbegegnung: »Meine Eltern und Verwandten waren natürlich sehr glücklich und aufgeregt, weil ich sie besuchte, denn sie dachten, ich würde nie wieder nach Hause kommen. Sie wußten zwar nicht genau, was ich tat, aber sie ahnten, daß es etwas mit dem Zentralbüro der Partei und der Wiedervereinigung zu tun hatte. Sie haben vielleicht mehr geahnt, aber alle begriffen, daß nicht offen darüber geredet werden durfte.

Meine Mutter war etwas unglücklich. Es ist in Nordkorea bekannt, daß die Arbeit für die Wiedervereinigung sehr gefährlich sein kann und man dabei vielleicht sein Leben riskieren muß. Meine Mutter freute sich zwar sehr, daß ich gut aussah und gesund war, aber sie konnte ihre Sorgen nicht gänzlich verbergen.«

Als Kim in die Berge zurückkehrte, erhielt sie eine Spezialausbildung als angehende Agentin. Im Juli 1984, nach vier Jahren Training, bekam sie ihren ersten Auftrag.

Man stellte ihr ihren neuen Partner vor, einen siebenundsechzigjährigen Mann mit Namen Kim Sung-Il. Er war Experte in Elektronik und sprach fließend Japanisch, Chinesisch, Englisch und Russisch. Seit vielen Jahren war er Spitzenagent. Kims erster Eindruck von ihm war, daß er alt und schwach sei. Sie hatte recht. Er litt unter Magengeschwüren, die ihm große Schmerzen bereiteten.

Man teilte den beiden Agenten mit, sie sollten sich als Japaner, Vater und Tochter, ausgeben. Ihr erster Auftrag war, Europa zu bereisen, um sich an kapitalistische Gesellschaften zu gewöhnen und zu prüfen, ob sie als japanische Touristen glaubwürdig waren. Wieder erinnerte sich Kim, daß sie überwältigt war von dem Vertrauen, das die Partei in sie setzte, indem man ihr erlaubte, ins Ausland zu reisen.

Einen Monat später fuhren sie nach Wien, Kopenhagen, Frankfurt, Genf und Paris. Man gab ihnen falsche Pässe und genaue Anweisungen: Bei ihrer Rückkehr erwarte man von ihnen einen kritischen Bericht über die Armut in diesen Ländern, keinen begeisterten Reisebericht. Mit einem solchen Befehl in den Ohren nahm Kim nur wenige der Touristenattraktionen unterwegs wahr. Ihr gefielen die Straßen in Paris, und sie stand ehrfürchtig vor den Schweizer Bergen. Sie war fasziniert von den Schnellrestaurants überall und sehnte sich danach, in einer Pizzeria zu essen, hatte aber Angst, es würde zu teuer sein. »Ich wußte nicht, daß es relativ billig ist, und obwohl ich das Reisegeld, 10 000 Dollar, verwaltete, erwartete man von uns, sparsam zu leben.«

Sie kam gut mit Mister Kim aus, und die junge Frau verehrte den älteren Mann wegen seiner ungeheuren Erfahrung. Sie teilten stets ein Zimmer, aber ihre Beziehung entwickelte sich nicht sexuell. »Das stand völlig außer Frage. Ich blickte zu ihm auf und respektierte ihn, und er respektierte mich«, sagte sie fest.

Sie waren nicht zum Spaß unterwegs, daher beschrieb Miss Kim pflichtbewußt jeden Bettler, den sie sah, jede arme Familie. Sie hatte auch für Mister Kims Gesundheit zu sorgen und wachte darüber, daß er seine Medizin pünktlich nahm. Sie hatten Angst, Fehler zu machen, wenn sie mit anderen japanischen Touristen zusammen waren, und hielten sich daher viel in ihren Hotelzimmern auf. Als Grund dafür nannten sie das kalte Wetter.

Zwischen diesen beiden herrschte ungewöhnlich starkes Vertrauen. Nach ihrer Rückkehr nach Nordkorea mußten sie drei Berichte schreiben: einen über die Bedingungen in Europa, die beiden anderen waren kritische Einschätzungen von sich selbst und dem Mitreisenden. In Wien hatten sie einen Streit, und wenn sie darüber berichtet hätten, wären beide in Schwierigkeiten geraten. Sie verloren einander in einem Warenhaus aus den Augen. Kim ging ins Hotel zurück und fand ihren »Vater« dort vor, und dann stritten sie sich, weil ihre Anweisungen lauteten, niemals allein irgendwohin zu gehen. »Wir verabredeten, diesen Fehler in unseren Berichten zu verschweigen«, sagte sie.

Sie kehrten beladen mit Kleidern und Geschenken für ihre Familie, den Führungsoffizier und den Abteilungsleiter nach Pjöngjang zurück. Sie brachten Tuch für vier Herrenanzüge und Kleiderstoffe mit, einen Parker-Füllhalter, zehn Luxusfeuerzeuge und zehn Schachteln Kugelschreiber. Kim hatte auch für sich mehrere Kleidungsstücke gekauft, aber man betrachtete diese als »Grundausstattung« für ihre künftige

Rolle als Spionin. »Ich fand es schwer, Kleider zu finden, die mir paßten«, erzählte sie, denn sie ist zierlich und nur knapp einen Meter sechzig groß. »Die einzigen, die ich fand, waren in Südkorea hergestellt, und die konnte ich nicht kaufen.«

Ich fragte sie, ob diese vielen Menschen, die ganz offensichtlich nicht verhungerten oder an einer Krankheit dahinsiechten, die Läden voller Waren in den kapitalistischen europäischen Städten sie nicht an den Parteilehren zweifeln ließen. Nein, sie habe sich wie ein Panzer durch Feindgebiet bewegt; nichts konnte ihr etwas anhaben. »Als ich den Reichtum überall sah, bewunderte ich ihn nicht. Ich dachte, all das würden wir eines Tages in Nordkorea auch haben, und der einzige Grund, warum wir es jetzt nicht hatten, wäre, daß wir gegen kapitalistische Kräfte kämpften und unser Geld für die Verteidigung ausgaben. Der höhere Lebensstandard in Europa löste bei mir nur einen noch stärkeren Wunsch nach der Wiedervereinigung aus, denn dann würde auch mein Volk den Luxus genießen können, den ich überall sah.«

Nach beendetem Auftrag schrieb Kim einen begeisterten Bericht über das Verhalten ihres Mitagenten. In dem Bericht über sich selbst kommt nur sehr wenig Selbstkritik vor – daß sie Kosmetika gekauft hatte und allein ausgegangen war. Ohne solche Selbstkritik hätte man ihr Fragen gestellt.

Die Forschungsabteilung war hocherfreut über die beiden Kims; die Offiziellen hielten sie für das perfekte japanische Reisepaar. »Das einzige Problem war, daß ich manchmal eher wie seine Enkelin aussah statt wie seine Tochter, aber das war nicht wichtig. Wir deckten einander sehr gut.«

In den nächsten drei Jahren erhielt Kim weiteres intensives Sprachtraining. Man schickte sie nach Kanton in China, um sich einen chinesischen Akzent anzugewöhnen, und auf anderthalb Jahre nach Macao. Ihre Ausbildung bestärkte ihre Überzeugung, daß man sie eines Tages als Spionin nach Tokio schicken würde. Sie hatte keine Ahnung, daß ihr nächster Auftrag sie zu einer Massenmörderin machen und ihr Leben auf immer verändern würde.

Am 7. Oktober 1987 wurde sie in die Forschungsabteilung nach Pjöngjang berufen, wo Mister Kim schon auf sie wartete. Sie sollten wieder Vater und Tochter spielen, sagte man ihr, diesmal bei einem Sonderauftrag. Die junge Frau war schockiert, als sie Mister Kim wiedersah. Er war inzwischen siebzig, wirkte aber schwer krank. Es gab keine Zeit für weitere Unterhaltungen; man wies das Paar ins Büro des Leiters.

Auf seinem Schreibtisch lagen höchst wichtige Befehle. Sie stammten direkt von Kim Jung Il, dem Sohn des Großen Führers, allgemein als »Der liebe Führer« bekannt.

»Die Partei hat beschlossen, ein koreanisches Flugzeug zu sprengen, mit dem Ziel, die südkoreanischen Versuche zu sabotieren, an zwei Koreas festzuhalten und 1988 die Olympischen Spiele auszurichten. Dieses Projekt, an einem kritischen Punkt unserer Geschichte, wird den Wunsch aller Nationen der Welt, an den Olympischen Spielen teilzunehmen, abkühlen und dem Marionettenregime in Südkorea einen tödlichen Schlag versetzen. Das Projekt darf nicht scheitern und muß absolut geheimgehalten werden.«

So lautete der Befehl, und man hatte beschlossen, daß das ausgezeichnete Vater-Tochter-Gespann ihn ausführen sollte. Miss Kim war bedrückt von der ungeheuren Aufgabe, die vor ihr lag, aber hocherfreut, daß man sie ausgesucht hatte. Wenn sie dabei Erfolg hatte, würde sie mit Ehren überhäuft werden. Sich zu weigern stand außer Frage, und sie erklärte: »Ich hätte mich dem Befehl nicht widersetzen können, auch wenn ich das gewollt hätte – man hätte mich direkt vor ein Erschießungskommando gestellt und meine Familie vielleicht ebenfalls. Wenn man einmal Agentin ist, muß man alles mitmachen. Wenn einem ein Auftrag erteilt wird, gibt es gar keine Frage, auch nur darüber nachzudenken, denn das würde bedeuten, die Partei könne Fehler machen, und das ist unmöglich.

Ich war zwar von der ungeheuren Aufgabe überwältigt, aber entschlossen, den Auftrag auszuführen. Außerdem hatte ich lange schon auf diesen Tag gewartet, auf einen wichtigen Auftrag. Die Reise nach Europa war dagegen nichts, bloß eine Generalprobe. Ich war sieben Jahre und acht Monate für diesen Moment ausgebildet worden, und es war eine große Ehre. Viele andere Agenten hatten viel länger auf einen Auftrag warten müssen, und dann war er kaum mit meinem vergleichbar.«

Der Leiter schärfte den beiden Agenten ein, daß dieser Plan gelingen müsse. »Im Fall von Schwierigkeiten sollten wir im Flugzeug bleiben und mit der Bombe weiterfliegen. Er sagte, wir seien die Speerspitze im Kampf für die Wiedervereinigung und würden entsprechend geehrt.

Ich war absolut entschlossen, es zu schaffen, auch wenn ich mein eigenes Leben dabei opfern mußte. Bei der Agentenausbildung hatte man uns immer wieder ermahnt, daß wir unser Leben für den großen Führer geben müßten, falls es sich als nötig erweisen sollte. Wir sollten auch stets bereit und willig sein, für die anvertrauten Geheimnisse zu sterben.« Man schickte die Agenten in ein Gästehaus, in dem sie einen

Monat lang ausführlich im Gebrauch von Sprengstoffen ausgebildet wurden. Dann erteilte man Miss Kim eine Sondererlaubnis, ihre Familie zu besuchen, ein ungewöhnliches Privileg, denn wie den anderen Agenten hatte man ihr in den letzten sieben Jahren nur fünfmal erlaubt, ihre Eltern zu sehen.

Auf die Frage: »Hatten Ihre Eltern eine Ahnung von Ihrem Auftrag?« erhielt ich eine rasche, bittere Antwort: »Sie hätten es niemals erfahren. Ich war ein Mitglied der Parteifamilie geworden. Nur die Partei hatte über meine Zukunft zu bestimmen. Meine Zukunft ging meine Eltern nichts an. Ich war die Tochter der Partei. Ich durfte meine Eltern nur aufgrund unserer vergangenen Beziehungen besuchen.« Ihr Blick wanderte von dem Tisch, an dem wir saßen, zu dem der Onni, die mit dem Rücken zu uns saß, aber Kim aufmerksam in einem Wandspiegel beobachtete. Zweifellos befinden sich Kims Eltern in einem Konzentrationslager oder sind exekutiert worden. Bei ihrem letzten Besuch zu Hause erzählte ihr die trauernde Mutter, ihr jüngerer Bruder sei früher im Jahr an Hautkrebs gestorben. Ihre Eltern hatten versucht, sie zu benachrichtigen, aber die Forschungsabteilung hatte es verboten, weil das ihre Ausbildung vielleicht gestört hätte. Das war ein schrecklicher Schlag für Miss Kim, aber die Gedanken an ihren bevorstehenden Auftrag hatten ihre Gefühle abgestumpft.

Nach ihrer Rückkehr in das »Gästehaus« hatte sie kaum Zeit zum Nachdenken. Sie sollte mit Mister Kim am 12. November von Pjöngjang auf dem Jungfernflug über Moskau nach Ostberlin fliegen. Den ersten Teil der Reise würden sie von ihrem Abteilungsleiter und Führungsoffizier begleitet; von Moskau aus sollten sie nach Wien fliegen, wo sie den Sprengstoff übernehmen würden. Nachdem sie die Bombe plaziert hatten, sollten sie in Abu Dhabi aussteigen und nach Wien zurückfliegen, wo ihr Abteilungsleiter und Führungsoffizier auf sie warten würde, um sie nach Pjöngjang zurückzugeleiten. Miss Kim sollte die Bomben vorbereiten und scharfmachen; man trug beiden auf, sich mit Zyankali umzubringen, falls man sie faßte.

Um sechs Uhr morgens am 12. November gab man den Kims den offiziellen Befehl, von Kim Jung Il persönlich unterzeichnet, die Maschine mit der Flugnummer 858 der Korean Air zu sprengen. Dann brachte man sie in einen Raum im Gästehaus der Regierung und stellte sie vor ein Bild von Kim Jung Il.

Miss Kim wiederholte mit fester Stimme: »An diesem Punkt der Geschichte, an dem die gesamte Nation sich im Tempo der achtziger Jahre dem großartigen Aufbau des Sozialismus widmet, die Revolution im Süden (die Studentenunruhen) aufflammt und die Versuche des

Feindes, zwei Koreas aufrechtzuerhalten, immer heimtückischer werden, werde ich mich, mit dem Auftrag einer Kampfmission hinter der Frontlinie, an das Vertrauen und die Fürsorge der Partei erinnern und die drei revolutionären Regeln beachten (Organisation, Auftrag und Leben) und meinen Auftrag in enger Zusammenarbeit mit meinem Partner ausführen. Ich werde bis zum Tod für die hohen Behörden und den Ruhm des geliebten Führers kämpfen.«

Nach der Eideszeremonie frühstückten sie und verließen um 7 Uhr das Gästehaus, um zum Flughafen gefahren zu werden. Miss Kim erinnerte sich, daß ihr die Stewardessen an Bord als Andenken an den Jungfernflug mehrere kleine Geschenke machten – Spielkarten, Schlüsselringe und Brieftaschen. »Mir ist das in Erinnerung geblieben, weil ich es nicht gewohnt war, Geschenke zu erhalten«, erklärte sie schlicht. Ein nordkoreanischer Agent von der Botschaft holte sie in Moskau ab und informierte sie, sie hätten sechs Stunden Zeit bis zu ihrem Anschlußflug nach Budapest. Er führte sie zum Essen aus und brachte sie zum nächsten Abschnitt ihrer Reise.

Sie kamen um 4 Uhr morgens an und wurden wieder von einem nordkoreanischen Agenten abgeholt, der sie mit zu sich nach Hause nahm. Fünf Tage lang verhielten sie sich wie Touristen, besichtigten Budapest, die Kettenbrücke und die Burg von Buda. Das galt für Miss Kim. Mister Kim schien zu krank, um viel unternehmen zu können, und vertraute der jungen Frau an, er sei gerade mehrmals am Magen operiert worden. Die Ärzte hätten ihn für schwerkrank erklärt, aber die Partei sei entschlossen gewesen, er solle seinen Auftrag ausführen. Er weigerte sich, ihr die wahre Ursache seiner Krankheit zu verraten, aber sie hielt es für Krebs. Sie machte sich um ihren Mitagenten Sorgen, denn wenn es ihm zu schlecht ging, müßte sie allein den Anschlag ausführen. Außerdem mochte sie den alten Mann wirklich gern.

»Er konnte nicht richtig essen und vertrug keine fette Nahrung. Ich sorgte dafür, daß er seine Schmerzmittel rechtzeitig einnahm und seine Medikamente immer bei sich hatte. Er war allerdings nicht sehr vernünftig und trank immer noch sechs Tassen Kaffee am Tag, aber wann immer ich protestierte und sagte, das würde seinen Magen aufregen, meinte er: ›Ich habe lange genug gelebt, und Kaffee schmeckt mir.‹«

Miss Kim ging Kleider und Schmuck einkaufen. Nicht, so versicherte sie, daß ihr viel daran lag oder daß sie sich gern mit den Löwen auf der Kettenbrücke fotografieren ließ, nur Tage, bevor sie die Bombe legen würde. »Ich mußte wie eine Touristin wirken, und die neuen Kleider waren nötig, weil man mich nicht in nordkoreanischen Sachen sehen sollte.«

Der Budapester Agent fuhr die Kims mit seinem Auto nach Wien und setzte sie in einem Hotel ab. Am nächsten Tag erstand Miss Kim in einem Büro der österreichischen Fluggesellschaft die Tickets nach Belgrad und Bagdad. Dort würden sie das Flugzeug besteigen, das sie vernichten sollten – den Flug 858 der Korean Airlines nach Seoul. Sie hatten noch zehn Tage bis zum Anschlag.

Diese Zeit verbrachten sie mit Besichtigungen, mit Fotografieren und mit weiteren Einkäufen von »Ausrüstung«: Kleider und Schuhe. Sie flogen nach Belgrad und zogen in ein Hotel. Um 7 Uhr am 27. November klopfte es. Ihr Abteilungsleiter und Führungsoffizier aus Pjöngjang war mit dem Sprengstoff angekommen, der bereits in dem Radio und in der Whiskyflasche versteckt war.

Der 28. November war ihr Einsatztag. Bei Anbruch der Nacht würden sie die Taschen an Bord verstaut haben. Gegen Morgen würden sie aussteigen – solange nichts schiefging, ansonsten würden sie vermutlich sterben. Am Morgen des 28. versuchten die Kims zu ruhen, fanden es aber unmöglich; beide hatten in den vergangenen sechzehn Tagen kaum geschlafen. Um halb drei am Nachmittag flogen sie von Belgrad nach Bagdad und kamen um 7 Uhr abends an. Sie mußten viereinhalb Stunden warten, ehe sie KAL 858 bestiegen.

Es gab einen kritischen Moment vor dem Einstieg, als eine Flughafenangestellte Miss Kim und ihr persönliches Gepäck durchsuchte. Die Beamtin nahm das Radio aus der Plastiktüte und warf die Batterien fort, die man für die Zündung brauchte. Zum Unglück der anderen Passagiere reagierte Mister Kim aber rasch. Er erklärte mit lauter Stimme, kein Flughafenbeamter habe seine Tochter jemals so behandelt. Er hob die Batterien auf, steckte sie zurück und stellte das Radio an. Die Beamtin zuckte mit den Achseln und ließ die Kims passieren.

Zwanzig Minuten vor dem Einstieg stellten sie den Wecker des Radios auf neun Stunden später. Miss Kim erklärte, sie könne sich nicht erinnern, beim Besteigen der Maschine die anderen Passagiere angesehen zu haben. »Wir waren so angespannt und konzentriert, daß ich mich an keinerlei Gefühle erinnern kann«, sagte sie. Sie legte die Tüte in das Gepäckfach und lehnte sich zurück, um die Minuten bis Abu Dhabi zu zählen.

Kurz vor drei Uhr in der Früh betraten die Kims den Flughafen von Abu Dhabi. Wenn sie an Gott geglaubt hätten, hätten sie wohl gebetet; jetzt konnten sie nur hoffen, daß die Bombe losging. Die wichtigste Aufgabe nun war ihre Flucht, und plötzlich begann alles schiefzugehen.

Sie hatten beabsichtigt, ein paar Stunden auf dem Flughafen zu warten, ehe sie nach Rom weiterflogen. Doch die Einwanderungsbehörden verlangten Visa für Abu Dhabi, und die hatten sie nicht. Dann fragten die Beamten nach ihren Flugscheinen, und sie mußten sie zeigen und preisgeben, daß Bahrein ihr nächstes Ziel war. Sie hatten Bahrein zur Irreführung angegeben, doch nun wurden sie von den Flughafenbeamten, die bloß hilfsbereit sein wollten, gezwungen, die Maschine dorthin zu besteigen. Die Kims fürchteten, in Bahrein in der Falle zu sitzen, falls jemand von der Korean Airlines sie überprüfte.

Sie hofften immer noch, nach Rom weiterfliegen zu können, sobald sie in Bahrein angekommen waren, aber in den nächsten zwei Tagen waren alle Flüge dorthin ausgebucht. So suchten sie sich ein Hotel und ergaben sich ins Warten.

Inzwischen war der Flug Nummer 858 nach der letzten Funkverbindung mit dem Kontrollturm von Rangun verschwunden. Die koreanische Regierung vermutete sogleich Sabotage von nordkoreanischen Agenten. Korean Airlines ging die Liste der Passagiere durch, besonders diejenigen, die in Abu Dhabi ausgestiegen waren. Der Direktor der Korean Airlines in Abu Dhabi verdächtigte besonders zwei Japaner: Mayumi Hachiya, eine siebenundzwanzigjährige Frau, und ihren Vater Shinichi, neunundsechzig.

Als er ihren bisherigen Reiseweg auf dem Computer überprüfte, fand er heraus, daß sie wohlbekannte Schlupfwinkel von nordkoreanischen Agenten in Belgrad und Wien besucht hatten. Sie befanden sich zwar auf einer langen Reise, hatten aber kein Gepäck aufgegeben; außerdem hatten sie nicht ihre Familiennamen auf dem Ticket angegeben, sondern ihre Vornamen – und das taten Japaner nie. Seltsamer noch war, daß sie den Flug 858 der Korean Airlines benutzt hatten, der über Bagdad und Abu Dhabi ging. Damit mußten sie zwischen drei und sechs Stunden Wartezeit in Transiträumen in Kauf nehmen, während sie ihr Ziel Bahrein von Belgrad aus direkt hätten erreichen können. Das Büro der Korean Airlines in Bahrein wurde gebeten, die geheimnisvollen Hachiyas aufzuspüren.

Ein Angestellter dort telefonierte bei den Hotels herum und entdeckte, daß die Verdächtigen sich im *Regency Intercontinental* aufhielten. Er erfuhr ihre Paßnummern von der Einwanderungsbehörde Bahreins und leitete sie an die japanische Botschaft weiter.

Man erhielt verblüffende Informationen. Die Paßnummer der jungen Frau gehörte zum Ausweis eines Mannes: Sie reiste mit falschem Paß.

Die Kims hatten am 30. November Flugkarten nach Rom besorgt und Bahrein besichtigt. Am frühen Abend kehrten sie in ihr Hotelzimmer zurück, wo bereits das Telefon klingelte. Der Hoteldirektor bat sie um ihre Namen, Geburtsdaten und Paßnummern. Wieder klingelte das

Telefon: Es war die japanische Botschaft mit den gleichen Fragen, und dann ein drittes Mal: ein südkoreanischer Diplomat von der Botschaft teilte ihnen mit, er würde ihnen in Kürze einen Besuch abstatten.

Als der Diplomat ankam, lag Miss Kim vermeintlich schlafend auf dem Bett; ihr »Vater« begrüßte ihn herzlich und zeigte sich überrascht über den Besuch. In einer Mischung aus Englisch und Japanisch erklärte der Diplomat, das Flugzeug, das sie in Abu Dhabi verlassen hätten, sei abgestürzt. Miss Kim auf dem Bett seufzte erleichtert. Der Auftrag war ausgeführt.

Ihr Besucher blieb nicht lange. Er vermutete zwar, daß dieses Paar mit dem Verschwinden des Flugzeugs zu tun hatte, aber er war nicht sicher, ob sie nicht wirklich Japaner waren, und wenn das der Fall war, würden die Japaner die Untersuchungen übernehmen wollen.

Die Kims, wieder allein, jubelten, aber verhalten. »Wir mußten fliehen, das war unsere Hauptsorge«, erinnerte sich Miss Kim. Ihr Mitagent versicherte ihr, alles würde gut, und sie würden um halb neun am nächsten Morgen nach Rom fliegen. Sie verschliefen aber und wachten erst um sieben Uhr auf. Während sie hastig ihre paar Sachen zusammenpackten, erinnerte Mister Kim seine Partnerin an die Zyankalikapsel in ihrer Handtasche. Beide wußten, daß Selbstmord als Ausweg immer wahrscheinlicher wurde.

Als sie mit einem Taxi zum Flughafen fuhren, traf ein japanischer Diplomat im Hotel ein, um sie zu überprüfen. Als er hörte, daß die Hachiyas abgereist waren, fuhr er ihnen nach. Er entdeckte das Paar bei der Paßkontrolle und bat die Polizei Bahreins, sie zu verhaften.

Miss Kim erinnerte sich: »Sie brachten uns in einen Raum, und der Japaner sagte, unsere Pässe seien gefälscht. Wir würden zum Verhör nach Japan geschickt. Dann ließ man uns allein, und Mister Kim meinte, das sei das Ende. Wenn man uns nach Japan schickte, würde man uns foltern und irgendwie die Wahrheit herausbekommen. Wir müßten sofort das Gift nehmen. In diesem Moment kam ein bahreinischer Polizist herein und brachte uns in verschiedene Räume, um uns und unser Gepäck zu durchsuchen. Mein Zigarettenpäckchen ließen sie jedoch unberührt. Dann führten sie uns wieder zusammen, aber mit einem Bewacher.

Mister Kim flüsterte mir zu, während er sich eine Zigarette anzündete: ›Ich habe mein Leben gelebt, aber es tut mir leid, daß Sie, eine so schöne junge Frau, sterben müssen.‹ Ich nahm mein Päckchen Marlboro heraus und wollte in den Filter beißen. Ich dachte, das war's, so werde ich sterben, und das Gesicht meiner Mutter erschien vor meinen Augen. Doch ich sagte mir, es sei besser so, weil niemand unsere Geheimnisse erfahren durfte.

Unsere Bewacherin sah die Zigarette in meinem Mund und schnappte plötzlich danach. Ich biß in den Filter und verlor sofort das Bewußtsein.«

Die Zigarette fiel ihr aus dem Mund, und sie konnte nicht genügend von dem Zyankali einatmen, um sich umzubringen. Sie erwachte in einem Krankenhaus in Bahrein unter schwerer Bewachung und wurde von Abscheu überwältigt, weil ihr Selbstmordversuch mißglückt war. Man sagte ihr, ihr Partner sei sofort gestorben, und sie empfand nur Neid. »Er hatte es geschafft, und ich war gescheitert, ich verachtete mich, weil ich noch am Leben war. Jetzt, dachte ich, wird man mich nach Südkorea schleppen und foltern. Ich war von einer großen Leere erfüllt, als tappte ich im Dunkeln. Ich war abgestoßen von mir, und das Leben ekelte mich an.«

Sie fürchtete die südkoreanischen Vernehmungsbeamten so sehr, daß sie sie nicht anblickte, als man sie in das Flugzeug nach Seoul brachte. »Ich dachte, das ist das Ende der Welt, so schloß ich die Augen und öffnete sie nicht mehr.« In einem weiteren verzweifelten Versuch, sich das Leben zu nehmen, biß sie sich auf die Zunge, doch man steckte ihr einen Knebel in den Mund.

Geknebelt und am ganzen Leib zitternd mußte sie bei der Ankunft in Seoul die Gangway halb herabgetragen werden. Die Onni, eine junge Frau, nur wenige Jahre älter als sie, war verblüfft.

»Ich hatte eine sehr zähe, hochspezialisierte Terroristin erwartet. Dieses Mädchen aber war jämmerlich, so schwach. Sie tat mir nicht leid, ich war nur einfach sehr überrascht.« Man brachte Miss Kim in ein gesichertes Haus und schickte sie zu Bett. Sie wurde heimlich gefilmt und abgehört, und auf den ersten Bildern sieht man sie auf einem Krankenhausbett in einem weißen Seidenpyjama. Sie wirkt leblos, als ein Arzt ihr linkes Bein untersucht, das sie verletzte, als sie nach dem Biß in die Kapsel zusammenbrach. Vorsichtig hebt er es an, hält es hoch, beugt es. Auf dem nächsten Bild, ein paar Tage später, sitzt Kim mit einem Tropf am Arm an einem Tisch, denn sie weigert sich zu essen.

Dann begannen die Verhöre. Miss Kim trägt Hosen und eine Weste und gibt vor, Japanerin zu sein. Neben ihr sitzt eine Onni, und im Raum befinden sich mehrere Männer, einer ihr gegenüber, der sie mit Fragen bombardiert. Die Onni, die koreanisch spricht, hat einen Teller mit Nahrung auf dem Schoß und fordert die Gefangene zum Essen auf. Miss Kim antwortet in Japanisch und spottet über das Nationalgericht der Koreaner, getrockneten Seetang: »Was ist das, verbranntes Papier?« fragt sie.

Kurze Zeit später wirkt sie schon entspannter. Sie trägt nun Kleider

der Onni. An einem Punkt verrät sie in Chinesisch, sie sei Waise, und die Onni legt wie in Mitleid den Arm um ihre Schultern. Der Vernehmungsbeamte spricht sie in Chinesisch, Koreanisch und Japanisch an, und Miss Kim wirkt nervös. Sie zupft am Ärmel ihres Pullovers. Sie rezitiert chinesische Gedichte.

Langsam bricht ihr Lügengebäude zusammen. Sie wird in Japanisch gefragt, ob sie zu Hause einen Fernseher habe. Ja, antwortet sie. Welche Marke? fragt der Beamte. Azalea, antwortet Miss Kim. Das ist ein entscheidender Fehler. Azalea ist die einzige in Nordkorea erhältliche Fernsehmarke. Man fragt sie nach dem Namen des vorherigen Premierministers von Japan. Sie antwortet falsch. Auf welcher Seite fährt man in Japan? Links, sagt sie. Falsch.

Am achten Tag bricht sie zusammen. Lachend und die Haare in den Nacken werfend schreibt sie ihren echten Namen und ihre Adresse auf ein Stück Papier. Mir kommt es komisch vor, daß sie bei dem Geständnis, ein Flugzeug in die Luft gesprengt zu haben, lacht – doch die Beamten erklären mir, daß man mit Lachen in Korea Verlegenheit und Bedauern ausdrückt.

Dann fuhren die Vernehmungsbeamten Miss Kim durch Seoul, damit sie selbst sehen konnte, wie frei die Menschen durch die Straßen gingen, wie viele Waren es in den Läden gab. Sie zwangen sie, fernzusehen, vor allem die Nachrichtensendungen, und allmählich setzte eine Veränderung in der Gefangenen ein. Sie wurde verwirrt, dann wütend, als man in den Fernsehnachrichten ein Foto von ihr zeigte, wie sie mit zehn einem südkoreanischen Diplomaten Blumen überreichte. Der Norden hatte eine Erklärung abgegeben, Kim Hyon Hui sei ein erfundener Name. Sie habe nie in dem Land gewohnt, und eine Nordkoreanerin, die in Japan lebte, habe bereits ausgesagt, das Foto zeige sie.

»Da begann sie endlich, uns zu vertrauen«, sagte die Onni. »Sie fühlte sich verraten und erkannte allmählich, daß man im Norden Lügen erzählte.«

Der Chef ihrer Betreuer fügte hinzu: »Am Anfang war sie schockiert, wenn wir von Kim Il Sung sprachen, ohne ihn immer wieder als Großen Führer zu bezeichnen. Jetzt schreit und flucht sie, wann immer er im Fernsehen zu sehen ist.« Er hat Miss Kim inzwischen sehr gern. Auf ihrem Schreibtisch in dem bewachten Haus liegt ein Stein, den er ihr geschenkt hat. Als ich ihn nach dem Grund dafür fragte, wurde er sehr abweisend: »Ich gebe ihr gern Geschenke«, sagte er. Er strahlt seine Gefangene an wie Professor Higgins seine Eliza, und dazu hat er allen Grund.

Seit ihrem Geständnis hat Miss Kim den Lehren ihrer Kindheit und ihrer Ausbildung als Agentin abgeschworen. »Ich habe mich nun verpflichtet, weltweit gegen Terrorismus zu kämpfen und die Übeltaten Nordkoreas anzuprangern«, verkündete sie und fügte recht naiv hinzu: »Ich wünschte, Terroristen würden verschwinden.«

Dann seufzte sie: »Ich glaubte damals, ich befände mich auf einer heiligen Mission, aber schließlich war ich auch nur eine Terroristin. Ich verstehe, warum mir das passiert ist, aber ich finde Terrorismus in freien Gesellschaften sehr schwer zu verstehen. Das sind doch Menschen, die in offenen Welten leben, in denen sie alles mit eigenen Augen sehen, mit eigenen Ohren hören können. Sie können aufgrund ihrer Erfahrungen eigene Entscheidungen treffen. Ich kann nicht begreifen, wie es für sie möglich ist, Terrorakte zu begehen, wenn sie unter so angenehmen Bedingungen leben. Das ist sehr schrecklich, und ich finde, sie sollten aus dieser Welt verschwinden. Ich glaube, Menschen, die freiwillig Terrorakte begehen, ohne dazu getrieben zu werden, haben ihre Urteilsfähigkeit verloren.« Miss Kim wäre also eine Bestätigung für jene, die politische Terroristen für wahnsinnig halten. Sie hatte noch etwas Spezielles über Frauen zu sagen, die sich solchen Bewegungen anschließen: »Wenn eine Frau den Terrorismus wählt, braucht sie meiner Meinung nach nicht mit Männern zu konkurrieren. Es ist in Ordnung, wenn Frauen versuchen, zum Guten der Gesellschaft gleichberechtigt mit Männern zu sein, aber nicht, um ihr zu schaden.«

Der Gedanke, eine Frau könne sich so wütend und frustriert fühlen, weil sie unterdrückt wird, daß sie mit Gewalt gegen das System ausschlagen will, war ihr völlig fremd. Sie glaubte jedoch, für ihren Auftrag ausgesucht worden zu sein, weil niemand von einer Koreanerin erwarten würde, ein Flugzeug in die Luft zu sprengen. Ihre Schönheit und ihr bescheidenes Auftreten waren von ihren Herren höchst berechnend ausgenutzt worden. Sie gehörte in die gleiche Kategorie wie die Frauen, die man mit einer »Babybombe« losschickte. Wer würde eine offensichtlich schwangere Frau verdächtigen, unter dem Kleid etwas anderes zu tragen als ein Ungeborenes? Miss Kims Ehrgeiz, ihr Bedürfnis nach Anerkennung und das tiefe Pflichtbewußtsein waren ebenfalls ausgenutzt worden; ihre Herren hatten offensichtlich keinen Zweifel, daß sie, wenn sich die Möglichkeit ergäbe, auch gehorsam einen Selbstmordauftrag ausführen würde.

»In der koreanischen Gesellschaft denkt man, daß Frauen sich fürchten, allein zu reisen. Daher wäre es undenkbar, daß eine Frau eine Bombe in einem Flugzeug versteckt. Außerdem war ich keine düstere Person; ich war recht lebhaft und hatte gute Noten bei meiner Ausbildung. Ich weiß, daß Mister Kim mich als Partnerin wollte, weil wir so gut miteinander auskamen.« Sie hatte außer Neid bei der Nachricht von Mister Kims Tod kein Gefühl preisgegeben, doch ihre Betreuer halten dies nicht für ungewöhnlich. Die Onni bemerkte: »Ich kenne sie nun seit zwei Jahren, und sie hat niemals irgendein Gefühl gezeigt – weder vor mir noch vor irgend jemand anderem.« Jedes Gefühl, das Miss Kim jemals hatte, wurde bei ihrer Ausbildung systematisch ausgemerzt. Man denkt an ihre Reaktion auf die Frage, ob ihre Eltern wohl eine Ahnung hatten, was sie tun sollte, als sie sie zum letztenmal besuchte. Sie antwortete kurz angebunden: »Meine Zukunft ging meine Eltern nichts mehr an. Ich war die Tochter der Partei.« Ich fand es zuerst schwer zu begreifen, wie Miss Kim mit dem Wissen durch Bahrein schlendern konnte, eine Bombe in dem Flugzeug zurückgelassen zu haben. Wie konnte sie kurz vor der Tat einkaufen gehen? Sie hatte erklärt, so etwas sei wichtig, um ihre Deckung als unschuldige Touristen aufrecht zu erhalten. Nachdem ich sie kennengelernt hatte, begriff ich, daß es nicht angemessen war, von ihr Gefühle zu erwarten wie von anderen Menschen. Sie war kein Individuum mehr, sie war eine Maschine, und es scheint, daß das, was man ihr angetan hat, von Dauer sein wird.

Die Onni kritisierte Miss Kim nicht, sondern schien eher Mitleid zu empfinden: »Ich glaube nicht, daß sie eine böse Frau ist, aber ihre Ausbildung hat sie so gemacht. Ich kann mich erinnern, daß sie eine Kakerlake in ihrem Zimmer nicht töten konnte. Man hat sie so erzogen, so gefühlskalt.« Die Betreuer wiesen den Vorschlag zurück, Miss Kim bräuchte vielleicht psychologische Beratung und Hilfe. Der Chefbetreuer beharrte: »Sie braucht nur uns.« Er gab jedoch zu, daß die Gefangene ein paar Monate nach ihrem Geständnis, kurz vor ihrer Verhandlung, Zeichen tiefer Depression gezeigt habe. Er habe ihr eine Bibel und buddhistische Schriften gebracht, die sie verschlang. Dann habe sie gebeten, einen Priester zu sehen. Unter schweren Sicherheitsvorkehrungen brachte man einen Geistlichen zu ihr. Kurz darauf erklärte sie, sie sei zum Christentum konvertiert.

Ihr neuer Glaube, so meinte sie, habe ihr ungeheuer geholfen. »Ehe ich an Christus glaubte, beklagte ich mein Schicksal, so viele Menschen getötet zu haben. Ich jammerte über den gewundenen Pfad meines Lebens und litt schwer. Ich wollte einfach nur sterben, und zwar hundertmal für das, was ich getan hatte. Doch seit ich an Gott glaube, habe ich das Gefühl, mir wurde ein neues Leben geschenkt. Ich lese in der Bibel die Stelle, daß unsere Sünden fortgespült und wir wiedergeboren werden. Wenn es nach mir ginge, würde ich ein Leben der Reue und der Einkehr führen. Erst jetzt, in einer freien Gesellschaft, kann ich Reue über meine Tat empfinden. Als ich die Bombe an Bord zurückließ, spürte ich nicht den leisesten Funken Bedauern. Oh, wie dumm ich war. Jetzt denke ich ab und zu an die Menschen, die ich tötete und daß ich die Tat nie wieder gutmachen kann. Ich kann nur über die Untaten Nordkoreas sprechen und gegen Terrorismus kämpfen, und das werde ich tun, statt zu leben, wie ich es wünschte, in Abgeschiedenheit.«

Es besteht wohl kaum eine Chance, daß man Miss Kim ein von der Welt abgeschiedenes Leben gestatten wird, obwohl sie theoretisch frei ist. Südkorea hat ihr das Leben geschenkt, aber unter bestimmten Bedingungen. Wann immer die Studenten demonstrieren führt man sie vor; wann immer der CIA, der japanische Geheimdienst oder eine andere mit dem Süden befreundete Macht sie sehen will, wird sie vorgezeigt. Wenn es nach ihr gegangen wäre, hätte Miss Kim dieses Interview nie gewährt. Sie sei schockiert darüber, wie man sie als eine Art Star betrachtet. »Das ist verrückt. Ich verdiene, bestraft zu werden, nicht, daß man Filme über mich dreht. Ich bin eine Kriminelle und sollte für den Rest meines Lebens so genannt werden.« Nur eines macht ihr Angst – die Vorstellung, von ihren Betreuern getrennt zu werden. »Sie sind meine engsten Freunde, denen ich meine Seele bloßgelegt habe. Ich bereue zutiefst, wie ich sie anfangs behandelt habe, als ich vorgab, Japanerin oder Chinesin zu sein.« Verräterisch ist, daß sie hinzufügte: »Sie kümmern sich um mich und machen einen völlig neuen Menschen aus mir.« Die Beamten nehmen ihre Rolle, Miss Kim neu zu erschaffen, sehr ernst. Nur selten erlaubt man ihr, allein zu sein, nur kurze Zeit jeden Morgen, wenn sie die Bibel liest. Alle paar Tage begleitet man sie auf einen Spaziergang durch die Stadt, »um sich an die Freiheit zu gewöhnen«, aber wie in den Tagen ihrer Spionageausbildung verbirgt Miss Kim dabei ihr Gesicht. Als sie nach mehreren Monaten der Inaktivität in dem bewachten Haus an Gewicht zunahm, setzten ihre Betreuer sie auf strenge Diät.

Sie findet es schwer, selbständig zu denken. Als ein Betreuer sie fragte, warum sie kein Tagebuch führe, antwortete sie nervös: »Weil es mir niemand gesagt hat.«

Am Ende empfindet man Mitleid mit Miss Kim, weil sie, wenn man ihr Glauben schenkt, in eine Maschine verwandelt wurde, die jeden Wunsch des Diktators zu erfüllen bereit war. Sie scheint bei Verstand geblieben zu sein, seit sie die Seiten wechselte, indem sie alle Schuld an dem Attentat auf ihre Erziehung und die Manipulation durch böse Lehrmeister schob. Sie befindet sich jetzt nicht nur in Händen der Gerechten, sondern hat auch ein neues Leben durch die Religion, eine Religion, die die Vergangenheit ausblendet. Als ich sie nach irgendeinem Gefühl der

Verantwortung für ihre vergangenen Taten fragte, schnalzte sie ungeduldig mit der Zunge. »Ich glaube, Verantwortung kann man nur in einer kapitalistischen Gesellschaft haben, in der man frei entscheiden kann. Das war für mich in Nordkorea nicht möglich.«

Jetzt lebe sie in einer freien Gesellschaft, fuhr sie fort, und sie lerne, eigene Entscheidungen zu treffen. Man fragt sich allerdings, wie frei sie tatsächlich ist. Wenn sie zu einer Terroristin geformt werden konnte, kann man sie gleichermaßen nun zum Sprachrohr des Südens umformen. Sie posierte nur sehr zögernd für Fotos, hatte aber keine andere Wahl. Ihre Betreuer bestimmten, sie würde fotografiert. Vielleicht, schlug ich vor, könne sie selbst eine Stelle beim Staatsdienst hier annehmen? Ihre Augen blitzten auf, doch dann fing sie den Blick einer Onni auf, und sie senkte den Kopf. »Daran habe ich noch nicht gedacht«, sagte sie leise.

KAPITEL DREI

»Die Intifada ist mein Sohn«

Die Frauen der West Bank

Es ist kurz nach Mitternacht, und die schwarzgekleidete Frau ist wieder da. Sie steht allein am Rand des Dorfes. Als sie beginnt, Steine auf die Jeeps der Soldaten zu schleudern, durchschneiden Suchscheinwerfer die Nacht, und man hört eine Warnsalve Gewehrschüsse. Die Frau verschwindet. Zehn Minuten später, als alles wieder im Dunkel liegt, taucht sie erneut auf, und wieder fliegen Steine. Das wiederholt sich zwei Stunden lang. Es ist die zweite Nacht, in der sie ganz allein so demonstriert. Niemand im Dorf weiß, wer sie ist und woher sie kommt.

Der blaue Himmel scheint von fliegenden Gegenständen übersät – von Steinen und Felsbrocken, einige von erfahrenen Elfjährigen katapultiert, andere nur wenige schwache Meter von einem Kleinkind geworfen. Reifen werden in Brand gesteckt, und der beißende Qualm brennt in Augen und Nase. Die Soldaten vergelten es mit einer Gewehrsalve und Tränengas. Jetzt rennt alles, aber ein Junge, vielleicht zehn Jahre alt, wird gefaßt. Seine Schreie zerreißen die Luft, als der Knüppel des Soldaten auf seinen Rücken und seine Beine eindrischt. Aus dem Nichts taucht eine Schar Frauen auf, die wie Furien hinter dem Soldaten mit dem Jungen herrennen. Sie umzingeln das Paar, und der eingeschüchterte Soldat hört zu prügeln auf. Er versucht, sich gegen die Frauen zu wehren, die alle auf ihn einschreien, das sei ihr Sohn. In der allgemeinen Verwirrung schnappt sich eine den Jungen und zerrt ihn eilig fort.

Man hört Schüsse und Rufe im Lager – die Soldaten sind da. Die Mutter tritt ihren achtjährigen Sohn, der versunken dem Wortwechsel zwischen seiner Schwester und einer Dolmetscherin folgt. Der Junge springt errötend auf und rennt hinaus. Die Dolmetscherin erklärt: »Sie sagte: ›Schande – geh hinaus und kämpf mit deinen Brüdern und Schwestern.‹«

Das ist die Intifada, der Aufstand der Palästinenser, der im Oktober 1987 gegen die militärische Besetzung der West Bank und des Gasastreifens begann. Man wird den Gedanken verzeihen, daß Steine und Felsbrokken, die das Hauptarsenal der Kämpfenden bilden, nicht als Terrorwaffen bezeichnet werden können – besonders nicht gegen eine gut gerüstete und ausgebildete Armee. Die israelischen Behörden haben jedoch verfügt, daß jeder, der einen Stein auf einen israelischen Soldaten wirft, die Sicherheit des Staates bedroht.

Die Intifada wurde beim Ausbruch des Krieges gegen den Irak vorübergehend eingestellt, als man über die Palästinenser in den besetzten Gebieten eine fast vollständige Ausgangssperre verhängte. Am Ende des Krieges setzte die Intifada ungebrochen ihren Kampf fort.

Im Sommer 1989 war der Aufstand im vollen Gange: Jeder schien beteiligt, von Steinchen werfenden Kleinkindern bis zu Achtzigjährigen, vor allem aber die Frauen. »Die sind zehn Männer wert«, sagte mir ein Lagerkommandeur mit bedauerndem Grinsen.

Die Shebab, die Armee junger Menschen, die die Soldaten mit Gegenständen bewerfen, bestand zumindest zur Hälfte aus jungen Mädchen. Sie waren die Experten, was die Taktik des Straßenkampfes betraf, und wurden von den Jungen als ebenbürtig behandelt. Im Gasastreifen, wo die Unruhen begannen und der reine weiße Sand von Feuer geschwärzt wurde, errichteten Jungen und Mädchen von acht Jahren an aufwärts Straßenblokkaden aus ausgebrannten Autos, Ölkanistern und Schutt aus den Lagern, ehe eine Demonstration begann. Viele waren von Kopf bis Fuß in Schwarz gekleidet, und nur die Augen blitzten durch Schlitze in den Kapuzen. Ihre Waffen waren Stöcke und Steine, Schleudern und Fahrradketten. Diese kleinen dunklen Gestalten nannten sich »Ninja«.

Bei den Generalstreiks, mindestens zweimal die Woche, tun sich die Mädchen mit den Jungen zusammen und bewerfen jeden, der ein Auto fährt oder versucht, zu arbeiten. Die Shebab war eine furchterregende Macht; die Mädchen warfen die Steine oder die Molotowcocktails ebenso zielsicher wie ihre Brüder. Fatin, eine blonde, blauäugige Zehnjährige aus dem Al-Jalazoun-Lager in der Nähe Ramallahs auf der West Bank mimte einen Nahkampf mit einem Soldaten, den sie am Vortag erlebt hatte. Man hatte ihrer Familie zehn Minuten Zeit gegeben, um das Haus zu verlassen, ehe es als »Terroristenunterschlupf« niedergewalzt wurde. Der Kampf ging um eine Glasscheibe, die ihr Vater gerade einsetzen wollte. Fatin kämpfte tapfer, sagten ihre Eltern, aber der Soldat zerbrach das Glas dennoch. Neben Fatin stand ihre zwanzigjährige Schwester und zeigte mir Röntgenaufnahmen, auf denen man zwei in ihrer Brust sitzende Kugeln erkennen konnte – sie hatte sich bei einer Demonstration draußen aufgehalten.

Die älteren Frauen der Intifada haben eine Reihe von Aufgaben. Einige stehen in vorderster Linie bei den Demonstrationen, weil sie glauben, die Soldaten würden nicht so leicht auf sie schießen. Sie organisieren außerdem Krawalle, stellen die Posten bei Kämpfen und warnen die Shebab mit verabredeten Zeichen, wenn sie einen versteckten Soldaten oder die Ankunft weiterer Truppen entdeckt haben. Sie fallen in Scharen über Soldaten her, um Festgenommene zu retten. Frauen aller Altersgruppen halten ein sehr effektives Informationsnetz aufrecht. Ihre weiten traditionellen Kleider verbergen ein ganzes Arsenal von Waffen und Geräten. Sie tragen die Waffen der Intifada – Steine, Molotowcocktails und die illegale palästinensische Fahne – und marschieren kühn durch die Soldatengruppen. Die Israeli sind sich wohl bewußt, daß vorwiegend Frauen die Waffen transportieren, und obwohl manche angehalten und durchsucht werden, scheinen die Armeeangehörigen immer noch zu zögern, sich mit Frauen zu befassen. Wenn das geschieht, müssen sie sich darauf gefaßt machen, sich einem wütenden Mob von Muslim-Männern zu stellen, die vor Wut schäumen, wenn ihre Frauen von den Händen Ungläubiger belästigt werden.

Die Frauen verlassen sich auf diese Furcht der Soldaten und werden immer kühner. Sie schmuggeln Geld von der palästinensischen Befreiungsfront in die besetzten Gebiete. Andere Frauen organisieren sichere Schlupfwinkel für Männer und Frauen auf der Flucht. Sie transportieren die ihnen Anvertrauten im Schutz der Nacht und bringen den Verwandten Nachricht.

Eine Gruppe solcher Frauen hat sich auf Erste Hilfe und Krankenversorgung für die bei den Unruhen Verletzten spezialisiert und bringt sie zu zuverlässigen Ärzten. Viele Palästinenser weigern sich, in ein Krankenhaus zu gehen, weil diese häufig von Soldaten durchsucht werden. Dr. Jürgen Rosendale, Leiter des Ahli-Arab-Krankenhauses in Gasa, meinte, daß häufig Trupps kämen, um Kranke zu verhaften. Das Personal würde verprügelt, wenn man versuchte, sich einzumischen, wenn die Soldaten verletzte Verdächtige aus den Betten zerrten.

Die Frauen sind besonders während der Ausgangssperre aktiv, wenn es sogar verboten ist, am Fenster zu stehen. Man riskiert, erschossen zu werden, wenn man bloß gesehen wird. Die Frauen organisieren die Lebensmittelverteilung und schleichen sich nachts hinaus, um Vorräte in Häuser zu schaffen, bei denen es knapp wird. In Nablus, einer arabischen Stadt auf der West Bank, über die einen Monat lang eine Ausgangssperre verhängt worden war, ritten die Frauen nachts auf Eseln in die Nachbardörfer, um Essen zu beschaffen. Manche wurden geschnappt, und man soll sie zur Strafe den ganzen Tag gefesselt in der Sonne liegen gelassen haben.

Andere Frauen betreiben eine andere Art Intifada – den Wirtschaftskrieg gegen Israel. Dies geschieht auf einen Aufruf der Vereinten

Führung der PLO im Untergrund hin, die aus vier Fraktionen besteht: der El Fatah, den Volks- und Demokratischen Fronten für die Befreiung Palästinas, und der kommunistischen Partei. Die Führung, die Befehle durch Intifada-Flugblätter erteilt, hat an alle 1,5 Millionen Palästinenser appelliert, israelische Waren zu boykottieren und eine eigene Wirtschaft zu schaffen.

Vier Frauenkomitees, von denen jedes eine politische Fraktion vertritt, haben diese Herausforderung angenommen. Sie bieten eine Reihe von Ausbildungsprogrammen an, von Nähen bis zur Joghurtherstellung und Metallarbeiten, und die Endprodukte werden auf den örtlichen Märkten verkauft. Die Komitees organisieren auch Gesundheitsfürsorge und Kindergärten und schicken ihre eigenen »Volks«lehrer auf die West Bank, wo die Schulen von den Behörden als »Ziehstätten für Revolutionäre« geschlossen wurden.

Traditioneller denkende Frauen leiten Wohlfahrtsorganisationen, die die gleichen Programme anbieten, aber diese operieren vorwiegend in Städten. Keine dieser Frauen oder deren Komitees werden vom Militär als Hilfsorganisationen betrachtet. Viele Frauen behaupten, sie seien aufgrund ihrer Arbeit geschlagen und verhaftet worden. Materialien und Literatur seien konfisziert worden, die Gebäude geschlossen. Es ist illegal, für diese Organisationen zu spenden, weil sie als Zentren der Anstiftung zur Intifada betrachtet werden.

Palästinensische Frauen sind sich wohl bewußt, daß sie bei der Intifada immer in der vordersten Linie stehen. Als der Aufstand begann und Zehntausende von Männern vom Militär interniert wurden, übernahmen die Frauen den Kampf. Da die Männer nicht mehr da waren, blieb ihnen nichts anderes übrig, aber es ging noch um mehr. Die Frauen wurden sich ihrer Bedeutung bewußt, und sie waren nicht mehr bereit, abseits zu stehen oder trauernde Witwen zu sein. Es ging um die Teilnahme.

Sie erkannten bei sich die Ähnlichkeit zu den algerischen Frauen im Kampf gegen die französische Kolonialisierung 1958–1964. Auch damals trugen die Muslim-Frauen Waffen unter ihren Gewändern und opferten die Freiheit und ihr Leben für die Sache. Nachdem die Unabhängigkeit errungen war, sorgten die Männer dafür, daß sie zurück nach Hause gingen und ihre traditionellen Rollen spielten – es ging sogar so weit, daß sie gezwungen wurden, wieder den Schleier zu tragen. Palästinenserinnen sind absolut entschlossen, nicht das gleiche Schicksal zu erleiden, wenn die Schlacht gewonnen ist und ein unabhängiger Palästinenserstaat existiert. Sie haben das algerische Beispiel vor Augen und kennen ihre Männer. Sie sind nicht bereit, jetzt Soldaten und später zweitklassige Bürger zu sein. Ihr Kampf um die Unabhängigkeit als Frau wird zugleich mit der Intifada ausgefochten, solange sie sich in einer Machtposition befinden.

Das ist eine Lektion, die auch weibliche Guerillas anderer Gesellschaften lernen. Man denkt an die ETA-Frauen und ihren Entschluß, den Machismo zu zerstören, der in ihren Männern so stark verwurzelt ist. Auch die IRA-Frauen haben erkannt, daß der Kampf um Gleichberechtigung gemeinsam mit dem Kampf, die Briten aus Irland zu vertreiben, ausgefochten werden muß. Die Palästinenserinnen haben in diesem Kampf an zwei Fronten die Führung übernommen. Um einen Ausgang wie in Algerien zu vermeiden, hat eine kleine Gruppe den Rat der Vereinten Frauen gegründet (Women's Higher United Council). Im Juni 1989 hatten sie bereits eine Gesetzesvorlage zur Gleichberechtigung der Frau aufgestellt und der Vereinten Führung vorgelegt. Die Männer der Bewegung, die sich stark auf die wichtigen Rollen der Frauen verlassen, stimmten dieser Vorlage zu, wenngleich zögernd. »Natürlich würden wir nie unsere Aktionen aufgeben, aber wir wollten, daß die Männer wußten, daß auch wir Zähne haben«, sagte eine der Frauen aus dem Vereinten Rat.

Israelische Soldaten sind angewiesen, kein Feuer auf Frauen zu eröffnen, aber in der Hitze des Gefechts, und da Kugeln wahllos und ziellos auf Aufständische gefeuert werden, kommen auch Frauen um. Im Krieg mit dem Irak, als die Palästinenser unter der militärischen Ausgangssperre ins Haus verwiesen blieben, wurde eine junge Mutter aus Nablus auf der West Bank von israelischen Soldaten erschossen. Sie hatte die Regeln gebrochen, weil sie auf dem Balkon ihres Hauses stand.

Bis Januar 1991 waren siebenundneunzig Frauen (zwölf Prozent der insgesamt Getöteten) erschossen worden. Viele wurden bei Demonstrationen getötet, von Gummikugeln oder echter Munition getroffen, weil sie entweder teilnahmen oder unschuldig dabeistanden.

Tausende weitere Frauen wurden verletzt, manche für den Rest ihres Lebens verstümmelt oder verkrüppelt. Frauen stellen die größte Gruppe von den Personen, die nach den Krawallen Krankenhausbehandlung brauchen. Sie werden angegriffen, wenn sie versuchen, ihre Kinder zu schützen, und stellen besondere Ziele dar, wenn die Soldaten in die Häuser stürmen und Verdächtige suchen. Es gibt Beweise, daß Soldaten bewußt versuchen, ganze Familien zu terrorisieren, indem sie die Frauen brutal behandeln.

Man hat die Soldaten offenkundig besonders dafür ausgebildet, wie man Aufständische und jene bekämpft, die sie schützen. In den ersten drei Tagen ihrer Ausbildung bringt man ihnen »trockene Schläge« bei, die Knochen rasch und ohne Blutvergießen brechen. Ärzten sind Verletzungsmuster aufgefallen, die aufgrund systematischer Schläge entstehen. Die Befehle kommen von ganz oben. Der Verteidigungsminister hat erlassen, den Aufständischen »Narben zuzufügen«. Es reicht nicht, wenn sie wissen, daß sie Gefängnis riskieren. Man bricht dem Opfer bewußt die Knochen, damit es daran gehindert wird, an weiteren Aufständen teilzunehmen. Die letzten Zahlen (1991) zeigen, daß 105 000 Personen bei dem Aufstand durch Schläge ernsthaft verletzt wurden.

Frauen sind auch empfindlicher gegenüber Tränengas, das offensichtlich direkt in die Häuser gefeuert wird. Viele Frauen – eine unbekannte Anzahl – erlitten dadurch eine Fehlgeburt oder starben.

Jeder, der einen Stein schleudert, wird als Terrorist betrachtet. »Ein fünfjähriges Kind, das einen Stein auf einen Soldaten wirft, bedroht die Sicherheit des Staates Israel.« Die Häuser mutmaßlicher Terroristen werden geschleift, und man untersagt den Familien, sie neu zu erbauen. Häuser werden zudem versiegelt und die Bewohner gezwungen, draußen zu wohnen. Mindestens 1700 Häuser wurden bisher zerstört oder versiegelt.

Es ist ein Vergehen, Mitglied der PLO zu sein oder sie zu unterstützen. In Israel gilt sie als ausgesprochen terroristische Organisation, obwohl alle Palästinenser, mit Ausnahme der fundamentalistischen Gruppe Hammas, die PLO als ihre Regierung bezeichnen und Jassir Arafat als ihren Präsidenten.

Die Aktivitäten der Frauen sind den Militärbehörden wohlbekannt und werden vom israelischen Geheimdienst mit Sorge beobachtet. Besonders besorgniserregend ist der Einfluß der Frauenkomitees auf die palästinensische Gesellschaft und ihr Erfolg beim Wirtschaftskrieg. Terry Boulata, eine der im folgenden interviewten Frauen, wird als »eine der gefährlichsten Anführerinnen der Intifada« betrachtet – nicht nur aufgrund ihrer Aktivitäten, sondern weil sie internationale Anerkennung für ihre Sache fand. Sie wird von der jungen Generation der Kämpfer sehr verehrt.

Nadia und Aida, Mittdreißigerinnen, lebten in bürgerlichen Vororten von Ramallah, einer arabischen Stadt auf der West Bank. Beide arbeiteten aktiv bei einem Intifada-Komitee im Untergrund, organisierten Demonstrationen und betrieben ein Informationsnetz in den besetzten Gebieten. Beide waren schon einmal gefaßt worden, doch ließ das Ausmaß ihrer Aktivitäten ahnen, daß ihre jetzige Freiheit nur von kurzer Dauer sein würde. Beide waren Mütter, Aida von drei Söhnen, zwei bereits im Gefängnis, und einer vierjährigen Tochter. Nadia fand, daß ihr Engagement in der Familie reiche. Sie hielt ihre zehn- und dreizehnjährigen Söhne aus allem heraus.

Beim ersten Treffen in einem Hotel in Jerusalem waren beide Frauen extrem nervös. Sie bestanden darauf, mitten auf der Sonnenterrasse zu sitzen, weit entfernt von Zimmerfenster und -tür. Sie sprachen so leise, daß man sie kaum verstehen konnte; später wurden sie so leidenschaftlich, daß sie nur noch schrien. Nach mehreren Treffen enthüllten sie allmählich mehr von ihrem geheimen Leben und den Risiken, die sie eingingen.

Nadia war unterwegs gewesen, um Informationen zu sammeln, und lachte: »Ich habe heute etwas Wunderbares erfahren, das viele Kinder retten wird. Ich sah bei einer Demonstration zu. Die Kinder waren wie immer sehr tapfer gewesen und hatten viele Steine geworfen. Die Soldaten verfolgten sie mit erhobenen Knüppeln, um zuzuschlagen, und ich wies den Flüchtenden die Richtung.

Nicht weit von mir entfernt standen zwei kleine Jungen und aßen Eis. Die Soldaten rannten auf sie zu und sahen daran, wieviel sie gegessen hatten, daß sie nicht bei dem Steinwerfen dabeigewesen sein konnten.

Jetzt wissen wir, daß Kinder, die Eis essen, sicher sind, und der Eisverkauf wird sprunghaft ansteigen. Wir werden vor jedem Kampf viel Eis kaufen und den Kindern sagen, wo sie uns finden können, wenn sie fortrennen müssen. Wir nehmen ein paar Bissen von dem Eis und geben sie ihnen, so daß es aussieht, als ob die Kinder, wie die Jungen heute, mit dem Kampf nichts zu tun hatten.«

Nadia sprach vor einem Raum voller vertrauter Genossinnen. Bei Anbruch der Nacht würde ihre Information in den besetzten Gebieten die Runde gemacht haben. Nadia, zierlich, mit einem blassen Gesicht und vor Schlafmangel dunkelumrandeten Augen, strahlte. Aber ihre Stimmung veränderte sich schlagartig, und ihr Gesicht wurde traurig, als sie über die Folgen des Straßenkampfes bei den Kindersoldaten sprach.

»Ich frage mich oft, was wir den Kindern antun. Wir haben sie mit drei Jahren zu Kämpfern gemacht. Wir behandeln sie nicht wie Kinder, und sie verhalten sich nicht so. Sie sind uns in vielem überlegen, weil sie an der Front die Verletzlichsten sind. Mit drei haben sie ihre Kindheit hinter sich gelassen, und die kann ihnen niemand wieder zurückgeben. Ich frage mich, wie sie wohl als Erwachsene werden. Ich weiß, sie werden voller Haß und Bitterkeit sein, wenn wir nicht siegen.«

Ich erinnerte mich an die kleinen schwarzgekleideten Kinder, die ich im Gasastreifen gesehen hatte, die »Ninja«. Sie hatten nicht wie Kinder gewirkt, und ich hatte sie tatsächlich bedrohlich gefunden. Als ich mit den Erwachsenen der Intifada sprach, gewann ich den Eindruck, daß auch sie allmählich Angst vor der Generation bekamen, die sie geschaffen hatten.

Nadia sorgte sich auch um die seelische Wirkung, die ihre notwendige, aber manchmal lange Abwesenheit auf ihre Kinder haben mochte. Sie war deutlich zwischen ihrer Liebe zu ihnen und der Liebe zu den Tausenden von anderen palästinensischen Kindern hin- und hergerissen, für die sie sich verantwortlich fühlte. Immerhin, versicherte sie mir – und vielleicht sich selbst –, hätten ihre eigenen Kinder zu essen und Kleider, denn viele andere hätten dies nicht. Sie wußte jedoch, daß materielle Dinge nicht alles sind: »Ich glaube, meine Söhne werden mich eines Tages hassen, weil ich sie wegen anderer Kinder vernachlässigt habe. Ich kann ihnen nicht die Liebe und Aufmerksamkeit schenken, die sie brauchen. Vor der Intifada ging ich mit ihnen zum Schwimmen und holte sie von der Schule ab. Jetzt bringt sie ein Angestellter überall hin.«

Nadia fühlte sich auch schuldig, ihren Kindern die Kindheit vorenthalten zu haben, obwohl das durch ihre gefährliche Arbeit gerechtfertigt war. »Sie hören und sehen alles, nehmen sogar an Diskussionen über unsere Taktik teil – aber sie dürfen kein Wort davon an ihre Freunde verraten. Jedes palästinensische Kind – meine nicht mehr als viele andere – weiß, wie man ein Geheimnis bewahrt. Meine Jungen wissen über alles Bescheid – selbst über die gefährlichsten Aufträge – und behalten alles, aber sie reden nie ein Wort darüber. Ich frage mich, wie das auf sie wirkt. Als sie noch sehr klein waren und mit ihren kindlichen Geheimnissen zu mir gerannt kamen, brachte ich ihnen schon bei, ich sei nicht an dem interessiert, was sie mir sagen wollten, wenn es ein Geheimnis sei. Ich sagte immer kühl: ›Verrat es mir nicht‹. Da waren sie verletzt, aber ich wußte, ich mußte sie auf das Heute vorbereiten. Jetzt sind sie so daran gewöhnt, daß sie sicher sind.

Meine Söhne geben mir und ihrem Vater die Schuld für das, was jetzt geschieht. Sie sagen, warum hattet ihr keine Intifada, ehe wir geboren waren. Ich antworte, daß wir, die Palästinenser, zu lange gewartet haben. Daher müssen wir jetzt alles daransetzen und alle Opfer bringen.

Aber es geht nicht nur um die Jungen. Sehen Sie mich an. Sehe ich aus, als hätte ich Spaß am Leben? Sehe ich gesund aus? Ich kenne keine Ruhe, nur ein paar Stunden Schlaf, wenn ich ausruhen muß, weil ich sonst zusammenbreche. Ich habe keinen Spaß mehr am Essen. Ich esse, weil mein Körper es verlangt, und mein Körper ist notwendig, um den Kampf fortzusetzen. Vor der Intifada hatten mein Mann und ich so viel, über das wir reden konnten; wir interessierten uns für so vieles. Die ganze Welt war interessant. Jetzt gibt es nur noch die Intifada, die Pläne, die nächste Demonstration, wie man

Verfolgte von einem Unterschlupf zum nächsten bringt, wie man die Ausgangssperre umgeht und Festnahmen vermeidet.«

Sie seufzte. »Es betrifft jeden. Mein dreijähriger Neffe hat uns vor kurzem aus Amerika besucht, und er war nur eine Woche hier gewesen, als er zu mir kam und mich fragte, wie man ein Maschinengewehr baut. Er sagte, er wolle damit Soldaten töten, und sang eines der Lieder: ›Mit unserem Blut, mit unseren Seelen verteidigen wir Palästina.‹ Noch ein Kind, das seine Unschuld verloren hat.«

Nadia holte tief Luft und riß sich wieder zusammen. Ihr eigenes Leben, selbst das ihrer Verwandten, fuhr sie fort, könnte geopfert werden. Das Wichtige sei, daß die Intifada weiterlebe. In dieser Stimmung, mit diesen Worten wirkte sie sehr aufrüttelnd, und man erkannte deutlich, wie eine derart starke Frau andere mit Mut erfüllen konnte. Die Intifada hatte sie und Tausende andere zur Macht befähigt.

»Unser Leben, sehen Sie, ist einzeln nichts wert. Man kann es einfach hinwegfegen. Aber andere werden unseren Platz einnehmen und da sein. Es ist, als säßen wir alle in einem großen Gefängnis, und das ist das einzige, das wir wirklich verlieren können. Stellen Sie sich vor, wie es ist. Ich bin eine stolze, gebildete Frau, die viele Länder bereist hat. Dann vergleichen Sie damit ein Insekt, denn so nennen uns die Soldaten: Kakerlaken, Hunde, Insekten. Stellen Sie sich vor, Sie sind voller Würde und Selbstachtung, und dann kommt ein siebzehnjähriger Soldat auf der Straße auf Sie zu. Tu das, befiehlt er, und Sie, rot vor Scham, tun es. So war es vor der Intifada. Die Soldaten zermalmten uns wie Käfer unter ihren Stiefeln. Dann sagten wir, es reicht. Wir können das nicht mehr erdulden. Wir sind Menschen. Unsere Intifada war geboren, und wir werden uns nicht mehr zermalmen lassen.«

Viele Frauen, mit denen ich sprach, sprachen ähnlich über den Aufstand. Es war, als hätten sie ihre mütterlichen Gefühle auf den Kampf übertragen. Einige israelische Frauen, mit denen ich sprach, von denen manche voller Bewunderung für die Tapferkeit waren, mit der die Palästinenserinnen für ihre Gleichberechtigung kämpften, waren dennoch verwundert, wie die gleichen Frauen ihre Kinder in den Kampf schicken konnten. Eine Israelin, deren Sohn bei einem palästinensischen Angriff ums Leben gekommen war, faßte es zusammen: »Für mich und andere Mütter müssen die Kinder um jeden Preis geschützt werden. Die palästinensischen Mütter sind bereit, sie sterben zu lassen. Das kann ich nicht begreifen.« Es ist paradox, wie die Palästinenserinnen, die offensichtlich ihre Kinder sehr lieben, sie bloß mit Stöcken und Steinen bewaffnet gegen die Militärmacht Israel schicken können. Vielleicht weil, wie Nadia sagte, ihr kostbarstes Kind die Intifada ist.

Diese Übertragung mütterlicher Gefühle tauchte auch in anderen Interviews mit Frauen verschiedener Gruppen und Ideologien auf. Die IRA-Frauen waren ebenso entschlossen, ihr Kampf solle ihren Kindern eine bessere Zukunft bringen. Susanna Ronconi, die eine italienische revolutionäre Gruppe gründete, war dieser treuer als ihrem Liebhaber. Sie konnte die Bewegung nicht einmal kritisieren, als sie sie verließ. Für sie war es ihr Sohn.

Nadia, die ihren Kindern nicht erlaubte, an den Straßenkämpfen teilzunehmen, war die Ausnahme. Sie konnte es nicht ertragen, wenn ihnen Schaden zugefügt würde, und war bereit, sich selbst mit ihrer Untergrundarbeit zu opfern. Ihre nächsten Worte klangen leicht sehnsüchtig, als sie zugab, es fehle ihr an Mut für den Nahkampf: »Manchmal wünschte ich, tapfer genug zu sein, um Steine zu werfen wie die Kinder oder manche der Frauen, aber ich habe Angst vor den Prügeln oder davor, erschossen zu werden. Ich weiß, was ich tue, ist gefährlich, aber es ist auch schon gefährlich, Palästinenserin zu sein. Man tut am besten, was man am besten kann. Die Intifada braucht jeden, besonders die Frauen. Sie stehen überall im Mittelpunkt.«

Was mit den Männern sei, fragte ich. Immerhin gab es Tausende, die nicht verhaftet worden waren. Sie kicherte. »Männer sind, fürchte ich, mit fünfunddreißig zu alt für alles. Sie haben Angst oder fühlen sich zu verantwortlich. Sie reden gern über Politik, aber sie können nicht gut handeln.« Andere Palästinenserinnen sagten das gleiche: Die Männer säßen gern herum und redeten und dächten, sie hätten alles im Griff, aber in diesen Tagen seien die Frauen die Tatkräftigen.

Nadia schilderte mir Beispiele für die Tapferkeit der Frauen. Eine alte Frau ging mit der Shebab auf jede Demonstration und trug immer einen großen Korb mit Steinen, die sie den Kindern reichte. Einer anderen alten Frau aus dem Dehaisha-Lager nahe Betlehem wurde das Haus zerstört, weil sie auf dem Dach saß und Ziegel auf die Soldaten schleuderte. Dann die Geschichte der Frau im gleichen Lager, die einen vierjährigen Jungen rettete, der vor den Soldaten flüchtete. Das Kind rannte in ihr Haus, und sie versteckte es unter ihrem Gewand. Als die Soldaten bei der Verfolgung hereinstürmten, saß nur eine alte Frau auf dem Boden.

»Sie sehen, jeder tut, was er kann. Das ist unser Leben, und bis zum Sieg ist nichts anderes von Bedeutung.«

Aida war sanfter als Nadia, und ihre Augen füllten sich mit Tränen, als sie über die Leiden des palästinensischen Volkes sprach. Ihr Mann hatte schon mehrere Male im Gefängnis gesessen, ihr mittlerer Sohn, fünfzehn, war wegen Steinewerfens drei Tage vor unserem Treffen zu einem

Jahr und einem Tag Haft verurteilt worden. Im vergangenen Jahr war er von der Shin Bet entführt und gefoltert worden. Ihre vierjährige Tochter haßte die Israelis zutiefst.

Aida nahm ein Glas Wasser und umfaßte es mit beiden Händen. »Es reicht jetzt, denken wir oft, wenn wieder ein geliebter Mensch von uns genommen wird. Aber wir sind stark. Selbst wenn das Glas voll ist, können wir noch mehr aufnehmen.« Die Kraft ihrer Worte wurde durch ihre schlichte und ungekünstelte Haltung noch unterstrichen.

Sie hatte ihren Sohn vor der Verhandlung nur wenige Minuten sehen können. »Ich habe versucht, tapfer zu sein, aber er merkte, wie aufgeregt ich war, und rief mich zu dem Käfig, in dem er mit anderen Männern saß. ›Mama‹, sagte er, ›sei stark. Denk immer daran, daß ich dein Sohn bin.‹«

Sie lächelte in Erinnerung an diese Worte; dabei faßte sie wieder Mut. Sie wußte, daß sie ihn gut auf sein Schicksal vorbereitet hatte und er niemals gestehen würde. Es war nur, versicherte sie mir, was jede palästinensische Mutter für ihr Kind tun würde.

»Als ich hörte, daß die Soldaten nach ihm suchten, ging ich rasch zu seiner Schule und holte ihn ab. In den folgenden fünf Tagen brachte ich ihn von einem Schlupfwinkel zum anderen, um ihm beizubringen, wie er mit den Vernehmungsbeamten umgehen soll und ihre Fallen vermeiden. Ich warnte ihn, da er zum erstenmal eingesperrt wurde, daß die Shin Bet ihn vermutlich sehr grausam behandeln und schwer prügeln würde. Nach den Prügeln würde man ihn in eine Zelle sperren, und ein Mann mit freundlichem Gesicht würde ihn in den Arm nehmen und sagen: ›Weine nicht mehr. Das waren schlechte Menschen, aber ich bin dein Freund. Mir kannst du alles erzählen.‹ Ich riet meinem Sohn, sehr mißtrauisch zu sein: Vielleicht bringt dieser Mann dir Zigaretten und Essen, aber hüte dich vor ihm.

Dann sagte ich ihm, sie würden ihn vermutlich in eine Zelle stecken, und vielleicht würde er hören, wie jemand schrie und geschlagen wurde. Aber das wäre bestimmt ein Tonband, und der Mann würde sagen: ›Bitte, schneidet mir nicht mein Ohr ab, zieht mir nicht die Fingernägel heraus.‹ Ignoriere das, mein Sohn, sagte ich, und ignoriere auch den Jungen im gleichen Alter wie du, den man zu dir in die Zelle sperrt und der damit prahlt, Molotowcocktails geworfen zu haben. Das ist sicher ein Spion, der deine Zunge lösen soll.

Als ich meinem Sohn dies alles gesagt hatte, brachte ich ihn nach Hause, und er wurde verhaftet. Als ich ihn sah, sagte er: ›Mama, du hattest Recht. Sie haben alles getan, was du gesagt hast. Zuerst hatte ich Angst, aber dann hörte ich deine Stimme.‹ Als er das zu mir sagte, war ich sehr stolz. Ich wußte, ich hatte alles richtig gemacht und meinen Sohn gut erzogen. Ich habe ihm die beste Regel fürs Leben beigebracht – psychologisch stärker zu sein als alle anderen. Denk daran, sagte ich ihm, wenn du schwach bist, fühlen sich die Vernehmungsbeamten stark. Wenn du aber stark bist, wird der andere verwirrt und anschließend schwach.«

Aida wirkte ganz und gar nicht wie eine Frau, die ihre Kinder in psychologischer Kriegsführung unterweist und sie dann dem Feind übergibt, um sie zu prüfen. Noch schien sie die eisernen Nerven zu haben, die sie für ihre Arbeit im Untergrund brauchte. Nach außen hin war sie einfach eine freundliche Ladenbesitzerin, die in ihrem Dorfladen Spielzeug verkauft. Ihre Erfahrung und die ihrer Familie hatten ihr alles beigebracht, was sie nun wußte. »Meine Familie, besonders meine Kinder, haben viel gelitten. Als dieser Sohn dreizehn war, wurde er entführt. Er spielte mit seinem jüngeren Bruder auf der Straße, als ein Auto anhielt und ein Israeli ausstieg und ihn nach seinem Namen fragte. Dann zerrte er ihn auf den Rücksitz und brauste los. Mein jüngerer Sohn, der damals elf war, notierte sich die Autonummer und rannte zu mir. Ich verständigte sofort alle arabischen Presseagenturen und ging zur Polizei. Sie schienen Bescheid zu wissen und meinten, mein Sohn sei von einem Siedler entführt worden. Sie rieten mir, nach Hause zu gehen und zu schlafen, und am Morgen würde mein Sohn wieder da sein. Ich verlangte, daß sie meinen Sohn zurückholten, und weigerte mich, nach Hause zu gehen.

Nach drei Stunden sagte die Polizei, er sei auf der Wache, und ich solle zu Hause auf ihn warten. Ich ging nach Hause, und da war mein Sohn, er stand unter schwerem Schock. Er war in den Magen und in die Kehle getreten worden – wir mußten den Arzt holen, und er konnte einen Tag lang nicht sprechen. Ein befreundeter jüdischer Journalist ließ die Autonummer überprüfen. Der Wagen war von der Shin Bet gemietet worden.« Als ihr Sohn wieder sprechen konnte, berichtete er, wie er stundenlang von zwei israelischen Männern herumgefahren worden war, die ihn abwechselnd prügelten. Sie hielten ihn auf dem Boden fest und traten ihn. Als die Entführer dem Jungen befahlen, in Hebräisch »Ich liebe Israel« zu sagen, konnte er es nicht, denn sie hatten ihm einen Stiefel in den Mund gestoßen.

Aida wiederholte, sie hasse die Juden nicht, nur Israelis, die zu solchen Handlungen fähig waren. Sie war wütend auf den Rest der Welt, weil er sich blind gegenüber den Leiden ihres Volkes zeigte.

Ihre vierjährige Tochter wies deutliche Zeichen von Verstörung auf, doch Aida versuchte mir klarzumachen, daß sie trotzdem nicht antisemitisch geworden sei. Aber das erwies sich als schwer, denn Aida fragte sich, welche Wirkung es auf ihr Kind gehabt hat, daß sie von einem israelischen Soldaten intim durchsucht worden war. »Meine Tochter war gerade neun Monate alt, als ich sie mitnahm, Verwandte in Jordanien zu besuchen. Die Israelis durchsuchten zuerst mich, dann spreizten sie ihre Beine und suchten nach versteckten Botschaften. Als sie zwei war, begann sie Steine zu werfen, aber sie war verwirrt und schleuderte sie auf jedes Auto. Man mußte ihr die richtigen Ziele beibringen. Sie sagt: ›Da ist ein Jude‹, und ich sage: ›Nein, das ist ein Israeli, denn wir hassen sie nicht wegen ihrer Religion.‹

Als wir draußen vor dem Militärgericht warteten, weil ihr Vater verurteilt werden sollte, marschierte sie auf einen israelischen Soldaten zu und trat ihn. Er fragte sie, warum sie das getan habe, und sie sagte: ›Weil du meinen Papa fortgenommen hast.‹ Er versuchte ihr zu erklären, er habe ihren Vater nicht verhaftet, aber sie bestand darauf, ja, er habe ihren Papa verhaftet.

Jetzt ist mein Mann wieder frei, aber wenn er eine Stunde zu spät kommt, wird sie hysterisch und denkt, man habe ihn wieder gefaßt. Sie spricht nur von Gewehren. Sie ist wie alle anderen Kinder, selbst beim Spielen sind sie die Intifada. Sie spielen, wie man sich den Verhören entzieht. Sie prüfen sich, indem sie einander angreifen, um zu sehen, wie sie mit den Vernehmungsbeamten fertig werden. Dann wieder stellen sie sich an einer Mauer auf. Einer ist Soldat mit einem Holzgewehr, und er tut, als würde er die anderen schlagen. Als ich dieses Spiel zum erstenmal sah, fragte ich den kleinen Jungen, warum er seine Freunde prügele. Er antwortete: ›Ich bereite sie vor.‹ Ich dachte, ich würde innerlich explodieren, als ich das hörte.«

Sie zuckte hilflos die Achseln. »Frauen«, sagte sie langsam, »leiden am meisten und sind beim Kampf am aktivsten. Vielleicht, weil sie ihre Kinder schützen müssen und daher ständig auf der Hut sind.«

Aida beugte sich nach vorn, als überkäme sie plötzlich völlige Erschöpfung. Aber als sie das Gesicht wieder hob, war es von Liebe gezeichnet, und sie sprach von ihrem Lieblingskind. »Die Intifada ist nämlich mein Sohn. Ich würde ohne ihn untergehen. Nichts anderes ist wichtig – ohne ihn würde ich sterben.«

Als die Vorhänge dicht zugezogen waren und ein Kind als Posten auf der Vordertreppe stationiert war, stellte man den Videofilm an. Auf dem Boden saßen Kinder aller Altersgruppen und stritten sich über Taktiken, verstummten aber gehorsam, wenn Nadia oder Aida etwas erklärten. Ein Junge baute an einem Demonstrationsgewehr. Es bestand aus Gußeisen und wirkte sehr echt. Man sagte ihm, er solle es fortstecken; dies sei ein Lehrvortrag. Der Film war in Zusammenarbeit mit der Shebab und der Kampftruppe gedreht worden, von einer Frau, die in einem Dorf auf der West Bank lebt. Gelegentlich wurde der Film von ihrer kleinen Tochter unterbrochen, die fragte, ob sie hinausgehen und Steine werfen dürfe. Die Frau hatte heimlich aus einem halb demolierten Haus heraus gefilmt. Es begann mit Bildern der Shebab bei der Bewaffnung (große Bewunderung von den Kindern, als gezeigt wurde, wie man Katapulte baut). Die Kamera schwenkte nach draußen und zeigte herannahende Soldaten. Eine Frau in den traditionellen Gewändern stand in der ersten Reihe der Demonstranten. Sie gab ein Zeichen, und die Kinder sprangen vor und schleuderten ihre Geschosse. Die Frau trieb sie an, leitete sie von den Salven der Soldaten fort, doch hielt sie auch nahe genug, um ihre Ziele zu treffen. Sie verständigten sich durch Zeichen, manchmal einen Schrei. Doch wann immer sie in Sichtweite der Soldaten geriet, sah sie aus wie eine alte Frau, die versuchte, die Straße zu überqueren, und man ignorierte sie. Die uralte Täuschung, daß eine Frau von Natur aus unschuldig sei, war ihr zu Hilfe gekommen.

Der Sinn dieses Films sei ein doppelter, erklärte Nadia: um die Kinder zu Kampf und Heldentum aufzufordern und um aus den Fehlern zu lernen. »Ihr seht, wie wichtig es ist, den Fluchtweg geplant zu haben. Seht den Jungen, der geschnappt wurde. Schaut auch diesen an, der sich versteckt; er hat den Soldaten hinter sich nicht gesehen. Denkt daran, eure Augen und Ohren überall zu haben. Vertraut nie auf einen alten Fluchtweg – die Soldaten haben vielleicht schon von ihm erfahren.«

Wenn Soldaten dieses Haus während der Filmvorführung durchsucht hätten, wären alle Erwachsenen und Kinder über zwölf verhaftet und interniert worden. Bei ihrer Rückkehr wäre das Haus vermutlich ein Schutthaufen gewesen.

Bana Bassam al-Sayih, vierzehn, stand unter Hausarrest und sollte in Kürze vierzehn Monate Gefängnisstrafe antreten, weil sie angeblich Steine auf einen israelischen Bus geworfen hatte. Sie stritt diesen bestimmten Vorfall zwar leidenschaftlich ab, aber gab andere, ähnliche zu und freute sich auf den nächsten Schritt in ihrer politischen Erziehung – die Internierung mit älteren Frauen im palästinensischen Frauengefängnis für politische Gefangene.

Sie saß aufrecht und sehr ernst im Haus ihrer Eltern in Beit Hanina, umringt von ein paar Schulfreundinnen. Ihr Großvater, der Generalsekretär des Palästinensischen Nationalrates, machte sich im Hintergrund zu schaffen. Ihr Vater, der die ersten acht Jahre ihres Lebens wegen politischer Aktivitäten im Gefängnis verbracht hatte, war in einem Nebenzimmer. Gegenüber ihrer hübschen, jeanstragenden Tochter saß Banas Mutter, ein wenig traurig, aber stolz.

»Ich bin kein Kind mehr«, verkündete Bana sowohl ihrer Mutter als auch mir, und gewissermaßen hatte sie Recht. Sie hatte die Rolle einer erwachsenen Kämpferin angenommen und erwartete, so behandelt zu werden. »Vor meiner Verhaftung sah und hörte ich alles und nahm an Demonstrationen teil, aber ich begriff eigentlich nichts. Jetzt weiß ich, was es heißt, Palästinenserin zu sein und zu leiden. Manchmal habe ich ein bißchen Angst, ins Gefängnis zu gehen und meine Mutter und meine Freunde zurückzulassen, aber ich sehe es so, als ginge ich zur Universität – ich habe die letzten beiden Monate zu Hause alle politischen Bücher gelesen, die ich finden konnte, statt die Hausarbeiten zu machen, die meine Lehrer mir von der Schule geschickt haben. Es ist viel wichtiger, daß ich etwas über Palästina lerne, damit ich alles verstehe, was die Frauen im Gefängnis mir beibringen. Nach dem Gefängnis werde ich versuchen, Anwältin zu werden und die Kinder Palästinas verteidigen.«

Wut und Frustration über die Behandlung durch die Israelis waren die Gründe, die diese Vierzehnjährige – ich mußte mir immer wieder ins Gedächtnis rufen, daß Bana so jung war – für den Aufstand angab.

»Ich weiß nicht, warum meine Generation den Aufstand begonnen hat. Alle waren wütend, besonders in der Schule, denn dort lernten wir, daß die ganze Welt frei war, nur wir nicht. Wir wußten, daß es nicht wichtig war, wie gescheit man war, denn auch mit einem Diplom ließen einen die Israelis nur Teller waschen.«

Ihre Freundinnen stimmten zu; viele Eltern, erzählten sie, waren hochgebildet, aber sie mußten in Israel um Arbeit betteln. Diese Kinder schienen den Tod auf der Straße einer solchen Demütigung vorzuziehen.

Bana beschrieb, wie wichtig das Steinewerfen war. Sie war sich wohl bewußt, welche ausgezeichnete Propaganda es für die palästinensische Sache war, daß Kinder ihre jämmerlichen Steine gegen die mächtige israelische Armee richteten. Sie wußte, daß die Fernsehbilder, die um die Welt gingen, Mitgefühl hervorriefen, und sie war bereit, das bis ins letzte auszunutzen. Ihre Lehrer, so gab sie mit selbstbewußtem vierzehnjährigen Grinsen zu, erwarteten von ihr in der Schule nicht mehr so viel Teilnahme. »Wir verabredeten in der Stunde, am nächsten Tag eine Demonstration zu machen, brachten die Steine morgens in die Klasse mit und versteckten sie unter den Stühlen. Manche Lehrer wußten Bescheid, und manche ermutigten uns, aber es war unsere eigene Entscheidung. Nicht alle in der Klasse machten mit; in meiner Gruppe waren es etwa sieben.

Es ist sehr wichtig, unter Freunden zu sein, denn dann kann man aufeinander aufpassen und einander retten, wenn die Soldaten einen schnappen. Wir haben keine Zeit, uns um die jüngeren Kinder zu kümmern. Jede Gruppe muß sich auf sich selbst konzentrieren. Wir sind alle schon von den Soldaten geschlagen worden, und das tut natürlich sehr weh. Aber es ist besser, nicht zu weinen. Die Soldaten haben mich ins Gesicht und am ganzen Körper getreten.

Das Steinewerfen üben wir, denn dann kann man besser zielen. Jede hat ihre eigene Methode. Manche benutzen eine Schleuder. Das ist schwer, aber der Stein fliegt doppelt so weit, und man kann besser zielen. Manchmal verbrennen wir Autoreifen in Erinnerung an einen Märtyrer und werfen Molotows, oder wir streuen Nägel auf die Straße, damit die Jeepreifen platzen.« Wie behandelten die Jungen der Shebab die Mädchen, fragte ich. Ach die. Bana verzog das Gesicht.

»Ich kenne einen Jungen, der Angst hat, zu den Demonstrationen zu kommen. Ich sage ihm: ›Es ist deine Pflicht, Steine zu werfen und zum Märtyrer zu werden. Das ist deine nationale Pflicht.‹

Die Mädchen in den Kampftruppen (Steinewerfer) sind ebensogut wie die Jungen, weil sie genauso schnell rennen und Steine werfen können. Die Soldaten sind ja so dumm – sie denken, es sei wichtig, die Jungen zu fangen, und so verteilen wir die Intifada-Flugblätter und tragen die Fahnen. Sie haben ein bißchen Angst, uns zu durchsuchen, weil die Männer sie dann angreifen würden.«

Bana und ihre Kampfgenossinnen wenden viel Zeit auf, die Fluchtrouten auszuarbeiten, ehe sie sich den Soldaten stellen. Der Feind, so scheint es, hat sie in der Vergangenheit geschnappt und geschlagen. Man müsse ständig auf der Hut sein, informierte sie mich, und immer neue Wege suchen. Läden waren gute Verstecke, denn die Mädchen konnten so tun, als arbeiteten sie dort, aber man mußte den Besitzer kennen. »Ein Mädchen wurde von den Soldaten geschnappt, als der Ladenbesitzer sie rauswarf. Wir sprechen also mit den Besitzern und finden heraus, was sie für uns tun würden. Diese Namen geben wir an die Shebab weiter.«

Trotz ihrer Reife hatte Bana immer noch etwas Kindliches. Sie genoß offensichtlich die Aufregung des Kampfes und den Ruhm, Mitglied der Shebab zu sein. Nicht nur jüngere Kinder bewunderten sie, sondern auch Erwachsene. Ja, gab sie zu, sie vermisse es, nicht mehr an Demonstrationen teilzunehmen und den Kitzel der Verfolgung zu erleben.

Ihre Freundinnen brachen unvermittelt in Gekicher aus, als sie traurig sagte, seit ihrem Hausarrest könne sie nicht mehr spazierengehen. Nach ein paar Minuten, in denen sie untereinander flüsterten, beschloß Bana, mich in ihr Geheimnis einzuweihen.

»Ich umgehe den Hausarrest. Ich besuche meine Freundinnen und verstecke mich hinten in einem Auto. Ich muß ohnehin ins Gefängnis, daher spielt es keine Rolle, wenn sie mich schnappen. Ich werde lange sitzen und will daher jetzt alles so weit wie möglich genießen.«

Bana war vor ihrer Verhaftung Schülerin der Rosenkranz-Schwestern in Beit Hanina gewesen. Die Schule liegt im Bezirk Jerusalem, daher durfte sie offen bleiben – im Gegensatz zu Schulen, die zwei Meilen weiter auf der West Bank liegen. »Ich war mit vier Freundinnen gerade aus der Schule gekommen. Wir waren in einem Geschäft und suchten ein Geburtstagsgeschenk, als wir hörten, daß Steine geworfen wurden. Wir schauten hinaus und sahen, wie die Shebab Steine auf einen israelischen Bus warf. Wir sahen, wie bewaffnete Israelis heraussprangen und in die Luft schossen. Sie sahen uns und rannten auf uns zu. Wir hatten Angst und liefen fort, aber ein Mädchen fiel hin, und wir blieben stehen, um ihr zu helfen. Die Männer schnappten uns. Sie hatten Knüppel und schlugen uns, und dann mußten wir auf dem zerbrochenen Glas von den Busfenstern sitzen. Es waren Siedler, und sie sagten, sieben Personen hätten gesehen, wie wir Steine warfen. Wir sagten ihnen die Wahrheit, aber sie haben uns geschlagen und der Polizei übergeben. Wir sagten, wir seien in einem Laden vor dem Bus gewesen, und das Rückfenster sei zerbrochen, daher könnten wir es nicht gewesen sein. Aber sie haben gar nicht auf uns gehört. Die Polizei brachte uns zum Russischen Gefängnis, und wir wurden vier Stunden lang verhört. Sie sagten, wir sollten gestehen, aber das taten wir nicht. Dann steckten sie uns mit vierzehn anderen Gefangenen in eine Zelle. Das war schrecklich, denn die anderen Frauen waren Kriminelle, die uns anspuckten. Wir hatten Angst vor ihnen. Sie rissen alles Eßbare an sich und gaben uns nichts und drohten, sie würden uns verprügeln. Wir blieben in einer Ecke und trösteten einander.«

Nach acht Tagen kam der Fall vor den Richter, der vorschlug, die Mädchen in Nazareth unter Hausarrest zu stellen. Die Familien stimmten zu, sie in den Konvent der Rosenkranz-Schwestern nach Jerusalem zu schicken – zum gleichen Orden, der ihre Schule leitete.

»Das war besser, denn die Nonnen waren freundlich«, sagte Bana. »Aber wir konnten nicht nach draußen, und in dem Konvent gab es nur eine Grundschule. Wir mußten die Schularbeiten machen, die unsere eigenen Lehrer uns schickten. Da saßen wir zwei Monate, und es war wunderbar, als wir nach Hause durften.«

Das Zuhause ist zwar ihr Gefängnis, hat aber seine Vorteile. Wie jedes Schulkind freut sich Bana, nicht in die Schule zu müssen, und sie wird häufig von ihren Freundinnen besucht. Im Gegensatz zu einem Kind kann Bana aber ihre eigene Position ausgezeichnet einschätzen. »Meine Freundinnen halten mich für eine Heldin, aber ich bin nur eine Kämpferin wie alle anderen. Ich bin nicht tapferer als sie. Ich weiß nur einfach jetzt mehr. Ich weiß, daß die Israelis uns nicht alle umbringen können, weil sie die Sympathie der restlichen Welt verlieren würden, und die brauchen sie zum Überleben. Sie wissen nicht, was sie tun sollen, weil sie vorsichtig sein müssen, nicht allzuviele von uns umzubringen.«

Wieder in der Rolle einer Guerillakämpferin sprach sie Worte aus, die ich ein Jahr später von einer doppelt so alten Frau hören würde – von einer Freiwilligen der Irisch-Republikanischen Armee. Von Bana aber klangen sie doppelt traurig: »Ich weiß noch, wie es vorher war. Ich ging auf Partys und im Park spazieren. Das hat Spaß gemacht, aber so etwas gibt es nicht mehr. Es ist jetzt besser, denn wir kämpfen, und wir wissen, was wir wollen.

Die Intifada ist mehr als nur ein Krieg. Ein Krieg dauert Tage oder Monate, aber für uns ist es eine Lebensweise.«

Die vier Siebzehnjährigen wußten genau, daß sie schon für das verhaftet werden konnten, was sie momentan taten – sie besaßen Lehrbücher. Sie besuchten eine Schule auf der West Bank, die seit Beginn der Intifada geschlossen war. Ihre Lehrer, Palästinenser und Ausländer, ignorierten den Schließungsbefehl und riskierten damit die Festnahme. Die Schüler – von sechs Jahren an – wurden weiter unterrichtet und hatten inzwischen gelernt, geschickt die Militärpatrouillen unterwegs zu umgehen. Jedes Kind über zwölf konnte verhaftet werden, wenn es ein Lehrbuch besaß, aber diese Mädchen hielten es das Risiko für wert. Sie waren bei den Lehrern als die »Aktivisten aus der letzten Bank« bekannt, weil sie im Klassenzimmer immer hinten saßen und Demonstrationstaktiken diskutierten.

Ramia, bei weitem die stillste der vier, hob sich von den anderen ab und kämpfte ihren eigenen Krieg, einen intellektuellen. Sie erklärte: »Die Israelis wollen uns zu ungebildeten Bauern machen, indem sie unsere Schulen schließen und es für illegal erklären, wenn man etwas lernt. Ich bekämpfe sie daher, indem ich lerne.

Die Israelis haben uns alle Rechte genommen. Wir müssen sogar Steuern dafür bezahlen, was sie uns antun. Sie wollen nicht mit uns leben, und sie wollen unser Land. Sie nehmen es uns ab und nennen uns Terroristen, wenn wir darum kämpfen. Seit ich neun bin, habe ich mit angesehen, wie Soldaten auf Menschen schießen. Meine Freundin weinte immer und rannte fort, wenn sie die Soldaten sah. Das muß aufhören. Wenn jemand Bruder, Vater und Mutter verliert, empfindet man Haß und will keinen Frieden mehr.

Wir müssen sie auf allen Ebenen bekämpfen. Wir werfen Steine und nehmen an Demonstrationen teil, aber ein neuer Staat braucht Menschen mit guter Ausbildung – nicht bloß Mädchen und Jungen, die

Steine werfen können. Daher müssen wir beides tun – Steinewerfen und Lernen.«

Es sei aber schwierig, sich auf das Lernen zu konzentrieren, erklärte Ramia, weil der Kampf verlockender sei. Ihre Schule liege in der Nähe eines Platzes, auf dem viele Demonstrationen stattfinden, und es sei schwer, sich in die Bücher zu vertiefen, wenn man die Soldaten hört. »Man denkt: Sollte ich nicht dort sein, wo meine Brüder und Schwestern sind, bereit zu sterben? Manchmal muß man einfach hinaus und zu ihnen gehen.«

Ramia war zwar entschlossen, ihre Prüfungen zu bestehen und die Universität zu besuchen, aber wegen des unregelmäßigen Schulbesuchs machte sie sich Sorgen, sie wisse vielleicht nicht genug. Ihre Lehrer teilten ihre Zeit zwischen den älteren und jüngeren Mädchen auf; an manchen Tagen gab es keine Lehrer für diejenigen, die vor der Prüfung standen. Sie versuchte, zu Hause zu lernen, aber auch das barg Probleme. An den Streiktagen erlaubten manche Eltern ihren Kindern das nicht; Ramia kannte ein Mädchen, das heimlich zu Hause auf der Toilette lernte.

Die Prüfungen sollten in zwei Wochen sein, aber keines der Mädchen wußte, ob sie tatsächlich stattfinden würden. »Es ist eine öffentliche Prüfung«, erklärte Raima. »Die Behörden erlauben uns vielleicht nicht, die Prüfung abzulegen, weil es eine öffentliche Versammlung darstellen würde.«

Falls Ramia die Prüfung wirklich ablegte und bestand, stellte sich gleich ein anderes Problem. Alle palästinensischen Universitäten waren geschlossen, und so müßte sie nach Ägypten gehen, um weiterzulernen. Das ginge nur mit Erlaubnis ihres Vaters, und obwohl die Gleichberechtigung auch bei der traditionellen Lebensweise ihre Spuren hinterlassen hatte, würde ihr Vater ihr wohl nicht erlauben, allein als Frau in einem fremden Land zu leben. Ramia wußte, daß ihre Zukunft düster aussah und sie vermutlich in den nächsten Jahren ihres Lebens nur eine Kämpferin sein würde. Sie war jedoch hartnäckig und trotz aller Widerstände entschlossen, ihren Weg fortzusetzen. »Ich hoffe, daß ich schließlich Schriftstellerin werden und so die Botschaft des palästinensischen Volkes weitertragen kann. Ich werde auch kämpfen, wie alle anderen, aber das will ich nicht immer.« Ramias Worte gaben das Stichwort für ein anderes Mädchen. Ruba stimmte zu, daß Lernen sehr wichtig sei, aber der Straßenkampf sei doch das wichtigste.

»Erste Pflicht eines Mädchens ist, auf die Straße zu gehen und Steine zu werfen«, beharrte sie. »Wenn du einen Stein wirfst, hast du das Gefühl, du tust etwas. Wir könnten doch schon im Gefängnis sitzen, bloß weil wir hier lernen, warum also sollten wir nicht auch kämpfen? Die ganze Welt hat das Recht, zu lernen, nur wir nicht. Es ist ein Krieg, den wir an beiden Fronten führen müssen.«

Sie nahm Ramias Bemerkung auf, daß es leichter sei, auf die Straße zu gehen, als zu lernen. »Es besteht ziemlicher Druck auf Leute unseres Alters, zu kämpfen, und es ist manchmal schwer, mit den Büchern zu Hause zu sitzen.

Es ist leicht, auf der Straße tapfer zu sein und nicht zu schreien, wenn sie dich schlagen. Ich sah, wie ein Soldat ein Mädchen an den Haaren herabzerrte und sie auf dem Boden mit seinen dicken Stiefeln trat. Sie war sehr tapfer und weinte nicht. Dann stand sie auf und rannte fort, aber der Soldat folgte ihr bis auf ein Dach. Er begann wieder auf sie einzuschlagen und sagte, er würde sie vom Rand stoßen. Sie sagte, mach nur, und er war so überrascht, daß er aufhörte.« Mädchen, fuhr sie fort, seien genau so tapfer wie Jungen, manchmal tapferer. Sie belegte dies mit einem weiteren Beispiel, das ihre Klassenkameradinnen offensichtlich schon kannten, denn sie unterbrachen sie mit ihren eigenen Versionen der Ereignisse.

»Ein anderes Mädchen warf Steine, als sie sah, wie ein Soldat auf einen Jungen zielte. Sie warf ihre Jacke über den Jungen und zerrte ihn fort; da begann der Soldat, auf sie zu schießen. Sie sprang in einen Bus, doch er folgte ihr, und sie stieg hinten wieder aus und rannte in ein Haus und auf einen Balkon. Er war immer noch hinter ihr, und so sprang sie hinunter auf ein Dach und konnte entkommen.«

Ja, stimmten die anderen Mädchen zu, es sei ein Kinderspiel, in der Hitze des Gefechts tapfer zu sein. Schrecklich aber, viel schlimmer als der körperliche Schmerz sei, wenn die Soldaten einen mit »schlimmen Wörtern« beschimpften.

Ich dachte damals, diese Empfindlichkeit gegenüber verbaler Mißhandlung beruhe einfach darauf, wie diese Mädchen erzogen waren. Ich stieß jedoch noch einmal darauf – bei den Frauen der IRA und auch bei der italienischen Revolutionärin Susanna Ronconi. Es war eine überraschende Gemeinsamkeit. Es schien etwas völlig anderes zu sein, ob auf sie geschossen wurde oder ob man sie beschimpfte.

Ruba war viel zu verlegen, um zu wiederholen, wie die Soldaten sie genannt hatten. Sie sagte bloß: »Die Worte sind so schlimm, daß sie niemals ausgesprochen werden sollten – es ist eine große Schande.«

»Wir gingen über die Straße und sahen, wie ein Soldat einen Jungen schlug, und wir fragten ihn nach dem Grund. Er sagte schreckliche Worte – wir waren Mädchen, und es war in der Öffentlichkeit. Wir waren sehr verlegen, so verhöhnt zu werden. Er verfolgte uns und zerrte uns an den Haaren in einen Jeep und schlug uns. Das ertrugen wir – die schrecklichen Worte schmerzten viel mehr.«

Die Soldaten hatten offenbar herausgefunden, daß Worte die Mädchen der Shebab viel härter treffen als Knüppel. »Manchmal benutzen die Soldaten Lautsprecher, um uns auf der Straße zu beschimpfen. Einmal begannen wir zu weinen, aber ein kleiner Junge sagte zu uns: ›Ignoriert die Worte, denn wir können nie so tief sinken wie die.‹ Es ist aber sehr schwer, sie zu ignorieren. Wir stammen aus traditionellen Familien, und unsere Eltern bestehen darauf, daß wir nirgendwohin allein gehen.«

Natürlich, stimmten sie zu, verändere die Intifada das. Zwangsläufig träfen sich die Mädchen der Shebab mit Jungen, oft heimlich, um Kampfpläne zu besprechen. Das gefiele den Eltern der Mädchen nicht, aber die Mädchen machten trotz der elterlichen Mißbilligung weiter. Das war das einzige Zeichen von jugendlicher Rebellion. Immerhin taten diese Mädchen bei den Aktionen in vorderster Linie nur das, wofür sie die Erwachsenenwelt bewunderte. In dieser Hinsicht waren sie sehr konformistisch, und wenn ihre Beteiligung am Kampf bedeutete, daß sie mit Jungen sprachen, war es der Preis, den die Eltern für den ersehnten Sieg zahlen mußten.

Die Mädchen, die nun eine Ahnung von einem weniger eingeengten Leben gewonnen hatten, waren ebenso entschlossen wie die älteren Frauen, dies nicht mehr aufzugeben. Ruba gab zu, die Intifada habe sie und ihre Freundinnen verändert. »Wir mußten in der Schule einen Aufsatz schreiben, wie wir sein wollten, wenn wir so alt waren wie unsere Mütter. Wir alle schrieben, wir würden unsere Söhne und Töchter gleich behandeln und nicht von den Töchtern bloß erwarten, daß sie heiraten. Es hat unsere Persönlichkeit verändert, und ich glaube, die Intifada hilft uns, unabhängiger zu werden.« Ihre selbständigere Haltung spiegelte sich auch bei ihren jüngeren Brüdern und Schwestern. »Als ich meiner kleinen Schwester sagte, sie solle zu Hause lernen, meinte sie, sie habe keine Zeit. Sie schnitt Zeitungsartikel über die Intifada aus und klebte sie in ihr Heft. Es ist natürlich für Kinder, daß sie mitkämpfen wollen, wenn sie nicht in die Schule können.«

Keine Mutter, fuhr sie fort, könne ihrem Kind dieses Recht verwehren. In diesen Worten sah sie nichts Ungewöhnliches. Ich war diejenige, die verblüfft aussah.

»Wenn sie zur Schule gehen, müssen sie schnell lernen, nicht geschnappt zu werden. Wir müssen es den Kleinen zuerst beibringen, aber es dauert nur einen Tag. Alle gehen in normalen Kleidern zur Schule, nicht mehr in Uniform. Oft stehen Soldaten direkt vor dem Tor, und wir gehen in kleinen Gruppen, nie mehr als drei, in Abständen von fünf Minuten hinein.

Unsere Lehrer sind sehr gut. Wir versuchen immer, sie wissen zu lassen, wenn wir zu einer Demonstration gehen, aber manchmal treffen wir die Entscheidung fünf Minuten vorher. Es muß schwer für die Lehrer sein, nicht zu wissen, ob jemand da sein wird oder nicht.«

Trotz ihrer Hitzigkeit war Ruba beträchtliche Risiken eingegangen, als sie das Schulverbot brach. Anfang des Jahres hatte sie wie auch ihre Freundinnen kleinere Kinder in Häusern von Freunden unterrichtet. Das hatte sie aufgegeben, nachdem sie bedroht wurde. »Eines Abends bekam ich einen Anruf. Ein Mann sagte: ›Wir wissen, was du tust, und es ist sehr gefährlich. Du hörst besser damit auf.‹ Den Rat habe ich befolgt. In der Nähe hier wohnt ein Mädchen, das eine kleine Gruppe von Sechsjährigen unterrichtete. Vierzehn Soldaten kamen, demolierten das Haus und verhafteten sie. So gefährlich ist das.«

Trotz ihrer verschiedenen Persönlichkeiten und der unterschiedlichen Einschätzung des Kampfes, den sie fochten, waren die Mädchen doch einig: »Es ist wichtig für Palästina, daß wir eine Ausbildung bekommen und daß wir kämpfen. Aber wenn wir unseren neuen Staat haben, müssen wir alles noch einmal lernen. Wir lernen jetzt auf Jordanisch, und da wird Palästina nicht erwähnt. Die Israelis wollen nicht, daß wir über uns selbst Bescheid wissen. Wir wissen nichts von unserer Geschichte, außer dem, an was sich unsere Eltern erinnern. Wir hoffen, daß wir mehr Zeit haben, richtig zu lernen, wenn wir gesiegt haben. Wir wissen nicht, was das Morgen bringt, wir hoffen nur, daß wir es erleben werden, einen eigenen Staat und einen Präsidenten zu haben. Aber sicher sind wir nicht.«

Terry Boulata hat unter den jüngeren Kämpferinnen den Status einer Heldin, weil sie soviel durch die Shin Bet erlitten hat. Sie wurde von der Polizei als hochgefährliche Frau betrachtet, als eine der Anführerinnen der Intifada, und als sie im Gefängnis erkrankte, nahm man an, sie simuliere bloß. Drei Monate lang verweigerte man ihr die Behandlung in einem Krankenhaus, und als man sie endlich untersuchte, entdeckte man, daß sie chronische, aktive Hepatitis hatte. Auch nach der Diagnose, als man ihr erlaubte, nach Hause zu gehen, holte die Shin Bet sie immer wieder ab, hielt sie fest und mißhandelte sie.

Terry saß im Wohnzimmer eines modernen Bungalows vor den Toren Jerusalems. Sie wirkte wie eine ausgemergelte Frau mittleren Alters, doch sie war erst dreiundzwanzig und gerade aufgrund einer internationalen Kampagne für Amnestie, verstärkt von einer persönlichen Bitte Präsident Mitterands, aus dem Gefängnis entlassen worden. Ihre Freiheit war jedoch nur vorübergehend; man erlaubte ihr, zur ärztlichen Behandlung nach Chicago zu fliegen, doch mit der Auflage, sich zur Verhandlung wieder in Israel einzufinden. Als ich im Juni 1989 mit ihr sprach, war sie nicht sicher, wessen man sie bezichtigen würde. Man würde ihr wohl die Mitgliedschaft in der Palästinensischen Befreiungsfront vorwerfen, daß sie PLO-Flugblätter verteilt und Tuch für eine palästinensische Fahne gekauft hatte; es gab jedoch eine Geheimakte, zu der weder ihr noch ihrem Anwalt Zugang gewährt wurde.

Es war schwer, sich diese hagere, aber seltsam würdige junge Frau als Bedrohung für den Staat Israel vorzustellen. Sie saß sehr aufrecht auf einem geblümten Sofa und erinnerte sich an jede Einzelheit ihrer Krankheit und ihrer Behandlung durch die Shin Bet.

Kurz nach der Festnahme, weil sie ein Sicherheitsrisiko darstellte, erkrankte sie. Nach zwei Monaten bemerkte sie, daß ihre Glieder geschwollen waren, und sie war sehr erschöpft, aber sie schrieb diese Symptome den Gefängnisbedingungen zu. Als man sie entließ, bestanden ihre Eltern darauf, zu einem Arzt zu gehen. »Man schickte mich in ein Krankenhaus, und sie machten zwei Leberbiopsien. Niemand wußte genau, was nicht stimmte – man sagte nur, es sei sehr ernst. Die zweite Biopsie machten sie am 13. November 1988, am Tag vor der Unabhängigkeitserklärung des Staates Palästina. Die Testergebnisse würden auf sich warten lassen, und daher bat ich die Ärzte, mich nach Hause zu entlassen, damit ich am Unabhängigkeitstag bei meiner Familie sein könnte. Sie zögerten, stimmten aber schließlich zu, sofern ich Bettruhe einhielt.

Ich kam gegen Mittag zu meinen Eltern, und es war natürlich ein besonderer Tag. Ich konnte aber nicht viel tun, sondern schlief fast nur. Um Mitternacht hörten wir Armeejeeps vor dem Haus. Dutzende von Soldaten umzingelten es. Dann kam ein Shin-Bet-Mann, den ich von den Verhören kannte, und sagte sehr fröhlich: ›Wir wollen den Unabhängigkeitstag mit dir feiern, Terry. Du kommst mit uns zu einer Party mit Musik und Luftballons.‹ Meine Eltern sagten, ich sei zu krank, um fortgeschafft zu werden, aber er lachte bloß und sagte, er wolle die Party nicht versäumen.

Man führte mich aus dem Haus und setzte mich in ein Auto neben ihn. In den folgenden vier Stunden fuhren wir umher. Weitere Leute wurden verhaftet. Es war sehr kalt, und ich war wie benommen, aber der Shin-Bet-Mann lachte bloß und meinte, was für einen Spaß wir auf der Party haben würden.«

Man brachte Terry kurz nach vier Uhr morgens in Russische Gefängnis, ließ sie dreizehn Stunden in ihrer Zelle und führte sie dann zum Verhör. »Der Vernehmungsbeamte nannte mich einen Esel und sagte, er wolle mich so lange treten, bis ich gestehe. Er wirkte sehr wütend und sagte immer wieder: ›Ich weiß nicht, warum sie dich immer wieder hierherbringen, du gestehst doch nie etwas. Zur Hölle mit dir.‹

Dann betrat der Shin-Bet-Mann lächelnd den Raum. Er behandelte mich wie eine alte Freundin. ›Hallo Terry‹, sagte er. ›Jetzt werden wir uns ein wenig unterhalten.‹ Er sprach nicht über die Anklage, sondern allgemein über Politik. Er wollte wissen, wohin alles führen würde und was ich über die Verkündung der Unabhängigkeit Palästinas dachte. ›Mabrouk! Gratuliere, Terry. Auf Palästina!‹ sagte er. Er hatte mir hebräische Zeitungen mitgebracht, die ich nicht lesen wollte, und versuchte, meine Meinung über die von Israel vorgeschlagenen Wahlen auf der West Bank zu erfahren.«

Sie erinnerte sich, daß er sie auch nach der Likud-Partei und den Siedlern fragte und wie sie über mehrere heikle politische Fragen dächte. »Es ging lange so weiter, aber es war keine Diskussion. Ich hatte starke Schmerzen von der Biopsie, denn die Wunde war noch offen. Es war schwül im Zimmer, und meine Beine waren wieder angeschwollen. Nach einer Dreiviertelstunde brachten sie mich in den ›Sarg‹.

Der ›Sarg‹ ist eine Zelle, 1,70 m hoch, 80 cm lang und 60 cm breit. Die Wände sind aus Beton, die Tür aus Eisen. Gefangene im ›Sarg‹ haben keine Toilette, und so urinieren sie dort, erbrechen und entleeren sich.

Sie wußten über die Biopsie Bescheid, aber sie brachten mich trotzdem dorthin. Ich kann nur schätzen, daß ich zwischen anderthalb und zwei Stunden dort war. Mir wurde sofort schwindlig und übel. Nach einer Minute kann man die Wärme der vorherigen Insassin spüren. Sie war gerade erst herausgebracht worden. Es war sehr heiß und roch schlecht. Überall waren Urin und Schimmel. Ich konnte es nicht aushalten und wurde ohnmächtig. Als ich wieder zu mir kam, hämmerte ich an die Tür. Der Shin-Bet-Mann öffnete. Er stieß mich an und fragte, was los sei. Ich sagte, ich müsse erbrechen. Da lachte er und fragte: ›Du willst doch nicht etwa sterben?‹ Er brachte mich in eine Zelle mit anderen Frauen, und ich habe bis zum Morgen nur erbrochen.«

Am nächsten Morgen wurde Terry, da sie bereits achtundvierzig Stunden in Haft war, vor einen Richter gebracht, wo man die Verlängerung ihres Arrests verlangte. Man brachte keine bestimmte Anklage vor, aber der Staatsanwalt erwähnte eine Geheimakte. Die Haftverlängerung wurde trotz der ärztlichen Atteste gewährt, die ihr Anwalt vorgelegt hatte. Man brachte sie zurück ins Russische Gefängnis.

»Inzwischen war ich fast gelähmt. Ich konnte mich nicht bewegen und nicht essen, und meine Glieder schmerzten stark. Der Gefängnisarzt untersuchte mich und ordnete an, mich ins Regierungskrankenhaus zu bringen. Dort blieb ich bis um vier Uhr morgens in der Notaufnahme. Mein Körper fühlte sich sehr sonderbar an, überall hatte sich Wasser gestaut. Der Arzt dort meinte, meine Krankheit sei sehr selten, und ich solle in mein altes Krankenhaus zurückkehren.« Doch ein Polizeiwagen brachte sie zurück ins Gefängnis.

Am nächsten Morgen glaubte Terry, sie würde sterben. Sie wurde zum Verhör gerufen, konnte sich aber nicht bewegen. Sie lag auf dem Boden, als der Shin-Bet-Mann, der zu ihrem Folterer geworden war, in den Raum marschierte und freundlich fragte: »Was soll das, Terry, du weigerst dich, verhört zu werden?«

Terry wurde gegen Kaution entlassen, und ihre Familie holte sie ab. Sie wurde sofort ins Krankenhaus gebracht, wo man chronische, aktive Hepatitis diagnostizierte. Nach der ersten Behandlung wurde sie nach Hause entlassen, mußte aber jede Woche zur Untersuchung zurückkehren. Die Ärzte stimmten überein, sie müsse nach Chicago reisen, wenn sie geheilt werden wolle, aber die Militärbehörden weigerten sich damals, dies auch nur zu erwägen.

Nach einem Monat war sie wieder im Gefängnis zu weiteren Verhören, aber man sagte ihr dort seltsamerweise, man sei nicht mehr an ihr interessiert. Sie schienen Katz und Maus mit ihr zu spielen; wenige Wochen später tauchten Soldaten bei ihr zu Hause auf: »Es schien, als ob Hunderte von Soldaten das Haus umzingelten. Einer marschierte durch die Eingangstür und befahl mir, meine Sachen zu packen. Ich sagte, ich sei immer noch zu krank für das Gefängnis, aber der Soldat meinte nur: ›Vielleicht wirst du dann sterben.‹« Man mußte sie aus dem Haus tragen.

Man hielt sie in Einzelhaft, in einer fensterlosen Zelle, aber sie war dankbar, daß es wenigstens ein Klo gab. In Zelle Zehn gab es noch andere Besonderheiten: eine dünne, ungezieferverseuchte Matratze und Löcher in der Decke, durch die immer wieder Mäuse fielen. Sie sagte, wann immer sie aufstand, ließen sich Mäuse auf ihren Kopf fallen. Das Essen beschrieb sie schlicht als ekelhaft.

Am nächsten Morgen um elf Uhr brachte man sie ins Verhörzimmer, aber bis drei Uhr am Nachmittag erschien niemand, um sie zu vernehmen. Sie sagte, häufig habe ein Shin-Bet-Mann den Raum betreten und gesagt: »Ah, du bist Terry Boulata«, ehe er wieder hinausging. Sie erkannte, daß man sie durch diese Taktiken zermürben wollte, und blieb gelassen und trotzig. »Als einer von ihnen hereinkam, bat ich um meine Gefängnisration von vier Agoras, filterlosen Zigaretten. Er bot mir Kent an. ›Nein, ich will nichts von Ihnen, nur meine Ration.‹«

Schließlich erschien der Shin-Bet-Mann, den sie bereits gut kannte. Sie fragte ihn, was man ihr vorwerfe. »Da hat er mich groß angelächelt und gesagt: ›Nichts, aber wir wollen dich im Gefängnis haben. Wir vermissen dich, wir haben dich so gern hier.‹«

Er forderte sie auf, die Worte Terrorismus und Terrorist zu definieren, und sprach dann über den Nationalrat der Intifada. Terry sagte zu diesen Themen nichts, erinnerte sich aber an seine Angst, als sie damals zusammenbrach. Sie warnte ihn, sie könne wieder gelähmt werden.

»Ich sagte, es sei nicht gut, mich im Gefängnis zu behalten, denn meine Beine würden wieder anschwellen. Ich bat ihn, mich nicht mehr in Einzelhaft zu halten, sondern mit den anderen in einer Achtbetten-Zelle.« Er lachte, vielleicht weil er ihren Mut bewunderte, und tat, um was sie gebeten hatte. »Mit den anderen in der Zelle war es viel besser. Es gab Duschen, und das Essen wurde auf einem kleinen Tablett gebracht. Aber nach achtundvierzig Stunden bekam ich wieder die Schmerzen. Die anderen Frauen fütterten mich, wuschen mich und kämmten mir das Haar.« Sie hielt inne und errötete bei der Erinnerung: »Eines Nachts habe ich mich sehr geschämt. Ich konnte mich nicht bewegen, um auf die Toilette zu gehen, und da habe ich das Bett naß gemacht.

Am nächsten Morgen kam der Arzt und fragte, warum ich auf einem nassen Laken läge. Er ordnete an, mir eine Bettpfanne zu geben und eine besondere Diät, die meine Mutter mir bringen mußte. Das Essen im Gefängnis war sehr scharf.« Terry wurde weitere sechs Wochen festgehalten und dann vor ein Militärgericht in Lod gebracht. Bei der Verhandlung erfuhr sie endlich, was man ihr vorwarf: PLO-Mitgliedschaft, daß sie jemandem siebzig Schekel gegeben habe, um Tuch für eine palästinensische Fahne zu kaufen, und die Verteilung von Intifada-Flugblättern. Die Shin-Bet-Geheimakte wurde wieder erwähnt, aber der Inhalt nicht preisgegeben.

Inzwischen sah man ihr an, wie schlecht es ihr gesundheitlich ging. Der Richter ordnete an, sie gegen Kaution freizulassen. Sie blieb jedoch nur zwei Wochen zu Hause, denn wieder holte man sie ab, diesmal am 8. März 1989, dem Internationalen Frauentag. »Sie verhafteten alle, die vermutlich an diesem Tag zu einer großen Demonstration gehen würden«, erklärte sie. Dann zeigte sie eines ihrer seltenen Lächeln. »Ich glaube, sie holen mich so oft ab, weil der Polizeichef in der gleichen Straße wohnt, und daher ist es sehr bequem für ihn.« Man brachte sie im März wieder vor Gericht, und bei dieser Verhandlung zeigte der Richter keinerlei Mitleid. Er akzeptierte die Behauptung des Staatsanwaltes, daß ihre Freilassung gegen Kaution die Staatssicherheit bedrohe, und ordnete an, sie bis zu ihrer Hauptverhandlung am 29. September in Haft zu halten. Ihre Eltern und Freunde setzten eine internationale Kampagne in

Gang, weil sie befürchteten, sie würde im Gefängnis sterben. Im Juni 1989 wurde sie entlassen.

Ich sprach drei Wochen vor ihrer Abreise nach Chicago mit ihr, wo sie ärztlich behandelt werden sollte. Sie sah ihre Zukunft gelassen: »Ich werde zur Verhandlung zurückkommen, denn so lange es mir gut geht, habe ich nichts gegen das Gefängnis«, sagte sie.

Nachtrag: Terry kehrte nach ihrer Behandlung nach Israel zurück, wurde aber nicht vorgeladen. Ihr Fall ist rechtlich immer noch nicht abgeschlossen, aber man glaubt, daß ihr Bekanntheitsgrad die israelischen Behörden nun abhält, weitere Schritte zu unternehmen. Im November 1990 hat sie geheiratet, doch in der Hochzeitsnacht wurde ihr Mann verhaftet und eine Woche festgehalten. Sie arbeitet für das palästinensische Zentrum für Menschenrechte in Jerusalem und ist immer noch in ärztlicher Behandlung wegen ihrer Krankheit.

KAPITEL VIER

»Erwarten Sie vielleicht, daß ich über Mode rede?«

Leila Khaled

Leila Khaled schaffte in wenigen Stunden, was vor und nach ihr Hunderte anderer palästinensischer Kämpfer, zu Lebzeiten oder durch ihren Tod, nicht schafften: Sie hielt die Medien der Welt in Bann. Was sie tat – Entführung eines Flugzeugs, Evakuierung der Passagiere, Sprengung der Maschine –, machte sie zu einer höchst gefährlichen, aber, paradoxerweise, auch zu einer bewunderten und mutigen Frau. Sie hatte niemanden getötet (eher aus Glück) und ihr eigenes Leben riskiert. Daß sie jung und schön war, steigerte das Aufsehen, das sie erregte. Wegen dieser Gewalttat wurde sie zum Sexsymbol; sie zerstörte über Nacht eine Handvoll Tabus, und sie radikalisierte das Denken von Hunderten anderer wütender junger Frauen in der ganzen Welt.

Alle wollten sie wie Leila Khaled sein, die Frauen der amerikanischen Weathermen-Organisation, die Gründungsmitglieder der Baader-Meinhof-Gruppe und der Angry Brigade in Großbritannien. Leila hatte die Macht an sich gerissen, und sie wollten ihr folgen. Ihr Bild, wie sie mit züchtig bedecktem Kopf ihr Gewehr streichelt, zierte die Titelseiten von Zeitungen und Magazinen in der ganzen Welt. Sie war die erste Frau, die ein Flugzeug entführt hatte; daß eine Argentinierin schon drei Jahre zuvor das gleiche getan hatte, als sie die Falkland-Inseln erobern wollte, schien keine Rolle zu spielen. Leilas Gefährten, einem jungen Mann, wurde nur wenig Aufmerksamkeit geschenkt. Sie war es, auf die sich der Blick der Weltöffentlichkeit richtete. Wie Miss Kim erhielt Leila Dutzende von Heiratsanträgen; sie erklärte, solche Angebote beleidigten sie. Sie sei ein anständiges palästinensisches Mädchen, das nicht einmal ein Kompliment von einem Mann akzeptiere. Dennoch umgab sie eine Aura. Man berichtete in der Presse, sie habe die Waffen und Pläne für die Entführung in ihrer Unterwäsche versteckt. Hier war eine Frau, die zwar schön, aber unmißverständlich todbringend und daher höchst erregend war. Diese glanzvolle Seite des revolutionären Lebens genoß sie sichtlich; nach der Entführung bereiste sie, umgeben von Leibwächtern, den Nahen Osten und wurde in allen Botschaften empfangen und bewirtet. Leila gefiel das: die Aufmerksamkeit, die Verehrung; doch ihre Beliebtheit bedrohte das, was sie sich am meisten wünschte: die Chance, es noch einmal zu tun. Sie hatte offensichtlich bei der Entführung ihres ersten Flugzeugs solche Befriedigung und einen solchen Kitzel empfunden – als sie dem Piloten die Handgranate unter die Nase hielt und die Sicherung zog, hatte sie ein Machtgefühl gespürt, das nur wenigen arabischen Frauen zugestanden wird –, daß sie bereit war, alles zu tun, um es noch einmal machen zu dürfen. Ihre Vorgesetzten in der Volksfront für die Befreiung Palästinas (PFLP), einer marxistischen Gruppe, wollten sie im folgenden Jahr noch einmal bei einer spektakulären vierfachen Entführung einsetzen. Sie befürchteten jedoch nun, daß Leilas Gesicht zu bekannt war und es besser sei, jemand anderen zu beauftragen. Allerdings hatte man die Rechnung ohne Leila gemacht. Sie gab zu, ihre Bekanntheit sei vielleicht ein Problem, aber sie beschloß einfach, ihr Gesicht zu ändern. Im Verlauf mehrerer Monate unterzog sie sich mehreren schmerzhaften kosmetischen Operationen.

Am 6. September 1970 entführten sie und ein junger Komplize ein Flugzeug der El Al. Sie scheiterten; ihr Genosse wurde von israelischen »Himmelspolizisten« erschossen, die sie jedoch verschonten. Als man auf dem britischen Flughafen Heathrow notlandete, wurde sie aus dem Flugzeug geworfen. Anschließend brachte man sie in die Polizeistation Ealing in London. Ihre Aktion war zwar gescheitert, doch die drei anderen gleichzeitig ausgeführten Flugzeugentführungen waren erfolgreicher. Zwei der Maschinen hatte man nach Dawson's Field geflogen, einen von der PFLP kontrollierten Flughafen in Jordanien, wo man die Passagiere gegen Palästinenser austauschen wollte, die in Israel gefangen gehalten wurden. Als Leila Khaled gefaßt wurde, beschloß die PFLP-Führung, eine britische Passagiermaschine zu entführen und ebenfalls nach Dawson's Field zu fliegen. Gegen die Freilassung dieser Passagiere wollte man Leilas Freisetzung aus dem Londoner Gefängnis fordern. Gesagt, getan: Man entführte eine britische VC 10 und brachte die 300 Passagiere drei Tage später nach Dawson's Field. »Das Mädchen mit der Knarre«, wie sie genannt wurde, war zum Zentrum einer internationalen Krise geworden. Sie verbrachte drei Wochen auf der Polizeiwache, wo sie es nach eigenen Angaben genoß, den Kommissar an der Nase herumzuführen, der versuchte, sie zu verhören. Dann kapitulierte die britische Regierung vor den PFLP-Forderungen – zum Zorn Israels –, und sie wurde freigelassen. Der Vorfall auf Dawson's Field führte dazu, daß König Hussein von Jordanien die Palästinenser aus seinem Land verwies. Es war ein blutiger Konflikt, der Hunderte von palästinensischen Opfern forderte, und die arabische Welt war entsetzt über diesen Bruderkrieg. Man nannte es den »Schwarzen September«, und eine der extremsten Terrorgruppen wurde unter diesem Namen gegründet. Der »Schwarze September« war 1972 für das Massaker von München verantwortlich, bei dem elf israelische Sportler ermordet wurden.

Leila verschwand währenddessen aus dem Licht der Öffentlichkeit. Auf ihren Kopf war eine Belohnung ausgesetzt, und die Bewegung wollte ihren Star nicht verlieren. 1980 tauchte sie in Kopenhagen wieder auf, und zwar als Leiterin der PLO-Delegation bei der Konferenz der UN anläßlich der Eröffnung des Jahrzehnts der Frauen. Sie war zu einer politischen Persönlichkeit geworden; die Tage des Kampfes waren vorbei.

Es dauerte eine Weile, bis ich sie aufgespürt hatte. Man hatte mir gesagt, sie lebe im Libanon oder im Irak. Einer von Yassir Arafats Chefberatern informierte mich, sie sei dick geworden, habe acht Kinder und interessiere sich nur noch fürs Kochen. Doch ein anderer Weg führte mich zu einem Treffen mit einem PFLP-Sympathisanten in einem Londoner Hotel. Er leitete meine Bitte an sein Hauptquartier in Syrien weiter und gab mir dann Leilas Telefonnummer. Ohne große Überzeugung wählte ich die Nummer. Zu meiner Überraschung hörte ich in nur leicht gefärbtem Englisch: »Ja, hier spricht Leila Khaled. Wann kommen Sie?«

Sie lebt heute im Yarmouk-Flüchtlingslager in Damaskus. Das Lager ist eine Stadt für sich; die Zelte, vor vierzig Jahren vom Roten Kreuz gespendet, sind durch Häuser, Läden, Schulen und Büros ersetzt worden. In der Mitte, nahe der Palästina-Straße, liegt das Hauptquartier des palästinensischen Volkskomitees für Frauen, des Frauenflügels der PFLP. Die Befreiungsfront hat schon vor längerer Zeit dem Terrorismus abgeschworen, und die Frauenorganisation widmet sich vorwiegend Wohlfahrtseinrichtungen, wie Kindergärten; jeder jungen Frau, die sich einem Todeskommando anschließen will, würde man einen anderen Weg weisen.

Das Volkskomitee arbeitet in einer Reihe karger Zimmer im Erdgeschoß eines Hauses, in dem mehrere Familien wohnen. Nach hinten hinaus liegt das Büro der Generalsekretärin der Bewegung, Leila Khaled.

Es ist ein großer quadratischer Raum, spärlich mit braunbezogenen Sesseln möbliert, die an einer Wand aufgereiht sind. Eine Ecke wird von einem mit Papieren übersäten Holzschreibtisch eingenommen; daneben steht ein abgeschabter Aktenschrank. Es gibt ein Fenster, aber jegliches Tageslicht wird von schweren Metalläden ferngehalten, die man gegen die Hitze geschlossen hat. Das elektrische Licht brennt, und auf dem Schreibtisch steht eine Gaslampe, falls, wie so oft hier, der Strom ausfällt. Das einzige Geräusch im Zimmer stammt von einem Ventilator an der Decke.

Leila hatte mich – zu Recht – gewarnt, daß kein Taxifahrer in Damaskus ihre Büroadresse ausfindig machen könne, und schlug ein

Reisebüro im Lager als Treffpunkt vor. Hier saß sie vor einer lebensgroßen Stewardess aus Pappe, die ein französisches Airbus-Modell in der Hand hielt. Sie schien die Ironie der Situation nicht zu bemerken.

Man konnte sofort die junge Leila in ihr erkennen, was vor allem wegen der kosmetischen Operationen überraschte. Sie erklärte mir, daß sie nach der zweiten Entführung zu dem Chirurgen zurückgekehrt sei und ihr altes Gesicht wieder haben wollte. Sie leide unter Kopfschmerzen, eine Folge der Operationen, aber an diesen Schmerz habe sie sich im Laufe der Jahre gewöhnt. Die Kopfschmerzen begannen mit der ersten Nasenoperation im Jahre 1969. Vielleicht erkannte man sie auf Anhieb wegen ihres auffallendsten Gesichtszuges: ihre großen, dunklen, leicht schrägen Augen. Ich fragte sie, ob auch das von der Operation verändert worden sei. »Nein, das ist Natur«, antwortete sie, offensichtlich stolz.

Sie war rundlich geworden, aber immer noch attraktiv. Ihr Haar war kurz und gut geschnitten, ihre Kleidung die einer konservativen, aber modernen arabischen Frau: dunkler Rock, schlichte bunte Bluse. Als wir zu ihrem Büro gingen, fragte ich sie nach ihren acht Kindern. »Ich habe bloß zwei, und das reicht«, lachte sie. Wie es mit dem Kochen stünde? »Ungern«, erwiderte sie heftig.

Als wir mit dem Interview begannen, sagte sie, wie müde und überarbeitet sie sei. Sie wisse nicht, wieviel Zeit sie mir geben könne. Dann zog ich ein Exemplar ihrer Autobiographie aus dem Jahre 1973 hervor, und dies heiterte sie sichtlich auf. Es sei das erstemal, daß sie das Buch in einer Sprache sehe, rief sie, die sie verstand. Das einzige andere Exemplar, das sie erhalten habe, sei in Japanisch gewesen. Sie betrachtete liebevoll die Seiten mit den Fotos und wies auf die Spuren ihrer kosmetischen Operationen hin.

Als sie zu erzählen begann, klang ihr Englisch zunächst holprig, aber sobald es um die Tage der Entführungen ging, flossen die Worte und manchmal das Lachen mühelos. Ihr Gesicht strahlte, die Augen funkelten. Diese Zeit war offensichtlich der Höhepunkt ihres Lebens gewesen, gleich wie oft sie betonte, wie viel wichtiger ihre heutige Arbeit sei. Mehrere andere Frauen zeigten die gleiche Begeisterung, als sie über die Vergangenheit berichteten. Die italienische Revolutionärin Susanna Ronconi nickte mitfühlend, als ich ihr von Leilas Enthusiasmus bei der Schilderung ihrer Vergangenheit erzählte. »Ja«, bestätigte sie, »es war schon aufregend, was wir taten. Unser Leben hatte eine heldenhafte Dimension.« Auch eine der ETA-Frauen verglich die zähe politische Tretmühle mit den raschen Resultaten, die man mit einem Gewehr erzielt. »Ich glaube, mit der Waffe in der Hand kann man rasch etwas erreichen, ohne den mühsamen Kleinkram.« Frauen scheinen vielleicht mehr als Männer die Macht der Waffe zu schätzen und die Autorität, die sie ihnen verleiht.

Leila war in zweiter Ehe mit einem Arzt verheiratet. Aus Sicherheitsgründen nannte sie ihn einfach »Baader«. Sie ist im Lager aber immer noch unter ihrem Mädchennamen bekannt, und die Angehörigen ihrer Generation verehren sie.

Ihre erste Ehe mit einem Guerilla-Genossen wurde nach zwei Jahren in beiderseitigem Einverständnis gelöst. »Wir haben uns nie gesehen«, erklärte sie schlicht. Jetzt hat sie zwei Söhne, sieben und vier Jahre alt. Sie hatte nicht beabsichtigt, so spät Kinder zu haben, aber sie lernte ihren Mann erst vor acht Jahren kennen.

Ihr Leben war sehr betriebsam. Die Arbeit im Büro begann um acht Uhr; um zwei Uhr hatte sie eine dreistündige Pause, so daß sie nach Hause gehen, essen und die Kinder sehen konnte. Dann zurück ins Büro, manchmal bis zehn Uhr abends. Sie ist heute ebenso der Sache verpflichtet wie damals als junges Mädchen. Entführungen, sagte sie mit dünnem Lächeln, gehörten der Vergangenheit an; nun war die Intifada wichtig. »Meine Arbeit besteht darin, Frauen für die Intifada zu mobilisieren. Das ist schwer – schwerer als zu kämpfen. Aber das Schwierigste, was ich je gemacht habe, ist, Mutter zu sein.«

Ich glaube, das meinte sie ernst. Sie liebte ihre Kinder, aber sie hat sie erst spät bekommen, und sie fühlte sich durch sie erschöpft. Offensichtlich war sie im Zwiespalt zwischen den Kindern und ihrer politischen Arbeit. Sie fühlte sich sehr schuldig, weil sie so viel Zeit außer Haus verbrachte, und gab zu, sie sehr zu verwöhnen, um es wieder gut zu machen.

Erst vor kurzem, fuhr sie fort, habe sie beschlossen, daß ihr älterer Sohn vernünftig genug sei, um ihm von ihrer Vergangenheit zu erzählen. »Er wurde ganz aufgeregt und riß die Augen auf. Er fragte mich, ob ich keine Angst gehabt hätte, Flugzeuge zu entführen. Ich sagte, nein, natürlich nicht. Da meinte er, er wolle auch Hijacker werden.«

Leila muß in ihrer Rolle als Generalsekretärin viele Länder besuchen, um Frauen zu »mobilisieren«. Sie kann jedoch nicht überallhin reisen. Die Israelis etwa würden sie immer noch wegen der Entführung der El-Al-Maschine vor Gericht stellen. Sie war in der Sowjetunion, wo sie Anfang der achtziger Jahre eine Universität besuchte, und in Libyen, wo man sie respektvoll als gestandene Politikerin begrüßte. Man hat sie weltweit zu Konferenzen geladen, aber sie muß Ausweisungsabkommen beachten und auf der Hut vor Attentaten sein. Es hat offensichtlich mehrere Versuche gegeben. In einer Wohnung in Beirut hatte jemand eine Bombe unter ihr Bett gelegt, und sie fand sie gerade noch rechtzeitig, als sie nach ihren

Pantoffeln suchte. Ihre Schwester hatte weniger Glück. Sie wurde an ihrem Hochzeitstag, Weihnachten 1976, in Leilas Haus in Tyros erschossen, vermutlich von Agenten der Mossad, dem israelischen Geheimdienst, die sie mit Leila verwechselten. Sie hatte Angst, ihre Kinder fotografieren zu lassen, falls die Mossad durch sie Rache an ihr nehmen wollte.

Leila Khaled mangelt es gewiß nicht an mütterlichen Gefühlen, und ich bemerkte bei dem Gespräch über den Kampf der Palästinenser die gleiche mütterliche Fürsorge, die ich bei den Frauen der Intifada erlebt hatte: Sie fühlte sich als Mutter von Tausenden palästinensischer Kinder. Es war dieses Bewußtsein, dieser Wunsch nach einer besseren Zukunft für die Kinder, der sie trieb, als sie die Kinder in dem Flugzeug sah, das sie entführen sollte.

Leila Khaled war vier Jahre alt, als sich ihre Mutter entschloß, mit ihren acht Kindern Palästina zu verlassen; das war 1948, und der Staat Israel war gerade erst entstanden. Haifa, wo ihre Familie ansässig war, wurde bombardiert, und viele Palästinenser waren bereits voller Furcht in den benachbarten Libanon und noch weiter geflüchtet. Leilas Vater, ein Landbesitzer und Geschäftsmann, hatte sich den Widerstandskämpfern angeschlossen und war verschwunden. Ihre Mutter schlug sich allein mehrere Monate in der vom Krieg zerrissenen Stadt durch und scheuchte ihre Kinder bei jedem Angriff und jeder Schießerei in den Keller.

Schließlich mietete sie, da sie meinte, sie würden alle dort sterben, ein Auto, um die Familie nach Tyros zu bringen, wo Verwandte lebten. Leila erinnerte sich gut an die Zeit: »Ich hörte, wie meine Mutter einem Nachbarn erzählte, ein Auto würde uns fortbringen. Ich rannte in die Küche, denn mein Vater hatte uns Datteln dagelassen, die in Körben gelagert waren. Ich versteckte mich zwischen den Körben und wollte nicht herauskommen. Ich wollte die Datteln beschützen, denn die Juden würden sie bekommen, wenn wir sie zurückließen. Plötzlich hörte man einen lauten Knall – das Auto war getroffen worden und explodierte. Ich hatte verhindert, daß meine Familie in den Wagen eingestiegen war.

Ich erinnere mich, daß meine Mutter zu den Nachbarn sagte, das sei vielleicht ein Zeichen, und wir blieben ein wenig länger. Aber die Kämpfe wurden schlimmer, und meine Mutter beschloß, wir müßten fort. Dieses Mal versteckte ich mich unter der Treppe, als die anderen ins Auto einstiegen. Das Haus wurde beschossen, und ein Mann wurde vor meinen Augen getötet. Ich schrie, und die Nachbarn kamen und kümmerten sich um den Toten. Meine Mutter half ebenfalls, daher verließen wir auch an diesem Tag Haifa noch nicht.

Aber beim dritten Mal kam meine Schwester und zerrte mich an den Haaren unter der Treppe hervor. ›Bist du verrückt? Wenn du bleibst, werden die Juden dich umbringen.‹«

Leila weinte während der ganzen Fahrt, erinnerte sie sich, doch jetzt lachte sie, als sie daran dachte, wie sie die ganze Zeit über eine Dose Babypuder für ihre kleine Schwester umklammert hielt. »Ich war entschlossen, daß die Juden ihren Puder nicht bekommen würden; es war das einzige, das ich mitgenommen hatte.«

Die Familie zog zu einem Onkel in Tyros. Man bot ihnen zwar eigene Zimmer in seinem Haus an, doch Frau Khaled bestand darauf, im Keller zu wohnen. Sie traf diese Entscheidung teilweise in der Hoffnung, daß sie bald nach Hause zurückkehren könnten, teils aber als symbolische Geste: Sie sagte ihren Kindern, weil sie aus Palästina vertrieben worden seien, hätten sie kein Recht, in einem anderen Haus zu wohnen.

Leila hat dieses Gefühl, im Exil zu leben, nie vergessen. »Das Haus meines Onkels war von einem großen Garten mit Orangenbäumen umgeben. Zu Hause, als Kinder, hatten wir immer Orangen gepflückt, wenn wir Hunger hatten. Meine Mutter aber schlug uns auf die Finger und sagte, die Orangen gehörten nicht uns, und wir dürften sie nicht essen. Seitdem kann ich keine Orangen mehr essen. Es würde mich sehr traurig machen, sie zu sehen und zu denken, daß unsere Orangenbäume immer noch in Haifa stehen und jetzt jemand anderem gehören.« Nach fast einem Jahr in Tyros tauchte ihr Vater wieder auf. Er war schließlich mit einer Gruppe palästinensischer Kämpfer geflohen und hatte in einem Flüchtlingslager in Ägypten gelebt. Dort hatte er einen Herzanfall erlitten, und ein Arzt, der ihn behandelte, hatte ihn aus Ägypten in den Libanon geschmuggelt. Doch er kehrte als gebrochener Mann zu seiner Familie zurück, war krank, und seiner Tochter zufolge war »sein Geist gebrochen«. Er konnte nicht arbeiten, und seine Familie lebte mehrere Jahre von den Essensrationen und Kleiderspenden der Hilfsorganisation der Vereinten Nationen und der Works Agency (UNRWA), bis die älteren Kinder arbeiten gehen konnten.

Die Abwesenheit eines Elternteils, ob durch Tod, Gefängnis oder Krankheit verursacht, war mir bei mehreren der Frauen aufgefallen. Ich fragte mich, ob dies dazu geführt haben mochte, daß sie wütender und entschlossener waren, gegen das System zurückzuschlagen, das ihnen Mutter oder Vater geraubt hatte.

In den nächsten sechzehn Jahren wohnte Familie Khaled, nun auf vierzehn Kinder angewachsen, in einem Haus mit zwei Zimmern. Leila besuchte die einzige Schule für palästinensische Flüchtlingskinder, ein großes Zelt auf der Straße. Sie schilderte die Umstände sehr bitter: Über hundert Schüler aller Altersgruppen saßen auf dem Boden, und vier Klassen wurden gleichzeitig abgehalten. Im Sommer herrschte große Hitze, im Winter froren die Kinder. Aber alle Klagen bei der Mutter stießen auf taube Ohren; all ihr Unglück sei durch die Juden verursacht worden. »Meine Mutter schob alles auf die Tatsache, daß wir nicht mehr in Palästina lebten. Besser werden würde es nur, wenn wir zurück könnten, aber das ging nicht. Alles, so sagte sie, sei in Palästina, und da wir nicht dort seien, hätten wir kein Recht, uns zu beklagen, was uns im Libanon zustieß. Erst wenn wir nach Palästina zurückkehrten, hätten wir wieder Rechte, und nur dann könnten wir normal leben.

Ich fragte sie, warum wir gegangen seien, warum wir im Libanon lebten. Meine Mutter antwortete: ›Weil die Juden Palästina besetzt haben. Sie waren bewaffnet, und wir waren nicht stark genug, um uns zu wehren.‹« Leila gab zu, daß in diesem Moment »starker Haß auf die Juden in ihrem Herzen wuchs«. Es sei der Beginn ihres politischen Bewußtseins gewesen.

Von zehn an schlossen sich Leila und ihre Schwestern anderen Kindern an, die an palästinensischen Feiertagen auf den Straßen von Tyros demonstrierten. Zuerst billigte ihre Mutter dies, doch als die Töchter älter wurden und sich immer stärker engagierten, bekam sie Angst um deren Ruf und versuchte, sie zurückzuhalten. Tyros war eine sehr konservative Stadt, und junge Mädchen durften nicht zu politischen Versammlungen gehen, an denen auch Männer teilnahmen. Doch ihr Mann, der seine Gesundheit für die Sache ruiniert hatte, stimmte dem nicht zu: »Sie wollen ihre Heimat. Sollen sie doch darum kämpfen.«

Das war für einen arabischen Vater ein sehr revolutionärer Standpunkt. Mit dieser Unterstützung konnte sich Leila gegen die Mutter und die Regeln ihrer Gesellschaft auflehnen und in den Augen des Vaters dennoch eine pflichtbewußte Tochter bleiben.

Frau Khaled versuchte, mit ihrem Mann zu verhandeln. Der Sohn, der studierte, konnte sich an dem Kampf beteiligen, falls er wollte, aber die Töchter müßten, solange sie zu Hause lebten, an ihren Status und die Folgen denken, wenn sie diesen mißachteten. Doch ihre Argumente stießen auf taube Ohren, daher begann sie, die rebellische Tochter einzusperren.

»Eines Abends wollte ich unbedingt auf eine Versammlung gehen, aber meine Mutter hatte mir meine Kleider fortgenommen. Ich schlich mich im Nachthemd aus dem Haus und bin so durch die ganze Stadt gelaufen. Bei dem Treffen wurde ich von den Genossen kritisiert, weil ich unpassend angezogen war. Als ich wieder nach Hause kam, schlug mich meine Mutter, weil ich im Nachthemd auf die Straße gegangen war.« Sie lachte, aber die Geschichte verdeutlicht, wie entschlossen sie gewesen war, sich am Kampf zu beteiligen.

Ein Jahr später, 1958, als sie vierzehn war, flammten auf den Straßen von Tyros Kämpfe zwischen der libanesischen Armee und der Nationalen Arabischen Bewegung auf, zu der Leilas ältere Brüder und Schwestern gehörten. Man hielt sie zwar für zu jung, um zu kämpfen, aber sie wurde beauftragt, den palästinensischen Kämpfern Essen in die Kampfzone zu bringen. Sie erinnerte sich an die Angst, als sie mit anderen Kindern, Töpfe mit Essen auf dem Kopf, durch den Kugelhagel lief. »Ringsum wurde geschossen, und ich hatte Angst, aber ich wußte, ich mußte es schaffen, und ich war froh, helfen zu können.« Als sie ihre Brüder und Schwestern fand, bettelte sie, sich ihnen anschließen zu dürfen. Brüsk antworteten sie, ihre Aufgabe sei es, ihnen Essen zu bringen; ihre Zeit werde kommen, wenn sie älter sei. Leila schluckte ihre Enttäuschung herunter und versah weiter ihren gefährlichen Auftrag; gegen Ende der Kämpfe wurde sie dadurch belohnt, daß man sie als Mitglied in die Nationale Arabische Bewegung aufnahm.

Sie nahm ihre Rolle äußerst ernst. Eine ihrer Pflichten war, Flugblätter der Bewegung an Sympathisanten zu verteilen – eine gefährliche Mission, weil über die Stadt Ausgangssperre verhängt war. Einmal wurde sie fast gefangen, aber sie nutzte ihre Erscheinung als anständiges arabisches Mädchen voll aus: »Es war Winter, etwa sieben Uhr, als niemand mehr auf der Straße sein durfte. Ich steckte mir die Flugblätter in die Jackentasche und ging los.

Ich war noch nicht weit gekommen, als mich ein Soldat anhielt und wissen wollte, wohin ich ginge. Ich wußte, man würde mich verhaften, aber ich antwortete rasch, ich müsse eine Hebamme suchen. Er fragte, wo sie wohne, und ich deutete in eine Richtung. Dann bettelte ich: ›Ich habe Angst, während der Ausgangssperre draußen zu sein, würden Sie hier auf mich warten?‹« Diese Täuschung klappte wunderbar; der Soldat wartete, und Leila ging von Haus zu Haus, angeblich auf der Suche nach der Hebamme, und schob unter allen Türen Flugblätter durch. Am Ende, erzählte sie triumphierend, hatte sie alle verteilt, und der Soldat brachte sie nach Hause. »Die Bewegung war sehr erfreut. Es war wie eine Prüfung, die ich gut bestanden hatte.«

Wie Miss Kim brauchte auch Leila Anerkennung von Älteren; solche Situationen waren ihr in allen Einzelheiten im Gedächtnis geblieben. Ihre Jugend galt nun nicht mehr als Problem. In Begleitung von Genossen besuchte sie die West Bank – »was von Palästina übrig geblieben war« – und viele Veranstaltungen.

Zugleich erwies sie sich als begabte Schülerin. Mit sechzehn gewann sie ein Stipendium für ein Internat in Sidon. Von dort aus ging sie mit einem weiteren Stipendium zur Amerikanischen Universität in Beirut. Sie wollte Apothekerin werden, aber das Geld reichte nicht, und sie mußte nach einem Jahr abbrechen. Es war, überlegte sie, eine der größten Enttäuschungen ihres Lebens.

So jedoch zog sie nach Kuweit, wo sie als Englischlehrerin arbeitete und ihr Gehalt nach Hause zu den Eltern schickte. Sie fand ihre Arbeit nicht sehr befriedigend und engagierte sich schon bald politisch. 1966 trat sie der PFLP bei, einer illegalen Organisation in Kuweit, und warb neue Mitglieder. Dann, ein Jahr später, folgte die Demütigung des Sechstagekriegs und die Besetzung der West Bank durch Israel. Leila war nun überzeugt, ihre Zukunft sei, eine Guerilla-Kämpferin zu werden, und sie bat die Führung der PFLP, sie zur Ausbildung auf einen der Militärstützpunkte in Jordanien zu schicken.

Man riet ihr, Geduld zu haben, doch das fiel ihr nicht leicht. Sie solle ein Jahr warten, und wenn sie zehn neue Mitglieder anwerben könne, dürfe sie gehen. Ihre Entschiedenheit und Energie waren phänomenal; in zehn Monaten rekrutierte sie zwanzig Leute.

Im Sommer 1969 fuhr sie nach Hause und verkündete ihrer Mutter (der Vater war inzwischen gestorben), sie würde eine Guerilla-Kämpferin werden. Frau Khaled war natürlich nicht sehr erfreut über diese Nachricht, aber Leila war nun eine selbständige junge Frau von fünfundzwanzig, und sie war hartnäckig. Auf das Flehen ihrer Mutter: »Laß deine Brüder kämpfen, aber du kehrst nach Kuwait zurück«, erwiderte sie: »Ich werde entweder tot oder als ausgebildete Kämpferin zurückkommen.« Sie ging aus eigenem Entschluß, aber sie nahm ihre beiden jüngeren Brüder mit. Soviel zum Thema, daß Männer die Frauen in eine Bewegung hineinziehen.

Es war der Beginn der glücklichsten Zeit ihres Lebens. »Das Camp lag in den Bergen, und die Ausbildung war hart – immer draußen. Es war selbst im Sommer sehr kalt, und wir lebten in Zelten. Doch die Härten fielen mir kaum auf; ich war so glücklich, daß mein Traum endlich wahr geworden war. Endlich tat ich etwas gegen die Besetzung unseres Landes, die seit fünfzehn Jahren andauerte. Ich war so glücklich, daß ich in den ersten drei Tagen und Nächten nicht schlafen konnte. Es gab noch andere Mädchen im Lager, aber die Mehrzahl waren Männer. Beim Training waren wir fast immer getrennt, und die Mädchen und Jungen schliefen in Zelten in verschiedenen Teilen des Lagers; nur in einigen Dingen wurde wir gemeinsam ausgebildet. Man zeigte uns, wie man Feuerwaffen und Handgranaten benutzt, wir wurden in Kriegstaktik und im Nahkampf ausgebildet.«

In diesen Guerillalagern waren alle politischen Fraktionen Palästinas vertreten, wie auch Angehörige europäischer revolutionärer Gruppen, wie die Baader-Meinhof-Gruppe. Nur einen Monat nach Leilas Ankunft wurde das Lager von den Israelis bombardiert, aber niemand kam dabei um. Die Guerillas zogen weiter, die Israelis fanden sie erneut; dieses Muster wiederholte sich den ganzen Sommer. Dann gingen Leilas Brüder wieder nach Hause – sie aber blieb.

Es hatte nur wenige Wochen gedauert, bis sie zu dem Entschluß gelangte, daß sie aktiv kämpfen wollte. »Als die Ausbildung beendet war, sagte ich immer wieder, ich wolle gegen die Israelis kämpfen. Der Anführer sagte: ›Warte, bis deine Zeit kommt.‹

Eines Abends wurde ich gerufen und gebeten, das Lager mit einem Auftrag zu verlassen. Ich glaubte es nicht. Ich dachte, meine Mutter hätte nach mir geschickt, und es sei ein Trick, mich zu ihr zurückzubringen. Ich sagte, ich wolle nicht gehen, aber der Anführer bestand darauf. Er gab mir zwar Waffen, die nach Beirut befördert werden sollten, aber ich glaubte erst, als ich ankam, daß ich damit einen Auftrag erfüllte.«

Als sie sich bei der Führung in Beirut meldete, sagte man ihr: »Okay, pack deine Sachen. Bist du bereit, zu sterben?« Ihre Antwort war die eines perfekten Guerillas: »Ja, natürlich. Ich bin ein Mitglied der PFLP.«

Dann wurde sie gefragt, ob sie bereit sei, ein Flugzeug zu entführen, und Leila verpatzte fast alles, weil sie unbeherrscht zu kichern begann. Als Erklärung sagte sie: »Ich hatte ein Bild vor Augen, wie ich ein Flugzeug auf dem Rücken trage und alle auf mich zurennen und versuchen, es mir abzunehmen.« Der Anführer wollte wissen, was an einer Flugzeugentführung denn so komisch sei, und teilte ihr wütend mit, das sei kein Scherz. Leila sah schon ihre Felle wegschwimmen. »Ich riß mich zusammen und hörte zu lachen auf, damit er nicht seine Meinung änderte. Dann sagte er: ›Okay, du wirst für diesen Auftrag ausgebildet.‹«

Wie im Traum lernte Leila Schritt für Schritt die technischen Einzelheiten des Flugzeugs, das sie entführen sollte. Sie mußte sich alle Flugdetails der Boeing 707 merken, bis sie sie am Ende selbst hätte fliegen können. Das sei für sie nicht schwer gewesen, denn sie sei immer gut in Physik, Mathematik und Chemie gewesen. Dieses Gefühl von Unwirklichkeit habe sie nicht wegen der Probleme des Unterfangens empfunden, eher wegen der Ungeheuerlichkeit der Aufgabe und der Erregung, dazu ausgesucht worden zu sein. Hier erinnerte sie mich sehr an Miss Kim und ihre Freude, für einen »so großen Auftrag« ausgewählt worden zu sein. Wie die Koreanerin hatte man Leila älteren und viel erfahreneren Genossen vorgezogen, und wie sie war sie entschlossen, diesen Auftrag fehlerlos auszuführen. »Ich war glücklich, etwas so Großes tun zu dürfen. Ich dachte einfach nur an mein Glück, nicht an die Gefahr.« Und nicht an die Passagiere, die sie völlig verschrecken und möglicherweise töten würde.

Als sie ihre Vorgesetzten fragte: »Warum ich?«, sagte man ihr, sie sei bei der Ausbildung so gut und so begierig auf den Kampf gewesen. Sie hatten eine Frau gewollt, um der Welt zu zeigen, daß die Frauen an der »Revolution« beteiligt waren.

Man schickte Leila nach Hause, um ihren Paß zu holen und um der Mutter zu sagen, sie ginge zurück zum Studium nach Kuweit. Sie erwähnte ihren Auftrag nicht, weil sie wußte, diese hätte alles in ihrer Macht Stehende versucht, um sie davon abzuhalten. Was hatte ihre Mutter gedacht, als sie von der Entführung erfuhr, fragte ich.

»Sie hörte zum erstenmal davon in den Nachrichten im Radio. Das war, ehe man meinen Namen kannte, und der Pilot beschrieb mich als schön, charmant und intelligent. Meine Brüder und Schwestern sagten: ›Das war Leila‹, aber meine Mutter wollte es nicht glauben. Sie sagte: ›Meine Tochter ist nicht so schön und charmant. Außerdem ist sie in Kuweit.‹ Als mein Name bekanntgegeben wurde, war sie sehr stolz auf mich. Sie sagte, das sei das Natürlichste von der Welt für mich und genau das, was ich mir ausgesucht hätte.«

Frau Khaled hatte offensichtlich zu dieser Zeit akzeptiert, welche Rolle ihre Tochter im Leben spielen wollte, und freute sich über sie. Wie die anderen Mütter der Intifada schien sie fähig zu sein, das, was man für »normale« mütterliche, fürsorgliche Gefühle hält, zugunsten der Sache zu verdrängen.

Am 29. August 1969 landete der TWA-Flug Nummer 840, unterwegs von Los Angeles nach Tel Aviv, in Rom zum Auftanken und um weitere Passagiere aufzunehmen. Die Maschine sollte noch einmal in Athen zwischenlanden, ehe sie zur letzten Etappe der Reise aufbrach. Die Entführung sollte zwischen Rom und Athen stattfinden.

Leila und ein junger Araber namens Salim saßen in der Abflughalle des römischen Flughafens. Sie hatten sich vor wenigen Stunden zum erstenmal getroffen und aufgrund von Fotos und verabredeten Zeichen erkannt. Zwar hatten sie zusammen eingecheckt, damit sie im Flugzeug nebeneinander saßen, aber in der Abflughalle ignorierten sie einander bewußt.

Sie erinnerte sich nicht, nervös gewesen zu sein, obwohl sie Sprengstoff und Handgranaten in der Handtasche hatte und eine Pistole im Bund ihrer Hose steckte. Sie wirkte wie eine wohlhabende junge Frau, Teil ihrer »Tarnung«, denn sie und Salim flogen Erster Klasse. Sie erinnerte sich genau, was sie damals trug: einen teuren weißen Hosenanzug mit passender Tasche und Hut. Sie hatte die Kleider in Rom gekauft, wo sie vor ein paar Tagen von Beirut aus angekommen war. Sie wiederholte, wie wenig Interesse sie an Kleidern habe und daß die Austattung für den Auftrag wichtig gewesen sei, doch den weißen Hut mochte sie wohl besonders gern. »Ich hatte ein Band daran befestigt, damit er mir bei der Entführung nicht vom Kopf gerissen wurde«, erinnerte sie sich.

Die Zeit in Rom verbrachte sie mit Besichtigungen, und es hatte ihr gut gefallen. »Rom war eine so schöne Stadt«, sagte sie einfach.

Es ist schwer zu verstehen, wie man, kurz bevor man ein Flugzeug entführt und die Passagiere vor Angst fast um den Verstand bringt, in einer Stadt herumschlendern und die Sehenswürdigkeiten genießen kann. Miss Kim hatte die Tage vor ihrem Auftrag ähnlich verbracht. Waren diese Frauen abgestumpft oder anomal, oder blockierte die Ungeheuerlichkeit ihres Vorhabens alle Gefühle? Leila verriet jedoch, daß sie Nerven hatte: Sie erinnerte sich, daß sie in den vierundzwanzig Stunden vor der Entführung nichts essen konnte, und als sie darauf wartete, das Flugzeug zu besteigen, meldete sich ihr Gewissen mehrere Male.

»Ich saß in der Abflughalle, wo ein kleines Mädchen vergnügt mit seiner Schwester spielte. Zum erstenmal wurde mir klar, daß ich ihr Leben in Gefahr bringen würde. Wenn das Flugzeug bei der Entführung explodierte oder von israelischen Flugabwehrraketen abgeschossen würde, starben diese unschuldigen Kinder.«

Wie konnte sie diese Gedanken haben und dann gelassen ihren Plan ausführen? Dachte sie, es sei eigentlich nicht sie, die diese Kinder in Gefahr brachte? Ich fragte mich, welche Bedeutung es hatte, daß sie sagte: »Wenn das Flugzeug explodierte«, und nicht: »Wenn ich das Flugzeug sprengte.« Die Rechtfertigung bestand wiederum in der Übertragung mütterlicher Gefühle: »Dann dachte ich an die zahllosen palästinensischen Kinder in den Flüchtlingslagern. Sie erwarteten von mir, daß ich der Welt von ihnen berichtete. Als ich an ihre Gesichter dachte, wurde ich wieder stark.« Noch einmal zeigte sie eine verwundbare Stelle, als sie im Bus saß, der die Passagiere zu dem wartenden Flugzeug brachte. Sie saß neben einem »sehr freundlichen Griechen«, der eine Unterhaltung mit ihr anfing und die junge Frau fragte, woher sie stamme. Sie wollte nicht mit ihm reden, weil sie zu sehr mit den kommenden Ereignissen beschäftigt war, daher antwortete sie bloß: »Raten Sie.« Er führte mehrere südamerikanische Länder auf, dann Italien und Spanien, kam aber nicht auf ein arabisches Land. Leila war froh; je weniger man ihre Nationalität erriet, um so besser. Dann mischte sich der Mann noch einmal in ihre Gedanken. Er erzählte ihr, er lebe in Amerika und fahre zum erstenmal seit fünfzehn Jahren nach Hause zu seiner Mutter. Seine Worte verdeutlichten ihr unvermittelt, was sie vorhatte: »Ich war entsetzt. Ich wollte ihm schon raten, auszusteigen und ein anderes Flugzeug zu nehmen. Ich erinnerte mich, wie mein Vater 1964 nach Jerusalem ging, um seine Mutter zu sehen. Man gab ihm die Erlaubnis, sie am Tor zu treffen, und er wartete drei Tage lang, aber sie kam nicht. Sie kam einen Tag, nachdem er verzweifelt wieder abgefahren war. Von seinem Tod hat sie nie erfahren. Ich wußte sehr gut, was es hieß, von zu Hause fort zu sein, von der Mutter und den Schwestern, und ich dachte die ganze Zeit bei dem Gespräch mit ihm daran. Ich hörte nicht mehr auf seine Worte, doch er sagte anschließend in einem Zeitungsinterview, er habe mich nach Athen eingeladen.«

Leila hatte also Schuldgefühle, wenn sie sich mit den Passagieren identifizieren konnte. Nach der Entführung hatte sie Gelegenheit, sich bei ihrem griechischen Verehrer zu entschuldigen: »Alles ist jetzt okay. Wir schicken Ihrer Mutter ein Telegramm, und sie kann Sie abholen.«

Erst hinterher hatte sie Zeit für Emotionen; als sie sich auf die Tat vorbereitete, war sie von eisiger Ruhe. Sie war entschlossen, sagte sie, und Miss Kims Worte hallten mir in den Ohren, »ihren Auftrag fehlerlos auszuführen«. Ihre Rolle dabei war der Salims gleichberechtigt, wenn nicht sogar wichtiger. Sie kannte sich in den technischen Details des Flugzeugs genau aus und sollte die Kontrolle des Fluges übernehmen. Salim war der Sprengstoffexperte, der die Maschine nach der Landung in die Luft jagen würde. Die Entführung hatte eigentlich noch größeres Aufsehen hervorrufen sollen: General Isaak Rabin, der damalige israelische Botschafter in Washington und ehemalige Generalstabschef der israelischen Armee, sollte sich an Bord befinden. Die Entführer sollten dem Piloten befehlen, nach Syrien zu fliegen, wo man Rabin vor ein Revolutionsgericht stellen würde. Leila und Salim wußten nicht, daß er in letzter Minute den Flug gewechselt hatte.

Ihre Plätze in der Ersten Klasse befanden sich in Nähe des Cockpits. Die Entführung sollte eine halbe Stunde nach dem Start beginnen. »Die Stewardess kam und fragte, was wir essen oder trinken wollten. Wir hatten keinen Hunger, bestellten aber schließlich einen Kaffee. Ich sagte, mir sei kalt, und sie brachte mir eine Decke. Ich legte sie über meine Knie und nahm die Handgranate aus der Tasche, um sie scharfzumachen. Die Decke verhüllte, was ich tat.

Als wir gerade aufstehen und zum Cockpit rennen wollten, kam die Stewardess mit einem Tablett durch den Gang. Sie sah die Granate, ließ das Tablett fallen und schrie. Das war die einzige heftige Aktion während der gesamten Entführung. Ich bat sie, sich zu beruhigen, während Salim ins Cockpit ging und dem Flugkapitän befahl, den Anweisungen des neuen Piloten zu gehorchen.«

Sie wollte Salim folgen, doch er versperrte ihr den Weg, weil er sehr groß und breit war. Sie konnte sich nicht an seinem Rücken vorbeidrängen. Ohne zu zögern kroch Leila mit der Granate in der Hand zwischen seinen Beinen hindurch. Sie erklärte: »Ich mußte hinein, weil ich die Handgranate und die Pistole hatte. Damals war ich sehr dünn, und so konnte ich zwischen Salims Beinen hindurchkrabbeln.« Man kann sich die Reaktion der Besatzung kaum vorstellen, als dem Riesen plötzlich eine zierliche Frau mit einer Handgranate folgte. Leila selbst nahm keine der Reaktionen wahr; sie war mit ihrer Hose beschäftigt. Sie kicherte bei der Erinnerung. »Ich stand mit der Granate auf und griff nach meiner Pistole, aber sie war ins Hosenbein gerutscht. Ich hatte sie in den Bund gesteckt, doch da ich einen Tag lang nichts gegessen hatte, saß die Hose zu locker. Ich lachte und schüttelte mein Bein, bis die Pistole herausfiel. Ich hob sie auf, wandte mich zu dem Piloten und sagte: ›Ich bin der neue Pilot.‹« Sein Flugzeug, fuhr sie fort, sei von einer Kommandoeinheit der PFLP übernommen worden.

Dann beschrieb sie in allen Einzelheiten, wie sie den Piloten und die Besatzung einschüchterte. Diese Taktiken mögen zwar nötig gewesen sein, um klarzumachen, wer das Sagen hatte, aber was sie tat, war grausam, und sie schien sich zudem daran gefreut zu haben. Vielleicht ist es eine schwindelerregende Erfahrung, eine solche Machtposition zu haben, besonders für eine Frau.

»Ich nahm den Sicherheitsstift aus der Handgranate und zeigte sie dem Piloten. Ich fragte ihn: ›Wissen Sie, was das ist?‹ Er verneinte, und so hielt ich sie ihm dichter hin, bis er nickte.«

Er fragte, was sie wolle, und sie befahl ihm, nach Lydda in Palästina zu fliegen. Der Pilot war verwirrt. Aus Lydda war nach der Gründung des Staates Israel Lod geworden. Er fragte, was sie meine. Es war natürlich nur ein Spiel, aber sie war entschlossen, zu gewinnen. Lydda, sagte sie noch einmal und fügte hinzu, daß sie nicht in Athen zwischenlanden würden. Ich fragte sie, wie sie sich in dem Moment gefühlt habe, mit der Granate in der einen Hand und der Pistole in der anderen. Lässig antwortete sie: »Es schien eigentlich nichts Besonderes, es war ganz normal. Es war das erstemal für mich, und ich war sehr ruhig, aber ich bin innerlich immer sehr gelassen, besonders wenn etwas Riskantes getan werden muß. So kann ich voll meinen Verstand einsetzen und kühl bleiben.« Durch und durch pragmatisch und nüchtern, ein Kennzeichen, das deutschen Geheimdienstlern besonders bei weiblichen Revolutionären auffiel.

Sie wollte einfach nur ihren Auftrag perfekt erledigen. Dann vergaß sie, daß jemand sie am Arm hätte packen können und das Flugzeug explodiert wäre, und fügte hinzu: »Außerdem hatten wir strikten Befehl, niemanden zu verletzen; wir sollten uns bloß zur Wehr setzen, ohne das Flugzeug in Gefahr zu bringen.«

Salim stellte ein Druckventil in der Decke des Cockpits ab, denn sie waren gewarnt worden, der Pilot könne dieses Ventil öffnen und den Druck in der Kabine verringern. Ohne Sauerstoffmasken wären Salim und Leila dann ohnmächtig geworden. Leila setzte sich, nahm den Kopfhörer und das Mikrofon und stellte den Kontakt mit dem Kontrollturm in Athen her. Gleichzeitig wollte sie der Mannschaft klarmachen, daß sie mit der Maschine bestens vertraut war, falls man versuchen sollte, sie mit einem Trick auszuschalten. Sie fragte den Bordingenieur, wieviel Treibstoff man habe, und er log. Sie erinnerte sich, daß sie darüber sehr wütend geworden war. »Ich sagte: ›Lüg mich noch einmal an, und ich breche dir den Hals.‹ Der Ingenieur war ebenfalls wütend, doch der Pilot wies ihn an, die Wahrheit zu sagen. Sie begriffen, daß ich mich mit der Maschine auskannte.«

Als sie die Mannschaft eingeschüchtert und gefügig gemacht hatte, wandte sie ihre Aufmerksamkeit der Kabine zu. Sie schien die Situation zu genießen und forderte die Passagiere auf, es ihr nachzutun. »Entspannen Sie sich und trinken Sie Champagner, wenn Sie wollen«, sagte sie.

Der Pilot war nun wie Wachs in ihren Händen. Sie ersetzte seinen Flugplan durch ihren und befahl: »Flieg auf dieser Route.« Sie erinnerte sich, daß er wie ein Papagei wiederholte: »Okay, diese Route.« Sie näherten sich Lod, wo Leila wieder mit dem Kontrollturm Späßchen trieb. Sie kicherte: »Sie waren sehr wütend. Ich informierte sie: ›Es gibt keinen TWA-840-Flug mehr, hier ist der Flug PFLP Freies Arabisches Palästina.‹ Lydda weigerte sich, uns so zu nennen. Sie erwiderten: ›Wir reden nicht mit euch.‹ Der Co-Pilot bat, mit dem Turm sprechen zu dürfen. Ich gab ihm das Mikrofon. Er schrie fast: ›Hier ist die Volksfront Freies Arabisches Palästina, und ihr habt gefälligst diesen Namen zu benutzen. Wir haben eine Handgranate an Bord.‹ Ich war sehr wütend auf ihn. ›Warum hast du das gesagt? Bedrohe ich dich vielleicht mit der Granate?‹ Er sagte, nein, aber Lod müsse wissen, wie ernst die Sache sei. Da rief uns Lod mit dem richtigen Namen.« Leila, ein palästinenischer Flüchtling und dazu eine Frau, hatte den Feind in die Knie gezwungen.

Sie informierte Lod, sie wünsche zu landen, doch die Reaktion war, daß drei israelische Kampfflugzeuge neben ihrer Maschine auftauchten.

Sie setzte ihre Trumpfkarte ein: Sie schaltete das Mikrofon auf Interkom, damit die Passagiere jedes Wort verstehen konnten, und warnte Lod: »Wir sprengen die Maschine. Ich sagte dem Kontrollturm, daß das Schicksal der Passagiere und der Besatzung von ihnen abhinge. Die Jets drehten ab.«

Warum setzte sie die Passagiere diesem zusätzlichen Schrecken aus? Die Antwort war, sie wollte jede Schuld und Verantwortung von sich weisen. »Es war wichtig, daß die Passagiere wußten, daß wir friedlich landen wollten und die Israelis dies nicht zuließen. Ich sagte den Passagieren: ›Die Israelis bedrohen Sie.‹« Möglicherweise ist diese Art verdrehter Logik der Grund, weshalb diese Menschen so verhaßt und gefürchtet sind.

Aber dann, als ich sie fast kaum mehr ertragen konnte, wurde sie sehr weich und appellierte an mein Mitgefühl. »Wir flogen über Palästina, und ich kann bis heute meine Gefühle nicht beschreiben. Ich sah es wie zum erstenmal und fühlte, was es hieß, in der Fremde zu sein. Dann sah ich das Gesicht meines Vaters. Er lächelte, aber er war tot. Ich konnte kaum sprechen. Ich wollte, daß der Pilot landete, aber er sagte, er könne nicht wegen der Kampfflieger. Ich rief den Kontrollturm und befahl ihnen, die Maschinen abzukommandieren.«

Sie hielt inne und lachte. »Sie schrien: ›Du Hure!‹, und beschimpften mich. Ich schrie zurück. Ich befahl dem Piloten, zu landen, gleich, was geschah. Er bat mich, fünf Minuten zu warten.« Leila befahl, auf 10 000 Fuß herunterzugehen, und sie flogen über die Rollbahn. Es glich einem Militärlager, überall Panzer und Soldaten. Es erregte sie ungeheuer, zu sehen, was sie bewirkt hatte.

Sie hatte niemals dort landen, sondern nur ihre Stärke zeigen wollen. Über den Kontrollturm hielt sie eine revolutionäre Rede an die Palästinenser und wies dann den Piloten an, nach Damaskus zu fliegen. Es war auffällig, daß ihrem Bericht zufolge alles sie tat. Salim wurde überhaupt nicht mehr erwähnt.

Sie wandte sich erneut an die Passagiere und forderte sie auf, sich bei den Stewardessen alles zu essen zu bestellen, was sie wollten, und sie machte sogar Scherze: »Es geht auf unsere Kosten.« Im Cockpit hingegen stieg die Spannung. »Der Pilot war sehr ruhig, aber der Co-Pilot war stockwütend. Man sah es ihm am Gesicht an. Als er mich ansah, war sein Blick voller Angst und Haß. Ich sagte: ›Dreh dich um und wende deinen Blick ab. Du gefällst mir nicht.‹ Er trank aus einem Becher, aber er war leer. Immer wieder setzte er ihn an den Mund.« Sie fand das tatsächlich sehr komisch. Schließlich fragte sie den Mann, ob er Durst habe, denn er trinke ja nur Luft.

Dies war eines der Beispiele für ihre Unfähigkeit, andere Menschen zu verstehen, als existierten sie ausschließlich als Statisten für sie, und es war schwer, sie in diesem Moment zu akzeptieren. Sie wollte, daß ich verstand, was sie getan hatte, schien aber selbst nicht zu einer ähnlichen Haltung fähig zu sein.

Das Flugzeug näherte sich also dem Flughafen von Damaskus, der völlig neu war und nun von der PFLP eingeweiht werden sollte. Die Syrer sahen die israelische Eskorte und hätten alle Maschinen abgeschossen, wenn Leila nicht versichert hätte, daß Passagiere an Bord waren. Sie konnte nicht widerstehen, noch einmal Salz in die Wunden zu streuen, indem sie den Piloten warnte: »Lande bloß sanft, sonst lasse ich meine Handgranate noch fallen.« Als sie gelandet waren, salutierte sie fröhlich und dankte ihm für seine Hilfe. Er war verblüfft, erinnerte sie sich.

»Dann ging ich zu den Passagieren. Ich hatte immer noch die Handgranate, hielt sie aber an meiner Seite, damit sie sie nicht sehen konnten. Ich forderte sie auf, in fünf Minuten das Flugzeug zu verlassen, und bat die Besatzung, die Notausstiegsluken bereit zu machen. Doch die Passagiere hörten nicht hin. Das Flugzeug war nach einer Minute leer. Ich sagte immer nur: ›Keine Eile‹, aber da waren alle schon fort.«

Nun kam Salims Auftritt. Leila gab ihm den Sprengstoff aus ihrer Handtasche, den er im Cockpit anbrachte. Der Zünder wurde scharfgemacht. Leila sprang auf die Notrutsche, zu rasch gefolgt von dem riesigen Salim. Die Rutsche brach, und er landete mit voller Wucht auf ihr. Sie warteten auf die Explosion, doch sie erfolgte nicht, daher kletterte Salim (»Er war sehr mutig«, sagte Leila großzügig) wieder hinein, um den Zünder noch einmal zu schärfen. Dieses Mal klappte es. Die israelischen Kampfflieger waren ebenfalls auf dem Rollfeld gelandet. Die Besatzung, vier Männer und zwei Frauen, rannten in Deckung, als das Cockpit explodierte. Leila jedoch, strahlend im Moment ihres Triumphes, blieb stehen und sah den Flammen zu. Ein syrischer Soldat lief auf sie zu und rief, sie solle fortrennen. Er fragte, ob sie keine Angst habe. Sie verstand seine Frage nicht, weil sie meinte, nie im Leben habe sie weniger Angst gehabt.

Die Syrer wußten nicht genau, was geschehen war. Sie befahlen den beiden Entführern, den gleichen Bus zu besteigen wie die anderen Passagiere. Das muß der absolute Albtraum für die Leute gewesen sein, die gedacht hatten, gerade ihren Quälern entkommen zu sein. Mehrere weinten, alle standen unter schwerem Schock. Leila bemerkte zwei Frauen, die sich aneinander klammerten und panisch schluchzten. Sie hatte sie kurz im römischen Reisebüro getroffen, wo sie ihr Ticket kaufte, und jetzt, nach beendetem Auftrag, konnte sie Mitleid zeigen.

»Ich sagte: ›Es tut uns leid.‹ Eine flüsterte: ›Wir haben uns naß gemacht.‹ Ich sagte, das sei nicht schlimm, sie könnten ja frische Unterhosen anziehen.«

Leila spürte die Feindseligkeit und Angst in dem Bus, und das gefiel ihr nicht. Aus vielen Gründen wollte sie das glanzvollste Spiel ihres Lebens zu Ende spielen, und sie wünschte sich, daß alle anderen auch glücklich waren. Sie war wie ein Kind, dachte ich. Sie entschuldigte sich wieder bei den Passagieren und erklärte, daß es »für uns der einzige Weg ist«. Dann versuchte sie, mit dem alten Spielplatztrick Freunde zu gewinnen, indem sie Süßigkeiten verteilte. Sie hatte in der Handtasche, in der sich auch der Sprengstoff befunden hatte, Zigaretten und Süßigkeiten, und die reichte sie im Bus herum. Die Reaktion einiger Passagiere verletzte sie heute noch, und sie kann sie nicht begreifen. »Einige sahen mich an, als haßten sie mich und wollten nichts von mir annehmen. Ich verstand ihren Haß nicht.«

Es schien, daß die Passagiere nicht begriffen, warum sie entführt worden waren. Leila setzte sich in dem Bus neben eine Frau, die sich plötzlich zu ihr umdrehte und sie fragte, ob sie denn keine Angst gehabt habe, das Flugzeug zu entführen. Diese Frage verwunderte Leila, und ihre Antwort zeigt, was Fanatismus, die manische Fixierung auf eine einzige Sache, anrichten kann. Warum, erwiderte sie, sollte sie denn Angst gehabt haben? Die Frau seufzte und schüttelte den Kopf. »Das verstehe ich nicht. Wer sind denn die Palästinenser?« fragte sie dann.

Diese Frage verblüffte Leila vollends, auch noch zwanzig Jahre später. »Das sagte alles – sie wußte nichts von unserem Kampf – niemand. Sie wußte nicht einmal, daß wir existierten. Doch nach der Entführung wußten es alle. Und genau darum haben wir es getan.«

Sowohl sie wie auch Salim wußten, daß sie sich sobald wie möglich bei ihrem militärischen Stützpunkt in Jordanien zurückmelden mußten. Doch die Syrer nahmen sie fest und beschuldigten das Paar zunächst, als Terroristen für den ägyptischen Geheimdienst gegen das »revolutionäre« Syrien gearbeitet zu haben. Als klar wurde, daß sie ein PFLP-Kommando waren, wurden sie bestraft, weil sie Syrien durch die Landung in eine schwierige Situation gebracht hatten. Es schien, daß Druck von außen ausgeübt wurde, die Flugzeugentführer entweder vor Gericht zu stellen oder nach Israel auszuliefern, doch die Erfüllung beider Forderungen stand für den syrischen Präsidenten außer Frage.

Leila und Salim wehrten sich, indem sie in den fünfundvierzig Tagen ihrer Haft dreimal in Hungerstreik traten. Einmal, als sie sechs Tage lang die Nahrung verweigert hatte, wurde Leila ohnmächtig und wachte mit einem Tropf im Arm in einem Krankenhaus wieder auf. Wütend riß sie die Röhrchen heraus und schrie die Ärzte an, sie wolle nach Hause. Trotz allem war sie ungebrochen. Wieder im Gefängnis fragte sie ein Vernehmungsbeamter, warum sie sich Damaskus als Landeort ausgesucht und so Syrien in das Palästinenser-Problem verwickelt hätten. Frech antwortete sie: »Ich sagte, wir hätten keine Flughäfen in Palästina, wüßten aber, daß Damaskus einen brandneuen hatte. Den wollten wir ausprobieren.« Der Beamte wußte nicht, was er antworten sollte; er war an solchen Spott von Gefangenen, besonders weiblichen, nicht gewöhnt.

Auch Frau Khaled brach mit bestimmten Konventionen, als sie ihre Tochter besuchte. Einer der Bewacher, entrüstet darüber, daß Leila als Frau in einem Männergefängnis untergebracht war, drängte ihre Mutter, sie in ein Frauengefängnis verlegen zu lassen. Frau Khaled, eine streng konservative Frau, die ihre Tochter lieber eingesperrt hatte, damit sie keine Männer treffen konnte, betrachtete Leila aber nun als Kämpferin, die auf eigenen Füßen stehen konnte. Sie erwiderte hochmütig, nur die altmodische orientalische Mentalität könnte ihn auf so einen Gedanken bringen. »Ich bin stolz auf meine Tochter«, sagte sie. »Nach allem, was sie getan hat, habe ich keine Angst mehr um sie.« Sie habe, wie Johanna von Orléans, ihr Geschlecht übertroffen.

Schließlich ordnete der syrische Verteidigungsminister an, die Entführer freizusetzen. Salim und Leila kehrten auf ihre Stützpunkte in Jordanien zurück, wo die junge Frau plötzlich zur gefeierten Persönlichkeit geworden war. Die PFLP-Führung war entzückt über ihre Publicity und schickte die Stargenossin auf eine ausgedehnte Tour durch den Nahen Osten. Sie stellten ihr eine Leibwache zur Verfügung, weil ihnen klar war, daß sie auf der israelischen Liste für Entführungen oder Mordanschläge ganz oben stehen würde. Für die arabische Welt war sie eine Heldin; Studenten an der Amerikanischen Universität in Beirut belagerten sie; man gab Partys und Bankette zu ihren Ehren. Ein britischer Geschäftsmann, der ihr bei einem Botschaftsempfang in Quatar vorgestellt wurde, bemerkte: »Sie wurde gefeiert wie eine Astronautin.«

Leila erinnerte sich an diese wunderbaren paar Monate, die sie jedoch sehr ermüdeten. »Ja, alle waren ungeheuer freundlich, aber die Tour durch den Nahen Osten war sehr anstrengend. Ich hielt überall Vorträge und drängte die Leute, sich am Kampf für Palästina zu beteiligen. Ich sprach auch über die Notwendigkeit von Aktionen, wie ich sie gerade durchgeführt hatte. Es war wichtig, daß sie sich wiederholten. Fünfzehn Jahre lang hatten wir für unser Land demonstriert, geschrien und gebrüllt. Die Welt hatte nur mit Resolutionen geantwortet, die nie in die Tat umgesetzt wurden. Sie schickten uns bloß mehr Zelte, alte Kleider,

Zucker und Mehl. Jetzt aber gab es die große Frage: Wer sind die Palästinenser? Wie die Frau in dem Bus gefragt hatte. Wir wußten, darauf gab es keine rasche Antwort, aber die ganze Welt war jetzt darauf aufmerksam geworden, daß im Nahen Osten etwas geschah. Es war der Anfang.«

Eine Revolutionärin konnte sich kaum mehr wünschen. Sie hatte nicht nur den Weg für andere Frauen geebnet, sondern auch in jeder Hinsicht und ganz allein das Palästinenser-Problem auf die Tagesordnung der Welt gesetzt. Doch sie war noch nicht zufrieden.

Im Trainingslager in Jordanien machte sie sich zunehmend um ihre Bekanntheit Sorgen. Man hatte ihr zugesagt, sie würde in wenigen Monaten mit einer noch größeren Mission beauftragt werden, und sie fürchtete nun, ihr Gesicht sei zu bekannt, als daß man ihr erlauben würde, daran teilzunehmen. Sie versuchte, den Journalisten aus dem Weg zu gehen, die das Lager umschwärmten, doch mit wenig Erfolg. »Einmal kam ein italienisches Filmteam zum Haus, in dem ich wohnte. Sie klopften an die Tür, und ich öffnete. Sie fragten: ›Wo ist Leila Khaled?‹ Ich sagte, ich wisse es nicht, sie sei nicht da. Meine Genossen waren sehr wütend. Man befahl mir, mich beim Generalsekretär George Habash zu melden. Er fragte mich zornig, was ich denn dächte, wenn ich mich weigerte, mit Journalisten zu sprechen. Er sagte: ›Du hast diesen Auftrag ausgeführt, und nun mußt du die Gründe erklären. Das ist ein Befehl. Du mußt mit diesen Filmleuten reden.‹

Er sagte, es sei meine Pflicht, denn zum erstenmal höre die Welt zu, und mich wollten sie hören. Ich verriet ihm nicht den wahren Grund, sondern begann zu weinen und sagte, ich hätte Angst, politische Fehler zu machen.«

Die Tränen aber täuschten den Genossen Habash nicht. Keine Genossin hätte weniger Fehler begehen können. Er befahl ihr, in sein Vorzimmer zu gehen, wo die italienische Filmcrew wartete. Immer noch weinend gehorchte sie. Die Leute waren überrascht: »Sie sind ja die Frau, die uns die Tür geöffnet hat!« riefen sie. Es war kein erfolgreiches Interview. Als man sie fragte: »Wieso hat eine Frau das Flugzeug entführt?« erwiderte Leila wütend und nicht sehr erhellend: »Ich hatte keine Angst, ich habe es getan. Ich will unser Land befreien.« Dann gab sie nichts mehr von sich. »Ich starrte sie bloß wütend an«, erinnerte sie sich. Im Frühling 1970 befahl man ihr, sich in einem PFLP-Lager im Libanon zu melden, und erfreut hörte sie, daß sie dort das Training für ihren zweiten Auftrag beginnen würde. Im September sollte sie eine El-Al-Maschine entführen, um der Welt klarzumachen, was die PFLP von Israel dachte.

Es gab jedoch ein Problem. Leilas Angst, zu bekannt zu sein, erwies sich als berechtigt. Ihre Vorgesetzten überlegten, ob man sie einsetzen sollte; sie würde alles verderben, wenn jemand sie erkannte. Gelassen schlug sie vor, ihr Gesicht zu ändern.

Sie hat es mir gegenüber zwar nicht zugegeben, aber es war recht deutlich, daß Leila bereit war, alles zu tun, als sie erkannte, daß ihr vielleicht die Chance entgehen würde, diesen Auftrag auszuführen. Sie kann kaum behaupten, sie sei die einzig mögliche Person gewesen; es gab Dutzende anderer Kandidaten, die ebensogut ausgebildet, aber weniger bekannt waren als sie. Man kann daraus schließen, daß sie alles sehr genoß, die Macht und den Kitzel, Anführerin zu sein; es war wohl wie eine Sucht.

Ihre Vorgesetzten bezweifelten, ob kosmetische Operationen wirklich helfen würden, aber angesichts ihrer Entschiedenheit erlaubten sie ihr, es zu versuchen. Sie fand einen bekannten Chirurgen in Beirut und begab sich in dessen Klinik. Er wußte, wer sie war, und wurde gleich mißtrauisch. Er wollte nicht mit der PFLP und deren Superstar in Verbindung gebracht werden. »Ich erzählte ihm, mein Verlobter studiere in Europa und wolle, daß ich zu ihm ziehe, um zu heiraten. Da mein Gesicht aber Interpol wohlbekannt sei, gebe es ein Problem. Sie würden mich vermutlich sofort verhaften. Ich müsse mein Aussehen ändern.«

Der Chirurg glaubte ihr wahrscheinlich kein Wort, hatte aber vermutlich Angst, sich zu weigern. Er machte einige Fotos von ihrem Gesicht, um es zu studieren, und sagte, er tue, was er könne. Als sie zurückkam, meinte er, es sei fast unmöglich, ihr Gesicht zu ändern, weil sie stark ausgeprägte Kiefer- und Wangenknochen habe, zudem hätten ihre Augen eine ungewöhnliche Form. Zweifelsohne hoffte er, damit die gefährliche Frau abzuwimmeln.

Aber Leila ließ sich nicht so schnell von etwas abbringen. »Nein«, sagte sie, »es ist leicht. Machen Sie einfach ein paar Stiche in den Augenwinkeln, hier und da, und ich sehe aus wie eine Japanerin.«

Der Mann war entsetzt. Er sagte, sie solle nicht verrückt sein; wenn er das täte, würden ihre Augen entweder permanent offen oder geschlossen sein. Doch nichts machte auf sie Eindruck. »Okay«, sagte sie. »Dann sollen sie eben die ganze Zeit offen sein.« Der Chirurg weigerte sich, weil er meinte, es sei unmenschlich, so etwas zu tun.

Sie begannen, er zögernd, sie begierig, mit ihrer Nase. Er glaubte, daß er sie vielleicht ein wenig ändern könne. Sie erinnerte sich, daß er fragte, wie ihr Verlobter ihr neues Gesicht finden werde, und ob er wisse, was sie tue. Kühl erwiderte sie, natürlich wisse er es. Sie seien entschlossen, zu heiraten, und das ginge nur so. Sie wisse, daß der Mann sie von ihrem

Vorhaben abbringen wollte. Doch am Ende setzte sie sich durch: Er stimmte der Operation zu, ließ sie aber Schriftstücke unterzeichnen, daß sie die alleinige Verantwortung trage. Die Schmerzen waren ungeheuer: Sie behauptete mit Nachdruck, keine Narkose erhalten zu haben. »Zuerst hat er meine Nase operiert. Das war sehr schmerzhaft, denn ich hatte keine Narkose bekommen. Die Operationen wurden heimlich in der kleinen Praxis des Arztes vorgenommen, und es gab dort keine Vorrichtungen für Anästhesie. Ich konnte alles spüren.

Diese Operation bewirkte jedoch keinen Unterschied, und so wurde eine zweite vorgenommen. Die Veränderung war jedoch immer noch nicht stark genug. Als ich ihm sagte, er solle es noch einmal versuchen, sagte er, er glaube nicht, daß ich heiraten wolle.« Aber Leila ließ sich nicht von einem Schönheitschirurgen unterkriegen. Sie antwortete: »Okay, egal, was Sie glauben, Sie haben angefangen, und Sie werden weitermachen.« Da blickte der Mann sie an und fragte: »Ist das eine Drohung?« Ja, das war es, aber sie versuchte es mit einer anderen Taktik und bat ihn um Hilfe. »Ich flehte ihn an, es für mich zu tun.« Der Chirurg gab nach und führte mehrere weitere Operationen aus.

»Ich wußte, daß er glaubte, ich würde auf einen weiteren Auftrag geschickt, und ich bat ihn, weiterzumachen, auch wenn er die Wahrheit wisse.« Daher versuchte sie es ein wenig mit Erpressung und sagte, sie wolle sein Geheimnis bewahren, wenn er ihres für sich behielte.

Jetzt steckte der Chirurg bis zum Hals in der Sache. Zögernd stimmte er zu, flehte sie aber an, sich nie wieder bei ihm blicken zu lassen, wenn er getan hatte, was er tun konnte. Nach fünf Monaten und zahlreichen Operationen war jeder Teil von Leilas Gesicht behandelt worden, auch ihr Mund. Endlich waren sie und ihre Führung überzeugt, nur enge Freunde und Verwandte könnten sie erkennen. Sie waren sicher, daß ein El-Al-Sicherheitsbeamter, der sich nur auf ein Foto stützte, sie nicht identifizieren könnte.

Bald wurde dem Entführungskommando deutlich, daß solche extremen Vorsichtsmaßnahmen nur zu nötig waren. Im Mai 1970 arbeiteten Leila und ihr Chef eines Abends in dessen Haus im Libanon an den Plänen für die Entführung. Das Haus wurde von Raketen getroffen; die Frau und das einzige Kind des Mannes wurden verletzt, doch die Genossen blieben unverletzt. Das war eine weitere Premiere, durch Leila ausgelöst: Nie zuvor hatte Israel innerhalb des Libanons angegriffen.

Sie und ihr Chef verbrachten die nächsten paar Wochen in einem Krankenhaus, wo die Frau und das Kind behandelt wurden. Der Angriff hatte, weit davon entfernt, sie dazu zu bewegen, die Gründe für ihren Plan zu überdenken, sie nur wütender gemacht. Ein Zimmer in dem

Krankenhaus wurde zum Büro und Rekrutierungszentrum, denn man hatte beschlossen, die Operation auszuweiten, und dazu brauchte man weitere Entführer. Nach dem neuen Plan sollte auch eine Swissair- und eine TWA-Maschine entführt werden, wie auch ein Flugzeug der El Al. Es sollte spektakulär werden.

Leilas Gesicht muß damals, so vernarbt, verfärbt und geschwollen, wie es war, einen schrecklichen Anblick geboten haben, doch leider wurde sie von einer alten Bekannten, einer Krankenschwester dort, erkannt. Natürlich wollte sie wissen, was ihrer alten Freundin zugestoßen sei, und Leila gab an, sie sei beim Training verletzt worden. Sie habe gelogen, um ihre Mutter zu schützen.

»Ich wollte nicht, daß sie sich um mein Aussehen Sorgen machte und sich fragte, warum ich mein Gesicht verändert hatte.«

Es ist seltsam, daß der Chef angesichts dieses Wiedererkennens nicht überlegt hat, Leila den Auftrag zu entziehen. Es ist besonders komisch, wenn man bedenkt, daß die El-Al-Maschine einen wichtigen Israeli an Bord haben würde, den Chef der militärischen Sicherheit, der gewiß dafür sorgen würde, daß seine Maschine entführungssicher war. Leila und ihr Chef wußten auch genau, daß die Sicherheitsmaßnahmen der El Al seit der letzten Aktion erheblich verschärft worden waren. An Bord befanden sich bewaffnete Himmelspolizisten, und die Passagiere mußten sich strengen Durchsuchungen und Befragungen unterziehen. Aufgrund dieser Maßnahmen schaffte es nur die Hälfte von Leilas Entführerteam, die Flugzeuge zu besteigen. Zwei Männern wurde der Einstieg verweigert, doch sie kauften seelenruhig Tickets für einen Pan-Am-Flug, entführten statt dessen diese Maschine und jagten sie in Kairo in die Luft.

All dies war Leila nicht bekannt, als sie am Morgen des 6. Septembers 1970 mit ihrem Komplizen Patrick Arguello vor dem El-Al-Schalter in Amsterdam stand.

Patrick war ein junger Nicaraguaner, den die PFLP rekrutiert hatte. Er hatte sich am Tag zuvor mit Leila in Stuttgart getroffen. Er kannte ihre wahre Identität nicht, nur, daß sie die Rolle seiner Freundin spielen sollte. Ihr Deckname war Maria Sanchez aus Honduras. Sie hatte die Leitung.

Leila war wieder in die Rolle der eiskalten Guerilla geschlüpft. Die El-Al-Maschine, die um 11.20 Uhr abfliegen sollte, hatte wegen der Sicherheitsvorkehrungen Verspätung, aber Leila Khaled war nicht nervös, obwohl sie praktisch ein wandelndes Sprengstoffbündel war. »Ich hatte Handgranaten am Bauch und Flugpläne und Instruktionen in der Unterwäsche.«

Als sie darauf warteten, an die Reihe zu kommen, sah sie auf der Anzeigetafel etwas, was sie an das letzte Mal erinnerte. Pan-Am-Flug 840 war in Amsterdam gelandet. »Ich erinnerte mich mit Freude an die TWA-840-Mission im vorangegangenen Jahr, nicht wissend, daß zwei Genossen sich anschickten, diese Pan-Am-Maschine zu entführen.«

Als es immer später wurde, sorgte sich Leila, sie würden die verabredete Zeit für die Aktion, 12.20 Uhr, verpassen. Alle Entführungen sollten zur gleichen Zeit stattfinden. Dann gab es fast eine Katastrophe. Leila sah, wie drei Araber sich näherten, und erkannte einen. Voller Angst, daß dieser sie vor den Sicherheitsbeamten der El Al vielleicht erkennen und mit ihrem echten Namen begrüßen würde, schlang sie Patrick die Arme um den Hals und umarmte ihn. »Er war sehr überrascht, aber er stieß mich auch nicht von sich«, erinnerte sie sich lächelnd.

Sie passierten die Sicherheitskontrollen, Leila mit ihrem versteckten Arsenal, Patrick mit einer Pistole. Die Waffen waren aus einem besonderen Material, das von den Abtastgeräten nicht wahrgenommen wurde. Sie erinnerte sich, daß einer der Beamten sie fragte, ob sie eine gefährliche Waffe bei sich trüge. Sie habe ihn angelacht und geantwortet: »Warum soll ein Mädchen wie ich eine gefährliche Waffe haben?« Der älteste Trick im Handbuch der Guerillas, und er funktionierte. Der Beamte entschuldigte sich.

Dann fragte sie ein anderer Beamter plötzlich, ob sie spanisch spräche. »Si, Señor«, antwortete sie, die einzigen spanischen Worte, die sie kannte. Patrick war wütend. Er fragte, was sie getan hätte, wenn der Mann sie auf spanisch angesprochen hätte. Leila jedoch genoß die Situation außerordentlich; sie liebte diese kleinen Risiken. »Entspann dich«, gab sie zurück. »Er kann kein Spanisch, denn sonst hätte er mich in der Sprache angeredet.«

Das Paar ging in die Wartehalle, und wieder bot sich Leila der Anblick von Kindern, die sich an Bord befinden würden. Sie wappnete sich: »Ich gelobte mir, dafür zu sorgen, daß keines von ihnen verletzt würde. Es war sehr schwer, diese Kinder zu beobachten. Ich hatte das Gefühl, mich nicht regen zu können.« Dann wurde der Flug aufgerufen, und die Zeit für solche Versprechungen war vorbei: Sie bestiegen das Flugzeug. Diesmal reisten sie und Patrick in der Touristenklasse. Das Flugzeug stand einige Zeit auf dem Rollfeld und hob eine Stunde nach der verabredeten Zeit für die Entführung endlich ab. Patrick klagte, er habe Hunger, aber Leila, die allzeit Praktische, warnte ihn, nicht vor der Tat zu essen. Er sei nur nervös, sagte sie. Der junge Mann wurde wütend auf seine Genossin. »Was glaubst du eigentlich, wer du bist? Königin Elisabeth oder die Königin der Hijacker?« zischte er sie an. Leila erwiderte, sie habe ein wenig Erfahrung und wisse, daß man besser vor einem Auftrag nichts ißt. »Damit dein Verstand völlig wach ist.« Patrick sah sie genauer an und murmelte: »Ja, ich erinnere mich an dein Gesicht.« Leila sagte, in einer halben Stunde könne er essen und trinken, was er wolle, denn dann sei das Flugzeug in ihrer Hand.

Plötzlich spürte sie voller Unbehagen, wie ein Mann in der letzten Sitzreihe sie anstarrte. Sie drehte sich um und erwiderte seinen Blick, bis er die Augen abwandte. Aber sie fürchtete zu Recht, daß er ein Himmelspolizist war, dem ihr Gesicht irgendwie bekannt vorkam. Daher beschloß sie, daß der Zeitpunkt zum Handeln gekommen sei.

Sie nickte Patrick zu, und dieser zog seine Pistole. »Ich holte meine beiden Handgranaten heraus. Wir standen auf und rannten durch die Erste Klasse zur Kabine der Besatzung. Die Tür war versperrt, und Patrick befahl der Stewardess, sie zu öffnen. Ich hielt die Granaten hoch und riet den Passagieren, sich ruhig zu verhalten. Viele schrien«, sagte sie.

»Plötzlich begann man auf uns zu schießen; es waren Himmelspolizisten, darunter der Mann, der mich so angestarrt hatte. Patrick zückte seine Pistole und verteidigte mich mit Schüssen, aber er wurde getroffen. Ich hatte keine Zeit, ihm zu helfen, denn mein Hauptgedanke war der Auftrag.« Nichts, nicht einmal ein verwundeter Genosse, konnte sie zurückhalten.

»Ich trat gegen die Tür des Cockpits und hielt die beiden scharfen Handgranaten hoch. Niemand öffnete. Überall fielen Schüsse. Ich hörte, wie jemand rief: ›Nicht auf sie schießen. Sie hat Handgranaten!‹ Dann rannten zwei Männer, Himmelspolizisten, glaube ich, auf mich zu, schnappten mich und begannen, auf mich einzuschlagen.«

Sie fiel hin, und eine der Granaten rutschte ihr aus der Hand und rollte über den Boden. Nur durch Zufall explodierte sie nicht. »Ich dachte aber, sie wäre explodiert, und wir flögen durch die Luft. Doch als ich die Augen wieder öffnete, schlugen mehrere Leute auf mich ein. Die andere Granate hielt ich immer noch fest, aber zwei Passagiere umklammerten sie ebenfalls. Dann schlug mich jemand auf den Kopf, und die beiden anderen Passagiere droschen auf mich ein, um mir die Granate zu entreißen. Man hörte Schreie, und ein Mann mit blutverschmiertem Gesicht kam auf mich zu. Er wollte mich einfach nur umbringen. Er suchte eine Stelle, an der er mich treffen konnte. Es war der Kopf. Dann riß er an meinen Haaren. Doch die lösten sich, denn ich trug eine Perücke. Er starrte völlig verblüfft darauf. Ich blickte zu ihm hoch und lachte, da trat er mit seinen schweren Stiefeln zu. Ich wurde ohnmächtig, und als ich wieder zu mir kam, schlugen sie mich immer noch.

Zehn Minuten später war das Flugzeug gelandet, und die Stewardess forderte die Passagiere auf, ein Lied zu singen, weil sie uns besiegt hatten. Ich konnte Patrick sehen. Er lag auf dem Boden und atmete schwer. Seine Augen waren offen, aber er war schlimm verletzt. Da kam ein Mann mit einer Pistole. Er trat ihn, setzte ihm dann die Waffe ins Genick und feuerte viermal, als Patrick bloß da lag. Er hat ihn einfach abgeknallt.

Als das Flugzeug gelandet war, gab es ein Handgemenge bei der Tür. Die Sicherheitsbeamten hatten mich mit Halstüchern gefesselt. Ich war fest verschnürt und konnte mich nicht bewegen. Ein Mann, ich glaube, es war der Pilot, hob mich hoch und trat nach mir, so daß ich zur Seite geschleudert wurde. Dann gab es einen Streit. Jemand, der englisch sprach, bestieg das Flugzeug und versuchte, mich mitzunehmen, aber die Sicherheitsbeamten schrien: ›Sie ist unsere Gefangene. Sie ist eine Terroristin, und wir bringen sie nach Israel.‹ Der Sicherheitsbeamte griff nach mir, der Engländer ebenfalls. Ich wurde ohnmächtig, weil mich alle in verschiedene Richtungen zerrten und ich mich wehrte. Es war sehr schmerzhaft. Jeder Knochen in meinem Körper tat weh, und ich war blutüberströmt. Dann bekam mich einer der Engländer auf der Treppe frei und warf mich aus dem Flugzeug. Er rief anderen zu, mich aufzufangen, und ich landete in ihren Armen. Die Polizei erzählte mir hinterher, da das Flugzeug in Großbritannien gelandet war, seien sie für mich zuständig gewesen. Sie hatten geglaubt, die anderen Passagiere und die Himmelspolizisten würden mich umbringen, daher mußten sie mich rasch herausholen.

Man legte mich in einen Krankenwagen neben Patrick. Er hatte eine Sauerstoffmaske auf dem Gesicht, aber ich wußte, daß er nicht mehr am Leben war. Ich dachte, er war doch Nicaraguaner, er war gar kein Palästinenser. Ich hätte eigentlich sterben sollen, und ich weinte um ihn. Die Männer in dem Krankenwagen fragten, warum ich weine und wer ich sei. Ich konnte nicht sprechen, ich konnte nur um Patrick weinen. Einer sagte: ›Vielleicht war das ihr Mann oder ihr Freund.‹« Man brachte sie in ein Krankenhaus. Sie erinnerte sich, daß sie schon auf dem Untersuchungstisch von verschiedenen Personen befragt wurde. Auch unter diesen Umständen waren ihre Keckheit und ihr Mut ungebrochen. »Einer der Männer fragte mich, ob ich wisse, in welchem Land ich sei. Ich sagte, England. Woher ich das wisse? Ich erklärte: ›Da jeder hier englisch spricht, kann es weder Frankreich noch Amsterdam sein.‹«

Der Mann fragte sie nach ihrem Namen, aber Leila antwortete lediglich, sie sei ein Kommando der PFLP. Schließlich kam ein Journalist, der sie einmal in Jordanien interviewt hatte, warf einen Blick auf sie und verkündete: »Das ist Leila Khaled.« Die kosmetischen Operationen können nicht viel bewirkt haben.

»Dann untersuchte mich ein Arzt. Hier, vor meinem Bauch, hatte ich alle Papiere, die im Zusammenhang mit der Entführung standen. Er versuchte, meine Kleider zu öffnen, aber ich ließ es nicht zu. Er rief andere hinzu. ›Hier haben wir etwas‹, und die Polizisten fragten, was ich dort verstecke. Ich lächelte sie bloß an. Der Arzt meinte, er müsse mich röntgen – er meinte mein Gesicht, das wegen der Operationen immer noch sehr geschwollen war. Aber ich sagte, das sei nicht nötig. Ich hatte Angst, sie würden die Spuren von all den Operationen entdecken. Der Arzt meinte: ›Ihre Nase ist sehr merkwürdig, denn die Knochen gehen alle nach außen.‹ Er brachte mir einen Schädel und zeigte mir, wie es aussehen würde, wenn meine Nase gebrochen wäre. Alle Knochen würden nach innen weisen. ›Warum ist Ihre Nase so?‹ fragte er. Ich antwortete, ich wisse es nicht, ich sei so geboren. Ich erinnere mich, daß eine der Polizistinnen in dem Krankenhaus sagte, der Arzt sei Jude. Ich hatte nichts dagegen. ›Ernsthaft?‹ fragte sie. Ich sagte, ich sei gegen Zionisten, nicht gegen Juden. Dieser Arzt sei Brite und kein Israeli. Sie verstand den Unterschied nicht, und ich hatte zu große Schmerzen, um es ihr zu erklären.«

Schließlich mußte Leila die Dokumente hergeben, die sie in der Unterwäsche versteckt hatte. Ihre Verletzungen wurden behandelt, und man brachte sie auf die Polizeiwache Ealing. Sie konnte dort nicht schlafen, weil jede Stelle ihres Körpers von den Schlägen schmerzte und weil sie sehr traurig wegen Patrick war. Doch ein wunderbares Beispiel britischer Bürokratie zauberte ein Lächeln auf ihr Gesicht, als sie sich an diese Nacht erinnerte.

»Irgendwann wurde die Zelle geöffnet, und ein Mann kam herein. Er sagte, er sei Beamter der Einwanderungsbehörde und wolle wissen, warum ich ohne Visum nach Großbritannien eingereist sei. Er hatte Formulare in Englisch und Arabisch dabei und sagte: ›Sie werden dorthin zurückgeschickt, woher Sie kommen.‹ Ich lachte ihn an. Er beschuldigte mich, illegal eingewandert zu sein. Ich fragte, was er damit meine, zurückgeschickt zu werden – nach Amsterdam etwa? Ich hätte nicht geplant, nach Großbritannien einzureisen, doch wenn ich das vorgehabt hätte, hätte ich mir vorher ein Visum besorgt. Das fand er in Ordnung und ließ mich mit den Formularen allein.«

Leila sollte drei Wochen auf der Polizeiwache verbringen, und in dieser Zeit erlangte sie die grollende Bewunderung und den Respekt ihrer Bewacher. Sie hatte absolut keine Furcht, bereute nichts und spielte mit den Vernehmungsbeamten Katz und Maus. Am besten erinnerte sie sich an Kommissar David Frew. Den führte sie am häufigsten an der Nase herum. In dieser Phase trafen verschiedene Heiratsanträge auf der Polizeiwache ein, und die britische Presse schloß die Gefangene in ihr Herz. Man nannte sie in den Schlagzeilen immer »Leila«; es gab Berichte, wie sie ihre Zeit verbrachte, was sie sagte und daß sie Komplimente von Männern mißbillige.

Leila begann ihre erste Runde mit Kommissar Frew am Tag nach ihrer Ankunft in Ealing. Als er ihre Zelle betrat, sagte sie: »Ich werde nicht mit Ihnen sprechen, es sei denn, Sie erkennen mich als Kommando der PFLP an.« Frew zog sich diplomatisch zurück, um sich mit seinen Vorgesetzten zu beraten. Fünf Tage lang tauchte er nicht mehr auf, in denen Leila einen Hungerstreik begann. »Ich trank einfach nur Wasser und rauchte Zigaretten. Wann immer sie mir zu essen brachten, weinte ich. Eine Beamtin fragte mich, warum ich immer weine, wenn ich Essen sah. Ich erklärte, weil ein Genosse von mir hungrig gestorben sei. Ich konnte nicht vergessen, daß ich Patrick nicht erlaubt hatte, zu essen, ehe er getötet wurde, daher glaubte ich, selbst nichts zu mir nehmen zu können.

In meiner Zelle befanden sich zwei Beamtinnen und davor zwei Polizisten. Sie waren sehr nett zu mir. Diese Wachen wurden häufig abgelöst, und wenn andere Polizisten kamen, warfen sie einen Blick auf mich und fragten: ›Ist sie das?‹ Ich glaube, sie hatten sich vorgestellt, ich sei riesig, und waren erstaunt, einen sehr kleinen Menschen zu sehen statt eines Boxers. Ich unterhielt mich mit den Wachen darüber, was wir getan hatten und warum. Eine der Beamtinnen war sehr nett – ich schrieb ihr regelmäßig, habe aber irgendwann die Adresse verloren. Sie sagte zu mir: ›Ich halte es nicht für eine gute Sache, diese Flugzeugentführungen, weil man alle in Angst und Schrecken versetzt.‹ Sie erzählte mir immer, was draußen vor sich ging.«

Am fünften Tag kam Kommissar Frew wieder und informierte sie, er wolle bestimmte Dinge mit ihr diskutieren. Man brachte sie in einen Vernehmungsraum und ließ sie fünf Minuten mit einem Polizeibeamten allein. Diese Minuten nutzte Leila sehr gut. »Ich las die Vorschriften für die Vernehmung von Gefangenen an der Wand und merkte, daß eine Beamtin hätte anwesend sein müssen.

Als Mister Frew zurückkam, sagte ich: ›Ich glaube, Sie brechen das Gesetz.‹ – ›Was?‹ schrie er. Ich erklärte es ihm. ›Nach Ihren Gesetzen muß bei der Vernehmung einer weiblichen Gefangenen eine Beamtin anwesend sein.‹ Ihm blieb der Mund offen stehen. Dann sagte er: ›Ja, Sie haben Recht, ich entschuldige mich.‹ Er ging nach draußen, um eine Beamtin zu suchen, konnte aber keine von entsprechendem Rang finden, daher bat er eine der Frauen, die mich hereingeführt hatten. Sie gehörte zu denen, die ich nicht mochte. Sie weckte mich immer früh, wenn ich nicht aufstehen wollte, denn ich lag bis spät in die Nacht wach und dachte nach. Sie hieß Hazel. Ich sagte, ich wolle sie nicht dabei haben, weil ich sie nicht leiden könne, und er solle eine andere bringen. Hazel war sehr aufgebracht. ›Was habe ich denn getan, Leila?‹ fragte sie. Ich schüttelte einfach den Kopf, und sie brachten eine andere.«

Sie sei über diesen kleinen Sieg sehr überrascht gewesen, staunte aber noch mehr, als sich Mister Frew und die anderen drei Männer im Raum erhoben. Frew sprach sie dann an: »Im Namen Ihrer Majestät und der Regierung Ihrer Majestät erkennen wir Sie als Kämpferin der Volksfront für die Befreiung Palästinas an und als Kämpferin für das palästinensische Volk.«

»Danke«, erwiderte sie. »Nun habe ich eine Frage. Gibt es in Großbritannien keine Hausschuhe? Sie haben mir meine Kleider und Schuhe genommen, und meine Füße sind kalt.« Langsam aber sicher gewann Leila die Oberhand. Frew blickte auf ihre Füße und entschuldigte sich.

Leila war entschlossen, nichts zu verraten. »Ich erzählte ihnen, ich sei eine Kriegsgefangene, und daher hätten sie nur das Recht, mich nach meinem Namen und meiner Einheit zu fragen. Mister Frew erwiderte: ›Aber wir liegen nicht im Krieg mit euch.‹ Ich widersprach und erklärte, daß die Briten seit der Balfour-Erklärung 1919 den Palästinensern den Krieg erklärt hätten. Frew argumentierte, daß die Balfour-Deklaration schon sehr lange her sei, aber ich beharrte darauf, es habe sich nicht viel geändert, und ihre Politik stelle immer noch eine Kriegserklärung dar.

Frew blieb sehr gelassen; er versuchte, mich dazu zu bringen, seine Fragen zu beantworten. Ich sagte aber stets nur: ›Da wir im Krieg stehen, werde ich nur zwei Fragen beantworten. Mein Name ist Leila Khaled, und ich gehöre der Volksfront zur Befreiung Palästinas an.‹«

Langsam schien Frew zu ermüden. Er ordnete an, Leila die gewünschten Hausschuhe zu bringen. Dann versuchte er es mit einer anderen Taktik.

»Er sah mich ein paar Minuten lang scharf an und sagte dann: ›Ich glaube nicht, daß Sie Leila Khaled sind.‹ Vor ihm lagen zahlreiche Fotos und mein Paßfoto, das ich in Amsterdam benutzt hatte. Er nahm ein Foto und zeigte es mir. ›Dieses Foto von Leila Khaled und die Person auf dem Paßfoto sind nicht identisch‹, sagte er. Ich fragte: ›Wer bin ich dann?‹, und er bat mich, es ihm zu sagen, er würde es gern wissen. Ich schlug vor, doch die Namen zu vergessen und mich einfach PFLP-Kommando zu nennen. Er antwortete: ›Wissen Sie, Sie sind eine intelligente Frau.‹ Ich darauf: ›Ich bin eine Araberin. Wir sind konservativ und nehmen keine Komplimente von Männern an.‹ Er stöhnte: ›Sehen Sie doch, mein Haar ist grau.‹ Er versuchte zu sagen, er sei alt und ich solle ihm helfen; er mache gar keine Komplimente. Ich sagte, an seiner Haarfarbe sei seine Frau schuld, nicht ich. Ich wolle nicht mit ihm reden.

Aber er machte weiter: ›Sie sind eine sehr wichtige Person, genau wie George Habash, Ihr Anführer.‹ Ich dachte, er mache mir wieder ein Kompliment, daher erwiderte ich kühl, das sei wohl seine Einschätzung. Ich sei ein ganz normales Mitglied der PFLP. Er beharrte: ›Nein, das sind Sie nicht. Drei Tage nach Ihrer Festnahme hat die PFLP ein britisches Flugzeug entführt. Sie haben es nach Dawson's Field geflogen und fordern nun Ihre Freilassung gegen das Leben der Passagiere. Verstehen Sie, daß Sie sehr wichtig sind?‹«

Leila war von dieser Nachricht überwältigt, und sie bemerkte mit leicht verschwommenem Blick: »Ein Flugzeug war nur meinetwegen entführt worden.

Frew fuhr fort: ›Sagen Sie, mindestens hundert Personen müssen an der Planung der Entführungen beteiligt gewesen sein. Wie kam es, daß keinerlei Information nach außen drang?‹ – ›Das ist Ihr Problem. Ich glaube nicht, daß so viele Leute beteiligt waren.‹ Er wollte, daß ich darüber sprach. Ich erklärte, der Chef rufe mich zu sich, sage, nimm deinen Paß, ein Ticket, ein paar Handgranaten und entführe ein Flugzeug. Frew schnitt ein Gesicht. ›Wie ich sagte, Sie sind sehr intelligent.‹ Ich nahm das als einen Hinweis darauf, daß er ziemlich viel Erfahrung hatte und mir nicht glaubte.«

Dann ließ Kommissar Frew von einem anderen Polizisten die Handgranate, die Leila fallengelassen hatte, und eine Pistole in Plastiktüten hereinbringen. Er fragte sie, ob sie wisse, was sich in den Tüten befinde.

»Ich sagte, ja, das sei eine Handgranate. ›Das ist die Handgranate, die Sie warfen‹, antwortete er. Ich schrie: ›Ich habe keine Handgranate geworfen. Wollen Sie mich dessen beschuldigen? Ich will zurück in meine Zelle.‹ ›Niemand beschuldigt Sie hier. Ich entschuldige mich. Wir klagen Sie nicht an, aber alle Passagiere haben ausgesagt, Sie hätten sie geworfen.‹ Ich sagte, ich wäre wohl kaum da, wenn ich sie geworfen hätte.

›Ja, das ist möglich‹, stimmte er zu. ›Aber sie ist nicht losgegangen. Wenn ich an Ihrer Stelle gewesen wäre, hätte ich sie geworfen, um mich zu verteidigen.‹ Dann fragte er: ›Hatten Sie Angst? Sind Sie ein Feigling? Hatten Sie Angst, zu sterben? Sie wurden angegriffen, und um sich zu schützen, haben Sie eine der Handgranaten geworfen, stimmt's?‹

Ich wußte, was er vorhatte – er wollte mich zum Reden provozieren. Aber die Gründe, warum ich die Handgranate nicht geworfen hatte, waren erstens, weil mein Befehl lautete, das Flugzeug nicht zu sprengen, denn wir waren keine Killer, sondern Freiheitskämpfer, und zweitens, weil es sehr leicht gewesen wäre, die Maschine zu sprengen, als ich noch auf meinem Platz saß. Ich sagte Frew, wenn er den Passagieren glauben wolle, solle er das tun, aber sie seien unsere Feinde, und die britische Regierung erkläre den Palästinensern den Krieg.«

Frew schien alle Hoffnung aufzugeben, seiner Gefangenen ein volles Geständnis abzuringen. Er sagte nur, er wolle ihr bestimmte Fragen stellen, und sie könne mit ja oder nein antworten. »Aber nicht lügen«, warnte er. Die Wirkung dieser Warnung war wie ein Elektroschock.

»Ich war sehr wütend. Ich stand auf und schrie: ›Jetzt beschuldigen Sie mich, eine Lügnerin zu sein – aber vor einer halben Stunde haben Sie meine politische Position anerkannt. Ich will in meine Zelle zurück.‹ Ich stand auf und wollte hinausgehen, aber Frew bat mich, mich wieder zu setzen. Er fragte mich, ob ich Kaffee oder Tee wünsche. Ich sagte, ich sei nicht sicher, ob ich etwas annehmen solle. Er versicherte mir, es befänden sich keine Drogen darin. Ich sagte: ›Das ist mein erster Besuch in Ihrem Land, und Sie nehmen an, daß ich denke, Sie hätten etwas in die Tasse getan. Ist das hier Sitte?‹ – ›Besuch???‹ schrie er. Dann fuhr er fort: ›Nein, Sitte ist das nicht. Sie sind sehr intelligent.‹ Wieder erklärte ich, daß ich keine Komplimente akzeptiere. Am nächsten Tag stand in der Zeitung ein Artikel über mich, und am Schluß hieß es: ›Leila akzeptiert keine Komplimente von Männern.‹ – ›Gut so?‹ fragte er.«

Politik war das einzige, worüber Leila zu sprechen bereit war. Als Frew sie fragte, warum sie in Hungerstreik getreten sei, antwortete sie, sie sei an Hunger gewöhnt; sie hungere danach, zurück in ihre Heimat zu gehen, sie sei ihr ganzes Leben lang hungrig gewesen. Er versuchte, ein paar ihrer Barrieren zu durchbrechen, indem er ihr erzählte, daß Israel ihre Auslieferung beantragt habe. Darauf antwortete sie: »Das ist in Ordnung. Ich will nach Palästina, lieber heute als morgen.« Frew dachte, sie unterschätze die Gefahr, der sie ausgesetzt sei, wenn sie nach Israel gebracht würde, und erklärte, sie würde dort gefoltert und ins Gefängnis geworfen. Leila erwiderte: »Sie wissen also, daß sie uns foltern? Darum haben wir versucht, das Flugzeug zu entführen.« Frew, so erinnerte sie sich, seufzte tief und sagte: »Jetzt wird es schon wieder politisch, und wir wollen keine politischen Reden.«

Leila schoß zurück. »Doch, ich habe mit Politik zu tun. Erwarten Sie vielleicht, daß ich über Mode rede?«

Was habe sie veranlaßt, diesen Beamten so zu reizen, fragte ich. »Ich konnte so mit ihm reden, weil die anderen Flugzeugentführungen mir Zuversicht gegeben hatten. Er hatte mir von dem geplanten Austausch erzählt. Ich wußte, es war nur eine Frage der Zeit.«

Nach etwa einer Woche schien sich Frew der Tatsache gefügt zu haben, daß er ihr keine Informationen entlocken würde. Er sorgte dafür, daß sie Bewegung bekam, mit zwei Polizistinnen Tischtennis spielte, täglich duschen konnte und Zeitungen bekam. Zu ihrem Zorn versorgte man sie zunächst mit Frauenmagazinen, und sie beklagte sich laut, sie wolle »Zeitungen, keine Strickmuster«.

Sie erinnerte sich, am 17. September über die Kämpfe in Jordanien zwischen palästinensischen Guerillas und der Armee gelesen zu haben. Dazu bemerkte sie: »Es war schrecklich, in der Zelle zu sitzen und nicht kämpfen zu können. Als wir aus Jordanien hinausgeworfen wurden, dachte ich, wohin kann ich denn jetzt noch gehen? Kein Land wird mich aufnehmen, wenn man mich freiläßt.« Sie war jedoch entschlossen, Frew ihre Ängste nicht zu zeigen, und als er ihr mitteilte, der palästinensische Widerstand sei gebrochen, erwiderte sie munter: »Na gut, ich will hier raus, heiraten und viele Kinder bekommen und mit ihnen den neuen Widerstand gründen.« Frew wußte nicht, ob er ihr glauben sollte oder nicht, sagte sie.

Nach den ersten Tagen trafen auf der Wache Briefe für Leila ein. Einige waren voller Haß, doch in anderen baten Männer sie, sie zu heiraten. Frew las sie alle und fragte, ob Leila diese Leute kenne und warum sie ihr schrieben. Er hatte ihre Bekanntheit unterschätzt.

Nach drei Wochen sagte man ihr, sie würde freigelassen, und Frew fragte sie, wohin sie wolle. Palästina, erwiderte sie. Kurz, ehe sie ging, konnte sie nicht widerstehen, ihn noch einmal zu necken: »Ich sagte zu ihm: ›Mir gefällt dieses Hotel. Es verdient zehn Sterne, denn der Service ist sehr gut. Ich werde es meinen Genossen empfehlen. Ich hoffe, Sie hatten einen guten Eindruck von mir.‹

›Vielleicht‹, erwiderte er, ›aber ich bitte Sie sehr, nicht zurückzukommen.‹ Ich versprach, ihm und den anderen Beamten zu schreiben und ihnen Weihnachtsgeschenke zu schicken.« Und wirklich schickte sie Kommissar Frew und seinen Kollegen Grüße auf die Wache nach Ealing. Die Karten waren falsche Flugtickets, und sie legte Fotos von dem auf Dawson's Field gesprengten Flugzeug bei.

Am Morgen ihrer Entlassung erklärte Frew, er würde die Tür öffnen, die auf die Straße führe. Sie solle direkt auf den Landrover zugehen, der dort warten würde, und sich auf den Boden legen. Diese Vorsichtsmaßnahmen seien zu ihrem Besten, da es Befürchtungen gäbe, sie würde entführt. »Von wem, von den Zionisten?« fragte sie. »Dann ist es Ihre Verantwortung, dafür zu sorgen, das es nicht geschieht.« Mit welcher Erleichterung muß Frew sich schließlich von ihr verabschiedet haben!

»Als ich aus der Tür trat, sah ich eine Menge Fotografen, aber ich ging zwischen ihnen hindurch und bestieg den Landrover. Ich trug eine Polizistinnenuniform, einen schwarzen Rock und ein Jackett, und niemand erkannte mich. Bei mir waren zwei bewaffnete Männer und vier Polizisten. Man brachte mich zu einem Militärflughafen und von dort per Hubschrauber zu einem internationalen Flughafen, wo ich eine Maschine der Royal Air Force bestieg.

Die Polizistin, die sie begleitete, meinte scherzend, Leila solle auf diesem Flug nichts anstellen. »Keine Entführungen«, sagte sie. Leila lachte darüber. Sie wolle nun ihre Scherzchen mit dem Piloten treiben. Sie hoffe, er würde sie nach Haifa bringen. Der Pilot war aber keineswegs belustigt, und Leila war enttäuscht. »Er war sehr ernst und sprach nicht mit mir.«

Man landete zunächst in München, darauf in Zürich, um andere Palästinenser abzuholen, die aus dem Gefängnis befreit worden waren, um das Leben der entführten Passagiere zu retten. Das Flugzeug flog dann nach Kairo, wobei jeder Palästinenser unter scharfer Bewachung gehalten wurde, mehrere Reihen von den anderen getrennt. Man übergab sie den ägyptischen Behörden, die sie elf Tage an einem sicheren Ort festhielten. Dann stießen die anderen Entführer, die die Maschinen nach Dawson's Field gebracht hatten, zu ihnen, und es kam zu einem freudigen Wiedersehen. Leila, die heimlich gefürchtet hatte, sie sei wegen der gescheiterten Entführung in Ungnade gefallen, stellte fest, daß sie immer noch als Heldin galt. Die Weltpresse drängte sich wieder, um sie zu interviewen. Sie kehrte wie die anderen Guerillas zu ihrer Einheit zurück, die inzwischen in den Libanon verlegt worden war. Man brauchte jeden Palästinenser für den Kampf gegen Israel, das nach den Entführungen geschworen hatte, Terroristen ein und für allemal auszumerzen. Leila trat einer Kampfeinheit bei, bereiste zwischen den Einsätzen die Flüchtlingslager und forderte die Frauen auf, sich anzuschließen. Sie war sehr inspirierend. »Weil ich diese Dinge getan hatte, hörten die Frauen auf mich und glaubten, sie müßten das gleiche tun.« Kurz nach ihrer Rückkehr in den Libanon besuchte ihre Mutter sie. »Sie kam um Mitternacht, aber aus Sicherheitsgründen nur auf eine Viertelstunde. Sie blickte auf mein Gesicht, das sie seit den kosmetischen Operationen nicht mehr gesehen hatte, und weinte. ›Was haben sie mit dir gemacht?‹ fragte sie. Ich erklärte, es sei wegen der Kämpfe, und es würde alles wieder gut.

Sie sagte: ›Du weißt, ich bin so stolz auf dich, aber ich habe oft schlaflose Nächte gehabt.‹ Sie hatte Gerüchte gehört, man hätte mir die Augen ausgestochen und die Rippen gebrochen.

Im November 1970 heiratete Leila unerwarteterweise einen Kampfgenossen, über den sie lediglich sagen konnte, daß sie eine Woche zusammen verbrachten, ehe sie zu ihren verschiedenen Kampfeinheiten zurückkehrten, und daß die Ehe nicht klappte.

Leila war zugegebenermaßen mehr am Kampf interessiert als am Familienleben. Man hatte ihr gesagt, und sie hatte es akzeptiert, daß es keine weiteren Entführungen geben würde; die PFLP hatte beschlossen, daß sie ihren Zweck erfüllt hätten. Sie wollte aber bei anderen Aufträgen in der vordersten Linie stehen (um was es sich dabei handelte, wollte sie nicht sagen). Aber sie stellte fest, daß ihr Gesicht dies auch nach den erneuten Änderungen nicht zuließ. Resolut und zum Entsetzen des Mannes kehrte sie zu dem Beiruter Schönheitschirurgen zurück. »Er hat sich nicht gefreut, mich zu sehen«, erinnerte sie sich lächelnd. »Er sagte, ich dürfe nicht tagsüber in seine Praxis kommen, sonst könnte mich jemand sehen. Er hatte Angst, man würde ihn hineinziehen. Ich versprach, unser Geheimnis weiter zu wahren, und versicherte ihm, er brauche keine Angst zu haben. Er operierte mich mehrfach, vorwiegend an der Nase und an den Wangen. Mein Gesicht sah zwar nie mehr aus wie früher, aber ein bißchen ähnlicher.«

Israel hatte öffentlich verkündet, man würde sie fassen, nach Jerusalem bringen und vor Gericht stellen. Es scheint, daß die Mossad, viel weniger öffentlich, einfach versuchte, sie umzubringen. »Einmal kam ich um Mitternacht zurück in meine Wohnung und blickte aus irgendeinem Grund unter das Bett. Vielleicht habe ich meine Pantoffeln gesucht. Ich fand ein Kästchen, das unter dem Rahmen angebracht war. Ich habe sofort die Wohnung verlassen und bin ins Büro gefahren. Es war eine Geheimadresse, und meine Genossen waren wütend, daß ich so spät dort auftauchte. Man hätte mir leicht folgen können, schrien sie. Ich hatte die Regeln gebrochen. Ich erklärte den Grund: ›Da ist etwas in meiner Wohnung.‹ Jemand sah sofort nach und meinte, als er zurückkam: ›Sprengstoff. Wenn sich jemand auf das Bett setzt, geht es hoch.‹«

Dieser Mordanschlag versetzte ihre Vorgesetzten in Furcht. Leila wurde befohlen, zu verschwinden. Ein Jahr lang hielt sie sich unter verschiedenen Geheimadressen auf, um einer Entdeckung zu entgehen. Man erlaubte ihr nur zu kämpfen, wenn die Guerillalager angegriffen wurden.

Leila behauptete, sich nicht zu erinnern, ob sie bei diesen verzweifelten Kämpfen jemanden getötet hatte. Sie seufzte: »Es ist schwer, zu wissen, was man getan hat, wenn man so kämpft. Entweder tötet man selbst, oder man wird getötet. Wenn geschossen wird, versteckt man sich und schießt ebenfalls. Die Straßenkämpfe waren im Vergleich zum

Kampf der Guerillas in den Bergen sehr schwierig. Mitten im Gewehrfeuer sieht man nicht nach, ob jemand tot ist, wenn man auf ihn geschossen hat. Man geht zum nächsten über.«

In den nächsten Jahren lebte Leila als Guerillakämpferin, war Rekrutierungsoffizier und Ausbilderin. Weihnachten 1976 wurden ihre jüngere Schwester und deren Verlobter in Leilas Haus getötet. »Ich war zu Hause, weil wir zusammen nach Tyros zu ihrer Hochzeit fahren wollten. Ich fand ihre Leichen. Man hatte sie erschossen. Es war ein schwerer Schock. Ich hatte mich auf die Hochzeit meiner Schwester gefreut. In Tyros wartete unsere Mutter auf uns. Ich weiß nicht, ob die Israelis glaubten, sie hätten mich erwischt, weil es in meinem Haus geschah.«

Zwei Jahre später nahm sie eine Einladung der Sowjetunion an, ihre Ausbildung an der Universität Moskau fortzusetzen. Diese Einladung stimmte mit ihren Wünschen und denen ihrer befehlshabenden Vorgesetzten überein. Sie wollte immer noch gern ihren Abschluß machen, und sie wollten, daß sie in Sicherheit war. Sie verbrachte zwei glückliche Jahre in Rußland, schaffte es jedoch wieder nicht, ihr Studium abzuschließen. Dieses Mal wurde ihre Ausbildung von einem Aufruf der PFLP an alle Studenten unterbrochen, zurückzukehren, um die Stützpunkte im Libanon zu verteidigen. Sie kehrte in den Kampf zurück.

1982 heiratete sie erneut, Dr. Um Baader, der ebenfalls der PFLP angehörte. Es war die Zeit der israelischen Invasion in den Libanon, und das Paar lebte und kämpfte in Beirut. Leila erinnerte sich an ihre Frustration, weil sie gezwungen war, sich zu verstecken, und nicht den Israeli töten konnte, der nur wenige Meter von ihr entfernt stand. Man hätte sie erkennen und ergreifen können.

Inzwischen war sie schwanger, und die Stadt wurde von den Israelis bombardiert. Nach drei Monaten flüchteten Leila und ihr Mann zusammen mit Tausenden anderen Palästinensern aus der Stadt und fuhren nach Damaskus. Hier schenkte sie im Haus eines Freundes ihrem ersten Sohn das Leben. Als das Baby ein paar Monate alt war, nahm sie die Arbeit für die PFLP wieder auf. 1986 wurden die palästinensischen Volkskomitees für Frauen gegründet, und man wählte sie zur ersten Generalsekretärin. Einen Großteil ihrer Zeit verbringt sie nun damit, die Lebensbedingungen der Frauen und Kinder im Lager zu verbessern, obwohl ihr eigentliches Ziel ist, die Mütter von den traditionellen Aufgaben zu befreien, damit sie die Intifada unterstützen. PFLP-Kindergärten, in denen Kinder im Alter von zwei Monaten bis zu sechs Jahren versorgt werden, wurden im Lager eröffnet, jedes nach einem Märtyrer für die Sache benannt. Den Kindern bringt man palästinensische Freiheitslieder bei, und sie singen: »Wir werden groß und stark, damit wir kämpfen können.« Vermißte sie die Zeiten, in denen sie als Entführerin gefeiert wurde? Ihr Blick glitt ab. »Nein«, sagte sie langsam. »Damals war es die richtige Zeit dafür, und ich war froh, dazuzugehören. Ich wünschte, ich hätte ein paar Fotos von mir damals, um sie Baader zu zeigen, aber sie wurden alle in Beirut vernichtet. Meine Mutter hatte alle aufbewahrt, aber ihre Wohnung wurde angegriffen.«

Eine Freiheitskämpferin zu sein, fuhr sie fort, bedeutete ihr alles. Rückblickend könne sie verstehen, daß die Passagiere, die sie in ihre Gewalt nahm, völlig verschreckt waren. »Wenn mir das passierte, würde ich genauso reagieren. Ich würde beten, aber ich habe keine Angst vorm Reisen.

Meine Arbeit als Freiheitskämpferin hat mich glücklich gemacht; man identifiziert sich mit dem Kampf. Das ist der Unterschied zwischen dem Freiheitskämpfer und einem gewöhnlichen Menschen. Als Palästinenserin wäre ich nicht mit mir zufrieden, wenn ich nicht für die Freiheit kämpfen würde. Ich bin froh, soviel getan zu haben.«

Ich kam dann doch zu dem Schluß, daß Leila Khaled keine grausame, herzlose Frau war, gleich, was sie getan und wie sie sich dabei verhalten hatte. Sie schien unfähig zu sein, sich in andere Menschen hineinzuversetzen, und ihre Freude beim Erzählen, wie sie Leute terrorisierte, war sehr verstörend. Sie hat sich jedoch bei dem offenen Gespräch mit mir in keiner Weise verstellt, und ich glaube, der dauerhafteste Eindruck von ihr ist der einer Frau, die in ihrer Besessenheit fast kindlich wirkte. Sicher ist es genau das, was sie so gefährlich machte.

»Der Kampf gegen die Unterdrückung der Frau ist mit dem republikanischen Kampf eng verbunden«

Die Frauen der Irisch-Republikanischen Bewegung

Albert Cooper blickte auf seine Uhr, als der weiße Vauxhall Astra vor seine Werkstatt rollte. Es war 9.45 Uhr, und die junge Frau, die vor einer halben Stunde angerufen hatte, war, wie er einem seiner Angestellten zurief, auf die Minute pünktlich.

Sie stieg aus, eine zierliche Gestalt mit einer schwarzen Fliegerjacke und schwarzen Steghosen, das dunkle Haar zu einem Pferdeschwanz gebunden. Sie lächelte und plauderte ein paar Minuten mit Mister Cooper, verabredete, den Wagen später abzuholen, und ging fort.

Sekunden später explodierte das Auto. Mister Cooper, der es im Rückwärtsgang in die Werkstatt fuhr, wurde auf der Stelle getötet. Er war zweiundvierzig und hinterließ eine Frau und drei kleine Kinder. Ein paar Stunden später an diesem Tag, am 2. November 1990, übernahm die IRA die Verantwortung dafür: Albert Cooper aus Cookstown, County Tyrone, Nordirland, hatte dem Ulster Defence Regiment, einer protestantischen Organisation, angehört. Man glaubt, er sei aus Rache für ein Sinn-Fein-Mitglied getötet worden, das eine Woche zuvor von loyalistischen Paramilitärs erschossen worden war.

Der Attentäterin, die von der Szene geflüchtet war, wurde in den britischen Zeitungen mehr Platz gewidmet, als man sonst solchen Anschlägen einer politischen Gruppierung auf eine andere einräumt. »IRA-Frau in Schwarz ermordet UDR-Soldaten«, hieß die Schlagzeile in der *Times*. Der Parlamentsabgeordnete im Wahlkreis des Toten, Reverend William McCrae, wurde zitiert: »Man kann nur schwer glauben, daß eine Frau, die mit der Hilfe Gottes neues Leben gebiert, vor Haß so verzerrt und verrückt sein kann, daß sie einem unschuldigen Opfer den Tod bringt.«

Der Konflikt in Nordirland besteht seit fast vierhundert Jahren, und Frauen haben immer eine Rolle in ihm gespielt. Die interviewten Frauen in diesem Kapitel waren an dem letzten und zweifelsohne blutigsten Stadium beteiligt; sie haben zu den Waffen gegriffen, um gegen die britische Armee zu kämpfen, die zunächst nach Nordirland geschickt wurde, um die Katholiken vor protestantischen Übergriffen zu schützen.

Es waren Frauen, die den Soldaten eine Tasse Tee brachten, als 1969 die ersten britischen Truppen in Derry und Belfast eintrafen. Fotos aus dieser Zeit zeigen die katholischen Frauen lächelnd und entspannt mit ihren Beschützern, aber diese Phase dauerte nicht lange.

Die Soldaten, die in Nordirland die »zivilen Kräfte« unterstützen sollten, wurden bald in die katholischen Siedlungen geschickt und fanden dort Arsenale mit Waffen und Munition, die man angesammelt hatte, um die katholische Gemeinde gegen die Protestanten zu verteidigen. Einige dieser Durchsuchungen wurden auf brutale Weise durchgeführt, und im Sommer 1970 betrachteten viele Katholiken die britische Armee bereits feindselig. Katholische Mädchen, die es wagten, sich mit britischen Soldaten einzulassen, wurden von den Frauen der Gemeinde geteert und gefedert.

Die IRA, 1969 verachtet, weil sie es nicht geschafft hatte, die Katholiken zu beschützen, und mit Parolen verspottet wie »IRA – I ran away« (»Ich rannte auf und davon«), wurde wieder stärker. Die Armee tötete und verletzte bei einer Reihe von Vorfällen, darunter auch Massenhausdurchsuchungen, mehrere katholische Zivilisten. 1971 wurde die britische Armee als eine Besatzungsarmee betrachtet, die den Status quo bewahren und die protestantische Herrschaft Nordirlands durchsetzen sollte. Aus Freund war Feind geworden. Im selben Jahr hielt eine Frau, Maire Drumm, Mitglied der Sinn-Fein-Führung, später von Loyalisten erschossen, bei einer Versammlung eine Rede: »Es ist Zeitverschwendung, zu rufen: ›Hoch die IRA!‹ Wichtig ist, sie zu unterstützen.« Anschließend stand man Schlange, um sich den »Freiwilligen« anzuschließen – den Soldaten und Soldatinnen der Irisch-Republikanischen Armee. Die Unruhen hatten wieder begonnen.

In den letzten zwanzig Jahren haben IRA-Frauen eine immer stärkere Rolle bei »Frontaktionen« gegen britische Truppen und protestantische paramilitärische Gruppen gespielt – und auch gegen die britische Öffentlichkeit. Anfänglich wurden die Frauen als Köder eingesetzt, um britische Soldaten unter dem Versprechen eines netten Abends zu einem Rendezvous zu locken, wo sie dann von Heckenschützen erschossen wurden. Andere Frauen trugen »Babybomben« in Kinderwagen in Einkaufszentren. Jedes anfängliche Zögern der IRA-Führung, Frauen den Gefahren einer Aktion auszusetzen, wurde bald von den Frauen selbst überstimmt. Sie wollten kämpfen, und sie wollten gleichberechtigt behandelt werden.

Mairead Farrell, die von der SAS (der britischen Spezialkampftruppe) 1988 in Gibraltar erschossen wurde, gab in dem Jahr vor ihrem Tod in einem Interview an, sie habe sich der IRA angeschlossen, weil sie da genauso wie die »Jungs« behandelt wurde. Ihr Tod hat sie zu einer Märtyrerin gemacht, und in der Republik werden Kinder in Erinnerung an sie Mairead Farrell genannt.

Farrell war für ihren ausgeprägten feministischen Standpunkt bekannt: Als sie wegen eines Anschlags auf ein Hotel eine vierzehnjährige Gefängnisstrafe absaß, focht sie von dort aus für die Gleichberechtigung der Frauen innerhalb der IRA. Während ihrer Haft wurde sie von der Sinn Fein als Kandidatin bei den Wahlen in Cork aufgestellt. Ihre Anhänger benutzten ein Bild von ihr, so wie sie damals aussah – schmutzig und zerlumpt, weil sie im Armagh-Gefängnis an einem Waschstreik teilnahm. Farrells Vater war über das Foto sehr empört und versuchte, es durch ein anderes zu ersetzen, das seine Tochter als die attraktive junge Frau zeigte, die sie war. Farrell beklagte sich: »Mein Vater lief überall herum und sagte: ›Zeigt doch nicht das Foto... das schreckliche, zeigt nicht dieses Foto. Hier ist ein sehr schönes Foto von ihr, hier...‹ Ganz hübsch und ordentlich aufgenommen. Er wollte die Wirklichkeit nicht akzeptieren, weil es so schwer ist. Vermutlich auch aus sentimentalen Gründen. Zeigt das hübsche Bild, weil er seine Tochter so sehen wollte, und nicht, wie sie in Wirklichkeit war. Ich glaube, die Gesellschaft überhaupt fand es auch sehr schwer zu akzeptieren.«

Die Gesellschaft fand es in der Tat sehr schwer, die ersten IRA-Frauen zu akzeptieren. Als man die Price-Schwestern wegen ihrer Beteiligung an der Bombenkampagne 1973 in London verhaftete, bei der 180 Menschen verletzt worden waren, nannte man sie die »Todesschwestern«. Der Detektiv, der die neunzehnjährige Marion Price verhaftete, erinnerte sich, wie sie auf ihre Uhr blickte, als die Bombe im Old Bailey hochging. Die beiden Frauen wurden von den Medien als unmenschlich und unweiblich hingestellt, und dies gilt auch noch für die heutige Generation von IRA-Frauen.

Das Nordirland-Büro gab auf meine Frage an, die IRA habe praktisch aufgehört, weibliche Freiwillige einzusetzen – eine Aussage, die ich nur zögernd glauben mochte, nachdem ich zahlreiche Frauen interviewt hatte, darunter eine, die zur Zeit im »aktiven Dienst« steht. Im Verlauf der letzten zwanzig Jahre haben Frauen stets eine wichtige, manchmal sogar zentrale Rolle bei IRA-Operationen gespielt. Judith Ward, in Großbritannien geboren, aber der IRA verschworen, wurde 1974 zu lebenslänglicher Haft verurteilt, weil sie eine Bombe in einem mit britischen Soldaten vollbesetzten Bus gelegt hatte. Sie explodierte auf der Autobahn und tötete zwölf Insassen.

Dr. Rose Dugdale tauchte Anfang der siebziger in den Schlagzeilen auf. Sie war die Tochter einer wohlhabenden englischen Familie, rebellierte und schloß sich der IRA an. Sie stahl Gemälde ihres Vaters, entführte einen Hubschrauber und versuchte, mit Sprengstoff gefüllte Milchkannen auf Kasernen der Royal Ulster Constabulary (der nordirischen Polizei) zu werfen. Als man sie verhaftete, war sie von Eddie Gallagher schwanger, der dem berüchtigten »harten Kern« der IRA angehörte.

Gallagher erwies sich jedoch als weniger hart als eine andere IRA-Frau, Marion Coyle. 1975 entführten die beiden einen holländischen Industriellen und verlangten als Lösegeld Dugdales Entlassung aus dem Gefängnis. Das Opfer gab an, bei seiner 31 Tage währenden Leidenszeit einen gewissen Kontakt mit Gallagher hergestellt zu haben, doch Coyle sei kühl und abweisend geblieben. Als der Druck stärker wurde, übernahm sie die Waffen und die Verhandlungen, und als die Polizei schließlich das Haus stürmte, lag Gallagher verstört auf dem Boden, während Coyle bis zum Schluß distanziert und bedrohlich blieb.

1983 wurde Anna Moore zu lebenslänglicher Haft verurteilt, weil sie eine Bombe in ein Lokal in Ballykelly in der Nähe von Derry gelegt hatte. Die Kneipe war bei britischen Soldaten sehr beliebt, weil sie dort Mädchen kennenlernen konnten. Zwölf Soldaten und fünf Zivilisten wurden getötet. Ella O'Dwyer und Martina Anderson wurden 1986 ebenfalls zu »lebenslänglich« verurteilt. Sie hatten an Anschlägen in London und in sechzehn Seebädern teilgenommen. O'Dwyers Fingerabdrücke wurden auf einem »Bombenkalender« in einem Sprengstofflager in Glasgow entdeckt. Anderson, bei ihrer Verhaftung dreiundzwanzig, war einmal in ihrem Ort Schönheitskönigin gewesen.

Evelyn Glenholmes war in der IRA berühmt, bei Scotland Yard berüchtigt. Glenholmes wird in Großbritannien wegen Beteiligung an einer Reihe von Bombenanschlägen gesucht, darunter dem Nagelbombenanschlag auf die Kasernen in Chelsea, bei dem zwei Zivilisten getötet wurden, dem Autobombenanschlag auf Stewart Pringle, den ehemaligen Generalkommandanten der Royal Marines, einem weiteren Bombenanschlag auf Sir Michael Havers und einer Explosion auf ein Wimpy-Restaurant in der Oxford Street, bei der der Bombenräumexperte ums Leben kam.

1986 erließ Scotland Yard neun Haftbefehle, um ihre Ausweisung aus Dublin zu erreichen; sie sollte die erste vermutliche IRA-Terroristin sein, die man aus Dublin auswies, um in Großbritannien vor Gericht gestellt zu werden. Aufgrund technischer Fehler bezeichnete das Gericht die Haftbefehle allerdings als unwirksam und setzte Glenholmes frei.

Wutschnaubende Beamte verfolgten sie durch die Stadt, und sie versuchte, sich in einem Kaufhaus zu verstecken. Sie wurde erneut verhaftet und einem anderen Richter vorgeführt. Doch auch dieser setzte sie auf freien Fuß und befand, ihre Verhaftung sei gesetzwidrig gewesen. Seitdem befindet sie sich auf der Flucht.

Die Verbrechen und Grausamkeiten, die diese Frauen begangen haben, sind erschreckend. Doch die Frauen, die ich kennenlernte, waren keine Monster. Einige waren freundlich, andere weniger, aber alle waren ganz normal. Die meisten hatten sich als junge Leute der IRA angeschlossen; die meisten waren damals unverheiratet, doch nicht alle. Keine der Frauen war von einem Freund oder Mann überredet worden, mitzumachen, doch manche stammten aus streng republikanischen Familien und sind ohne Zweifel von Eltern und Geschwistern beeinflußt worden. Auf die Frage: »Warum haben Sie angefangen, mitzumachen?« kam fast immer die gleiche Antwort: »Wie konnten wir nicht?« Wieder und wieder hörte ich von der Behandlung der Katholiken durch die britischen Soldaten, von schlimmen, einprägsamen Erinnerungen an Ereignisse wie den Blutigen Sonntag, von der Angst der Kinder vor protestantischen Schultyrannen, wie man sich verachtet fühlte und zurückschlagen wollte. Alle Frauen teilten den gleichen Haß auf die britische Armee und eine unerschütterliche Überzeugung, ihre eigene Gewaltanwendung sei gerechtfertigt. Interessanterweise gaben viele Beschimpfungen und schlechte Behandlung durch britische Soldaten als Grund für diesen Haß an. Dies rief bei den irischen Frauen den gleichen Abscheu hervor wie bei den Palästinenserinnen gegenüber den israelischen Soldaten der West Bank.

Diese Interviews waren vermutlich die schwierigsten dieses Buches, denn ich hatte vor der IRA mehr Angst als vor allen anderen Organisationen, an die ich mich gewandt hatte. Angst kann Objektivität unmöglich machen, daher mußte ich sie überwinden. Ich hatte viele Frauen interviewt, die getötet hatten oder an Aktionen beteiligt waren, die tödlich enden sollten, aber keine hatte mich selbst als ihre Feindin betrachtet. Die republikanischen Frauen versicherten mir zwar wiederholt, daß sie nicht mich meinten, wenn sie sagten, sie wollten so viele Briten wie möglich töten, sondern britische Soldaten. Doch ich hatte immer das Gefühl, ich sei aufgrund meiner Nationalität ihre Feindin.

Alle Interviews wurden unter der Bedingung gewährt, daß ich diese Kapitel vor Veröffentlichung der Sinn Fein vorlegte.

Vor dem Pressezentrum der Sinn Fein auf der Falls Road liegen Steinbrocken, um Bombenanschläge aus fahrenden Autos zu verhindern. Versteckte Kameras übermitteln Bilder auf einen kleinen Fernsehschirm im Empfangsraum, und wenn man die Erlaubnis bekommt, darf man das Gebäude durch drahtbespannte Türen betreten. Innen ist es dunkel. Es gibt nur wenige Fenster – die Lampen brennen ständig. Der Empfangsraum ist zudem ein Zentrum für die katholische Gemeinde, wo man Rat bekommt, wenn es um Sozialhilfe oder Entschädigung für Schäden nach Durchsuchungen der »Brits« geht, und außerdem ein Treffpunkt für Arbeitslose. Oben liegen die Pressebüros und Besprechungsräume.

Ich kam um etwa 11 Uhr an einem Samstagmorgen wie verabredet an. Die junge Sinn-Fein-Mitarbeiterin, die in den vergangenen Monaten mehrere Interviews für mich arrangiert hatte, wartete bereits. Zusammen machten wir uns auf eine Reise, die in einer ruhigen Vorstadtsiedlung endete, wo in einem Vorgarten ein Schäferhund in der blassen Sonne schlief. In diesem Haus, in einem freundlichen, gut möblierten Zimmer, saß eine achtundzwanzigjährige Freiwillige. Der Hausbesitzer, der die Tür geöffnet hatte, stellte keine Fragen und ließ uns allein. Irgendwann bei diesem Gespräch kam ein Junge herein, brachte uns Tee und Sandwiches, Rosinenbrötchen und Kekse und zog sich lautlos wieder zurück.

Die Freiwillige war eine attraktive Frau mit dunklen Haaren und großen braunen Augen. Sie trug Jeans und ein Sweatshirt. Sie wirkte gelassen und entspannt und ruhiger als ich. Ich fand es unwirklich, mit einer Frau Kekse zu essen, die ihre Fähigkeit als aktives Mitglied einer IRA-Einheit bewiesen hatte. Die Frau schien bemerkenswert ehrlich. Sie beschrieb ihr Leben im Untergrund als sehr eingeschränkt, verstörend und ein wenig langweilig. Besonders ärgerlich schien ihr, daß sie nie auf eine fröhliche, ausgelassene Party gehen konnte, weil sie befürchtete, verhaftet oder getötet zu werden. Sie wirkte wie ein Mensch, der seiner Sache stark verpflichtet ist, sich auf das Interview gut vorbereitet und alles gut durchdacht hatte. Sie war sehr nett... und sie kicherte darüber, wie eiskalt es in der Nacht gewesen sei, als sie die Landmine für britische Soldaten legte, und ich fragte mich, wie viele Menschen sie schon getötet hatte und noch töten würde.

Sie hatte meine Liste von Fragen, die ich der Führung der IRA einen Monat zuvor vorgelegt hatte. Einige waren angekreuzt, etwa: »Wie viele Frauen sind in der Republikanischen Bewegung im aktiven Einsatz?« Diese sollten nicht beantwortet werden. Sachlich las sie die erste Frage vor: »Warum schlossen Sie sich der Bewegung an?«

»Ich hatte das Gefühl, ich könnte helfen, die Briten aus Irland zu vertreiben, und daß es richtig sei, alle uns zur Verfügung stehenden Mittel anzuwenden – Sprengstoff, Bomben undsoweiter.

Ich habe mein ganzes Leben gesehen, wie die Briten uns mißhandeln; sie versuchen, unser Bildungswesen und unsere Kultur einfach auszumerzen. Ich habe gesehen, wie sie meine Freunde und Verwandten belästigten und ermordeten. Ich habe gesehen, wie sie die Loyalisten ausnutzen, ihnen zu helfen. In meiner Kindheit sind bestimmte Dinge geschehen. Einmal lebte meine Familie in einer vorwiegend protestantischen Gegend, aber unsere Straße war katholisch. Die UDA (Ulster Defence Association) oder UVF (Ulster Volunteer Force – beides protestantische paramilitärische Organisationen) belagerte unsere Straße. Sie marschierten auf und ab, und wir mußten im Haus bleiben. Dann gab es eine heftige Schießerei zwischen den Loyalisten und uns, und sie versuchten, unsere Häuser in Brand zu stecken. Um etwa 3 Uhr morgens traf die britische Armee ein, und sie wie die Bewohner der Straße befanden, es sei zu gefährlich, zu bleiben. In der Straße wohnten mehrere Kinder, und wir sollten zu Fuß in die Kaserne gebracht werden. Wir mußten durch die Gäßchen zwischen den Häusern rennen, uns verstecken und auf eine Schießpause warten, damit wir eine kurze Strecke zurücklegen konnten. Ich war damals neun oder zehn; ich ahnte zwar, wie riskant das war, erkannte aber nicht das volle Ausmaß der Gefahr.«

Betrachtete sie die britischen Truppen nicht als Retter, die die Opfer vor den Angreifern schützten? »Nein«, antwortete sie entschieden. »Sie waren die Auslöser, diejenigen, die unser Land entzweit haben. Ehe sie kamen, durften wir mit protestantischen Kindern spielen; wir gingen sogar zu ihren Festen und Feiern. Nachdem die Soldaten gekommen waren, ging das nicht mehr. Das Volk war entzweit.

Ich hege heute keine bitteren Gefühle gegen die Protestanten, obwohl ich weiß, daß es einige sehr gefährliche Loyalisten gibt. Ihre Einschätzung der Lage ist absurd. Sie betrachten alles in völlig anderem Licht als wir, und sie versuchen, uns unsere Identität zu rauben.

Als ich älter wurde – wir waren inzwischen umgezogen –, wurde ich wieder darauf gestoßen. Ich erlebte ein zweites Mal, wie die britische Armee und die Regierung meine Familie einschüchterten. Sie betrachteten sich als unsere Herren, die das Recht dazu hatten. Ich dachte damals, wenn ich etwas tun könnte, um sie zu vertreiben, würde ich es tun.

Ich wandte mich an jemanden, von dem ich wußte, daß er Mitglied war, und fragte, ob ich mitmachen könnte. Ich suchte mir eine aktive Rolle in der Bewegung aus, weil ich glaubte, wir hätten das Recht, bei unserem Kampf zu den Waffen zu greifen.« Sie hielt inne, nahm einen Schluck Tee und fuhr dann fort: »Ich wurde in der Handhabung von Sprengstoffen ausgebildet. Man brachte mich in ein Lager – ich weiß nicht, wo es war. Ein Lager ist einfach ein Ort, an dem wir uns treffen, und sie wechseln ständig. Manchmal ist es ein leeres Haus, manchmal errichtet man eines, das als Lager benutzt wird. Es gibt einen Ausbildungsoffizier und gewöhnlich gleich viele Männer wie Frauen. Es gibt verschiedene Kategorien der Ausbildung – Grundausbildung oder Spezialtraining, wenn man will. Da ich umfassend ausgebildet war, hatte ich keine Angst, mit Sprengstoffen umzugehen. Ich lernte, wie man eine Bombe scharfmacht und zündet. Ich lernte auch, wie man eine Haftmine anbringt, Mikroschalter, Zeitzünder und Fernbedienung konstruiert.

In den Lagern erhielten wir auch eine politische Schulung, und es gab Diskussionen über verschiedene Standpunkte. Die Lager dauerten immer mehrere Tage. Wenn es um Waffen ging, gab es eine Trainingsphase, und das Lager endete mit einer Scharfschießübung.«

Sie sprach von der »Scharfschießübung«, als erzähle sie von einer Cocktailparty. Ebenso gelassen erklärte sie, sie sei in Waffen genauso gut ausgebildet wie im Umgang mit Sprengstoff, damit sie sich bei einer Aktion schützen könne. »Wenn man zum Beispiel eine Autobombe legt, muß man bewaffnet sein. Daher ist es notwendig, auf beiden Gebieten ausgebildet zu sein. Ich würde nicht behaupten, ich sei in beiden Bereichen eine Expertin. Man lernt immer weiter und gewinnt mit den Aktionen immer mehr Erfahrung.

Am Anfang fehlt es einem an Selbstvertrauen. Man kennt die technischen Details und die Bestandteile einer Bombe, aber man muß an Aktionen teilnehmen, um sicher und kompetent zu werden.«

Der ausgebildete, einsatzbereite Freiwillige wartet dann auf seinen Befehl. In der Mehrheit der Fälle lebt man bei den Eltern. »Meine Familie wußte anfangs nicht Bescheid«, erinnerte sie sich. »Ich weiß nicht mehr, was ich ihnen erzählte, wenn ich in ein Lager ging. Sicher habe ich nicht gesagt: ›Ich gehe jetzt in ein Trainingscamp.‹ Schließlich habe ich es ihnen erzählt – ich glaube, sonst wäre alles zu schwierig geworden, wenn man sich immer einen Vorwand einfallen lassen muß. Meine Eltern sorgten sich um mich, aber sie verstanden, was ich tat, und akzeptierten meine Gründe. Jeder Aktive ist darauf gefaßt, getötet zu werden oder ins Gefängnis zu kommen, daher besteht zwischen den Freiwilligen starke Kameradschaft. Aus verschiedenen Gründen wohne ich nicht zu Hause. Ich schlafe nie mehr als zwei Nächte hintereinander dort, versuche aber, meine Mutter regelmäßig zu sehen. Wenn ich weiß, daß ihnen von den Truppen keine Gefahr droht, geht es mir besser.«

Auch als sie schon an Aktionen teilnahm, wohnte sie noch zu Hause. Neue Freiwillige scheinen von der Polizei und dem Geheimdienst der Armee eine Weile unentdeckt zu bleiben. Schließlich jedoch, je nachdem, wie »aktiv man ist«, wie sie es ausdrückte, muß man die Familie verlassen. »In vielen Fällen geschieht etwas, das darauf hinweist, daß der britische Geheimdienst einem auf der Spur ist. Vielleicht wird man überprüft, wenn man mit einem bekannten Freiwilligen zusammen ist, oder jemand verrät einen. Dann muß man gehen. Die Freiwilligen sind Zielscheiben für Loyalisten und Briten, und wenn die Adresse bekannt ist, geht man das Risiko ein, ermordet zu werden. Und wenn die britische Armee einen bloß verhaften will, ist es für sie sehr bequem, zu wissen, wo man lebt.«

Die Frau erzählte, sie habe bei ihrer Mutter gewohnt, bis man sie verhaftete. Nach einigen Jahren im Gefängnis sei sie freigelassen worden und habe sich wieder der Bewegung angeschlossen, doch da sie nun bekannt war, mußte sie in den Untergrund gehen. Von da an lebte sie in verschiedenen Häusern von Freunden und Kameraden, die bereit waren, sie aufzunehmen.

Es sei schwer, gab sie zu, sich an diese ewige Gastsituation zu gewöhnen. »Es bedeutet einen großen Einschnitt im Leben, aber ich weiß zumindest, daß ich immer einen Platz zum Schlafen habe. Ich habe meine Kleider überall verteilt, und es gibt in vielen Gegenden Häuser, wo ich unterkommen kann, so daß ich immer da wohnen kann, wo ich arbeite. Dieses Umherziehen ist für uns ganz normal.«

Sie mühte sich zwar, diesen ihr auferzwungenen Lebensstil nicht zu kritisieren, aber ein wenig Sehnsucht nach einem normalen Leben schlich sich nun doch ein. »Wenn man sich nicht frei bewegen kann, schränkt das den Freundeskreis stark ein. Es bedeutet, wenn man mal ausgehen will, ist man auf die Gegenden beschränkt, in denen die Bewegung arbeitet. Man kann nicht ins Zentrum (von Belfast) gehen oder auf eine Party, denn dort könnte man auf Angehörige der Sondereinheiten oder der Polizei stoßen. Auch könnte man Loyalisten treffen, und die Heimfahrt aus dem Stadtzentrum kann sehr gefährlich sein. Eine Straßensperre der Polizei bedeutet Schwierigkeiten. Auf einer einsamen Straße wäre das sehr riskant. Daher müssen wir hier bleiben. Es ist sehr ländlich und ein bißchen langweilig. Wir haben verschiedene Clubs und Kneipen, aber man lernt immer nur ganz bestimmte Typen kennen... der Kreis erweitert sich nicht. Es finden zwar Partys statt, aber wegen der strengen Alkoholgesetze dauern sie nie lange.«

Sie merkte vielleicht, daß das alles ein wenig bedauernd klang, und so beeilte sie sich, ihre Lebensweise auch zu loben. Sie erinnerte mich sehr an die junge palästinensische Freiheitskämpferin Bana, vierzehn Jahre jünger als diese Frau, die an einem anderen Krieg Tausende von Meilen entfernt beteiligt war. »Es ist schön, sich mit den Genossen und Mitkämpfern zu treffen. Ich vermisse es nicht, das Ausgehen in der Stadt und die Partys. Das alles habe ich gemacht, ehe ich Freiwillige wurde und als ich noch relativ unbekannt war. Ich habe Glück, daß ich zumindest diese Zeit hatte, andere Freiwillige haben das nie kennengelernt. Ich glaube nicht, daß ich irgend etwas vermisse.« Ich wußte nicht, ob ich das glauben konnte.

Dann schilderte sie mir eine ihrer Aktionen, wie ich es in meiner Fragenliste erbeten hatte. »Es war eine Landmine gegen eine Fußpatrouille der britischen Armee. Mehrere Leute, darunter auch ich, trafen sich an einem geheimen Ort und diskutierten die Aktion von Anfang bis zum Ende durch. Wir besprachen die Risiken für Zivilisten in der Gegend und befanden, es gäbe kein Risiko, daher würden wir die Aktion durchführen. Einer sollte Posten stehen, und wenn sich eine Frau oder ein Kind näherte, würden wir abbrechen. Wir beschafften das nötige Material und den Zeitzünder für die Bombe. Wir besorgten uns dunkle Kleidung, denn es sollte während der Nacht geschehen. Wir legten einen Kontaktdraht, den wir teilweise im Boden vergraben mußten, weil das Areal von einem britischen Beobachtungsposten eingesehen werden konnte. Es war eine Wiese mit einem Bach, und so mußten wir auf dem Bauch durch das Wasser kriechen und den Draht dabei vergraben. Wir hatten Leute mit Funksprechgeräten dabei, und in der Nähe war ein Schlupfwinkel. Sollte eine Patrouille oder Polizisten kommen, würden wir gewarnt werden; dann müßten wir alles stehen und liegen lassen und uns verstecken. Das geschah zweimal. Wir waren völlig durchnäßt und froren. Doch schließlich war es geschafft. Zwei Stunden hatte es gedauert, den Draht zu legen und den Zünder und den Zeitmechanismus an der Bombe zu befestigen. Dann wurde alles noch einmal überprüft und die Bombe plaziert. Wir riefen die Posten zurück, und alle, die an der Vergrabung des Drahts beteiligt gewesen waren, kehrten in den Schlupfwinkel zurück, bis auf einen, der bei dem Auslöser blieb, und einige, die Wache hielten. Sollten Zivilisten vorbeikommen, würden wir über Funk Anweisung geben, die Bombe nicht zu zünden. Wir blieben in dem Haus, um zu erfahren, wie die Aktion gelaufen war.«

Sie hielt inne. Was dann geschah, fragte ich. Sie schüttelte den Kopf. »Mehr darf ich nicht sagen, weil dieser Vorfall nie jemandem zur Last gelegt wurde.« Ich wollte jedoch eine Antwort auf meine Frage, und nach einigen Überredungsversuchen antwortete die Freiwillige, sie würde sich später noch einmal mit mir in Verbindung setzen. Das tat sie auch. Man hatte beschlossen, sie könne zugeben, daß die Operation erfolgreich gewesen sei. Keine anderen Einzelheiten wurden verraten.

Ich fragte mich, ob man diese Aktion speziell für das Interview ausgewählt hatte, weil keine Zivilisten getötet oder verletzt wurden, und weil man offensichtlich auch Maßnahmen getroffen hatte, dies zu vermeiden. Wie stand sie zu Operationen, bei denen Zivilisten getötet wurden? »IRA-Aktionen haben sich nie gegen Zivilisten gerichtet – nur gegen britische Soldaten oder die UDR und UVF.« Und die Anschläge in Enniskillen oder auf das Kaufhaus Harrods? »Diese Frage kann ich nicht beantworten, Eileen«, sagte sie leise, als wäre es ihr so befohlen worden.

Die nächste Frage beantwortete sie allerdings bereitwillig: »Würden Sie töten?« – »Ja«, sagte sie einfach. »Wenn man aktiv ist, muß man auch bereit sein, zu töten – solange es um legitime Ziele geht.« Hatte sie jemals getötet? Sie blickte mir direkt in die Augen und sagte in einem Tonfall, der keinen Widerspruch zuließ: »Ich bin nicht bereit, diese Frage zu beantworten, Eileen.«

Aber sie hatte etwas über die Unschuldigen zu sagen, die bei IRA-Angriffen verletzt oder getötet wurden. Diese Antwort hatte ich schon von anderen Gruppen gehört und würde sie wieder hören. »Der Grund ist, daß die Briten auf unsere Warnungen nicht reagieren. Vor einem Anschlag in einem Stadtzentrum warnen wir immer rechtzeitig – wir lassen so viel Zeit, wie man braucht, um die Gegend zu räumen. Derjenige, der die Warnung über Telefon durchgibt, merkt sich immer die Zeit des Anrufs. Es sind immer 45 bis 60 Minuten bis zur Explosion.

Es liegt im Interesse der Briten, daß Menschen verletzt werden, und bei zahlreichen Gelegenheiten haben sie die Warnungen der IRA nicht beachtet. Das tun sie, damit sie uns die Schuld geben können.« Sie glaubte dies oder vermittelte überzeugend, daß sie es glaubte. Offenbar ist es noch nie vorgekommen, daß die IRA die Armee direkt warnte.

Normalerweise werden immer entweder eine Zeitung, ein Radiosender und manchmal die Samariter alarmiert. Das Problem besteht darin, echte Warnungen von falschen zu unterscheiden, von denen es jeden Tag zahlreiche gibt.

Dann sprachen wir über Gewalt. »Definieren Sie, was Gewalt ist«, verlangte sie. »In diesem Zusammenhang, Gewalt gegen Soldaten«, erwiderte ich. »Sie meinen wohl die Brits?« fragte sie kalt. »Natürlich gefällt es mir nicht, daß jemand getötet oder verletzt wird, doch erst, wenn die britische Regierung anerkennt, daß sie die Ursache der Gewalt ist, und glaubhaft entscheidet, diese Wurzeln zu beseitigen und unser Land zu vereinigen, wenn sie sich zurückziehen – erst dann wird die Gewalt ein Ende haben.

Ich wünsche den Tag herbei, an dem die Briten aus unserem Land verschwunden sind, und ich glaube, das werde ich noch erleben. Aus diesem Grund bin ich bereit, in diesem Stadium des Krieges als Freiwillige zu kämpfen. Irgendwann wird sich mein persönliches Leben ändern, und ich bleibe vielleicht nicht immer aktiv, aber es gibt bei der Bewegung verschiedene Aufgaben, und ich hoffe, ich finde dann eine geeignete. Ich glaube, daß wir alle in der Bewegung zusammenarbeiten müssen, um die Briten restlos aus Irland zu vertreiben.«

»Alle« bedeute vorwiegend die Frauen, betonte sie. Es schien, als ob die Frauen sehr jung beiträten, und wenn sie nicht getötet oder verhaftet wurden, blieben sie aktiv, bis sie heirateten und/oder Kinder bekamen, obwohl sie selbst nach der Entlassung aus dem Gefängnis wieder aktiv geworden war. Nur wenige Frauen machten weiter, wenn sie Kinder hatten. Diese Freiwillige, die vor wenigen Minuten wie eine furchterregende Kriegerin war, wirkte nun mütterlich, als sie über die Schwierigkeiten sprach, als »Mammi« IRA-Frau zu sein.

»Wenn eine Freiwillige mit Kindern geschnappt und ins Gefängnis gesteckt wird, kümmert sich die Familie gewöhnlich um die Kinder. Wenn keine Verwandten da sind, nehmen andere Republikaner die Kinder auf. Im Moment sitzt ein Mädchen, und ihre Freundin kümmert sich um ihre beiden Kinder. Es gibt immer jemanden, der sich der finanziellen Probleme annimmt, und man ernennt einen Vormund, der das Kindergeld von der britischen Regierung beantragt – es ist genauso, als sei das Kind eine Waise. Die Kinder von gefangenen Freiwilligen werden immer von allen sehr verwöhnt. Wir sind eine große Familie.

Probleme gibt es aber, wenn die Mutter aus dem Gefängnis zurückkommt, weil die Kinder an einen bestimmten Umgang gewöhnt sind und sie nun als Eindringling betrachten. Viele Mütter in dieser Situation versuchen, sie mit Süßigkeiten und Geschenken zurückzukaufen, aber das klappt nicht. Sie müssen sich langsam wieder ihren Platz in der Familie zurückerobern. Das schlimmste für eine Frau im Gefängnis ist, wenn ihrer Familie etwas zustößt.«

Offensichtlich hat die IRA-Führung nichts dagegen, wenn eine Frau gleichzeitig aktiv und Mutter sein will, solange sie das wünscht. »Alle werden gleich behandelt. Im Training wird Männern und Frauen gleichermaßen die Handhabung von Sprengstoff und Waffen beigebracht. Ich persönlich bin bei der Bewegung nie auf Anzeichen von Sexismus gestoßen, doch das soll nicht heißen, daß es den nicht gibt. Manche Männer sind sehr sexistisch, doch so sind sie nun einmal erzogen worden. Es ist ein Erziehungsprozeß, und sie lernen bei ihrer Tätigkeit in der Bewegung auch mehr über Frauen.« Ihre Worte erinnerten mich an die der ETA-Frauen, deren Genossen offenkundig ebenso erzogen worden waren.

»Die Brits behandeln die weiblichen Freiwilligen genauso wie Männer. Einmal erschien eine Frau mit einem blauen Auge und Prellungen vor

Gericht. Ich sah, wie man sie die Treppe hinaufzerrte und schlug. Als ich in Castlereagh war, weil mich jemand verpfiffen hatte, durfte ich nicht schlafen, wurde vom Stuhl getreten und verprügelt. Die Brits wissen, daß die Frauen genauso gefährlich sind wie die Männer.« Hielt sie sich selbst für gefährlich? Beim bloßen Gedanken daran lachte sie aus vollem Hals. »Ich, gefährlich? Ich weiß, daß ich das nicht bin, aber die Brits halten mich für gefährlich. Sie haben eine Akte über mich. Als man mich verhörte, gab ich immer nur meinen Namen und meine Adresse an. Das habe ich sieben Tage so durchgehalten.

Sie haben noch eine andere Akte, eine Geheimakte, mit Einzelheiten, wie man lebt und mit wem man umgeht – wo man etwa jeden Tag hingeht, mit wem man sich trifft. Es gibt Fotos.

Ich bin gegenüber jedem mißtrauisch und natürlich auch bei Ihnen. Ich wurde in Castlereagh festgehalten, weil mich eine sehr gute Freundin verraten hat. Ich traue niemandem, und das ist sehr traurig.

Vor meiner ersten Aktion hatte ich Angst, war ungeheuer nervös und hatte kein Selbstvertrauen. Doch im Hinterkopf denkt man immer daran, warum man es tut, und das gibt einem Mut. Nach dem ersten Einsatz ist man immer noch nervös, aber das hält einen nicht ab, weiterzumachen. Solange man nicht geschnappt wird...«

Rita O'Hare war eine verheiratete Frau mit drei Kindern, als sie »und eine unbekannte Person« einen Mordanschlag auf zwei britische Soldaten verübten. Die Einzelheiten dieses Falles sind verschwommen, weil sie, gegen Kaution aus der Untersuchungshaft entlassen, noch vor dem Gerichtsverfahren nach Dublin flüchtete. Sie weigerte sich, darüber zu reden, bestand jedoch darauf, bei diesem Anschlag keine Waffe getragen zu haben. Sie selbst wurde von Soldaten in den Kopf getroffen und erlag fast ihren Verletzungen. Vorwiegend der Gedanke an die Kinder erhielt sie am Leben.

Drei Jahre nach ihrer Flucht in den Süden der Insel wurde sie wegen Sprengstoffbesitz verhaftet. Es ging das Gerücht, sie habe Gelatinedynamit ins Gefängnis von Portlaoise geschmuggelt. Zeitungsberichte deuteten an, sie habe es »in ihrem Körper« versteckt, doch man hat sie deswegen nie angeklagt, und sie streitet den Vorwurf wütend ab.

Heute ist Rita O'Hare, die in Nordirland immer noch gesucht wird, Herausgeberin von *An Phoblacht,* der in Dublin verlegten Zeitung der Republikanischen Bewegung. Sie hat nicht viel Spaß an dieser Arbeit, betrachtet sie aber als politische Verpflichtung. Lieber würde sie selber schreiben.

Sie ist eine kleine Frau mit roten Haaren und einem ungestümen Temperament, die in enger Verbindung mit der IRA-Führung stehen soll.

Sie ist siebenundvierzig, geschieden und mehrfache Großmutter. Man hatte sie als »Altgediente« bezeichnet, als lebenslanges Mitglied der Republikanischen Bewegung, die Kritik an der IRA vertragen kann, ohne sich politisch gleich angegriffen zu fühlen. Als sie über den Tod junger Soldaten sprach, war sie gewiß ehrlich betroffen, und sie erinnerte sich an die Angst der Soldaten, die noch um ihr Leben fürchteten, als sie halbtot zu ihren Füßen lag. Ihre Bitte, die Armee möge Nordirland verlassen, klang nicht nur rhetorisch wie bei manchen ihrer Landsleute. Sie scheint wirklich zu glauben, daß dies der einzige Weg ist, die Gewalt zu beenden.

Sie erklärte sich gern zu einem Interview in ihrem Büro am Parnell Square bereit, aber sie warnte mich davor, ein Buch über Kriminelle oder durchgedrehte Killer zu schreiben.

Ihre Mitgliedschaft in der Republikanischen Bewegung rührte aus der Verbindung zu den Bürgerrechtsmärschen her. Sie war damals sechsundzwanzig und nicht nur verheiratet und dreifache Mutter, sondern studierte dazu Sprachen an der Universität. In der Bürgerrechtsbewegung lernte sie zum erstenmal in ihrem Leben eingefleischte Republikaner kennen. Sie stammt aus mittelständischem Milieu in Andersonstown und erinnert sich an ihre Kindheit als sehr glücklich und normal – mit einer Ausnahme: Ihr Vater, ein schottischer Protestant der ersten Generation, war in seiner Jugend Kommunist gewesen, und das Haus war voller Bücher über Revolutionen in aller Welt. Über Politik wurde frei gesprochen, aber nicht über republikanische Politik. »Ich wußte über jede Revolution Bescheid, nur nicht über unsere eigene«, bemerkte sie.

Durch den Kontakt zu den Republikanern wurde ihr klar, daß die Bürgerrechtsbewegung nichts bewirken würde. »Wir würden vielleicht ein paar bedeutungslose Reformen erreichen, aber es war offensichtlich, daß der Norden sich nicht ändern würde. Mir wurde klar, daß der militärische Kampf der einzige Weg war, die Lage zu ändern.«

Es dauerte immer noch eine Weile, bis sie beschloß, sich der IRA anzuschließen. Sie mußte ihre Entscheidung für direkte Aktionen gegen ihre Verantwortung als Mutter abwägen. Sie war eine der wenigen Frauen, die ich traf, die Kinder hatten und sich gleichzeitig für die direkte Aktion entschieden. Die meisten anderen Frauen waren alleinstehend und fanden, daß Kinder ihre Fähigkeit als Kämpferin einschränken oder sie davon ablenken würden. Frau O'Hare schien jedoch zu glauben, diese beiden Rollen erfolgreich miteinander verknüpfen zu können; vor ihrer Haustür tobte immerhin der Kampf. Es war Ende der Sechziger, und es war ein echter Krieg, erinnerte sie sich. Die Lage war sehr gespannt. »Die Leute wurden auf den Straßen zusammengeknüppelt, alles geschah sehr schnell – heute hat sich die Art des Kampfes geändert. Damals bestand große Notwendigkeit, sich der Bewegung anzuschließen – es war 1969, und die IRA existierte praktisch nicht. Sinn Fein war sehr klein. Ich sprach mit einigen Leuten, die die gleiche Meinung hatten wie ich, und dann trat ich bei. Man hat mich ausgebildet, aber weitere Auskunft kann ich darüber nicht geben.

Heute werden neue Mitglieder viel stärker überprüft; damals herrschte ungeheure Offenheit. Es war den Leuten egal, wer von ihrer Beteiligung erfuhr. Die Leute in der Gegend kannten einen damals, und man wurde überall als IRA-Mitglied aufgenommen; nur wenige Häuser waren unsicher. Auf bestimmte Weise war diese Offenheit sehr schlecht – das gab den Brits die Möglichkeit, Spione einzusetzen. Damals sahen die Leute alles in rosigerem Licht. Es schien, alles würde schnell vorbei sein. Der Stormont würde verschwinden. Jeden Tag passierte etwas sehr Wichtiges.«

Ihrer Meinung nach hielten einige jüngere Freiwillige die Sache für ein Spiel, obwohl niemand den Kampf leicht nahm. »Es war damals nicht alles düster und verbissen, wir haben viel gelacht ... Aber sicher herrschte das starke Gefühl, dabeizusein, wenn Geschichte gemacht wird.«

Damals übernahmen Frauen zum erstenmal eine wichtige Rolle, weil so viele Männer interniert oder gefangen waren. Wenn die Männer nicht da sind, dürfen Frauen selbst in repressiven Gesellschaften historisch und traditionell deren Platz einnehmen. Das gleiche gilt für die Palästinenserinnen der Intifada, und wie diese genossen die republikanischen Frauen die Macht, die ihnen nun zufiel. Sie mußten auf eigenen Füßen stehen, ihre Finanzen selbst regeln undsoweiter. Es bedeutete auch, daß die Frauen auf die Straße gingen und sich direkt am Kampf beteiligten. »Gleich, welchen Weg sie einschlugen, auch wenn sie nur auf der Straße standen und zusahen, an Demonstrationen teilnahmen, gegen die Ausgangssperre verstießen, den Frauen war klar, daß sie etwas aus freien Stücken taten. Ich will damit nicht sagen, alles wäre gut gewesen, aber viele Dinge wurden in Gang gesetzt.«

Da die Frauen nun als aktive Mitglieder auftauchten, mußte die IRA ihre Struktur in dieser Hinsicht ändern. Bis dahin hatte es innerhalb der Bewegung eigene Frauenflügel gegeben, aber Ende der Sechziger wurden die verschiedenen Abteilungen zu einer einzigen IRA verschmolzen – für den Guerillakrieg wurde jeder gebraucht.

Rita O'Hare gab an, ihr Mann habe gewußt, daß sie der IRA beitrat, aber sonst nichts. Er war nicht in die Aktionen seiner Frau eingeweiht, besonders nicht seit seiner Internierung. Sie sollte bald im Gefängnis zu ihm stoßen. Man verurteilte sie zu sechs Monaten Haft, weil sie eine paramilitärische Uniform getragen hatte.

»Es war eigentlich nur eine ganz gewöhnliche Kampfjacke mit Pelzbesatz um die Kapuze, aber das reichte, um einen sechs Monate einzulochen. Wenn man mit einem Hurley-Stock gesehen wurde (Hurley ist ein gälisches Spiel), betrachtete man ihn als Waffe. Aufgrund der nationalen Empörung wurde dies später geändert, aber in jenen Tagen saßen viele Frauen im Gefängnis, nur weil sie Hurley-Stöcke dabei hatten oder Kampfjacken trugen. Und das war konfessionsgebunden – diese Gesetze galten nicht für die UVF oder die UDA, die sogar Masken tragen durften.

Im Gefängnis von Armagh wurde mir vieles klar – daß dieser Kampf gegen die Unterdrückung des Volkes ging, nicht nur gegen die britischen Besatzer. Die große Mehrheit der weiblichen Gefangenen stellte keine Bedrohung des Staates dar, und wenn man die Gemeinheit und Grobheit sah, mit der sie behandelt wurden, zeigte der ganze Kampf plötzlich andere Seiten. Diese sechs Monate waren für mich der Wendepunkt. Ich kam vom Standpunkt der Bürgerrechtsorganisation zur Bewegung, ich war eine intellektuelle Sozialistin gewesen. Ich meine, ich hatte schon einiges getan, ehe ich ins Gefängnis kam. Ich hatte mitgeholfen, aber im Gefängnis fiel dann die Entscheidung.«

Nach ihrer Freilassung engagierte sie sich stärker, und im Oktober 1971 wurde sie angeschossen. »Es war in Andersonstown, und es war Nacht – mehr kann ich Ihnen nicht sagen. Nein, eine Waffe hatte ich nicht dabei. Auch ein Soldat wurde angeschossen, aber nicht sehr schlimm. Ich wurde am Kopf getroffen, am Bauch und in den Beinen, und ich bin fast daran gestorben. Einer der Gründe, warum ich überlebte, war, daß ich damals sehr kräftig und gesund war. Ich habe weder geraucht noch getrunken. Ich habe mich immer um meine Gesundheit gekümmert. Ein anderer Grund war, daß ich nicht ans Sterben dachte. Ich merkte nicht, wie schwer ich verletzt war. Erst nach ein paar Minuten habe ich Schmerz gefühlt – zuerst wußte ich nicht einmal, daß ich getroffen war. Ich dachte, ein Soldat hätte mich mit dem Gewehrkolben auf den Kopf geschlagen.

Man verhaftete mich und brachte mich ins Musgrave-Park-Krankenhaus, das Militärspital. Die wollten mich nicht aufnehmen; sie nahmen nur den verletzten Soldaten auf. Sie sagten, sie hätten nicht die technische Ausstattung, mich zu behandeln, was nicht stimmte. Vielleicht hofften sie, ich würde sterben, ich weiß es nicht.

Jesus, inzwischen hatte ich schlimme Schmerzen. Man gab mir Morphium, aber das habe ich wieder ausgekotzt. Ich lag hinten in einem gepanzerten Fahrzeug. Ich wußte nicht, wie verschreckt die Soldaten waren, doch sie zitterten.

Vermutlich war in jener Nacht viel auf sie geschossen worden. Sie waren vor Angst fast verrückt. Ich erinnere mich, wie sie in den Wagen stolperten, nachdem sie mich hineingelegt hatten. Sie drängten sich so, daß sie auf mir herumtrampelten. Sie konnten nicht anders, sie mußten einfach hinein, in Sicherheit.

Ich erinnere mich ganz deutlich, wie ein sehr junger Soldat über mir hockte. Ich lag auf dem Boden, und er beugte sich über mich, damit die anderen nicht auf mich traten. Daran werde ich mich mein ganzes Leben erinnern. Er legte mir die Hand unter den Kopf – der Wagen hatte einen Metallboden, und mein Kopf schlug immer auf, als sie losfuhren. Dann nahm er seine Hand fort und sagte: ›Sie ist am Kopf getroffen.‹ Erst da wußte ich, was mit mir geschehen war.

Dann kam ein Arzt und öffnete meinen Mantel. Ich war von SLR-Kugeln getroffen worden – sie sind klein, aber sie rotieren und explodieren beim Aufprall. Ich war vielleicht nur noch am Leben, weil ich einen dicken, schweren Dufflecoat trug, der wie ein gepolsterter Verband die Arterien geschützt hatte. Die meisten Menschen, die eine Kugel trifft, sterben am Schock. Wenn sie denken: ›Jesus, ich sterbe‹, sterben sie auch, aber das habe ich nicht gedacht. Ich lag im Sterben, aber meine Gedanken sagten: ›Oh, Gott; die Kinder, ich muß nach Hause.‹« Kinder waren nicht nur kein Hindernis für eine Kämpferin, sie gaben offenbar in Krisenmomenten auch Kraft.

»Alle dachten, ich würde sterben. Man benachrichtigte sogar meinen Mann in Kesh, daß ich tot sei. Am Morgen sagten sie ihm dann, es sei ein Irrtum gewesen. Im Royal Hospital, in dem man mich schließlich aufnahm, glaubten sie ebenfalls, ich läge im Sterben. Man operierte mich unter Anwesenheit von Soldaten.

Einen Monat lang habe ich dort gelegen. Meine Eltern besuchten mich und waren erschüttert. Sie hatten ja keine Ahnung, daß ich bei der Bewegung war. Sie kümmerten sich um meine Kinder, solange ich im Krankenhaus war. Noch im Krankenhaus klagte man mich wegen versuchten Mordes an einem britischen Soldaten und wegen zwanzig anderer Dinge an – ich kann mich gar nicht mehr an alle erinnern. Sie wollten mich verlegen, und das konnten sie nicht, ohne mich anzuklagen. Daher bauten sie in meinem Zimmer eine Art Gericht auf und klagten mich offiziell an.

In dem Monat fühlte ich mich von allem weit entfernt. Ich blieb kühl und gelassen, weil ich wußte, das mußte sein, um wieder gesund zu werden. Außerdem mußte ich meine fünf Sinne beieinander halten.«

Man schickte sie ins Gefängnis von Armagh und setzte sie am Heiligen Abend gegen Kaution frei. Die Kaution wurde wohl gewährt, meinte sie, weil sie sich im Gefängnis so unbeliebt gemacht habe. Man mußte ihr die Treppen auf und ab helfen, und die Ärzte, die kamen, um sie weiterzubehandeln, stellten ein Sicherheitsrisiko dar. Zweimal meldete sie sich bei den Behörden, und Ende Januar, als sie das Gericht verließ, hörte sie zufällig etwas, was wohl für ihre Ohren bestimmt war: »Ich war immer noch im Gerichtsgebäude, und überall standen Richter und Anwälte und Polizisten herum. Einer der Soldaten sagte, als ich vorbeiging: ›Wir hätten diese Hure erledigen sollen, als wir Gelegenheit dazu hatten, aber wir kriegen sie schon.‹ Dann sagte er noch etwas über meine Kinder, und ich dachte, auch wenn ich aus diesem Gerichtsverfahren heil herauskomme, wartet auf mich nur eine neue Kugel. Ich hatte schreckliche Angst um meine Kinder.«

Sie versicherte, bis zu diesem Moment nicht an eine Flucht gedacht zu haben. Die Drohung gegen ihre Kinder brachte die sofortige Aktion. Der Trieb, sie zu beschützen, überlagerte alle anderen Gedanken. Sie diskutierte mit ihnen den Plan, gemeinsam in den Süden zu fliehen – das älteste war erst acht Jahre alt –, und die Kinder stimmten zu. Die IRA war gegen die Flucht, denn sie glaubte, sie hätte eine gute Chance, ihren Prozeß zu gewinnen. Doch die Kinder behielten die Oberhand. »Sie wollten, daß ich mit ihnen in den Süden ging, denn sie glaubten, dann ginge es mir besser. Sie hatten Angst um mich, als ich im Gefängnis war.

Ich war natürlich immer noch nicht wieder auf den Beinen, und auch das muß bei meinen Plänen eine Rolle gespielt haben. Ich gelangte in den Süden. Jemand fuhr mich zur Grenze. Das war nicht so wie heute, wo alles überwacht ist. Ich saß im Auto, war nicht im Kofferraum versteckt oder so – alles war erstaunlich leicht. Ich glaube, da ich mich zweimal beim Gericht gemeldet hatte, meinten sie, ich würde nicht fliehen. Ich ging allein nach Dublin, dann wurden die Kinder nachgeschickt.«

Sie lachte, als ich sie fragte, ob sie damals gedacht habe, genug getan zu haben. »Ich stellte mir vor, wie ich in einem strohgedeckten Häuschen sitzen würde und Weben lernte, aber das hätte nicht geklappt. Ich wollte in Dublin bleiben, denn dort konnte ich wenigstens Kontakt mit den Ereignissen im Norden halten, obwohl das schwierig war. Da oben passiert jeden Tag etwas.«

Sie gab zu, Belfast sehr zu vermissen, besonders ihre Eltern, die nun alt waren und es sehr beschwerlich fanden, sie in Dublin zu besuchen. Außerdem lebten ihre Freunde dort, und es war das »einfach da sein, in der Heimatstadt«. Ihre älteste Tochter ging, sobald sie erwachsen war, nach Belfast zurück. »Ich selbst bin ein paarmal wieder da gewesen, aber ich gehe das Risiko ein, erneut verhaftet und verurteilt zu werden.« Sie lächelte. »Wenn ich zurückgehe, dann wohl kaum aus einem gesellschaftlichen Anlaß, verstehen Sie?

Ich dachte am Anfang, alles wäre in ein paar Jahren vorbei und ich wäre nur kurze Zeit hier. Aber das war 1972, und ich bin immer noch da. Ich reise nicht viel ins Ausland, weil man mich erkennen könnte. Ich will damit nicht sagen, daß ich paranoid bin und denke, jeder Polizist der Welt warte nur darauf, daß Rita O'Hare über die Grenze kommt. Aber ich muß an Ausweisungsabkommen und solche Dinge denken, und außerdem gibt es Interpol.

Ich weiß, daß ich hier beschattet werde; manchmal tun sie es ganz offen. Wenn sie zum Beispiel wüßten, daß ich nach Frankreich fahre, könnten sie dort die Polizei verständigen. Vielleicht würde Frankreich sich nicht die Mühe machen, mich auszuweisen, aber es gibt ein internationales Abkommen über Terrorismus, das sie unterzeichnet haben, und sie müßten sich vielleicht daran halten.«

Als sie in Dublin ankam, lag sie eine Weile im Krankenhaus und hatte anschließend verschiedene Stellen, ehe sie für Sinn Fein zu arbeiten begann. Sie erinnerte sich an diese ersten Monate mit Bitterkeit, weil sie mit dem zurechtkommen mußte, was hier »das Feigenblatt für Sozialhilfe« ist.

Ihr Mann büßte damals eine Strafe im Portlaoise-Gefängnis ab. Als er freigelassen wurde, besuchte Rita O'Hare weiterhin republikanische Gefangene dort, deren Familien nicht kommen konnten. Nach einem solchen Besuch wurde sie verhaftet und angeklagt, Sprengstoff zu besitzen. Die Zeitungen behaupteten, sie habe versucht, Dynamit zu einem Gefangenen zu schmuggeln.

Aufgebracht streitet sie diesen Vorwurf ab. »Es gab keine Beweise. Ich wußte, das sagten sie nur, weil sie mich kannten und zweimal vorher vergeblich versucht hatten, mich auszuweisen. Man hat nach einem meiner Besuche im Gefängnis Sprengstoff gefunden, und es hieß, ich hätte es diesem Burschen mitgebracht – ich hatte ihn nicht einmal besucht. Bei meiner Verhandlung sagte ein Wärter, er hätte gesehen, wie eine Besucherin einen Gefangenen berührt habe, und er habe gedacht, ich sei es gewesen. Man sprach mich schuldig, an einem unbekannten Ort zu unbekannter Zeit Sprengstoff besessen zu haben, obwohl selbst der Richter zugab, nichts stütze die Anklage.«

Sie saß zwei Jahre im Gefängnis von Limerick und fand die Bedingungen dort viel schlimmer als die sechs Monate damals in Armagh. Limerick war klein und abgelegen, und sie durfte nur von ihrer engeren Familie besucht werden. Ständig sorgte sie sich um ihre Kinder. Sie durfte zwei Briefe in der Woche abschicken und bat, eine Seite pro Kind schreiben zu dürfen, und ob diese drei Seiten dann als ein Brief betrachtet werden könnten. Das wurde gestattet. Erst später fand sie heraus, daß eine Seite immer fortgenommen wurde, so daß ein Kind immer glaubte, es sei vergessen worden.

Es besteht kein Zweifel, daß die Kinder gelitten haben. Dublin war nicht Belfast, wo es als absolut normal gilt, eine Mutter zu haben, die wegen Sprengstoffbesitz im Gefängnis sitzt. Ihre Kinder wurden auf der Straße beschimpft, und es gab keine republikanischen Frauen, die sich ihrer annahmen und sie trösteten, wie es in Belfast der Fall gewesen wäre. Sie fragten sie, warum sie im Gefängnis sei, und sie versuchte zu erklären, es sei der Preis dafür, Republikanerin zu sein. »Ich habe nicht versucht, es zu rechtfertigen, weil sie bereits zu sehr darunter litten, aber ich sagte: Immerhin werde ich wieder nach Hause kommen, nicht wie andere Mütter, die getötet worden waren. Es war sehr schwer.«

Als sie 1977 entlassen wurde, nahm sie den Sohn einer Mitgefangenen zu sich. Es dauerte ein Jahr, bis sie wieder Boden unter den Füßen hatte, sagte sie, und in dieser Zeit ließen sie und ihr Mann sich »aus verschiedenen Gründen« scheiden. Sie wollte diese Gründe nicht weiter erläutern.

Damals arbeitete sie in der Verwaltung und Buchhaltung von *An Phoblacht,* und als der Herausgeber 1979 starb, übernahm sie diese Stelle. Sie würde gern mehr Artikel über Frauen in der Zeitung sehen und gern selbst schreiben, wenn sie die Zeit fände.

Allgemein, so glaubte sie, seien Frauen vermutlich »menschlicher« als Männer, weil sie fürsorglicher seien. Es sei für eine Frau etwas anderes, sich einer Armee anzuschließen, weil man diese als ausschließlich männliches Gebiet betrachtet. Befreiungsarmeen seien jedoch anders, weil sie ein anderes Ziel verfolgten: »Befreiungsarmeen müssen sich bewußt anstrengen, anders zu sein. Das soll nicht bedeuten, daß es in der Republikanischen Bewegung keine Männer gäbe, die Frauen gegenüber negative Einstellungen haben, natürlich gibt es die. Aber ich glaube, das hat sich in den letzten paar Jahren geändert, genauso, wie sich die Gesellschaft als Ganzes geändert hat.«

Sie erwähnte zum Beispiel, daß traditionelle Rebellenlieder über die »Jungs« und über Mütter, die ihre Söhne für Irland verlieren, nicht mehr geschrieben würden – und das sei kein Zufall. Man nähme nicht mehr automatisch an, daß Kämpfer immer Männer seien.

Beim Thema Gewalt gab Frau O'Hare freimütig zu, verschiedene Standpunkte einzunehmen. Zuerst gäbe es die Gewalt zu Hause. »Ich hasse es. Ich verabscheue jede Gewalt an Personen. Ich würde meine Kinder niemals schlagen. Ich bin ausdrücklich gegen körperliche Bestrafung, ob in der Familie oder in Institutionen. Ich hasse es, wie man besonders in westlichen Gesellschaften das Schlagen und Züchtigen von Kindern akzeptiert.«

Zu politischer Gewalt: »Ich hasse den Krieg und das Morden, das uns aufgezwungen wird. Aber ich betrachte Gewalt gegen einen bewaffneten Feind als etwas anderes. In den Freiheitskämpfen Irlands und anderer Länder ist das die einzige Waffe des Volkes. Es ist der einzige Kontext, in dem ich Gewalt als gerechtfertigt sehe.«

Sie hielt inne und antwortete, ohne gefragt zu sein: »Auge in Auge ist das schwierig. Damals, als ich verletzt war, lag ich in einem kleinen Zimmer abseits von der Station, wo es viele junge Soldaten mit Schußwunden gab. Die Hälfte erzählte mir, sie hätten sich selbst angeschossen, weil sie solche Angst hatten, auf der Straße getötet zu werden. Es ist sehr schwer, wenn man mit einem zwanzigjährigen Arbeiter redet, der bereit ist, offen zu sein, sehr schwer.

Sie selbst sind ja nicht der Feind. Sie taten mir leid, denn sie wußten nicht, daß es Quatsch ist, wenn man ihnen erzählt, daß sie den Frieden bringen. Glauben Sie, wir jubeln, wenn ein Bus mit jungen Soldaten aus England hochgeht?« Sie wirkte erregt und verzweifelt, als sie diese Frage stellte. »Die Leute, die sie ausnutzen, die sind der Feind. Sie werden benutzt, damit Nordirland ein Konfessionsstaat bleibt. Aber Auge in Auge, nein, dann kann man sie nicht so sehen. Als Armee sind sie darauf aus, zu töten und einzuschüchtern, und das hasse ich.

Die Leute irren sich, wenn sie denken, wir haben Spaß am Morden und Töten, denn niemand haßt diesen Krieg mehr als wir. Das ist unser Land, und wir hassen diesen verdammten Krieg. Ich wünschte, die Soldaten würden abziehen. Und wenn sie nicht gehen, sind wir zu weit gegangen und haben zu lange gekämpft, um aufzugeben. Nicht nur die Mitglieder der IRA empfinden das so, sondern das ganze Volk.

Wenn die Brits es mit dem Frieden ernst meinten, würden sie keine neuen Gesetze erlassen, mit denen sie versuchen, den politischen Einfluß der Sinn Fein zu beschneiden. Irland ist der letzte Vorposten des Empires, und auch wir werden frei sein. Auch hier wird es am Ende so kommen. Es herrschen so viel Leid und Unglück, daß sie einfach gehen müssen. Dieses Mal geht der Aufstand seit zwanzig Jahren, und dieses Mal geben wir nicht auf.«

1976 wurde der Sonderstatus der wegen terroristischer Verbrechen Verurteilten als »politische Gefangene« aufgehoben. Von nun an wurden Terroristen wie gewöhnliche Kriminelle behandelt. Privilegien, wie das Tragen von Zivilkleidung und Befreiung von der Gefängnisarbeit, wurden abgeschafft; die Struktur der IRA im Gefängnis mit einem OC (Officer in Command – kommandierender Offizier) als alleinigem Stellvertreter der republikanischen Gefangenen sollte ebenfalls abgebaut werden.

Die IRA kämpfte aus dem Gefängnis heraus dagegen an. Die Männer in den Zellen weigerten sich, die Gefängnisuniform zu tragen, wickelten sich statt dessen in Decken und wuschen sich nicht mehr. Sie leerten ihre Latrinen auf dem Gang aus und beschmierten die Wände mit Exkrementen. Dann, 1980, begannen die Hungerstreiks. Ein Jahr später waren zehn Gefangene gestorben.

Im Frauengefängnis von Armagh spielten sich ähnliche Kämpfe ab. Angeführt von Mairead Farrell, der dortigen OC, begannen die Frauen einen Arbeitsstreik, den sie später in eine Sabotagekampagne abänderten. Dann begannen sie einen Waschstreik und schließlich ebenfalls den Hungerstreik. Die Frauen in Armagh kämpften allerdings noch um etwas anderes – sie wollten die Männer der Republikanischen Bewegung dazu bringen, ihnen zu erlauben, an solchen Protestaktionen teilzunehmen. Zuerst hatten die Männer entsetzt darauf reagiert, daß die »Mädchen« an so etwas auch nur denken mochten. Nie hieß es, wie sich mehrere Exgefangene erinnerten, »die Frauen von Armagh«, sondern immer nur »die Mädchen«. Sinead Moore, die sieben Jahre wegen Waffenbesitz absaß, erklärte: »Die Bewegung sagte: ›Die armen Mädchen, schlimm genug, daß sie im Gefängnis sitzen, aber an dem Waschstreik sollten sie sich nicht auch noch beteiligen müssen.‹« Es ist ein Problem, vor dem auch Männer in traditionellen Armeen stehen. Die israelische Armee hörte auf, Frauen an der Front einzusetzen, weil die Soldaten lieber ihr eigenes Leben riskierten, als zuzulassen, daß eine Frau verletzt oder getötet würde. Einer britischen Polizistin zufolge betrachtet man es als unklug, eine Beamtin in einer gefährlichen Situation einzusetzen, weil ihre Kollegen eher versuchen werden, sie zu beschützen, statt sich auf ihre Aufgabe zu konzentrieren.

Nach vielen Debatten zwischen den Frauen drinnen und den Männern draußen wurde deutlich, daß die Menstruation das Problem war. Die Männer waren verlegen, das auszusprechen, sorgten sich aber, daß die Frauen Infektionen bekommen könnten, wenn sie bluteten und sich nicht wuschen. Die Frauen blieben jedoch fest, und am Ende gaben die Männer auf, jedoch mit großer Besorgnis. Bald ähnelte die Frauenabteilung in Armagh einer Jauchegrube: Die Wärter erschienen nur noch in Schutzanzügen und mit Masken, um täglich Urin und Exkremente von den Wänden zu spritzen. Nur eine Gefangene wurde in den dreizehn Monaten des Waschstreiks krank, und ihr war es offensichtlich schon vor Beginn nicht gut gegangen. Der erste Hungerstreik in den H-Blocks lief etwa einen Monat, als die Frauen beschlossen, auch sie würden nun das Essen verweigern. Wieder wehrte sich die Bewegung entsetzt und bat die Frauen, es sich noch einmal zu überlegen, aber vergeblich. Es gab nur siebenundzwanzig weibliche Gefangene, und sie machten untereinander ab, mit dreien anzufangen: Mary Doyle gehörte zu ihnen.

Sie war dreiundzwanzig und verbüßte ihre zweite Strafe in Armagh. Die erste, wegen eines Sprengstoffanschlags, wurde noch in der Ferienlageratmosphäre abgebüßt, als man den Status politischer Gefangener hatte. Ihre darauffolgende Festnahme, ebenfalls wegen eines Sprengstoffdelikts, geschah ein Jahr, nachdem die Privilegien abgeschafft worden waren. Sofort beteiligte sie sich an dem Arbeits- und Waschstreik, und als die Entscheidung fiel, auch einen Hungerstreik zu beginnen, meldete sie sich dafür. Sie wurde zusammen mit Mairead Farell und Margaret Nugent dazu ausgewählt.

»Wir fingen am 1. Dezember 1980 an. Wir hatten uns alle freiwillig gemeldet, doch es schien vernünftig, mit nur dreien anzufangen, denn wenn eine von uns starb, konnte eine andere ihren Platz einnehmen.« Sie sprach sachlich und ohne Emotionen, als sie preisgab, wie viele Gedanken sie sich über diesen Schritt gemacht hatte.

»Es war ein Schritt, den keine von uns leicht nahm. Wir hatten seit Monaten darüber gesprochen, als uns klar geworden war, daß wir nur mit einem Hungerstreik unsere Forderungen durchsetzen könnten. Man hatte uns aufgefordert, viel darüber zu reden und den Gedanken an einen Hungerstreik sehr ernst zu nehmen – und an die damit verbundenen Folgen. Die Wahrscheinlichkeit, dabei zu sterben, war sehr groß. Die Brits würden nicht schon nach einer Woche Hungerstreik unsere Forderungen erfüllen.

Doch man dachte dabei nicht nur an sich selbst; in vieler Hinsicht war man selbst die unwichtigste Person dabei. Man mußte daran denken, welche Wirkung es auf die Familie und Freunde haben würde. Ich mußte an meinen Vater denken und was mein Tod für ihn bedeuten würde.

Ich weiß noch, wie ich daran dachte, daß ich Kinder haben wollte. Wenn ich nun überlebte, würde ich wohl aufgrund des Gewichtsverlustes unfruchtbar werden?« Ihr Konflikt war natürlich ein speziell weiblicher, daß ihre Rolle als Kämpferin ihre Zukunft als Mutter gefährden könnte. Nach dem Kampf oder zumindest, wenn ihre Rolle dabei abgeschlossen wäre, wollte Mary einfach wie jede andere Frau sein. »Wir versuchten, so viele Informationen über Verhungern wie möglich zu bekommen, damit wir Bescheid wußten und mit den verschiedenen Stadien gut fertig wurden.

Am Morgen des 1. Dezembers 1980 weigerten sich Mairead, Margaret und ich, zu essen. Die Wärterin sagte: ›Das ist Ihre Entscheidung‹, und ließ uns allein. Man hatte im Radio verkündet, daß wir in Hungerstreik treten würden, und daher wußten sie vermutlich Bescheid. Sie verlegten uns drei in eine Zelle.

Wir tranken Wasser und nahmen Salztabletten. Jeden Tag nahmen sie uns Blut ab. Sie sagten, sie wollten unseren Gesundheitszustand überprüfen, aber vermutlich wollten sie auch feststellen, ob wir wirklich nichts aßen.

Die Behörden verfügten, wir sollten jederzeit Essen in der Zelle haben, damit wir in Versuchung gerieten, etwas zu uns zu nehmen. Darüber haben wir nur gelacht. Bei unserem Waschstreik war das Essen immer kalt und die Portionen sehr klein gewesen. Sobald wir in den Hungerstreik traten, kamen sie mit riesigen, dampfend heißen Bergen auf den Tellern herein, und der Essensduft verbreitete sich in der ganzen Zelle. Sie holten die Teller erst wieder ab, wenn die nächste Mahlzeit gebracht wurde.

Am achten oder neunten Tag wurde ich allmählich schwächer. Am Anfang wog ich etwa siebenundfünfzig Kilo; Mairead war die leichteste, knapp über fünfzig. Doch die Wochen davor hatten uns die Genossinnen viel von ihrem Essen abgegeben, als wollten sie uns aufpäppeln. Mairead wog eigentlich nur knapp über fünfundvierzig Kilo; sie war sehr zierlich. Allmählich wurde uns schwindlig, und wir wurden schwächer.«

Sie redeten über ihre Familien, über Politik und Religion und wer wohl als erste sterben würde. In der zweiten Woche verlegte man sie in den Krankenflügel. Sie wurden alle sehr depressiv. Einem der im Hungerstreik befindlichen Männer ging es sehr schlecht, und sie warteten auf die Nachricht, daß er gestorben sei. Mary Doyle erzählte mir: »Wir waren sicher, wir würden sterben. Am achtzehnten Tag hörten wir im Radio, das man zu uns hineingeschmuggelt hatte, daß die Männer den Hungerstreik abgebrochen hätten, weil man ihnen die Erfüllung ihrer Forderungen garantiert hätte. Wir beschlossen, noch bis zum nächsten Tag auf eine endgültige Nachricht zu warten. Später erfuhren wir, daß ein Priester zu uns kommen wollte, um uns zu sagen, daß die Nachricht stimmte, aber man hatte ihn nicht hereingelassen. Am Morgen des neunzehnten Tages kam der Gefängnisdirekor und sagte: ›Ihr könnt ruhig euer Frühstück essen, denn der Hungerstreik ist abgeblasen.‹ Gegen Mittag hörten wir von unseren eigenen Leuten, daß es stimmte. Wir freuten uns sehr, denn wir waren darauf vorbereitet gewesen, zu sterben.«

Die Frauen hatten jede etwa sieben Kilo Gewicht verloren, leiden aber bislang an keinen Folgeschäden. Die Freude über ihren Sieg war jedoch von kurzer Dauer. Heiligabend fand Eve Farrell heraus, daß das Nordirlandministerium abstritt, den Forderungen zugestimmt zu haben. Die Frauen diskutierten einen zweiten Hungerstreik, doch man beschloß, alle Aufmerksamkeit auf den zweiten Hungerstreik der Männer zu lenken. Mary Doyle erinnerte sich, daß die Bewegung darüber sehr erleichtert war. Sie erhielt einen Brief von Bobby Sands, in dem stand, wie er sich freue, daß die Frauen nicht an einem weiteren Streik teilnähmen. Um sicherzustellen, daß sich die öffentliche Aufmerksamkeit auf die Hungerstreiker in den H-Blocks richtete, beendeten die Frauen auch ihren Waschstreik.

Nur wenige Frauen bedauerten dies, auch Mary nicht. Sie saß bei dem Gespräch in ihrem makellos geputzten Zuhause und hielt ihren sieben Monate alten Sohn Seamus auf dem Arm. Ihre Tochter, vier Jahre alt, saß neben ihr.

»Man kann nur schwer beschreiben, wie das war. Ich denke oft darüber nach. Ich machte mir große Sorgen, daß ich eine Infektion bekommen könnte, als wir uns nicht wuschen, besonders während der Periode – man mußte sich einfach Gedanken machen.

Die Latrineneimer haben wir einfach in den Gang gekippt. Ich frage mich, wie wir das geschafft haben. Wenn man mir ein paar Wochen vorher prophezeit hätte, was wir tun würden, ich hätte gesagt, das kann ich nicht. Ich hätte das lieber nicht gemacht.« Zum Zeitpunkt des Gesprächs war sie dreiunddreißig und wollte in zwei Wochen ihren Verlobten heiraten. Die Hochzeit sollte im Gefängnis in der Crumlin Road stattfinden, wo er wegen Teilnahme am Mord von zwei britischen Soldaten in Untersuchungshaft saß. Die IRA hatte die Männer erschossen, nachdem man sie aus ihrem Auto gezerrt hatte. Mary erwartete ein Leben, das aus Gefängnisbesuchen bestand, schien aber bei der Vorstellung recht fröhlich.

Mary wurde 1983 aus dem Gefängnis entlassen und ist seitdem nicht wieder verhaftet worden, aber ihre Einstellung ist immer noch »sehr republikanisch«. Zwei kleine Kinder bedeuten jetzt natürlich, daß sie in ihren Aktivitäten eingeschränkt ist. In jeder freien Minute arbeitet sie allerdings für die Sinn Fein.

Sie ist jedoch umgeben von Erinnerungsstücken an ihr früheres Leben als Freiwillige. Ihr Haus ist eine wahre Festung, mit kugel- und bombensicherem Glas in den Fenstern und einer stahlplattenverstärkten Haustür. »Falls ich von Loyalisten angegriffen werde«, erklärte sie, als sie die Tür aufstemmte und mich dabei scherzhaft verfluchte. »Die meisten benutzen die Hintertür, aber die hätten Sie nie gefunden.«

Am Spiegel über dem Kamin im Wohnzimmer steckt eine Trauerkarte für Mairead Farrell. Wie war sie, fragte ich. »Gutmütig, freundlich, eine sehr fürsorgliche Person. Wenn man Probleme hatte, ging man zu ihr. Sie war eine sehr ergebene Republikanerin... aus vollem Herzen bei der Bewegung, hundert Prozent.«

Mary selbst hatte sich mit sechzehn der IRA angeschlossen, aus den »üblichen Gründen, als Teenager, wenn man mit ansieht, was mit den Freunden und deren Familien geschieht: Internierung, Bloody Sunday, Freunde, die verhaftet werden. Ich bin in Greencastle großgeworden, zwei Meilen außerhalb Belfasts. Ich stamme aus einer republikanischen Familie, aber es war meine eigene Entscheidung, beizutreten. Wir wurden nicht politisch erzogen. So ist das eben.

Manchmal sprechen Freunde sich ab und treten gemeinsam bei, andere machen es allein. Man beginnt, sobald man beigetreten ist, mit der Ausbildung; manche Dinge dauern lange, bis man sie lernt, und einige lernen schneller als andere.

Grundsätzlich wird man ausgebildet, bis der Vorgesetzte einen für zuverlässig hält. Man wird gewöhnlich nicht aufgefordert, etwas zu tun, was man nicht tun will oder wozu man sich nicht imstande fühlt. Das ist die eigentliche Bedeutung des Begriffs ›Freiwillige‹.

Wenn es aber einmal passiert, daß man mit dem, was man tut, nicht glücklich ist, ist es viel besser, das frei heraus zu sagen, denn sonst bringt man nicht nur sein eigenes Leben in Gefahr, sondern auch das der Genossen. Es ist viel besser, zu sagen, wenn man sich irgendwie überfordert fühlt. Das zeugt von gesundem Menschenverstand.«

Männer und Frauen würden zwar gleich ausgebildet, aber es gebe bestimmte Operationen, für die Frauen besser geeignet seien, sagte sie, und wiederholte die Worte der ETA-Frauen und die eines deutschen Revolutionärs, daß die Annahme, Frauen seien immer unschuldig, zweifelsohne sehr nützlich sei. »Wenn man zum Beispiel eine Bombe in einem Kinderwagen transportiert, schiebt den besser eine Frau, denn ein Mann, der einen Kinderwagen schiebt, erregt bestimmt Aufmerksamkeit. Wenn Bomben in Boutiquen gelegt werden, führt das auch besser eine Frau aus.«

Als sie mit achtzehn wegen Sprengstoffdelikten verhaftet wurde, waren ihre Eltern nicht sonderlich überrascht. Mary, die als Telexschreiberin gearbeitet hatte, muß oft ohne Erklärung von zu Hause fortgeblieben sein. »Sie hatten schon eine Ahnung, daß ich beigetreten war, obwohl ich es ihnen nicht gesagt hatte. Wenn man einmal dabei ist, muß man das für sich behalten; man sagt es kaum jemandem. Man versucht, ein normales Leben zu führen, und geht seinen Geschäften nach, aber das Leben dreht sich nur um die Bewegung.

Mitglied der IRA zu sein, ist kein Routinejob. Es liegt in vieler Hinsicht an einem selbst, wieviel Zeit man der Republikanischen Bewegung geben kann. Man kann nicht im voraus planen. Man steht immerzu zur Verfügung, weil man das will, nicht, weil man gezwungen wird.«

1974 wurde sie zum erstenmal verhaftet, weil sie eine Mine für Polizisten gelegt hatte. Niemand, so Mary, wurde ernsthaft verletzt. Man faßte sie kurze Zeit später. Sie reagierte darauf recht gelassen. »Ich gehörte zum verantwortlichen Team. Ich wurde verhört, und es war mein Fehler, daß ich eine Aussage machte.«

Als politische Gefangene verbrachte sie recht passable zweieinhalb Jahre im Gefängnis, meldete sich beim OC und nahm an wöchentlichen Sitzungen teil. Sie erinnerte sich, daß die »Wärterinnen ganz zufrieden waren, wenn sie uns in Ruhe lassen konnten«.

Sie wurde 1976 entlassen und ein Jahr später wieder gefaßt, weil sie Sprengstoffsätze in Läden gelegt hatte. Damals erhielt sie acht Jahre Haft. »Das hat mir nicht gefallen, als ich wieder nach Armagh kam und entdeckte, daß ich keine politische Gefangene mehr war. Der Direktor sagte mir am Tag meiner Ankunft: ›Ihr habt jetzt nicht mehr das Gefängnis für euch. Wir betrachten euch nun als Verbrecher, wie alle anderen.‹

Als erstes fiel mir auf, daß die Wärter versuchten, mit uns ins Gespräch zu kommen, nicht wie vorher, als wir nur durch unsere OC kommunizierten. Wenn die OC sich nun für einen einsetzte, sagten sie: ›Das muß sie selbst regeln.‹ Schließlich mußten sie aber unsere Methode akzeptieren, sonst wäre nichts mehr gelaufen.«

Der Arbeitsstreik hatte zur Folge, daß sie keinen Straferlaß bekamen und keine Pakete erhalten durften. Während der Arbeitsstunden wurden die Frauen eingesperrt und nur zum Essen und »Zusammensein« am Abend hinausgelassen. Manche Gefangene wurden depressiv. »Niemand will den ganzen Tag eingesperrt sein – es sei denn, man will unbedingt zum Psychiater. Man muß sich einfach fügen und seine Strafe absitzen; es hat keinen Sinn, sich immer wieder Gedanken zu machen. Natürlich gab es auch Tage, an denen ich oder eine andere geweint haben, aber dann kamen einem alle anderen zu Hilfe. Es bestand große Kameradschaft unter den Gefangenen.« Es gab aber auch Zusammenstöße mit den loyalistischen Gefangenen, besonders, als die Gefängnisleitung versuchte, die beiden Gruppen zu integrieren. Es war schlimm genug, sagte sie, zu hören, wie die Loyalisten ihre Lieder sangen, ohne gezwungen zu sein, sich mit ihnen abzugeben. Marys Meinung nach standen die Wärter auf Seiten der Loyalisten und waren gegen die Republikaner.

»Wir waren der Meinung, daß man die Brits nur in Särgen nach Hause schicken konnte.« Ich, nur wenige Meter von ihr entfernt, muß schwer geschluckt haben, denn sie lachte: »Oh, ich meine nicht Sie. Ich meine die britischen Soldaten. Brits«, fügte sie erklärend hinzu, aber ich fand es schwer, mich als etwas anderes zu betrachten als ihren Feind. »Wenn wir im Gefängnis hörten, daß ein Brit erschossen oder anders umgebracht worden war, freuten wir uns nicht über den Tod als solchen. Die Loyalisten versuchten aber, uns aufzubringen, wenn sie hörten, daß ein Katholik gestorben war. Das war der Unterschied zwischen uns, daß wir es nicht persönlich sahen. Wir betrachteten den Tod als Risiko der Situation.«

Ihre Mutter war 1975 von Loyalisten getötet worden, als Mary ihre erste Gefängnisstrafe absaß. Sie berichtete ohne Bitterkeit von ihrem Tod, als wären solche Dinge an der Tagesordnung: »Sie war in einer Bar, und sie stürmten herein und schossen ziellos umher. Man wollte mir vierundzwanzig Stunden freigeben, um zur Beerdigung zu gehen. Ich wollte aber nicht. Ich wollte nicht, denn ich dachte, wenn ich nicht hinginge, würde es nicht wahr sein.« Sie seufzte. Nein, sie hasse die Loyalisten nicht mehr wegen des Mordes an ihrer Mutter. »Ich bin in einer Gegend großgeworden, wo ich sehen konnte, zu was sie fähig sind. Sie waren wirklich bigott.« Sie hoffe, sagte sie mit einem Lächeln auf ihr Baby, daß die Dinge sich geändert hätten, wenn der Kleine erwachsen war. Aber wenn es immer noch so stünde, würde sie ihn nicht abhalten, den gleichen Weg zu gehen. »Wenn meine Kinder beitreten wollen und alt genug sind, und wenn die Lage immer noch so ist wie jetzt, halte ich sie nicht davon ab. Es wäre ihre Entscheidung.« Sie hätten die freie Entscheidung – bis zu einem gewissen Grad. Ihr Gesicht umwölkte sich. »Aber wenn Seamus mir jemals mit der Bitte kommen würde, ein britischer Soldat zu werden, würde ich ihn umbringen. Ich würde ihn erwürgen.«

Sie folgte meinem Blick auf den Säugling in ihren Armen und schüttelte sich lachend: »Jesus, wie kann man nur so etwas über ein Baby sagen!« Sie beugte sich vor, als wollte sie ihrem Satz Nachdruck verleihen: »Wir wollen diese Morde nicht, aber sie sind notwendig. Hier herrscht Krieg. Die Briten sind hier. Wenn sie nicht hier wären, würde es nicht geschehen.«

Geraldine Crawford war aus vollem Herzen dankbar, daß sie den Waschstreik in Armagh verpaßt hatte. »Oh, Gott«, sagte sie lachend, »ich glaube, das hätte ich nicht ausgehalten!«

Sie war zweimal im Gefängnis gewesen. Beim erstenmal, mit achtzehn, war sie verhaftet worden, nachdem sie von einem britischen Soldaten ins Bein geschossen worden war.

Zwölf Soldaten waren von der Bundesrepublik Deutschland aus nach Belfast zu ihrer Verhandlung geflogen worden (eine übliche Praxis), und derjenige, der auf sie geschossen hatte, sagte aus. Er hatte zweimal auf eine Gruppe von Mädchen gefeuert, nachdem er gesehen hatte, wie Geraldine mit einem Gewehr auf einen Militärposten in West-Belfast gezielt hatte. Geraldine war eine fröhliche Person, und sie schilderte mir ihre Verwundung schlicht und ohne Bitterkeit. »Ich wurde von den Brits in beide Knie geschossen. In meinem rechten Bein habe ich keine Kniescheibe mehr. Es war ein Samstagabend, der 22. September 1973, um halb elf. Ich hatte ein Gewehr und stand in der Suffolk Road in der Nähe von Andersonstown. Bei mir waren ein weiteres Mädchen und drei Jungs, aber ich hatte als einzige ein Gewehr. Es war das erstemal für mich. Meine Gruppe hatte erst einen Rundgang gemacht, um zu sehen, ob alles klar war; dann sollte ich ein paar Schüsse auf die Kaserne abgeben. Sie sagten, alles sei klar, und ich bin mit dem anderen Mädchen losgegangen. Noch ehe wir abfeuern konnten, riefen ein paar Brits aus einem Gebüsch auf der anderen Straßenseite eine Warnung: Stehenbleiben, oder sie würden das Feuer eröffnen.

Ich stand an der Straßenecke und drehte mich um. Sie schossen auf uns; sie wollten uns nicht töten, obwohl sie dazu die Gelegenheit hatten. Sie wollten uns aufhalten. Ich wurde von hinten ins linke Knie getroffen, das rechte wurde durchschossen. Es war, als hätte mich eine starke Explosion getroffen, ein Schlag, der mich umriß. Ich trug damals hellrosa Hosen, und sie waren blutdurchtränkt. Daran kann ich mich genau erinnern.

Eine weitere Kugel durchschlug das Hosenbein des anderen Mädchens, verletzte es aber nicht. Einer der drei Jungen wurde ebenfalls getroffen, aber sie konnten alle entkommen. Ich ließ mein Gewehr fallen und warf mich mit dem anderen Mädchen zu Boden. Die Brits riefen uns zu, wir sollten auf sie zukommen, aber ich antwortete, ich könne nicht laufen. Da sagten sie, wir sollten auf sie zukriechen. Ich mußte mich auf dem Hintern und den Händen vorschleppen. Die Brits kamen auf uns zu, und einer stieß mich mit dem Gewehrlauf vor die Brust. Er sagte, wenn ich weitere Waffen hätte, solle ich sie fortwerfen, aber ich hatte nur das Gewehr dabei. Ich bat ihn um einen Notverband wegen des Blutes – ich wußte, daß sie so etwas immer dabei hatten. Es schien ihn nicht zu kümmern, daß das Blut nur so aus meinen Wunden schoß. Er warf mir einen Verband zu, und ich mußte ihn selbst anlegen. Er war nicht gewalttätig oder beleidigend, nur einfach professionell. Ich schrie vor Schmerzen. Andere haben erzählt, sie hätten gar nicht gemerkt, daß sie getroffen waren. Vermutlich hängt das davon ab, wo man verletzt wurde. Mir war deutlich bewußt, was geschah. Ich zitterte und fror und lag auf dem Boden. Die Brits umringten das andere Mädchen und mich.

Dann kam eine Frau aus einer Kneipe und schaffte es, durch den Kreis von Soldaten zu dringen. Sie war sehr betrunken, aber ich sagte zu ihr, sie solle zu meiner Schwester Maureen am Ende der Straße gehen und ihr sagen, daß ich verletzt sei.

Maureen kam, aber sie stand einfach da und starrte mich an, während ein Nachbar sich zu mir herabbeugte und mit mir sprach. Ich konnte nicht verstehen, warum meine Schwester einfach so dastand wie eine Fremde, aber ich weiß heute, daß sie einen Schock hatte.«

Dann kam ein Militärkrankenwagen, und Geraldine wurde auf eine Bahre gelegt und hineingeschoben. Sie mußte warten, bis ein Zivilkrankenwagen kam. Dann wurde sie mit Militäreskorte ins Royal-Victoria-Krankenhaus gefahren und sofort operiert. Am nächsten Morgen erwachte sie und fand bereits Beamte der Sondereinheit an ihrem Bett, doch sie weigerte sich, Fragen zu beantworten. Sie lag auf einer normalen Station, und am Fußende ihres Bettes saß ein großer Brite. Er war in Uniform und voll bewaffnet. »Die anderen Patienten starrten mich wütend an, ich starrte ihn an, und alle waren ungehalten, daher verlegten sie mich in ein Einzelzimmer. Am dritten Tag klagte man mich an, ein Gewehr und Munition besessen zu haben, mit der Absicht, Leben zu gefährden.«

Zehn Tage lag sie im Krankenhaus, und sie erinnerte sich an ihre Verlegenheit, als eine junge Schwesternschülerin, etwa in ihrem Alter, sie waschen sollte. »Ich sagte, ich könne mich aufsetzen und es selbst tun, daher ließ sie mich allein und schloß die Tür, damit ich ungestört war. Im nächsten Moment wurde die Tür von Brits eingetreten. Ich ging aus Protest dagegen in Hungerstreik. Ich war achtzehn Jahre alt und, ich glaube, erst die zweite Frau, die man angeschossen hatte.«

Man verlegte Geraldine in den Sicherheitstrakt des Musgrave-Hospitals und brachte sie nach drei Monaten zur Untersuchungshaft nach Armagh. Sie mußte am Stock gehen und bezeichnete die Gefängnisärzte als Quacksalber, aber sie war unter Freunden im republikanischen Flügel. Es waren die Tage, in denen man noch politischen Status genoß, und die Sicherheitsbedingungen waren Geraldine zufolge sehr lax.

»Jeden Morgen um zehn kam die OC, wir hatten eine Zelleninspektion und mußten strammstehen. Dann machten wir eine Viertelstunde Drill auf dem Hof. Die Wärter ließen uns in Ruhe. Wenn wir etwas wollten, etwa Briefpapier, gingen wir zur OC und baten darum, es an den Wärter weiterzuleiten. Es war wie ein Ferienlager.«

Sie war zu acht Jahren verurteilt worden, wurde aber mit Straferlaß 1977 entlassen. Vier Jahre später, bei der Beerdigung eines Hungerstreikers, wurde sie wieder verhaftet.

»Ich wurde in einem Haus geschnappt, in dem die Männer wohnten, die die Schüsse über dem Sarg abgefeuert hatten. Anschließend kamen sie mit den Gewehren ins Haus zurück. Die Armee umzingelte das Gebäude und stürmte dann unter Schüssen herein. Fast hätten sie mich wieder getroffen.

Ich war in einem Zimmer oben, als die Brits hereinstürmten, und mir fiel Putz auf den Kopf. Ich dachte: ›Oh, nein, nicht schon wieder. Ich bin getroffen!‹ Ich tastete nach Blut, aber ich fand nichts. Diesmal wurde ich verschont. Ich dachte, sie würden mich erschießen. Ich war in einem geschlossenen Raum, und es gab keine Zeugen. Einige Männer waren verletzt, einer verlor ein Auge. Die Soldaten erlaubten sich einfach alles. Sie haben mich grün und blau geschlagen. Ich habe eine Beschwerde eingereicht, aber nie etwas gehört. Man klagte mich wegen Waffenbesitz an, weil unten im Haus Waffen waren.« Es sei egal, versicherte sie, daß sie nicht tatsächlich ein Gewehr gehalten habe. »Wenn die Brits jetzt hier hereinkämen und unten läge ein Gewehr, würden wir alle angeklagt.«

Man verurteilte sie zu acht Jahren. Sie kam wieder nach Armagh und stellte fest, daß man sie nun als Kriminelle betrachtete und daß die Wärter, die zuvor die Republikaner in Ruhe gelassen hatten, nun offen feindselig waren.

Der Arbeitsstreik hatte aufgehört, aber es gab nun eine Sabotagekampagne. Geraldine erklärte: »Unser Ziel war, das System so stark wie möglich zu schädigen. Wir mußten Hosen nähen. Das Gefängnis hatte eine Quote von, sagen wir, fünfzig Hosen pro Woche. Wir machten die Nähmaschinen kaputt und rissen die Knöpfe von den Hosen. Das hieß, wir stellten nur fünf pro Woche her. Wir brachten unser Strickzeug in den Arbeitsraum und machten unsere eigenen Sachen.

Vorher durften immer bis zu sieben Personen abends in einer Zelle sitzen; wir hatten Alkohol, und so gab es oft eine Party. Diesmal wurden wir abends in die Zellen gesperrt, und die Wärter befahlen uns, morgens zur Arbeit zu gehen. Wir warteten immer, bis unsere OC, Mairead Farrell, kam und uns sagte, wir könnten gehen. Die Wärter hatten ein leichtes Leben, wenn sie uns in Ruhe ließen.«

Taten sie das nicht, konnten die republikanischen Frauen regelrechten Terror ausüben: »Wir hatten im Arbeitszimmer immer einen Kessel, um Tee zu machen. Eine Wärterin sagte, wir dürften keinen Tee kochen. Da haben wir sie einfach nur angestarrt. Zehn republikanische Frauen, denen alles egal war, starrten sie einfach nur an. Da bekam sie Angst und ließ uns Tee machen.«

Geraldine sprach mit leiser, ruhiger Stimme, und oft mußte sie einen Satz wiederholen, damit ich ihn verstand.

Sie spreche seit der Gefängniszeit so leise, erklärte sie. »Ein anderes Mädchen, das mit mir drinnen war, und ich, wir können uns nur mit Blicken unterhalten.«

Man hat sie nie wegen Mitgliedschaft in der IRA angeklagt, aber sie erklärte bereitwillig, warum sie zu den Waffen gegriffen hatte. Wieder waren es die feindselige Haltung und die Mißhandlungen durch die britischen Soldaten, die sie als Teenager aufgebracht hatten. Ihr Entschluß, Gewalt gegen die britische Präsenz einzusetzen, wurde 1975 bestärkt, als ihre fünfundzwanzigjährige Schwester, eine Freiwillige, bei einer verfrühten Bombenexplosion ums Leben kam.

Seit ihrer Entlassung aus dem Gefängnis 1986 sei sie fast täglich von den Sicherheitskräften irgendwo angehalten und überprüft worden. »Ich arbeite für eine Taxi-Reparaturwerkstatt, und gestern fuhr ich meinen Chef zum Einkaufen, als ein Armeejeep mich anhielt. Sie haben schon oft mein Auto auseinandergenommen. Oft sagen sie nur: ›Hallo, Geraldine, hast du deinen Ausweis dabei?‹ Einfach nur, um mich zu ärgern. Der Geheimdienstoffizier stellt immer die ersten Fragen, aber man braucht nur zu antworten, wie man heißt, wo man wohnt und daß man über einundzwanzig ist. Einer hat mich einmal gefragt: ›Wie geht es deinem Bein, Geraldine?‹ Dann sagte er: ›Du hast vielleicht eine beschissene Vergangenheit.‹ Ich weigere mich immer, mich auf solche Scherze einzulassen oder ihre Beschimpfungen zur Kenntnis zu nehmen, wenn sie einen Hure oder so nennen. Die Brits nehmen alles so persönlich. Eines Tages waren sie in der Firma auf dem Hof, und wir hatten Gerry Adams' (Vorsitzender der Sinn Fein) gepanzertes Taxi da. Dieser Brit fragte den Mechaniker, ob er den Wagen verschrotte, und der Mann meinte, nein, das sei doch ein gutes Auto. Der Brit sagte: ›Dann müssen wir den verdammten Hund verschrotten, dem es gehört.‹«

Sie hasse die Soldaten nicht, versicherte sie, aber sie täten ihr leid. Sie hätten jedoch die Wahl, argumentierte sie, nicht in Belfast zu sein, und daher betrachte sie jeden Soldaten, der hier diene, als naiv. Sie wolle nächsten Monat heiraten, aber sie rechne nicht damit, als Ehefrau der Sache weniger treu zu sein. Kinder würden vielleicht etwas daran ändern, besonders, weil sie sich zehn wünsche. »Ich glaube, man ist dazu da, sich um Kinder zu kümmern, und es wäre schwer, im Gefängnis zu sitzen, wenn man Kinder hat. Aber ich glaube, das weiß ich erst sicher, wenn ich welche habe.

Ich kenne jemanden, der alles aufgeben und ein normales Leben führen will. Das Problem ist nur, was bedeutet hier ein normales Leben? Mir fallen kaum Leute ein, die nicht von den Dingen hier betroffen sind.«

Als ich in den blauen Minibus stieg, war er bereits halb voll mit Verwandten und Päckchen für den Besuch im Maghaberry-Gefängnis am Stadtrand von Belfast. Die anderen Passagiere waren fast alles Frauen, eine mit geröteten Augen, die anderen mürrisch schweigend, doch insgesamt war es eine freundliche, fröhliche Gruppe, die sich gegenseitig den neuesten Klatsch erzählte. In der Gangreihe kokettierte ein kleines Mädchen vor zwei kleinen, ernsten Jungen, die stumm neben ihrem Vater saßen.

Weitere Pakete mit Essen und Selbstgebackenem wurden unter den Sitzen verstaut. Zwei Jungen draußen besserten das Wandbild von bewaffneten, kapuzentragenden Männern an der Außenmauer des Sinn-Fein-Pressezentrums in der Falls Road aus. Ein Junge auf einer hohen Leiter malte ein Halsband aus goldenen Kugeln neu an.

Ich war unterwegs, um Jennifer McCann zu besuchen, die wegen versuchten Mordes an einem Polizisten während eines Schußwechsels zu zwanzig Jahren verurteilt worden war. Sie war die OC von vier verurteilten weiblichen Gefangenen in Maghaberry.

Das Gefängnis von Maghaberry bestand aus mehreren langen, niedrigen Gebäuden, von Stacheldraht umgeben. Entlang des Außenzauns waren in regelmäßigen Abständen Betonblöcke aufgestellt, um einen Angriff mit Fahrzeugen zu verhindern. Es war von grünen Hügeln umgeben und wirkte auf den ersten Blick wie eine Hühnerfarm. Der Bus holperte über die Schwellen auf der Straße, die zu dem hohen Metalltor führte, lud uns ab und fuhr wieder fort – Warten war nicht erlaubt. Hinein gelangte man durch mehrere Tore, die sich automatisch mit warnendem Kreischen öffneten und hinter einem wieder zuschlugen. Auf dem Gefängnisgelände blickte eine Reihe von Wärtern über die Besucher hinweg, an ihnen vorbei und durch sie hindurch, als wäre jeder Blickkontakt nicht der Mühe wert. Das kleine Mädchen flötete: ›Ich hasse sie.‹ Ihre Mutter kicherte stolz und ermahnte sie.

Zuerst wurden unsere Pakete durchsucht; das bedeutete eine lange Reihe vor zwei Schaltern – eine für Männer, eine für Frauen. Zwei Beamte durchsuchten alles sehr gründlich. Alles wurde auseinandergenommen, gewogen und auf einem Formular notiert. Eine der Wärterinnen, eine mütterlich aussehende Frau, versuchte, freundlich zu sein. »Hallo, Mädchen«, rief sie meiner Sinn-Fein-Eskorte, Marie, zu. »Du hast ja abgenommen!« Marie grunzte etwas Unverbindliches und erklärte mir dann, daß sie hier eine Strafe abgebüßt habe. Es war ihr erster Besuch seit zwei Jahren.

Nach den Paketen kamen wir an die Reihe. Einer nach dem anderen wurden wir aufgerufen, nur nach dem Gefangenen identifiziert, den wir besuchen wollten. Zwei Wärterinnen durchsuchten uns flüchtig, fanden einen Hausschlüssel und eine Fünf-Pfund-Note, die sie konfiszierten. »Wir stecken sie solange in Maries Handtasche, Schatz«, sagte die eine. Man dürfe nichts mit hineinnehmen, was man benutzen könnte, um die Wachen zu bestechen, erzählte Marie. Nach der Durchsuchung warteten wir in einem Raum, in dem hoch auf einem Regal ein Fernseher lief und das samstagnachmittägliche Pferderennen zeigte. Niemand sah hin. Statt dessen waren alle Augen auf die Tür geheftet, durch die in regelmäßigen Abständen ein Wärter den Namen eines Gefangenen rief. Als man Jennifers Namen und den zweier anderer Gefangenen aufrief, trat eine kleine Gruppe vor, und wir wurden zu einer zwanzigminütigen Fahrt wieder in einen Bus geleitet. Die Kinder waren aufgeregt und versuchten, die Plastikschicht von den Fenstern zu knibbeln; das gelang ihnen aber nicht, und wir konnten nichts draußen sehen.

Dann spuckte uns der Bus vor einem großen, neuen Ziegelgebäude aus; wir wurden durch automatische Türen geschoben, an weiteren Wärterinnen vorbei – die grimmigere Mienen hatten als die vor der Eingangstür – und in einen weiteren Warteraum gebracht. Diesmal gab es im Fernsehen einen Dokumentarfilm über einen indischen Dichter mit Untertiteln. Alle sahen mürrisch zu.

Endlich öffnete sich die Tür, und wir wurden in den Besucherraum gerufen. Bei unserem Eintritt erhoben sich vier Gefangene an getrennten Tischen. Jennifer McCann kam freundlich lächelnd auf mich zu. Sie war dreißig, sah aber älter aus. Ihr schwarzes Haar war weißgesprenkelt, das Weiße in ihren Augen rötlich gefärbt. Sie kannte meinen Namen, wußte, was ich tat, und ignorierte die Glaszelle mit den zusehenden Wärtern in dem Raum vollständig. Sie führte mich an ihren Tisch, auf dem eine Thermosflasche mit heißem Wasser, Teebeutel, Kaffee, Milch und Kekse standen. »Was hätten Sie denn gern?« fragte sie, als würde sie mit erlesenem Geschirr hantieren.

Es war schwer, sich diese Frau als Mitglied eines Bombenkommandos vorzustellen, das Tod und Vernichtung in großem Umfang plante. Das waren die Worte des Richters, als er sie 1981 verurteilte. Man hatte sie schuldig gesprochen, fünf Brandbomben, ein Gewehr und Munition besessen zu haben. Gefunden wurde alles nach einer rasenden Autojagd durch Belfast. Der Lieferwagen, der entführt worden war, hatte auf der Falls Road einen Unfall, nachdem er eine Polizeisperre durchbrochen hatte. Vom Beifahrersitz aus waren bei der Jagd Schüsse abgegeben worden, die einen Polizeireservisten verletzt hatten. Jennifer McCann war die einzige Beifahrerin in dem Wagen; die Waffe hatte man auf dem Boden vor ihrem Sitz gefunden.

Jennifer wollte über »den Vorfall« nicht viel sagen. »Ich wurde unterwegs zu einer Aktion in Belfast festgenommen. Wir hatten hinten im Wagen Bomben – sie waren für kommerzielle Ziele gedacht, und man hatte ausreichend Warnung gegeben, damit keine Zivilpersonen verletzt würden. Wir wurden bei einer Straßensperre angehalten, und es gab einen Schußwechsel. Ein Polizist wurde getroffen, und mich streifte eine Kugel am Knöchel. Der Bursche, der bei mir war, wurde auch getroffen. Ich hätte umkommen können, entweder durch eine Kugel oder wenn die Bomben hinten hochgegangen wären. Vor jeder Aktion schließt man die Augen und denkt: ›Diesmal ist es soweit. Vielleicht komme ich nicht lebendig zurück.‹ Doch man setzt dann eine Art geistige Sperre ein. Wenn man zuviel daran denkt, was geschehen könnte, gerät man vielleicht in Panik. Dann nützt man niemandem. Man muß ruhig bleiben.«

Wie Geraldine Crawford wurde auch sie nie wegen Mitgliedschaft in der IRA angeklagt. Sie beschrieb ihre Initiation in die Republikanische Bewegung: Sie war sich seit früher Kindheit der Ungerechtigkeiten bewußt – der Soldaten auf den Straßen, der Mißhandlungen –, und all dies weckte den Wunsch in ihr, zurückzuschlagen. »Meine Familie wurde von Loyalisten aus ihrem Haus vertrieben, und wir zogen, als ich noch ein Kind war, nach West-Belfast. Ich besuchte eine Klosterschule und mußte dahin immer durch eine Loyalistengegend gehen. Meine Schwestern und ich wurden im Bus gestoßen und beschimpft, und schließlich mußten uns die Lehrer abholen und bringen.

In meiner Familie gab es vier Mädchen und einen Jungen, aber nur ich bin beigetreten. Ich weiß nicht, warum, aber wir waren alle sehr unterschiedlich.«

Die letzten neun Jahre hat sie im Gefängnis verbracht, daher war es für sie nur natürlich, sich mehr darauf und auf ihre neue Leidenschaft zu konzentrieren – die Gleichberechtigung der Frau. Ihre Augen blitzten auf, als sie mir erzählte, was sie drinnen gelernt hatte, und sie erklärte mir, sie betrachte weibliche Kriminelle nun als Opfer der Gesellschaft und der Ungerechtigkeit von Männern. Sie sei eine Art Soziologin geworden und könne reichlich Fallstudien betreiben. Sie habe an der Fernuniversität Kurse in Sozialarbeit belegt und erwäge, nach ihrer Freilassung Beraterin für vergewaltigte Frauen zu werden.

»Ehe ich ins Gefängnis kam, habe ich mich wohl irgendwie als Feministin bezeichnet, weil ich unabhängig war. Jetzt weiß ich über den weltweiten Kampf für die Gleichberechtigung der Frau Bescheid und sehe, daß die Republikanische Bewegung sich genauso für die Frauen einsetzen muß, wie für die Freiheit.« Sie stand in Kontakt mit einer

Gruppe weiblicher Gefangener in Chile (»am internationalen Frauentag schickten uns die Frauen aus Chile diese schönen Ohrringe«) und der Baader-Meinhof-Gruppe oder Rote Armee Fraktion. Der Kontakt zu den deutschen Gefangenen war von IRA-Frauen hergestellt worden, die im gleichen Gefängnis wie diese gesessen hatten.

Sie freute sich, über die Frauen der Intifada zu hören und über deren Charta für Gleichberechtigung im noch zu gründenden Palästinenserstaat. Sie fragte mich, auf welche Weise sie am Kampf teilnähmen und wie sie den Aufstand organisierten, und bewunderte, wie sie traditionelle Muslim-Regeln aufgaben, um Unabhängigkeit zu gewinnen. Wie die Palästinenserinnen glaubte sie, daß der Kampf um Unabhängigkeit parallel zum Kampf für die Rechte der Frauen geführt werden müsse.

»Ich denke über feministische Themen das gleiche wie all diese Frauen. Als ich noch draußen war, dachte ich, wir könnten warten, bis wir den Kampf gewonnen und unseren eigenen Staat hätten, ehe wir uns um die Rechte der Frauen kümmerten. Jetzt sehe ich, daß wir keineswegs darauf warten können. Der Kampf gegen die Unterdrückung der Frau ist mit dem Republikanischen Kampf eng verbunden. Wenn wir das nicht miteinander verbinden, verlieren wir.«

Sie kritisierte jedoch nicht den Chauvinismus der Männer in der Bewegung, sondern sagte nur, daß »sie besser werden in ihrer Haltung gegenüber Frauen. Jetzt belegen die Männer in den H-Blocks Kurse über Frauenthemen und Kindererziehung. Vor ein paar Jahren war das noch undenkbar. Sie wären entsetzt gewesen.«

Sie hatte zusammen mit anderen Frauen in einem Artikel in der Gefängniszeitung der IRA in Maghaberry über die Notwendigkeit geschrieben, die beiden Kämpfe miteinander zu verknüpfen, den für die Frauen und den für ein freies Irland. Der Artikel hatte mit dem Ausblick geendet, ein solcher Doppelangriff auf Ungerechtigkeit würde den bewaffneten Kampf nicht schwächen, sondern eher stärken: »Die militärische Kampagne wird darunter nicht leiden: Sie wird eher davon profitieren, wenn die Frauen die untergeordneten Rollen meiden, die sie einengen, und sich in jeder Hinsicht stärker in der Republikanischen Bewegung engagieren.« Die Theorie schien also zu lauten, daß gleichberechtigte Frauen die besseren Kämpferinnen abgeben, eine Tatsache, die auf Jennifers Urteil über die normalen Kriminellen beruht, von denen sie umgeben ist.

»Sie sind wegen der gleichen Unterdrückung hier, gegen die wir kämpfen. Ich sehe so viele Beispiele dafür, wie Frauen unterdrückt werden. Die jugendlichen Gefangenen zum Beispiel – Mädchen von sechzehn, siebzehn, um die sich niemand kümmert, die Drogensüchtigen. Sie kommen sehr jung hierher, enden hier, und niemand schert sich darum. Die Sozialarbeiter haben damit nichts zu tun. Viele wurden vergewaltigt oder sexuell mißbraucht, oft von den Vätern oder Onkeln. Dann gibt es die älteren: Es gibt hier eine kleine Fünfzigjährge, eine Säuferin. Man hat sie zu einer Woche verurteilt, denn sie hat ihre Strafe von fünfundzwanzig Pfund nicht bezahlt, weil sie einen Polizisten angebrüllt hat. Es war schrecklich. Sie wußte nicht, wo sie war und was mit ihr geschah.

Wir hören ihnen zu, aber wir sind keine ausgebildeten Therapeuten. Wir bleiben eher unter uns, aber viele Gefangene kommen und reden mit uns. Wir wissen, daß wir nicht über ihnen stehen, nicht besser sind als sie. Es ist wichtig, immer wieder daran zu denken.

Wenn wir herauskommen, arbeiten wir vielleicht in einem Zentrum für vergewaltigte Frauen. Ich glaube nicht, daß es reicht, wenn man sagt: ›Ich bin eine Frau‹, und dann nichts für unterdrückte Frauen tut.« Ich fragte mich, wie die Gefängnisleitung die kleine Enklave von Frauen betrachtet, die andere Gefangene berät, und ob die Bewegung selbst diese Arbeit schätzen würde.

Jennifer fand ihre Stellung als OC nicht sehr schwierig; gegenwärtig standen nur drei weitere verurteilte republikanische Frauen unter ihrem Kommando, doch im gleichen Flügel saßen noch drei in Untersuchungshaft. »Als ich ins Gefängnis eingeliefert wurde, gab es unter den republikanischen Gefangenen eine Art militärischen Stil – Drill, Zelleninspektionen, solche Sachen. Das änderte sich nach '83, als alles entspannter wurde. Jetzt teilen wir alles; wir haben eine Kasse für Kleider und Essen, es ist wie eine Kommune. Ich bin OC, aber das heißt eigentlich nur, daß ich Sprecherin der Gruppe bin. Wir treffen Entscheidungen gemeinsam, und dann rede ich mit der Gefängnisleitung. Es gibt keine Befehle mehr von der Republikanischen Bewegung draußen an uns.

Wir sind eine sehr kleine Gruppe, und zuerst war es schwer für die Verurteilten, mit denen in Untersuchungshaft zu sprechen. Sie sitzen eine Etage höher. Jetzt haben wir gemeinsam Unterricht und treffen uns da.

Wir kochen für den gesamten Flügel und dürfen unsere eigenen Kleider tragen. Wir bestehen auch auf dem Gemeinschaftsleben und der OC-Einrichtung. Das ist zu unserem Schutz. Wenn es jemandem nicht gut geht, helfen die anderen ihr. Wenn alle mit den Wärtern sprächen und eine depressiv würde, würden die Wärter versuchen, sie zu isolieren und zu brechen. Sie zielen darauf ab, erstens, uns in Schach zu halten, und zweitens, uns zu brechen. Sie können es nicht ausstehen, wenn unsere Gemeinschaft funktioniert, aber meistens lassen sie uns in Ruhe.

Manchmal versuchen sie, uns zu brechen, indem sie einen oder zwei von den anderen isolieren, daher ist es sehr wichtig, unsere Struktur beizubehalten.

Einmal versuchten sie, uns zu brechen, indem sie drei von uns in den Loyalistenflügel verlegten. Damals haben wir viel von unserem Straferlaß verloren, weil wir immer mit den loyalistischen Gefangenen gekämpft haben. Die Wärter können sehr gemein sein: Ein Mädchen verlor ein ganze Woche Straferlaß, weil es getanzt hat.

Offiziell gelten wir nicht als politische Gefangene, aber es wird de facto akzeptiert – dann haben sie ein leichteres Leben.«

Sie bedauerte die letzten zehn Jahre nicht. »Ich sehe wirklich die guten Dinge, die ich in der Gefängniszeit erlebt habe. Vermutlich denken viele, ich hätte mich zum Schlechten verändert, aber das finde ich nicht. Mein Blick für soziale Entbehrungen ist nun geschärft. Ich habe nie gedacht: ›Oh, nein, zwanzig Jahre. Was soll aus mir werden?‹ Ich hatte nie Angst.«

Und ihre Zukunft, wenn sie entlassen wird? (Ihre Entlassung stand für Ende 1990 an.) »Gewiß habe ich nicht vor, zu heiraten, wenn ich hier herauskomme. Abgesehen von allem anderen müßte ich dazu auch erst einmal einen Mann finden!« Sie lachte, und es war wirklich unmöglich, sie nicht nett zu finden, obwohl sie nicht die Wahrheit sagte. Sie wurde ein paar Monate früher entlassen und heiratete im Herbst 1990 ihren langjährigen Verlobten, einen Republikaner, der eine Gefängnisstrafe verbüßte.

Als sich das Gespräch seinem Ende näherte und die Besucher aufstanden, um zu gehen, sagte Jennifer, sie sei nun nicht mehr die am längsten inhaftierte Republikanerin in Maghaberry. Da drüben sitze die kleine Mary, die habe »lebenslänglich«. »Wofür?« fragte ich. »Mord«, lautete die Antwort. Später erfuhr ich, daß Mary McArdle mit fünfundzwanzig an dem Mord der Tochter eines Stadrats beteiligt gewesen war. Das Opfer, eine einundzwanzigjährige Lehrerin, hatte nach der Messe mit ihrem Vater die Kirche verlassen, als zwei Schützen das Feuer eröffneten. Das Mädchen, Mary Travers, wurde erschossen, der Vater schwer verletzt. Der Vater erinnerte sich, wie die Schützen gesagt hatten: »Dich wollen wir«, und seine Tochter hatte ihn gewarnt: »Der Mann hat ein Gewehr«, ehe sie zu Boden fiel. Die Schützen rannten fort, blieben aber bei einem Mädchen stehen, das einen Hund spazierenführte. Sie gaben ihr die Waffen und flohen. Mary McArdle wurde wenige Minuten später verhaftet, und man fand die Gewehre unter ihrem Rock, mit Pflastern an ihre Beine geklebt.

Als ich mir Mary ansah, dachte ich, daß sie zu klein und zu müde aussah, um jemals ein Gewehr getragen zu haben.

KAPITEL SECHS

»Als alleinstehende Frau hatte ich eine besondere Beziehung zu Waffen«

Susanna Ronconi

»Alle meine Erinnerungen, auch die schönsten, sind auf die eine oder andere Weise mit dem Tod verbunden.«

Susanna Ronconi war ein glückliches, verträumtes Kind, deren Liebe zu ihrer Familie, besonders zu ihrer Mutter, mit dem Erwachsenwerden nur noch stärker wurde. Es fiel ihr schwer, das Zuhause zu verlassen, und als sie schließlich auszog, brach es ihr fast das Herz. Dennoch wurde sie zu einer der berüchtigtsten und geschicktesten politischen Kämpferinnen Italiens, zu einer Frau, deren Hingabe an ihre Sache dazu führte, daß sie immer wieder tötete und verletzte.

Von allen Frauen, die ich interviewte, sprach sie am offensten über die psychologischen Folgen ihrer Aktivitäten, von den schizophrenen Gefühlen nach ihrem ersten Mord bis zur Sicherheit, die ihr die Waffe allmählich schenkte. Sie glaubte nicht, daß die Fähigkeit zur Gewalt irgend etwas mit dem Geschlecht zu tun habe; es hänge viel stärker mit der jeweiligen Persönlichkeit zusammen, mit dem Hintergrund und mit den Erfahrungen.

Man hat sie wegen ihrer Beteiligung an den »Jahren des Bleis«, die das italienische Leben in den Siebzigern so verstörten, mehrmals zu lebenslänglicher Haft verurteilt. Auf dem Gipfel der Gewalttaten gab es durchschnittlich sieben Terroranschläge am Tag und in einem Jahr allein 125 Opfer. Prominente Geschäftsleute wagten sich nicht ohne einen Ring von Leibwächtern auf die Straße und fuhren nur in gepanzerten Wagen.

Susanna hatte zu einer der berüchtigtsten aller revolutionären Gruppen gehört, den *Roten Brigaden,* die den Expremierminister Italiens, Aldo Moro, entführten und umbrachten; sie war darüber hinaus Mitbegründerin und Anführerin der Gruppe, die man danach am meisten fürchtete, die *Prima Linea.* Man hat sie des Mordes an drei Menschen für schuldig befunden, darunter an einem Genossen, der im Verdacht stand, Polizeispitzel zu sein. Sie war zudem auf höchster Ebene an den Mordplänen und der Exekution von weiteren sechs Männern beteiligt gewesen, unter ihnen zwei Richter und ein Kriminologe, der ein

»ungesundes Interesse« an den Revolutionären gezeigt haben soll. Sie hat auf mehrere Menschen geschossen, die aber überlebten, und zehn Teilnehmern einer Wirtschaftsakademie die Knie zerschossen, um zu demonstrieren, welche Risiken ein solcher Beruf mit sich brächte. Sie brach in Ämter ein, um sich falsche Papiere zu beschaffen, und führte zahlreiche bewaffnete Banküberfälle aus, um die Gruppe zu finanzieren. 1983 bekam sie weitere dreißig Jahre Haft, weil sie aus dem Gefängnis ausgebrochen war. Bei diesem Ausbruch wurde ein Mann getötet, der zufällig an dem Gefängnis vorbeiging. Das war das einzige Mal, daß die *Prima Linea* sich für eine Aktion entschuldigte.

Von diesem Vorfall sprach sie, als sie klagte, alle ihre Erinnerungen seien durch den Tod getrübt. Ihre Flucht, die von ihrem Geliebten geplant und geleitet worden war, sei »der wunderbarste Moment meines Lebens« gewesen – getrübt von dem Tod eines Passanten. Andere schöne Erinnerungen hat sie an ihre Mutter, zu der sie eine enge Beziehung hatte, die aber starb, als Susanna auf der Flucht war. Dann gab es einen früheren Liebhaber, einen jungen Mann, den sie bei den Roten Brigaden kennengelernt hatte und von dem sie schwanger wurde, der aber später im Gefängnis an Leukämie starb.

Als sie über ihre acht Jahre als Revolutionärin sprach, wurde klar, daß sie die Kameraderie in ihrer Gruppe so sehr geliebt hatte, daß sie sich weigerte, diese Lebensweise aufzugeben, selbst, als sie die Möglichkeit dazu hatte. »Ich konnte meine Genossen nicht verlassen«, erklärte sie schlicht, obwohl der von ihr dann eingeschlagene Weg weitere Schießereien und fünf Jahre auf der Flucht bedeuteten. Vor ihrer ersten Verhaftung hatte ihr damaliger Freund und jetziger Ehemann die *Prima Linea* verlassen, weil er glaubte, die Gruppe sei am Ende. Sie blieb jedoch, weil sie emotional zu sehr an der Gruppe hing, die sie mitbegründet hatte. Ihre Erinnerungen an jene Jahre, von Kugeln und Morden angefüllt, waren für sie aber auch glücklich, denn sie hatte sich bei den anderen, die genau wie sie dem bewaffneten Kampf verpflichtet waren, zu Hause gefühlt.

Sie war eine kleine, zierliche Frau von neununddreißig Jahren mit dunklem, schulterlangem Haar, sehr blasser Haut und grauen Augen. Die meiste Zeit sah sie traurig und verhärmt aus, aber wenn sie lächelte, wirkte sie plötzlich strahlend und hübsch. Zum Zeitpunkt dieses Gespräches hatte sie zehn Jahre im Gefängnis verbracht, zwei davon vor ihrer Flucht im Jahre 1982, den Rest nach ihrer Wiederergreifung. Ursprünglich war sie mehrfach zu dreißig Jahren verurteilt worden, doch das Urteil wurde auf zweiundzwanzig Jahre und sechs Monate gesenkt, nachdem sie erklärt hatte, mit der Vergangenheit gebrochen zu haben.

Nach dem italienischen »Distanzierungs«-Gesetz hat ein verurteilter Terrorist, der der Gewalt abschwört und dessen Sinneswandel von den Gefängnisbehörden und Richtern als glaubwürdig betrachtet wird, ein Anrecht auf Strafmilderung. Susanna hätte einen Schritt weiter gehen und sich auf das »Reue«-Gesetz berufen können, das verlangt, daß ein Terrorist »einen aktiven Beitrag zur Verhütung weiterer terroristischer Handlungen« leistet, indem er Namen nennt etc. Die Belohnung dafür besteht in einer drastischen Reduzierung der Strafe, aber Susanna weigerte sich, dies auch nur zu erwägen. Sie zeigt nicht nur ausgesprochene Loyalität gegenüber den ehemaligen Kameraden, sondern glaubt auch, daß die Gewalt im Kontext ihrer Zeit gerechtfertigt war.

Ihre Behauptung, sich von der Gruppe distanziert zu haben, wurde als glaubwürdig erachtet, und dies ermöglichte, daß sie im Januar 1990 eine Arbeitsstelle außerhalb des Gefängnisses annahm. Sechs Tage in der Woche verläßt sie früh am Morgen ihre Zelle in der Haftanstalt Le Nuovo von Turin, wo die Wärter ihr erlauben, zahlreiche streunende Katzen zu versorgen, und besteigt einen Bus in die Innenstadt. Dort arbeitet sie von neun bis sieben Uhr abends in einem freundlichen Büro in einem angesehenen Viertel. Ihr gefällt diese Arbeit; sie schreibt Pressemitteilungen für ein Zentrum für Ausssteiger, Drogensüchtige und ehemalige Häftlinge. Dafür erhält sie ein reguläres Gehalt. Außerdem hat sie Anspruch auf fünfundvierzig Urlaubstage pro Jahr. Als ich sie um ein Interview bat, sagte sie, wir könnten uns jeden Samstag treffen, fügte aber hinzu: »Kommen Sie vor dem achten August, denn danach fahre ich für drei Wochen in Urlaub.«

Die Ferien verbrachte sie mit ihrem Mann, ebenfalls ein verurteilter Terrorist, dessen lebenslängliche Strafe auf dreißig Jahre reduziert wurde, weil auch er sich »distanziert« hatte. Dem Paar gestattet man jeden Tag eine gemeinsame Stunde in Susannas Büro.

Es war ein großer, sonniger Raum im vierten Stock eines alten Gebäudes. Es gab keinen Aufzug, nur eine Treppenflucht nach der anderen, ein Aufstieg, der von bunten Postern mit der Aufschrift »Ciao« aufgeheitert wurde. Alle Büros lagen um einen zentralen Innenhof herum, und es schien keinen weiteren Aufgang zu geben, nicht einmal eine Feuertreppe. Susanna saß an ihrem Schreibtisch und wirkte zunächst nervös, aber im Verlauf des Tages, an dem die Temperatur auf 32 Grad stieg, wurde sie recht entspannt.

Sie war nicht so frei, zu kommen und zu gehen, wie ich es gedacht hatte; sie stand unter ständiger Bewachung. Mir war das nicht aufgefallen, aber sie deutete aus dem Fenster nach unten, wo zwei Männer auf dem Gehsteig standen. Sie trugen Jeans und T-Shirts, lehnten an einem

Betonsockel und wirkten, als warteten sie auf einen Freund oder ein Taxi – aber sie warteten den ganzen Tag. Die Woche über hatten sie wohl den langweiligsten Job der Welt, weil es Susanna nicht erlaubt war, das Gebäude zu verlassen, doch samstags konnten sie ihr wenigstens ins Café an der Ecke folgen, wo sie ihre zweistündige Mittagspause verbringen durfte.

Als wir dorthin gingen, die beiden Männer in sicherem Abstand, fragte ich Susanna, ob sie jemals erkannt worden sei. Turin war immerhin zu ihrer Zeit und vorwiegend wegen ihrer Aktivitäten ein Kriegsgebiet gewesen, in dem es Straßenschlachten zwischen den Revolutionären und der Polizei gegeben hatte; die Straßenschilder waren von Schüssen durchsiebt. Nein – sie schüttelte rasch den Kopf. Noch nie habe sie jemand auf der Straße angehalten. Die Vorstellung schien sie zu erschrecken, und vermutlich weigerte sie sich aus diesem Grund energisch, sich fotografieren zu lassen. Es wurde offensichtlich, daß sie die zwei Stunden in diesem Café gewöhnlich nutzte, um Nachrichten mit Freunden auszutauschen. Mehrere Personen näherten sich ihr, und nach einer Stunde verließ sie unseren Tisch und setzte sich zu ihnen. Am Nachmittag ließen sich ihre Bewacher auf dem Parkplatz gegenüber dem Büro nieder. Ich fragte sie nach den Sicherheitsvorkehrungen während ihres Urlaubs. Zunächst, so informierte sie mich, dürften ihr Mann und sie Italien nicht verlassen; dann würde die Polizei überprüfen, wo sie sich aufhielten und am Abend vorbeischauen, um sicherzustellen, daß sie sich auch im Hotel befanden. Sie schien eine gute Beziehung zu ihren Bewachern zu haben; gelegentlich kamen sie auf eine Stichprobe ins Büro und schienen ihr grollenden Respekt zu zollen. Sie lächelte: »Einer hat einmal gesagt: ›Immerhin hatten wir etwas zu tun, als ihr noch frei herumlieft.‹«

Susanna hat in der Tat der Polizei damals viel zu tun gegeben. Sie war aktiv, seit sie siebzehn war und noch zur Schule ging. Sie ging zu Demonstrationen, zu Streikposten vor Fabriken und nahm an zahlreichen »Sleep-Ins« in Schulen teil.

Es war eine aufregende Zeit für Studenten – ein anderes Mitglied der *Roten Brigaden* hatte gesagt, es sei schwierig gewesen, sich davon fernzuhalten, »weil so viel vor sich ging«. 1968 gab es die Studentenproteste, gefolgt im nächsten Jahr von den Demonstrationen und Streiks der Fabrikarbeiter – und alle führten zu gewaltsamen Auseinandersetzungen mit der Polizei. Die Studenten, inspiriert durch die Lehren von Marx und Lenin, verdammten alle politischen Parteien als Heuchelei und agitierten für die Revolution. Die Arbeiter, die höhere Bezahlung und verbesserte

Arbeitsbedingungen verlangten, schienen die notwendige Volksunterstützung für die Studententräume zu bilden.

Der Staat, erschrocken über eine solche Vorstellung, die 1969 unvermittelt zu einer deutlichen Möglichkeit wurde, bediente sich wieder seiner alten faschistischen Methoden, die er erst zwanzig Jahre zuvor aufgegeben hatte. Überall bildeten sich neofaschistische Schwadronen, die, wie manche glaubten, von bestimmten Angehörigen des Establishments, darunter die Richterschaft, die Polizei und die Sicherheitskräfte, heimlich unterstützt wurden. Ihr Ziel hieß nicht nur, Gesetz und Ordnung zu wahren, sondern die Linke zu bekämpfen, oft in Straßenkämpfen und in persönlichen Attacken. Die Neofaschisten wollten mit ihrer sogenannten »Strategie der Spannung« das Chaos herbeiführen, was die Armee zwingen würde, einzugreifen und das Kriegsrecht zu verhängen – das hätte den Sturz der Demokratie bedeutet. Im Dezember 1969 begannen die Faschisten das erste Stadium (Mordanschläge), indem sie eine Bombe auf der Piazza Fontana in Mailand legten, die siebzehn Menschen tötete und achtundachtzig verletzte.

Dieser Terror, vermutlich von Teilen des Establishments gebilligt und unterstützt, schürte die Unruhen. Ein größerer Teil der Bevölkerung glaubte, es sei ihr Recht, Gewalt mit Gegengewalt zu begegnen, wie ihre Väter es gegen Mussolini getan hatten. Es bildeten sich etwa 250 revolutionäre Gruppen jeder politischen Couleur, von Trotzkisten bis zu Anarchisten; einige waren politische Parteien mit einem militärischen Flügel, andere Autonome, die Einfluß auf eine Fabrik, einen Hafen oder eine Universitätsfakultät hatten. Einige hielten wenige Wochen, andere mehrere Jahre. Die Universität von Padua, an der sich Susanna 1969 für das Studium der politischen Wissenschaften eingeschrieben hatte, stand in vorderster Linie der Proteste. Susanna schloß sich der *Potere Operaio* (Arbeitermacht) an, einer revolutionären Bewegung, die sich für Massenagitation und Gewalt einsetzte. Zudem engagierte sie sich aus ganzem Herzen in einem neuen Bereich des Protestes – dem militanten Feminismus.

Im Italien jener Zeit gehörten Frauen gewiß zu den am stärksten unterdrückten Gruppen. Bis 1975 hatte ein italienischer Mann das Recht, seine Frau zu schlagen; auf den Ehebruch einer Frau standen bis zu drei Monate Gefängnis, während man die Untreue eines Mannes nur als Vergehen betrachtete, wenn daraus ein öffentlicher Skandal entstand. Abtreibung war bis 1976 illegal. Der italienische Feminismus entstand vorwiegend erst Ende der sechziger Jahre, und die Gruppen, denen Susanna angehörte, waren wütend und gewalttätig. Einige Feministen bildeten Schlägertrupps, die Ärzte angriffen, die sich öffentlich gegen die

Abtreibung ausgesprochen hatten, Kinos, in denen man Sexfilme zeigte, und Geschäfte, die Frauen in den Schaufenstern ausstellten.

Susanna steckte ihre gesamte Energie in diese Protestbewegungen und wurde als absolut pflichttreues militantes Mitglied bekannt. Als sich 1970 die *Roten Brigaden* bildeten, lebte sie eigentlich noch bei den Eltern, doch einen Großteil ihrer Zeit verbrachte sie in feministischen Zirkeln. Sie fühlte sich stark von den *Roten Brigaden* angezogen und kannte mehrere Leute, die sich ihnen angeschlossen hatten, doch sie war sich auch bewußt, wenn sie zu ihnen stieß, müßte sie ihren militanten Einsatz für den Feminismus aufgeben. 1974 traf sie endlich ihre Entscheidung: Die *Roten Brigaden* waren gut organisiert, vertraten ihre politischen Überzeugungen – darunter auch, daß Gewalt notwendig sei, um den Staat zu stürzen – und setzten sich darüber hinaus für solche Gruppen wie die Feministinnen ein, die von der Polizei brutal unterdrückt wurden. Außerdem würden die *Roten Brigaden* von allen Gruppen, die sich gebildet hatten, wahrscheinlich die stärksten sein.

Sie schloß sich ihnen an und wurde im Juni desselben Jahres Zeugin des ersten Mordes. Dieser erste Kontakt mit dem Tod erschütterte sie, und sie verließ im Schockzustand ihr Zuhause und ging mit der Bewegung in den Untergrund. Schnell erkannte sie, daß sie einen Fehler begangen hatte: Sie stammte sowohl gesellschaftlich wie politisch aus anderen Kreisen als die meisten anderen Mitglieder und war zutiefst einsam. Susanna hat sich ihr ganzes Leben als Erwachsene nach Kameradschaft und einer freundlichen Umgebung mit vielen Menschen aus den unterschiedlichsten Schichten gesehnt; bei den *Roten Brigaden* herrschte die strikte Regel, keinen Kontakt zu Außenstehenden zu haben. Dennoch zwang sie ihr Entschluß, militant zu werden, dazu, ein Jahr zu bleiben, und in dieser Zeit verliebte sie sich in einen jungen Genossen und wurde von ihm schwanger. Dann kehrten sie und ihr Freund der Gruppe den Rücken.

Sie lebten mehrere Monate lang zusammen, und Susanna hatte eine Abtreibung – dem Gesetz nach illegal –, die unsachgemäß ausgeführt wurde und an der sie fast starb. Als sie sich davon erholt hatte, nahm sie die revolutionären Kontakte wieder auf und half 1976, die *Prima Linea* zu gründen.

Diese neue Gruppe war ebenfalls von Gewaltanwendung überzeugt, hatte aber eine andere Struktur als die *Roten Brigaden*. Es war ein eher lockerer Verband, eine Art Schmelztiegel für Militante und auch feministische Kämpferinnen. Man legte Wert darauf, Kontakt mit der vermeintlichen Basis der Gruppe zu halten – der Arbeiterklasse, die angefangen hatte, die Brutalität und Notwendigkeit der terroristischen

Erhebung in anderem Licht zu sehen. Susanna war in einer solchen Gruppe viel entspannter; sie konnte hier den Umgang pflegen, den sie so sehr brauchte.

Anfänglich beschränkte sich die *Prima Linea* auf Scharmützel mit den Faschisten, doch bald ging man über zu bewaffneten Banküberfällen, Schießereien, Brandstiftung, Entführungen und Mord. In den ersten vier Jahren tötete die Gruppe sechzehn Menschen und verwundete dreiundzwanzig. Eine der brutalsten Aktionen war, als eine *Prima-Linea*-Gruppe, angeführt von Susanna, die Turiner Akademie für Industriemanagement überfiel, 190 Studenten und Lehrer als Geiseln nahm und zehn, fünf aus jeder Gruppe, in die Knie schoß. Es sollte eine Warnung sein an alle zukünftigen Manager, die »Unterdrücker des Volkes«, aber das italienische Volk war empört. Den gleichen Abscheu empfand man, als Richter Emilio Alessandrini von der *Prima Linea* hingerichtet wurde. Alessandrini wurde von vielen in der extremen Linken respektiert, weil er die Untersuchungen über den Bombenanschlag auf der Piazza Fontana geleitet hatte und überzeugt war, daß dieser von Neofaschisten ausgeführt worden sei. Man glaubt, er wurde getötet, weil er die *Prima Linea* ins Auge gefaßt hatte und ein gewisses Maß an Aufrichtigkeit und Verantwortlichkeit ins Rechtswesen brachte – das von den revolutionären Gruppen als rettungslos reaktionär betrachtet wurde. Susanna wurde wegen dieses Mordes verurteilt, doch sie bestritt die Anklage vehement. Sie wies darauf hin, daß man nach italienischem Recht für ein Verbrechen verurteilt werden kann, weil man zu der Gruppe gehört, die es beging.

Doch sie war eine der vier Anführerinnen der *Prima Linea* und gestand, daß sie, abgesehen von dem Richtermord, auf höchster Ebene beteiligt war, wenn Entscheidungen fielen, bestimmte Ziele anzugreifen oder zu töten. Ich fragte sie, ob sie jemals die Entscheidung getroffen habe, jemanden nicht zu töten, weil er vielleicht alte Eltern oder kleine Kinder hatte. Sie zuckte sichtlich zusammen. »Oh, ja«, flüsterte sie, und ihr Blick bat mich, sie nicht für ein solches Ungeheuer zu halten.

Sie war 1951 in Venedig als Kind von Eltern geboren worden, die der Mittelschicht angehörten. Sie hatte einen älteren Bruder und eine jüngere Schwester. Ihre Kindheit beschrieb sie als idyllisch und glücklich, doch auch als sehr einsam. Sie erinnerte sich, stundenlang allein im Garten zugebracht und Musik gehört zu haben. Ihr Hund habe neben ihr gelegen. Es schien, daß sie in diesem Alter gern allein war, denn es ermöglichte ihr, ihrer größten Leidenschaft nachzugehen – Geschichten ausdenken. »Ich hatte eine sehr lebhafte Phantasie und versuchte immer aufzuschreiben, was ich mir ausdachte. Ich hatte zig Tagebücher.«

Ihre ganze Kindheit hindurch hat sie das Alleinsein geliebt; sie erinnerte sich auch, wie sie als Teenager gern allein nach Venedig gefahren war. Alleinsein schenkte ihr ein Gefühl von Freiheit, und Venedig liebte sie besonders, weil es die Heimatstadt ihrer Mutter war. »Wenn ich allein sein und mich wohlfühlen wollte, fuhr ich immer nach Venedig«, sagte sie. »Diese Stadt war für mich immer etwas Besonderes.« Siebzehn Jahre später, als sie aus dem Gefängnis floh, suchte sie auch in Venedig Unterschlupf.

Als kleines Kind nahm sie die »klassische« Entwicklung: Sie verliebte sich in ihren Vater, doch der wichtigere Elternteil war immer ihre Mutter. Frau Ronconi war im provinziellen Padua, wohin die Familie umgezogen war, als Susanna noch klein war, immer eine Außenseiterin. Sie war Atheistin und stolz darauf – und das in dieser höchst traditionellen und katholischen Gegend. »Sie wurde nicht geschnitten, aber man wußte, daß sie irgendwie anders war. Bei uns zu Hause lebten wir nicht streng katholisch.

Meine Mutter hatte eine große Leidenschaft für viele Dinge, aber sie sprach nur zu Hause darüber. Ihr gesellschaftliches Leben war sehr eingeschränkt. Sie neigte irgendwie zum Sozialismus und betrachtete das Leben sehr optimistisch. Ohne Zweifel hat sie diese sozialistische Neigung auf mich übertragen.«

Als Susanna vierzehn war, lehnte sie sich gegen die Eltern auf; sie bestand darauf, die »falsche« Schule zu besuchen. Es war kaum eine klassische Teenagerrebellion gegen die Eltern, eher gegen sich selbst. Ein Psychologe meinte dazu, als Tochter atheistischer Eltern hätte sie keine Religion gehabt, gegen die sie sich auflehnen konnte. Man könnte auch spekulieren, daß der Mangel eines »Glaubenssystems« die weitaus heftigere Rebellion später in ihrem Leben zur Folge hatte – aber das ist bloße Spekulation, und vermutlich legt man zuviel in die Entscheidung einer Jugendlichen hinein. Susanna selbst beschrieb ihre Entscheidung für eine wissenschaftliche Laufbahn als reine Trotzreaktion, als den Wunsch, aufzufallen; indem sie sich entschied, auf das naturwissenschaftliche Gymnasium zu gehen, statt aufs humanistische, widersetzte sie sich allen Traditionen. Mädchen aus den »anständigen Familien« Paduas gingen aufs humanistische Gymnasium; jene aus nicht gar so gehobenen Kreisen besuchten das naturwissenschaftliche Gymnasium. »Für mich wäre es angebracht gewesen, eine altsprachliche Schule zu besuchen, wenn man bedenkt, wie viel ich schrieb, die Tagebücher und Geschichten. Ich entschied mich aber für den naturwissenschaftlichen Zweig, um mich abzuheben. Meine Wahl war falsch, und das war vorauszusehen gewesen, denn ich haßte alle naturwissenschaftlichen Fächer.«

Dennoch blieb sie auf dieser Schule und hatte schließlich auch Spaß an den Fächern; sie beschrieb die Erlangung von immer mehr Wissen als »immer vergnüglicher«. Genauso wichtig war, daß sie auf dieser Schule andere Menschen kennenlernte, die ihr instinktiv gefielen und mit denen sie gut zurecht kam. Plötzlich verschwand ihre kindliche Neigung zum Alleinsein; und an seine Stelle trat etwas »wie ein Hunger«, mit anderen Menschen zusammen zu sein. Dieser Hunger sollte zum Hauptthema in ihrem erwachsenen Leben werden; nie wieder würde sie sich nach Alleinsein sehnen, sie würde es eher fliehen, als hätte sie nun Angst, einsam zu sein.

Sie verbrachte immer weniger Zeit zu Hause, vertiefte sich lieber ins Schulleben und nahm alle Einladungen zu Partys und Konzerten an. 1968, als Susanna in der vorletzten Klasse war, begannen die Studentenunruhen, und sie wurde mit ihren neuen Freunden von der Welle der Militanz hinweggefegt. Doch es war keine gewalttätige Bewegung, wenngleich das Potential zur Gewalt vorhanden war. Helden der Studenten waren Che Guevara und andere revolutionäre Anführer, die in Drittweltländern Freiheitskämpfe gewonnen hatten. Susanna fand das alles sehr aufregend und interessant. »Ich weiß noch, wie ich mehrmals in Schulen übernachtet habe, und es herrschte das Gefühl, man besetze seinen eigenen Raum, den seiner Altersgenossen. Wir waren alle zusammen und fühlten das gleiche, daß sich Veränderungen breitmachten und wir daran beteiligt waren. Ich lernte Leute aus verschiedenen sozialen Schichten und anderen Kulturen kennen und hatte das Gefühl, meine eigene Klasse hinter mir gelassen zu haben. Ich erinnere mich an alles, was ich in diesem Jahr tat, als angenehm und an ein gutes Gefühl dabei, weil ich mit anderen zusammen war. Ich glaube, das war die erfüllteste Zeit meines Lebens.«

Sie beteiligte sich an den offenen Kämpfen zwischen Studenten und neofaschistischen Jugendgruppen; manchmal ähnelten die sich gegenüberstehenden Gruppen Straßenbanden, die über bestimmte Gebiete stritten. Aber es hatte einen viel ernsteren Aspekt: nämlich wie bestimmte Elemente in der Polizei und den Sicherheitskräften die Faschisten deckten und schützten. Es herrschte die echte Angst, daß die extreme Rechte einen Militärputsch arrangieren und eine faschistische Diktatur errichten würde. Viele Polizeioffiziere und Sicherheitsbeamte griffen Personen an, die unter dem Verdacht linker Aktivitäten standen, und ein Teil der italienischen Bevölkerung reagierte darauf, indem sie sich Waffen kaufte, um sich zu verteidigen.

Diese Phase des Terrors kulminierte 1969 im Massaker auf der Piazza Fontana, das man anfangs der Linken zuschrieb. Als deutlich wurde, daß es auf das Konto der extremen Rechten ging und unter anderem auch Angehörige der Sicherheitsorgane beteiligt waren, nahm der Kampf auf der Straße eine neue Dimension an. Susanna faßte es zusammen: »Man hatte ein Gefühl von Tragik, und ich erinnere mich sehr deutlich an ein starkes Gefühl von Verantwortung. Ich sagte zu mir: ›Entweder sind wir uns jetzt einig, oder Gott weiß, was aus uns werden wird.‹«

Dieses Gefühl von Verantwortung erwähnte sie oft; und es scheint, daß andere weibliche Revolutionäre es ebenso empfanden. Deutsche Antiterrorismus-Beamte meinten, Frauen griffen eher als Männer auf Gewalt zurück, weil sie überzeugt seien, die Gesellschaft müsse zum Guten verändert werden. Ein ehemaliges Mitglied der Baader-Meinhof-Gruppe beschrieb einmal sich und ihre Genossen als »sehr gut bewaffnete Sozialarbeiter«.

Susanna hatte sich gerade an der Universität von Padua eingeschrieben und sich der *Arbeitermacht* angeschlossen. Sie lebte zwar immer noch zu Hause, verbrachte aber ihre meiste Zeit in der Gruppe. Sie engagierte sich in der Gemeinschaft militanter Studenten genauso wie als Schulmädchen. Ihr fiel auf, daß es bei der *Arbeitermacht* zwar viele Frauen gab, aber die Männer meist das Reden übernahmen, während die Frauen fieberhaft arbeiteten und alles erledigten. (Wieder ein allgemeines Thema, das überall auftauchte: von den extremen Tierschützern bis hin zu den Kämpferinnen der Intifada.) »Ich gehörte auch dazu, schweigsam, aber immer fleißig. Diese Fähigkeit, schwer zu arbeiten und gleichzeitg sehr militant zu sein, fiel auf, und man bezeichnete mich bald als ›Genossin, der man trauen kann‹. Ich lebte ausschließlich für die Gruppe. Ich tat nichts anderes und schlief nur sehr wenig.

Ich weiß noch, wie unsere Gruppe immer von vier Uhr morgens an, wenn wir Flugblätter verteilten, bis spät in die Nacht zusammen war. Schließlich saßen wir noch bis nach Mitternacht in der Kneipe und sangen. Es gab keine Minute, in der man allein war, weder beim Flugblätterverteilen noch beim Essen. Das war eine ungeheure Erfahrung.«

Zweieinhalb Jahre blieb sie bei der *Arbeitermacht,* und dann folgte eine Phase, über die sie gestand: »Ich weiß noch immer nicht alle Antworten. Einige Entscheidungen sind immer noch sehr schwer zu erklären. Drei Dinge spielten sich gleichzeitig ab. Das eine war die Unzufriedenheit mit der *Arbeitermacht.* Die Gruppe war nicht mehr militant und löste sich 1973 schließlich auf. Zweitens herrschte immer noch das Problem der Faschisten und die dringende Notwendigkeit, etwas dagegen zu unternehmen, und dann hatte ich Kontakt mit den *Roten Brigaden* aufgenommen. Das dritte war mein Engagement für den Feminismus. Die feministische Debatte hatte in der *Arbeitermacht* ihren Ausgang genommen, und eine Gruppe mit Namen *Lotta Femminista* (Frauenkampf) wurde gegründet. Ich wußte nicht, was ich tun sollte – ob ich mich den *Roten Brigaden* und dem bewaffneten Kampf anschließen oder bei den Feministinnen bleiben sollte. Zwei Jahre lang, zwischen 1972 und 1974, schwankte ich zwischen diesen beiden Gruppen.«

Die Entscheidung wurde für Susanna noch erschwert, weil sie mit einer mehr oder minder feministischen Gruppe zusammengezogen war und sich dort sehr wohl fühlte. Die feministische Bewegung hatte zudem in Italien noch viele Kämpfe auszufechten und zu gewinnen, und Susanna liebte den Kampf. »Ich erinnere mich, als wir gegen das Abtreibungsverbot demonstrierten, nahmen die Polizisten ihre Gürtel ab und schlugen damit auf uns ein. Sie wollten nicht die Knüppel benutzen, wie bei einer Studentendemonstration, weil wir ausschließlich Frauen waren.

Es gab ein Gerichtsverfahren gegen eine Frau, die eine Abtreibung hatte vornehmen lassen. Wir besetzten den Gerichtssaal – das war das erstemal, daß ich in einem Gericht war, und ich erinnere mich immer noch genau an die Uniformen der Polizisten und die Anwälte. Wir veranstalteten auf dem Hof draußen zwei große Sit-Ins, tanzten und sangen. Für mich war es das erstemal, daß ich merkte, was für einen ungeheuren Unterschied es ausmacht, als Frau geboren zu sein. Es war sehr wichtig.«

Vielleicht war das Schwierigste an ihrer Entscheidung die Erkenntnis, daß sie den Kontakt zu ihrer Mutter verlieren würde, wenn sie sich den *Roten Brigaden* anschloß. Susanna war damals dreiundzwanzig, aber seit sie fünfzehn war, war die Beziehung zu ihrer Mutter sehr eng geworden; die Bindung war noch verstärkt worden, als sich Susanna der feministischen Bewegung anschloß. Auch ihre Mutter begann, sich dafür zu interessieren, vielleicht aus echter Anteilnahme, aber vielleicht auch, um den Kontakt zur Tochter, die selten zu Hause war, aufrechtzuerhalten. »Ich nahm sie mit zu Versammlungen und Demonstrationen, und einmal, als sie krank war, schlug ich vor, mit mir zusammenzuziehen.

Sie war nicht militant, aber ihr Interesse am Feminismus half, unsere Beziehung zu konsolidieren; es half mir, meine Gedanken zu diesem Thema zu klären. Wir waren wie zwei Freundinnen, zwei erwachsene Frauen.

Tagsüber war ich nie zu Hause, und ich erinnere mich, daß ich immer spät nach Hause kam, manchmal sogar sehr spät, ein oder zwei Uhr morgens. Dann war meine Mutter noch wach und wartete mit einem kleinen Grappa auf mich. Wir hockten noch eine halbe Stunde zusammen und erzählten uns rasch die neuesten Nachrichten, ehe wir zu Bett gingen. Als ich versuchte, mich zwischen dem Feminismus und dem bewaffneten Kampf zu entscheiden, war es auch eine Entscheidung, ob ich mit meiner Mutter zusammenleben oder ausziehen würde.«

Solche Enthüllungen erwartet man nicht von einer hartgesottenen Radikalen. Es heißt oft, daß europäische Revolutionäre kaum mehr waren als verwöhnte Kinder der Mittelschicht, die die Werte vernichten wollten, die ihnen die Eltern und die Gesellschaft von klein an beigebracht hatten. Offensichtlich war in Susannas Fall nichts weiter von der Wahrheit entfernt. Sie hatte eine tiefe Bindung zu ihrer Mutter, und die Vorstellung, sie zu verlassen, war traumatisch für sie. Es ist interessant, daß sie im weiteren Verlauf ihres Lebens eine ebenso tiefe Bindung an ihre politischen Bewegungen einging, als hätte sie die töchterliche Ergebenheit auf ihre Überzeugungen und ihre Genossen übertragen; und die Vorstellung, diese zu verlassen, wie etwa die militanten Feministen, schien sie fast zu zerreißen. Vielleicht war sie immer auf der Suche nach dem idyllischen Paradies ihrer verlorenen Kindheit.

Ich fragte sie, ob ein weiteres Problem bei ihrer Entscheidung für die *Roten Brigaden* gewesen sei, daß diese so stark der Gewalt verpflichtet waren. Nein, antwortete sie. »So einfach war das nicht. Es gab ein breites Spektrum feministischer Gruppen, von denen einige bereit waren, Gewalt anzuwenden, andere hingegen nicht. Aber es gab eine ständige Debatte über den Einsatz von Gewalt. Es war also nicht so, daß die *Roten Brigaden* Gewalt bedeuteten und der Feminismus nicht; es war nicht so, als hätte ich eines Tages die Entscheidung zwischen Gewalt und Gewaltlosigkeit treffen müssen – um Gewalt ging es immer.

Ich sah und sehe mich nicht als gewalttätige Person, aber ich glaubte, daß die Anwendung von Gewalt unter bestimmten Bedingungen, wenn die eine Klasse die Macht hat und die andere nicht, legitim ist. Unser wichtigstes Vorbild war der Kampf gegen den Faschismus im letzten Krieg, was unseren Eltern natürlich noch lebhaft vor Augen stand. Wir hatten also alle Geschichten gehört, wie Gewalt in diesem Kampf rechtmäßig angewendet wurde. Wenn wir über Gewalt sprachen, wurde sie immer in ideologischem Zusammenhang gesehen, daher war alles gefiltert, und man fühlte sich gerechtfertigt, wenn man sie einsetzte.«

1974 entschied sich Susanna schließlich für die *Roten Brigaden,* weil sie es nicht länger ertrug, sich zwischen der organisierten revolutionären Bewegung und dem Feminismus zu zerreißen. Sie schloß sich zusammen mit einer Gruppe von Freunden an – zwei Frauen und einem Mann –

und verbrachte ein paar Tage in den Bergen, wo man ihr das Schießen beibrachte.

Die Ausbildung für die »tatsächlichen militärischen Operationen«, sagte sie beiläufig, »erhielt man unmittelbar.« Ihre erste Aktion war ein bewaffneter Raubüberfall kurz nach ihrem Beitritt. Dann, im Juni 1974, gehörte sie zu der Gruppe, die einen der ersten Morde der *Roten Brigaden* beging. Drei Wochen zuvor war bei einer antifaschistischen Kundgebung in Brescia eine Bombe explodiert. Acht Menschen wurden getötet und vierundneunzig verletzt. Es war eine Tat der MSI, der italienischen Neofaschisten. Die *Roten Brigaden* beschlossen, zurückzuschlagen. Die Kolonne Padua, zu der Susanna als neues Mitglied gehörte, überfiel das dortige Büro der MSI mit der Absicht, Dokumente zu entwenden. Die Gruppe wurde jedoch von Parteiführern gestört, und sie erschossen sie. Als die *Roten Brigaden* die Verantwortung für diese Morde übernahmen, erklärten sie zum erstenmal den Krieg; die Erklärung forderte alle revolutionären Bewegungen auf, die Waffen im Kampf gegen die »faschistische Barbarei« zu ergreifen.

Susanna war von den Morden zutiefst verstört. »Ich habe nicht direkt daran teilgenommen, weil ich nicht im gleichen Raum war, aber ich befand mich nur zehn Meter davon entfernt. Anschließend bin ich wie im Schock herumgelaufen, immer noch mit der Perücke auf dem Kopf, die ich bei der Aktion getragen hatte. Dann nahm ich sie ab und ging nach Hause. Dort wartete eine Mahlzeit auf mich, das Radio war angeschaltet, und man gab die Einzelheiten der Aktion durch ... Ich war wie schizophren. Wirklich schlimm.

Die älteren Genossen waren sehr gut zu mir, sehr verständnisvoll und mitfühlend; sie sprachen über den Vorfall und unser Recht, Gewalt anzuwenden, begründet auf der antifaschistischen Tradition. Ich erholte mich ein wenig und erkannte, daß ich an diesem neuen Krieg teilnahm.«

Bis zu diesem Zeitpunkt hatte Susanna immer noch Kontakt zu ihren Eltern gehalten, aber nun glaubte sie, den Bruch vollziehen zu müssen; sie ging mit den Brigaden in den Untergrund. »Ich wollte kein halbes Leben mehr führen: hier die Eltern, das Zuhause und das ›nette Mädchen‹, dort alles andere.

Ich erinnere mich gut an den Moment, als ich fortging. Ich holte meinen Koffer, und ein Genosse brachte mich in eine andere Stadt und gab mir falsche Papiere – meine echten hatte ich zerrissen. Dort begann ich ein neues Leben. Dreizehn Jahre bin ich nicht nach Padua zurückgegangen. Ich sagte meinen Eltern, ich hätte aus politischen Gründen ausziehen müssen, verriet aber keine Einzelheiten. Ich verabschiedete mich mit den Worten von meiner Mutter: ›Es ist nur auf einen Monat.‹

Ich ging an einem Abend um sechs Uhr, und als letztes nahm ich an einem Fackelzug der Frauen teil. Ich weinte, weil ich mich so zerrissen fühlte, aber mein Entschluß stand fest. Niemand begriff, warum ich weinte. In meinem Koffer waren ein paar Kleider und mein rotes Federbett mit Gänsedaunen.

Nachdem ich gegangen war, brach meine Mutter zusammen, und unsere Beziehung wurde sehr schlecht.«

Das eigenhändige Kappen dieser wichtigsten emotionalen Bindung hatte auf Susanna dauerhafte Wirkung. Sie hatte mit ihrem roten Federbett wie ein Kind das Zuhause verlassen, und es scheint wichtig, daß sie ihr altes Leben als das eines »netten Mädchens« beschrieb. Da sie alle Verbindungen gelöst und sich für die Rolle des »anderen« entschieden hatte (das »schlechte Mädchen«, fragt man sich), erwartete sie viel von der Gruppe, der sie alles geopfert hatte; sie wollte eine neue Familie, wünschte sich Liebe und Unterstützung. In dieser Hinsicht war sie wie Ulrike Meinhof: Ulrikes Mutter war gestorben, als sie im Teenageralter war, und sie opferte ihre eigene Familie mit den beiden Zwillingstöchtern, um sich der Revolution anzuschließen. Sie schien in der Gruppe Liebe und Zuwendung zu suchen, bekam sie aber, wie Susanna, nicht.

Susannas neues Leben war sehr gut organisiert und sicher; man gab ihr ein Auto mit falschen Nummernschildern und Papieren. »Ich fühlte mich irgendwie wie ein Vertreter, alles war falsch«, sagte sie dazu. Sie überging ihre Taten in dem Jahr bei den *Roten Brigaden* und sagte dazu nur: »Ich wurde in militärischer Hinsicht schnell erwachsen.« Dann konzentrierte sie sich auf ihre rasche Erkenntnis, daß sie nicht zu den neuen Genossen paßte.

Sie konnte sich nicht darüber beklagen, wie die Gruppe sie als Frau behandelte; beide Geschlechter waren für die Führung gleich, doch sie gestand zu, daß es vielleicht subtile Strömungen gab, die dazu führten, daß die Männer die Oberhand hatten. Eine andere Ehemalige der *Roten Brigaden* hatte gemeint, wenn eine Frau in der Gruppe zögerte oder zweifelte, sei ihr Schwanken weitaus ernster genommen worden als bei den Männern. Es schien, als mußten die Frauen doppelt hart sein. Susannas Problem bei den *Brigaden* hatte viel mehr mit ihrem Gefühl von Einsamkeit zu tun. Sie gehörte zu einer Minderheit, denn es gab viel mehr Männer als Frauen in der Bewegung (nur zehn Prozent), und da sie alle im Untergrund lebten, waren sie vom Rest der Gesellschaft sehr isoliert. Niemand in der Padua-Kolonne hatte den gleichen gesellschaftlichen Hintergrund wie Susanna, und es herrschte einfach nicht die Kameradschaft, die ihre politischen Aktivitäten in der Schule und auf der Universität ausgezeichnet hatte.

In den Jahren, die Susanna bei den *Roten Brigaden* verbrachte, wurde die Gruppe starr; Regeln wurden aufgestellt und streng durchgesetzt. Wenn die Führung entschied, daß in einem anderen Teil des Landes eine Kolonne gegründet werden sollte, und das bedeutete, daß ein Paar sich deshalb trennen mußte, dann war das eben so. Susanna bemerkte dazu: »Ich erkannte allmählich, daß ich mich zu überstürzt angeschlossen hatte und mich nicht wirklich politisch identifizierte. Mein Problem war nicht, daß ich den bewaffneten Kampf ablehnte, sondern die Starrheit der Gruppe. Meine ersten Monate waren von großer Einsamkeit gekennzeichnet. Doch ich stürzte mich sehr entschieden in den militanten Kampf – denn ich war zutiefst überzeugt, daß man für diese Organisation arbeiten mußte, und ich hatte ein großes Bedürfnis, mich voll dafür einzusetzen.« Ihre starke Bindung an die Gruppe stufte alle persönlichen Gefühle von Einsamkeit auf den zweiten Rang.

»Dann geschah etwas, das meine Einsamkeit durchbrach. Ich begann eine Beziehung mit einem jungen Mann der Gruppe, den ich kurz nach meinem Beitritt kennengelernt hatte. Er war sehr jung, jünger als ich, und noch vor seinem achtzehnten Geburtstag in den Untergrund gegangen. Er war anders als ich, ein sehr einsamer Mann. Es war gefühlsmäßig eine sehr wichtige Beziehung für mich, aber in jeder anderen Hinsicht war sie voller Konflikte. Meine Beziehung zu ihm half mir, das erste Jahr bei den *Roten Brigaden* zu überstehen.«

Sie wurde schwanger von ihrem Freund, Fabrizio Pelli, und ungefähr zur gleichen Zeit beschlossen die beiden, die *Roten Brigaden* zu verlassen. Die Führung hatte bestimmt, daß man von nun an noch formeller werden würde, praktisch eine politische Partei und eher leninistisch ausgerichtet. Sie sollten die bewaffnete Vorhut der Massen darstellen, mit denen man so wenig Kontakt hatte. Susanna sagte: »Ich war keine strenge Leninistin, und meine Erziehung, Bildung und politische Kultur waren nicht dogmatisch. Ich wollte mehr mit dem Volk zu tun haben, wollte alles flexibel und spontan, wie bei den anderen Gruppen, die es damals gab.«

Susanna, ihr Freund und ein weiterer Mann verkündeten, daß sie austreten wollten; es gab keine Feindseligkeit gegen sie, nur die Bitte, sich auf ein paar Monate zu isolieren, um der Organisation zu ermöglichen, sich neu zu strukturieren, und um sicherzustellen, daß sie »bestimmte Dinge« nicht erfuhren. Susanna gab zu, sie hätte nach Hause gehen können, weil kein Haftbefehl gegen sie vorlag, doch: »Ich hatte Angst, und ich wollte die beiden anderen nicht im Stich lassen.« Sie war emotional zu verstrickt, doch man fragt sich auch, ob sie das Leben als Gesetzesbrecherin süchtig danach gemacht hatte. Außerdem war sie krank. Sie hatte eine Abtreibung vornehmen lassen, die schiefgelaufen war, und brauchte dringend Hilfe. Viele der von mir interviewten Frauen hatten sich nach der Entscheidung für den Weg der Gewalt entweder entschlossen, Kinder später oder überhaupt nicht zu bekommen, oder hatten wie Ulrike Meinhof ihre Kinder verlassen. Susanna war mit der Abtreibung einen Schritt weiter gegangen, weil sie vernünftigerweise entschieden hatte, das Leben einer Revolutionärin sei nichts für ein Kind. Dennoch hatte sie sich viel mit der Mutterschaft beschäftigt, ein Thema, auf das sie später zurückkommen würde.

Ihr anhaltend schlechtes Befinden erschwerte die Situation; sie lebte nicht nur im Untergrund, sondern hatte mit der Abtreibung auch das Gesetz gebrochen, und wenn sie einen Arzt herbeizog, riskierte sie eine Verhaftung. Schließlich zwang sie sich zum Handeln. »Es war schrecklich. Weder ich noch die anderen wußten, was wir tun sollten, und so fuhr ich von einem Krankenhaus zum anderen, ganz allein, halbtot, mit fast einundvierzig Fieber. Endlich sagte jemand: ›In Ordnung, wir haben ein Bett für Sie...‹«

Sie hielt inne und fügte dann hinzu: »Das ist meine einzige Erinnerung an Angst vor dem Tod, obwohl ich später so oft damit konfrontiert wurde.« Es war zudem das einzige Mal, daß sie sich in einer Lage befand, in der sie einzig und allein deswegen dem Tod ins Auge blickte, weil sie eine Frau war.

Als Susanna sich wieder erholt hatte, wollte sie ihre Eltern sehen. Sie diskutierte es mit ihren beiden Gefährten, doch diese wiesen auf die Risiken eines solchen Besuches hin; vermutlich würde sie festgenommen und von der Polizei verhört. Schließlich aber stimmten alle überein, es wäre sicher genug. Sie kontaktierte ihre Eltern und verabredete sich mit ihnen für Weihnachten in deren Haus in den Bergen. Es war ein freudiges Wiedersehen, aber voller Mißtrauen. Natürlich konnte Susanna viele Fragen nicht beantworten, die man ihr stellte. Dann, am Weihnachtstag, ereignete sich die Katastrophe: »Ich saß mit meinen Eltern am Tisch, einfach eine kleine Familie, die froh ihr Weihnachtsmahl einnimmt, als ich im Fernsehen ein Foto meines Freundes sah. Er war festgenommen worden, und das Haus, in dem wir gelebt hatten, war durchsucht worden. Ich mußte sofort entscheiden, was ich tun sollte, denn ich hatte Papiere dort zurückgelassen und wußte, daß die Polizei mich nun leicht aufspüren konnte. Ich wandte mich an meinen Vater, der bei dieser Gelegenheit großartig war. Ich rief ihn in mein Zimmer und schilderte ihm knapp, was geschehen war. Ich sagte: ›Du mußt mich zum Bahnhof bringen.‹ Er weigerte sich nicht, er sagte kein Wort, sondern tat es einfach. Seine letzten Worte waren: ›Laß von dir hören.‹ Ich kam am nächsten Morgen in Turin an, wählte eine Telefonnummer und traf mich mit einigen Genossen.«

Das war der Beginn der *Prima Linea.* Susanna und eine Gruppe ähnlich gesonnener Aktivisten hatten sich der Notwendigkeit zur Gewalt verpflichtet, aber ihre Aufgabe sollte es nur sein, (mit Waffen) den Bedürfnissen der Arbeiterklasse zu dienen. Ihr Motto lautete: »*Prima Linea* wurde gegründet, um ihre eigene Vernichtung vorzubereiten.« Nach der Revolution würde sich die Gruppe auflösen und nicht Macht beanspruchen, wie die *Roten Brigaden* es vorhatten. Die Struktur war informell und hieß Guerillas anderer Gruppen willkommen. Susanna gewann Kontakt zu vielen Leuten und war glücklich. Die neue Bewegung bildete »proletarische Gruppen«, die durch die Arbeiterbezirke patrouillierten und Polizeiwachen und Bars angriffen, in denen mit Drogen gehandelt wurde. Sie sahen sich als Beschützer derjenigen, die sich selbst nicht wehren konnten, und dehnten ihre Aktionen auf die aus, die ihrer Meinung nach die Umwelt vergifteten.

Es war im Jahr 1977, das man in Italien manchmal das Jahr der »P 38« nennt, nach der Handfeuerwaffe, die damals am meisten benutzt wurde. Die zahlreichen revolutionären Gruppen, darunter auch die *Prima Linea* und die *Roten Brigaden,* die häufig gewalttätige Aktionen ausführten, wurden insgesamt als die »77er Bewegung« bekannt. Dutzende von Gruppen beschlossen plötzlich, daß man Dinge mit Gewalt ändert, und die Straßen schienen voller junger Menschen auf der Suche nach Konfrontation. Die Polizei, überrascht und unsicher, wer für den Zuwachs an bewaffneter Aktivität verantwortlich war, verhaftete Hunderte, war aber gezwungen, die meisten aus Mangel an Beweisen wieder freizulassen. Gegen Ende des Jahres hatte es fast zweitausend Terroraktionen und dreizehn Morde gegeben. Susanna bemerkte: »Wir waren alle der Meinung, daß man von 1977 an nicht mehr zurück konnte. Das Jahr hatte den Grundstein für eine neue Ausdrucksform gelegt, den Kampf.«

In diesem Jahr wurden zahlreiche Mitglieder der *Prima Linea* verhaftet, und Susanna und ihre Genossen beschlossen, Turin sei zu gefährlich für sie geworden. Sie zogen nach Neapel, wo Susanna zu einem der drei obersten Anführer der Bewegung wurde. So war sie für alle Entscheidungen verantwortlich, die getroffen wurden. Ich fragte sie, wie man die Opfer aussuchte.

»Als erstes wurde beschlossen, welche Institution man angreifen wollte und welche Person. Dann wurde eine militärische Einschätzung des Ziels vorgenommen. Manchmal war es unmöglich, einen Anschlag auf eine gewählte Person auszuführen, weil sie zu strikte Gewohnheiten hatte oder zu stark beschützt wurde.

Ich war vor jeder Aktion nervös. Ich lebte mit der Angst, fast zehn Jahre lebte ich mit Angst. Vor einer Aktion war dies jedesmal eine Herausforderung für mich. Daran kann man sich nicht gewöhnen, an Gewaltausübung. Man empfindet normale menschliche Emotionen, und Gewalt ist keine Sache, die man leichtherzig unternimmt. Die Vorbereitung auf eine Aktion geschah immer mit gemischten Gefühlen, doch schließlich mußte man die getroffenen Entscheidungen auch umsetzen.«

Eine dieser Entscheidungen war, einer Gefängniswärterin die Kniescheiben zu zerschießen. Sie war für den Hochsicherheitstrakt eines Turiner Gefängnisses verantwortlich, in dem viele Terroristinnen festgehalten und angeblich schlecht behandelt wurden. Es war die einzige Aktion, sagte Susanna, in der beschlossen wurde, das »Schießkommando« solle ausschließlich aus Frauen bestehen. »Damit war ich nicht einverstanden, aber die Entscheidung war so getroffen worden.

Wir waren vier in der Gruppe und warteten vor ihrem Haus auf sie. Ich habe nicht auf sie geschossen, ich habe die anderen an diesem Tag nur gedeckt. Als sie herauskam, sah sie uns, und etwa zwei Sekunden, ehe sie getroffen wurde, erkannte sie, wer wir waren, und beschimpfte uns als ›Huren‹.« Susanna und die anderen waren über diese Beschimpfung empört. Man hatte den Eindruck, wenn das Opfer »Mörderinnen« geschrien hätte, wäre es ihnen lieber gewesen. »Das war das Schlimmste, was sie uns an den Kopf werfen konnte. Es war eine Beleidigung unserer Existenz als Frau.«

Die gleiche Wut, mit solchen Schimpfnamen verächtlich gemacht zu werden, wurde auch von anderen, weniger militanten Frauen aus unterdrückten Gesellschaften empfunden: Von den Frauen der IRA und von den Palästinenserinnen. Warum sollte es so wichtig sein, wie der Feind sie nannte – noch dazu, wenn man ihn gerade mit Kugeln durchsieben will? Macht den Frauen diese Beschimpfung klar, wie die Gesellschaft Abweichlerinnen wie sie sieht, während sie sich selbst als geschlechtslose Kämpfer für ihre Sache betrachten?

Diese Strafschüsse hatten offensichtlich die gewünschte Wirkung. Die Frauen im Gefängnis berichteten der *Prima Linea,* die Bedingungen hätten sich drastisch verbessert.

1978 war Susanna eine der meistgesuchten Personen auf den Terroristenfahndungsplakaten. Sie lebte mit dem ständigen Risiko einer Verhaftung und der damit verbundenen Spannung, aber zugleich, so berichtete sie, mußte sie sich mit den alltäglichen Kleinigkeiten des normalen Lebens abgeben: Einkaufen, Kochen, Freundschaften, Liebhaber. Fabrizio saß im Gefängnis (er sollte dort im folgenden Jahr sterben), und Susanna hatte eine Reihe anderer Beziehungen. Sie erklärte, daß sie die

Liebhaber oft wechselte, weil sie so viel umzog. Vermutlich könnte man sagen, daß dies die verbreitete Meinung über solche Frauen bestätigt: daß sie nicht nur nach Gewalt verrückt sind, sondern, wie ihre männlichen Kollegen – auch sexbesessen. In ihrem Fall scheint aber viel wahrscheinlicher, daß die unverbindlichen Beziehungen Folge ihrer Sehnsucht nach Zuwendung waren. Sie meinte weiterhin, und konservativer ging es kaum, daß die einzige Beziehung, an der sie jemals ernsthaft gearbeitet habe, die zu ihrem späteren Mann gewesen sei.

Das Leben auf der Flucht war nicht nur belastend und voller Streß, es war auch einsam, und Susanna hatte allmählich Angst vor diesem Zustand. Wie viele unverbindliche Beziehungen sie auch gehabt hat, sie fand, daß ihr die Waffe inzwischen die größte Sicherheit gab. »Diese Jahre waren sehr schwer, aber halfen auch, daß ich endlich erwachsen wurde. Ich war in einer Situation, in der ich mich allein durchschlagen mußte, sowohl bei politischen Versammlungen wie auch bei militärischen Aktionen.

Als alleinstehende Frau hatte ich eine besondere Beziehung zu Waffen; für mich war das Tragen einer Waffe eine Verteidigungshaltung und ein Schutz. Sieben Jahre bin ich nur bewaffnet ausgegangen, doch der Hauptaspekt dabei war, daß meine Pistole mich verteidigte. Nur in Ausnahmefällen benutzte ich sie offensiv.«

Als sie dies sagte, hätte sie eine ganz normale, ängstliche Frau sein können, die beschrieb, wie sie zu dem Entschluß gelangt war, immer eine Waffe bei sich zu führen, um sich vor Vergewaltigungen zu schützen, und nicht eine Frau, die gefürchtet wurde. Dies gestand sie zu, beharrte aber darauf, der Hauptgrund für ihre Bewaffnung sei gewesen, sich zu schützen.

»Ich hatte viel Erfahrung mit direkten Aktionen, aber oft war die Waffe nur zur Abschreckung dabei. Ich habe natürlich erlebt, wie Menschen verletzt und getötet wurden. Das war eine schreckliche Erfahrung, jedesmal anders. Es ist sehr schwer zu beschreiben, teils, weil man vorher und anschließend so viel darüber nachdenkt.

In gewissem Sinne ist eine Gewalttat Gewalt gegen sich selbst, weil es etwas ist, das man natürlicherweise nicht tun will. Weil man, wenn man es tut, etwas in sich ausblenden, den Trieb, Leben zu schützen, unterdrücken muß. Das ist einer der Gründe, warum man nicht lange so leben kann. Man weiß, man wird dafür bezahlen, und an einem Punkt wird dieser Preis zu hoch, und dann steckt man in einer persönlichen Krise. Man wird sich bewußt, daß die Kosten die Vorteile überwiegen. Und natürlich weiß man, daß niemand einen dazu gezwungen hat. Diese Aktionen dauerten nur wenige Minuten, doch meine Reaktion darauf war immer die totale Anspannung sämtlicher Empfindungen. Das Hauptgefühl war Angst, aber nicht nur, weil etwas schieflaufen konnte; es ging tiefer, als würde man eine Schwelle überschreiten. Das war der Moment davor, und nachher brach alles ab. Ich hörte fast zu atmen auf, alles um mich war geräuschlos, lautlos, farblos; es herrschte Leere. Ich habe in vielen Büchern Definitionen von ›Mut‹ gelesen – aber persönlich weiß ich nicht, was es ist. Das einzige, was ich weiß, ist der Moment, in dem alles aufgehoben ist, das Abdrücken, das Aufblitzen... alle anderen Gedanken und Empfindungen erfolgen später.«

Psychologen sagen, daß das, was Susanna beschrieb, wie sie den Trieb, Leben zu schützen, unterdrückte und eine Schwelle überschritt, genauso klingt wie das, was Soldaten nach einer Tötung beschreiben. Der Unterschied ist, daß man keine psychologische Beratung bekommt, wenn man als Attentäter auf der Flucht ist, und wie Susanna sagte, kann die letzte Folge davon eine persönliche Krise sein.

»Man bewahrt diese Dinge fest verschlossen in sich und ignoriert bestimmte Aspekte dessen, was man tut, aber man kann sie nicht loswerden. Irgendwann kommen sie wieder hoch, langsam und sehr schmerzhaft.

Damals«, fügte sie hinzu, »diskutierte niemand seine Gefühle über Gewalt; es war, als wäre das Thema ein Tabu.« Glaubte sie, daß sie und die anderen Frauen es schwerer fanden, Gewalt anzuwenden?

Sie schüttelte den Kopf; sie hatte ihre eigene Theorie über die Beziehung von Frauen und Waffen. »Die gesamte Vorstellung von Gewalt ist mit der Mutterschaft verbunden. Die Frau schenkt Leben. Die Frau nimmt aber auch Leben. Es gibt viele Beispiele für Mütter, die ihre Kinder umbrachten, ehe sie Selbstmord begingen, daher hat die traditionelle Vorstellung von einer Mutter, die zur Gewalt unfähig ist, nichts mit der Wirklichkeit zu tun.

Ich glaube nicht, daß die Erfahrung, die ich eben beschrieb, wie man bei Gewalttätigkeit die Lebenskraft ausblendet und alle Emotionen abblockt, ausschließlich weiblich oder männlich ist, oder daß Frauen dies schwerer finden als Männer. Ich habe eine Reihe von Männern kennengelernt, die mir gesagt haben, sie hätten nicht auf Menschen schießen können.«

Ihr letzter Standpunkt leuchtete auch mir allmählich ein: daß die Fähigkeit, Gewalt auszuüben, nicht vom Geschlecht abhängig war. Ich war mir aber nicht so sicher, ob die Ausblendung des Lebenstriebes oder des Instinkts, Leben zu schützen, für Frauen ebenso leicht war wie für Männer. Frauen haben doch sicherlich einen tiefer sitzenden, fast instinktiven Wunsch, Leben zu bewahren? Vielleicht wiederhole ich damit nur ein Klischee, aber was ist mit den vielen Fällen, in denen Frauen sich einer Gefahr stellten, um ihre Kinder zu schützen? Die Löwin und ihre Jungen – ist das alles falsch?

Susanna hielt dies tatsächlich für falsch, wie ihre Theorie, daß Mütter nicht nur Leben schenken, sondern auch nehmen, zeigt. Es ist wahr, wie sie sagte, daß es Beispiele für Mütter gibt, die ihre Kinder umbrachten, aber zweifelsohne beschränkt sich dies nur auf sehr wenige Fälle. Ich sprach jedoch mit einem Kriminologen, der mit Susanna in dem Punkt übereinstimmte, daß Mütter im entscheidenden Moment der Geburt die Macht über Leben und Tod haben. Dieser Mann wies darauf hin, daß in Gesellschaften wie in Italien, wo es Tradition ist, zu Hause zu gebären, die Hebamme und die Mutter oft gemeinsam ein behindertes oder unerwünschtes Kind umbringen. Man denke auch an Länder, wo Mütter Neugeborene umbringen, weil sie nicht männlichen Geschlechts sind. Susannas Verbindung von Mutterschaft und Gewalt enthielt also ein Körnchen Wahrheit.

Sie und ihre Genossinnen pflegten übrigens immer über Männer zu lachen, besonders die jüngeren, die gern mit ihren Lederjacken und einem Gewehr in der Hand umherstolzierten. Sie glaubte, daß einige sich nur der Gruppe angeschlossen hatten, weil es als *macho* galt, nicht, weil sie der Sache irgendwie verpflichtet waren – und hier unterschieden sie sich von den Frauen, die sich erst nach vielen Überlegungen und Zweifeln für die Gruppe entschieden hatten.

Ich erinnerte mich an die Worte der ETA-Frau, die behauptet hatte, Frauen seien viel enger an die Bewegung gebunden, weil sie durch ihre Entscheidung dafür sehr viel mehr zu verlieren hatten. Die relativ lockere Bindung von Männern an die Bewegung, die Susanna und andere Revolutionärinnen beobachteten, spiegelte sich in der Art und Weise, wie Männer auf eine Festnahme reagierten. »Einige der jüngeren Männer waren von Waffen besessen und behandelten sie ein bißchen wie einen Fetisch, auf leicht infantile, typisch männliche Art. Bei Frauen war das nie so; sie brachten sich selbst viel stärker ein. Als Folge gibt es nur einen relativ kleinen Prozentsatz von Frauen, die ›pentiti‹ (reumütig) geworden sind, weil eine Kollaboration für sie ein Ableugnen ihres eigentlichen Wesens bedeutete.«

Damit wolle sie nicht sagen, fuhr sie fort, daß die Genossinnen ein langweiliger Haufen seien, die nicht den Kitzel empfänden, der mit der revolutionären Lebensweise verbunden war. Sie fragte, wie die anderen Frauen, die ich interviewt hatte, ihre Taten nun sahen. Ich schilderte ihr Leila Khaleds wehmütige Erinnerungen an ihre Tage des Ruhms, und Susanna nickte mitfühlend.

»Ich muß schon sagen, daß die Dinge, die wir taten, manchmal aufregend waren. Es war keine ständige Erregung, aber es hatte eine heroische Dimension. Hauptsache war das Gefühl, man konnte die Welt um einen her beeinflussen, statt sie passiv zu erleben. Es war diese Möglichkeit, eine Wirkung auf die Alltagsrealität auszuüben, die wichtig war und offensichtlich immer noch ist.«

Ich fragte mich, wie viel wichtiger dieses Gefühl, aktiv an einer Veränderung der Umwelt beteiligt zu sein, für Frauen in repressiven Gesellschaften ist. Als Susanna aktiv tätig war, erwartete man immerhin in Italien von Frauen totale Passivität; das Gesetz, das Ehemännern gestattete, ihre Frauen zu schlagen, war gerade erst abgeschafft worden. Rückblickend hält sie 1977 für das beste Jahr der *Prima Linea* und die anderen revolutionären Bewegungen. 1978 war der Anfang vom Ende. Im März wurde der Expremierminister Aldo Moro entführt und vierundfünfzig Tage später von den *Roten Brigaden* ermordet. Die Öffentlichkeit war außer sich vor Empörung, und auch jene, die bisher eine Art Sympathie für die Revolutionäre gehegt hatten, betrachteten sie nun als kaltblütige Mörder. Viele, die begeistert an den Straßendemonstrationen von 1977 teilgenommen hatten, gaben ihre revolutionären Ideale auf und ließen die Untergrundkämpfer noch isolierter als zuvor; innerhalb der Gruppen diskutierten die Genossen hitzig, ob man Moro wirklich umbringen mußte.

Im weiteren Verlauf des Jahres verstärkte sich der Krieg zwischen dem Staat und den Revolutionären, und sowohl die *Prima Linea* als auch die *Roten Brigaden* beschlossen, sie bräuchten bessere Waffen als die kleinen Handfeuerwaffen, um den Kampf fortzusetzen. Die *Prima Linea* kaufte im Libanon fünfzehn AK-47er und zwei sowjetische Abschußgeräte, die die Gruppe etwa 100 Millionen Lire kostete. Um diesen Kauf zu finanzieren, wurde ein Dutzend Banküberfälle ausgeführt, doch als die Schiffsladung ankam, waren die Waffen durch Salzwasser verdorben. Kaum eines der teuren Geräte wurde benutzt, und die meisten wurden vergraben oder in Kellern versteckt, wo sie erst Jahre später entdeckt wurden. Die Serie von Banküberfällen hatte eine Reihe von Verhaftungen nach sich gezogen, und viele der gefangenen Militanten begannen, das Schweigen zu brechen.

Susanna erinnerte sich an diese für sie schrecklichen Tage: Der Zerfall der Gruppe, die sie inzwischen als ihre Familie betrachtete, das Gefühl, von den Volksmassen entfremdet zu sein. »Wir hatten große Verluste bei den Militanten, und es herrschte große Desillusionierung; wir fragten uns, wohin wir gehen, was wir tun würden. Aber die Verhaftungswellen ließen uns keine Zeit zum Nachdenken. Schon seit einiger Zeit lebte ich nur in der Gegenwart; die Vergangenheit rechtfertigte, was ich tat, und die Zukunft war eine Zeit, an die ich nicht denken konnte. Jetzt schien plötzlich auch die Gegenwart unmöglich, wie eine Zeit, in der wir nicht mehr existieren konnten.«

Ich fragte sie, ob sie sich in der Falle fühlte, voller Vorwürfe an eine Bewegung, die ihr Leben so schwierig gemacht hatte. Doch solche Gefühle hat sie nicht erlebt; sie wären für sie unmöglich gewesen. Für sie war die Bewegung ihr Kind: »Ich glaube, andere konnten so denken, aber ich war eine der Gründerinnen, eine Anführerin, und ich hatte Verantwortung. Ich glaube nicht, daß ich Vorwurf hätte empfinden können, denn ich hatte ja selbst die Entscheidung getroffen, in der Position zu sein, in der ich mich befand.«

Ihr Haupttrost wurde Sergio Segio (»er wurde zum Zentrum meines Lebens«), ein Mann, der mit ihr die *Prima Linea* gegründet hatte, obwohl sich die beiden erst 1978 zum erstenmal trafen. Susanna erkannte, daß ihre Gefühle für Segio viel tiefer waren als für ihre vorherigen Freunde. Dazu meinte sie: »Das war das erstemal, daß ich versuchte, eine Beziehung aufzubauen, die vielleicht andauerte, die vielleicht auch Schwierigkeiten aushielt.« Sie lebten zusammen und leiteten die Organisation gemeinsam.

1979 war Susanna an den Morden von drei Männern in Turin beteiligt – einem Gefängniswärter, einem Barbesitzer, den man als Informanten verdächtigte, und einem Direktor von FIAT. Im nächsten Jahr soll sie für zwei weitere Morde verantwortlich gewesen sein: an einem ehemaligen Militanten, den man des Verrats beschuldigte, und am Direktor einer Chemiefirma, die verantwortlich für die Giftgaswolke über Seveso war. Es ist nicht bekannt, ob sie und Segio diese Verbrechen gemeinsam ausführten, aber man verdächtigte beide, 1979 die Ermordung von zwei Richtern geplant zu haben. Als sie vier Jahre später vor Gericht standen und ihr lebenslängliches Urteil bekamen, hatten sie gerade geheiratet. Die Zeremonie hatte im Gefängnis stattgefunden. Die Beziehung hielt trotz der grundsätzlichen Meinungsänderung Segios kurz vor Susannas Verhaftung. Er hielt es für nutzlos, bei der *Prima Linea* weiterzumachen, und beschloß, auszutreten. Er wollte, daß auch seine Freundin die Gruppe verließ, aber sie weigerte sich, weil sie glaubte, dieser mehr Loyalität zu schulden als ihrem Freund. Ihre Gefühle für die *Prima Linea* waren wie die einer traditionellen Mutter ihrem Kind gegenüber: Sie mußte es beschützen, besonders, wenn es in Gefahr schwebte.

Ihre Entscheidung hatte eine heftige Diskussion zur Folge, und am Ende ging er, und sie blieb. »Für mich war diese Entscheidung teilweise politisch, teils gefühlsbedingt: Für mich ging es um die Gruppe, an der ich von Anfang an persönlich beteiligt war und die aufzubauen ich geholfen hatte. Daher wollte ich sie nicht verlassen. Sergio wirft mir diese Entscheidung immer noch vor; er meint, ich habe mangelnde Vernunft bewiesen. Aber es war eine Entscheidung, die mit meiner Lebenserfahrung zusammenhing.«

Drei Monate später, im Dezember 1980, wurde Susanna in Florenz verhaftet. Sie schlief, als die Polizei mitten in der Nacht ihr Versteck stürmte und sie aus dem Bett zerrte. Man gab ihr ein paar Schläge (»nichts Schlimmes«) und brachte sie auf eine Polizeiwache, die man aus Mangel an Hochsicherheitszellen extra für sie geräumt hatte. Dort verbrachte sie fünf Tage, tagsüber mit Handschellen an einen Stuhl, nachts an eine Pritsche gefesselt. Sie erinnerte sich, daß sie sich sehr verletzlich fühlte, weil die Hände immer auf dem Rücken gefesselt waren und sie sich nicht schützen konnte. »Ich hatte Glück, denn sie konnten mich nicht schwer prügeln, weil ich bald vor Gericht erscheinen sollte«, erklärte sie.

Man brachte sie zur Untersuchungshaft in einer Reihe von Frauengefängnissen unter, und sie erzählte mir, sie habe von den Wärterinnen gelernt, wie gewaltsam Frauen sein konnten. »Das ist ein anderer Aspekt von Frauen und Gewalt«, sagte sie. »Die Gefängniswärterinnen hatten keine Skrupel, Gewalt anzuwenden. Diese Frauen waren sogar viel schlimmer als die männlichen Wärter.« Die ETA-Frauen hatten etwas Ähnliches gesagt; sie hatten die weiblichen Folterer viel schlimmer gefunden als die Männer. Susanna drückte ebenso wie die baskischen Frauen ihren Abscheu darüber aus, daß diese Frauen anderen Frauen Gewalt antun konnten.

»Die Frauen setzten Gewalt sachlich ein, als eine Disziplinierungsmaßnahme, und wie häufig sie davon Gebrauch machten bei ihrem doch ganz normalen Job, zeigte, daß sie durch und durch gewalttätig waren. Bei den Durchsuchungen mußte ich mich nackt ausziehen, und eine Wärterin tastete mich ab; die andere stand dabei und machte Bemerkungen. Das war viel schlimmer, als wenn ein Mann das getan hätte. Ein Mann hätte sich so verhalten, daß man es akzeptiert hätte. Es wäre logisch gewesen. Aber es war schwer zu akzeptieren, daß eine Frau das einer anderen Frau antut.

Vermutlich wurden wir strenger behandelt als die anderen Gefangenen, weil wir uns anders verhielten. Wir waren hochmütig und hielten uns abseits; wir paßten nicht zu dem, was diese Frauen von Gefangenen erwarteten. Wir sahen die Dinge völlig anders und hatten einen anderen Hintergrund und eine andere Kultur als die Wärterinnen, von denen die meisten nur Grundschulbildung hatten.

In Männergefängnissen spielte sich alles militärisch ab: Die Gefangenen wurden getreten, aber das war zu erwarten; es gab strenge Regeln. Die Frauengefängnisse waren subtiler; an einem Tag wurde man getreten, aber am nächsten versuchten die Wärterinnen, einen nett zu behandeln.«

Susanna wurde in Turin vor Gericht gestellt und mehrerer Morde angeklagt. Aus dem vergitterten Käfig heraus, in dem Terroristen in Italien vor Gericht erscheinen, gelang es ihr, über Mittelsmänner Kontakt zu Sergio aufzunehmen. Er ließ ihr mitteilen, er versuche, sie herauszubekommen; er hatte einen Plan, dessen Einzelheiten sie erfahren würde. Sie konnte es kaum glauben: »Die Hoffnung auf eine Flucht, die Sergio plante, machte mein Leben wieder lebenswert. Ich verbrachte den größten Teil meiner wachen Zeit damit, die Schichtwechsel der Wärter zu beobachten, die schwachen Punkte herauszufinden und die Möglichkeiten zu prüfen. Ich klammerte mich an die Gefängnisgitter und überlegte, wie er mich retten wollte. Zuerst behielt ich das Geheimnis für mich, doch dann verriet ich es zwei anderen Genossinnen.

Sergio plante draußen jede Einzelheit. Ich war sehr gerührt, denn er hatte ja die *Prima Linea* verlassen. Doch er kam meinetwegen zurück.« Ihre Augen glänzten. Ich fragte sie, ob sie ihn in der Rolle des Ritters sah, der seine Dame aus verzweifelter Not rettet. Sie lachte: »Offensichtlich gab es auch politische Aspekte, aber es war eher ein Akt der Liebe. Er schickte mir ein Paket mit Büchern, in denen eine Botschaft versteckt war. Am Tag der Flucht würde er mir einen Strauß Rosen schicken. Ich habe sie nie bekommen, aber mir wurde gesagt, sie seien angekommen, und so wußten ich und die anderen Frauen, es war soweit. Beim Rundgang auf dem Hof gingen wir zur Außenmauer und warteten. Dann hörten wir die Explosion und rannten durch das Loch, das in die Mauer gesprengt worden war.

Das war einer der besten Momente meines Lebens, auf diese Weise aus dem Gefängnis zu entkommen.« Sie hörte erst in den Radionachrichten, daß ein Mann dabei getötet worden war, und dann bestand sie darauf, daß man dessen Hinterbliebenen eine Entschuldigung zukommen ließ.

Sie und Sergio, ein Paar wie Bonnie und Clyde, flohen nach Venedig, der Stadt, die sie liebte und am besten kannte. Die beiden anderen Frauen, die mit ihr geflohen waren, wurden fast sofort wieder gefaßt, aber Susanna konnte zehn Monate auf der Flucht verbringen, bis jemand den Behörden ihren Aufenthalt verriet.

Sie bezeichnete diese Monate als Zeit der Verzweiflung. Niemand schien mehr an den bewaffneten Kampf zu glauben, viele Genossen waren verhaftet worden, viele andere waren ins Ausland geflohen. Susanna wies jedoch eine solche Lösung für sich zurück: Ihre emotionale Bindung an die Gruppe war zu stark. »Ich war nicht so einsichtig«, gab sie zu. »Ich fühlte mich zwischen der Pflicht und dem Gefühl, alles aufzugeben, zerrissen. Ich sagte immer wieder: ›Nein, das können wir nicht tun‹.« Ihr und vier oder fünf anderen gelang es, die Gruppe zusammenzuhalten. Sie erinnerte sich, wie sie und eine Genossin darüber gelacht hatten: Die meisten Männer saßen im Gefängnis; nun sei es an der Zeit für die Frauen, die Macht zu übernehmen. Es war wie immer: Im Krieg erlaubte man auch den Frauen zu kämpfen. Aber sie hatten schon lange gekämpft, und nur wenige hatten noch den Schwung, weiterzumachen. Es gab praktisch keine Aktionen mehr. Susanna wollte die Genossinnen retten, die sie im Gefängnis zurückgelassen hatte, und empfand dies als starke emotionale Verpflichtung, aber niemand wagte es, ein solches Unternehmen auszuführen, weil das Netz der Polizei immer enger wurde. Dazu herrschte die Angst davor, was geschehen würde, wenn man sie wieder faßte, denn aus den Gefängnissen drangen Geschichten von systematischer Folter an ihren Genossen. Die klein gewordene Gruppe debattierte stundenlang darüber, wie sie mit einer solchen Brutalität fertig werden würde. Dann beging ein Genosse Selbstmord, und die Moral der Gruppe sank noch tiefer.

Susanna befand sich in einem viel schlechteren emotionalen Zustand als die meisten ihrer Freunde. Kurz vor ihrer Flucht hatte sie erfahren, daß ihre Mutter schwer an Krebs erkrankt war. Sie konnte nicht das Risiko eingehen, sie zu besuchen, weil man sie dann sofort fassen würde, doch ihr Versagen macht ihr heute noch zu schaffen. »Darüber kann ich nur sehr schwer reden, weil ich meine Mutter sehr liebte und sie sehen wollte, aber ich habe mich nicht getraut. Ich wußte, daß ihr das einen grausamen Schlag versetzte.«

Im Oktober 1982 wurde sie in einer Bar in Mailand erneut verhaftet. Sie machte sich innerlich auf die Folter gefaßt, wurde aber von den Beamten freundlich behandelt. Man brachte ihr schonend bei, daß ihre Mutter zwei Monate zuvor gestorben war. »Als ich das erfuhr, war ich in einem schrecklichen Zustand. Außerdem war ich wegen Sergio verzweifelt. Ich saß zum zweitenmal, und er war draußen ohne mich. Ich hatte Angst um ihn und fragte mich ständig, was er wohl tat.« Drei Monate später wurde Segio ebenfalls verhaftet, nachdem er offensichtlich ein unnötiges Risiko eingegangen war, als sei ihm seine Freiheit nicht mehr wichtig. Vielleicht wollte er nicht ohne Susanna bleiben; inzwischen brauchten die beiden einander sehr, um weiterzuleben. Sie bemerkte dazu: »Es war, als wäre er unendlich müde geworden.«

Später in diesem Jahr wurden sie im Gefängnis getraut, während sie noch auf ihre Verfahren wegen Mordes warteten. Die Zeremonie dauerte zweieinhalb Minuten und wurde vom Verkehrsdezernenten von Florenz durchgeführt. Sie lachte. »Ich glaube, ich bin die einzige Braut, die ihre Flitterwochen im Rückwärtsgang verbracht hat, denn die Straße vom Frauengefängnis zum Männergefängnis war zu schmal für das gepanzerte Fahrzeug, um zu wenden. Das bedeutete, der Fahrer mußte rückwärts fahren, und ich saß hinten und umklammerte meinen kleinen Blumenstrauß.«

Ich meinte, es sei doch eine sehr bourgeoise Handlung, so zu heiraten. Da sah sie ein wenig verlegen aus und beeilte sich, zu erklären: »Es hatte zwei Gründe: Einer war, daß es damals, 1983, schwer war, sich mit jemandem im Gefängnis zu treffen, mit dem man nicht verheiratet war. Zweitens war die Hochzeit eine Art Bestätigung unserer Beziehung, die wir vermutlich nicht gebraucht hätten, wenn wir nicht im Gefängnis gewesen wären. Zu wissen, daß wir verheiratet waren, war in der Isolierung der Haft für uns ein Trost.«

Das erste Jahr ihrer zweiten Haft verbrachte sie mit Träumen von Flucht und in Wut über die Genossinnen in den Nachbarzellen. Diese Frauen, über deren Los sie sich in den zehn Monaten ihrer Flucht solche Gedanken gemacht hatte, schienen nur an eines zu denken – wie sie im Gefängnis ein Kind bekommen konnten. »Ich hatte mir um diese Frauen Sorgen gemacht, wie ich sie herausbekäme, und sie konnten über nichts anderes reden. Ich habe nichts gegen Babys, aber ich wollte keins, und ich fühlte mich eine Weile bei ihnen wie eine Fremde.«

Drei Jahre lang wurde Susanna in Italien hin und her verlegt, um vor Gericht in Neapel, Padua, Turin, Mailand und Florenz zu erscheinen. Sie scherzte, daß sie nur an Weihnachten und anderen Feiertagen nicht vor Gericht stand. Langsam begann sie ihre Verpflichtung dem bewaffneten Kampf gegenüber anzuzweifeln, und im Verlauf der nächsten zwölf Monate »distanzierte« sie sich. Für sie, die so viel für die Sache geopfert hatte, war es eine Zeit der persönlichen Krise. »Es war ein sehr schmerzlicher Prozeß; mein Leben und der bewaffnete Kampf waren so eng miteinander verknüpft. Es ging nicht um eine schlichte Entscheidung. Ich litt sehr darunter, als ich versuchte, mich von dem zu lösen, was ich getan und an was ich geglaubt hatte. Manchmal fühlte ich mich so schlecht, daß ich meinte, ich könnte nicht mehr weiter; ich dachte, ich würde zusammenbrechen. Ich habe es inzwischen zum größten Teil bewältigt, aber ich gehöre nicht zu den Leuten, die sagen: ›Wir waren verrückt. Ich bin aus einem Albtraum erwacht und habe gemerkt, wie verrückt wir alle waren.‹ Das glaube ich nicht. Ich glaube, daß wir zu einer Kultur gehörten, die dachte, wir könnten eine andere politische Identität schaffen, und im Kontext jener Zeit hatte Gewalt ihre Rolle. Damals war es logisch. Ich will nicht sagen, daß alles wunderbar war, was wir taten, aber ich glaube nicht, daß es richtig wäre, alles abzuleugnen, was geschah, und zu tun, als existierte die Vergangenheit nicht mehr. Ich betrachte das, was ich durchgemacht habe, als einen Prozeß der Loslösung von meinen damaligen Gedanken, jener bestimmten politischen Identität. Es war nicht an einem Tag schwarz und am nächsten weiß. Bestimmte Dinge hätte ich lieber nie getan, besonders Aktionen, bei denen Menschen umkamen, aber am stärksten bedauere ich natürlich, daß ich meine Mutter nicht besuchte. Ich bereue aber nicht, für ein Prinzip gearbeitet und gekämpft zu haben.« Damit würde sie sich selbst verleugnen, aber dennoch fühlte sie sich schuldig: »Wenn Menschen verletzt wurden... das kann ich einfach nicht wiedergutmachen. Ich habe vielen Menschen Leid zugefügt. Das bedauere ich.«

Hatte sie irgendwelche psychologische Hilfe bekommen? Sie kicherte. »In italienischen Gefängnissen muß man sich ab und zu mit einem Psychologen unterhalten. Aber die Frau, mit der ich dann rede, behandelt mich wie ihresgleichen. Sie versucht nicht, mich zu analysieren, und findet mich ziemlich normal.« Susanna bestreitet auch, daß die Gewalt der Vergangenheit eine Art Barriere zwischen ihr und anderen Frauen aufgebaut habe. Nein, es gäbe keine Unsicherheit, keine Schwierigkeiten, wiederholte sie. Ihre engsten Freundinnen seien jene, die sie hier im Zentrum kennengelernt habe. »Ich glaube nicht, daß ich irgendwie anders bin als alle anderen«, sagte sie leise.

Das war ihre wirkliche Tragik: Daß sie so sehr wie andere Frauen wirkte, aber es dennoch nicht sein konnte. Sie tat mir leid, und ich mußte mir in Erinnerung rufen, daß sie viele Menschen getötet oder verletzt hatte. Sie war eine sehr intelligente Frau, aber sie hatte ihr eigenes Leben und das zahlloser anderer zerstört. Wenn sie sich anders entschieden hätte, sie hätte viel Gutes bewirken können; es schien eine Verschwendung. Doch Mitleid wollte sie ganz offensichtlich nicht.

Segio würde bald für ihre gemeinsame Stunde ankommen, und sie wurde leicht unruhig. Konnte sie sich eine Zeit vorstellen, in der sie beide aus dem Gefängnis entlassen wären und das ruhige Leben eines älteren Paares führten? Diese Vorstellung fand sie belustigend. »Es ist im Gefängnis fast unmöglich, länger als einen Monat vorauszudenken, ganz zu schweigen von der weiteren Zukunft. Ich meine, es ist schwer, sich vorzustellen, daß wir uns nicht für irgend etwas einsetzen, wenn wir rauskommen, aber ich weiß noch nicht, was das sein wird. Es ist schwer genug, im Augenblick zu leben.«

»Sie können nicht akzeptieren, daß Frauen so etwas tun«

Der Mythos der schwachen Frau

Die zirka zwanzig Frauen, zum Teil Tausende von Meilen voneinander getrennt lebend, hatten eines gemeinsam: Sie waren bereit zur Gewalt, um ihr jeweiliges Ziel zu erreichen. Eine, Leila Khaled, hatte damit Erfolg und entging der Strafe; die IRA-Freiwillige und die Frauen der Intifada kämpfen weiter; andere wurden verurteilt. Einige bereuen ihre Taten, andere nicht. Sie lösten bei mir ein breites Spektrum von Gefühlen aus: Mitleid für ein verschwendetes Leben, Angst, weil ich wußte, der Tod eines Individuums bedeutete ihnen wenig und konnte mit der Phrase »Kriegsopfer« aus ihrem Bewußtsein gelöscht werden, Entsetzen über die Aktionen, die sie schilderten, Bewunderung für jene, die gegen große Widerstände ankämpften, und Verblüffung über ihr paradoxes Verhalten.

Manche lebten oder leben unter so schrecklichen Umständen, daß man deutlich erkennen konnte, warum sie dagegen ankämpfen: die Frauen der Intifada zum Beispiel. Andere engagieren sich für eine Sache, die in der Vergangenheit ihren Ursprung hat, während andere die Kriege, in denen sie kämpfen, selbst angezettelt haben. Einige sind Opfer, andere Angreifer, andere wiederum eine Mischung aus beidem. Der einzigartige Fall von Miss Kim beleuchtet, daß es zweifelsohne keine Gewalttat gibt, die eine Frau nicht begehen würde.

Es hätte überrascht, wenn diese Frauen nichts miteinander gemein gehabt hätten. Manche, wie die IRA-Freiwillige und die vierzehnjährige Intifada-Kämpferin, die beide von dem »normalen« Leben sprachen, das sie gern hinter sich gelassen hatten, aber auch von den Einschränkungen ihres neuen Lebens, drückten eine fast identische Haltung aus. Allgemein gesehen waren jedoch die Gemeinsamkeiten weniger deutlich auszumachen.

Die Mehrheit der Interviewten stammte aus Gesellschaften, in denen Frauen unterdrückt werden – Spanien, Irland und Italien –, in denen man von Frauen erwartet, Mütter und Bewahrer des von Gott geschenkten Lebens zu sein. In arabischen Kulturen spielen Frauen vorwiegend noch die Rolle von zweitklassigen Bürgern und Dienern der Männer. Nordkorea könnte kaum repressiver sein, und selbst die Bundesrepublik Deutschland, in denen die Emanzipation der Frau so weit entwickelt ist, hatte, wie wir wissen, eine »erstarrte« Gesellschaft, aus der die Baader-Meinhof-Gruppe erwuchs.

Meine Gesprächspartnerinnen haben alle das Tabu gebrochen, das nicht nur in repressiven Gesellschaften besteht, sondern in der ganzen Welt, daß Frauen nicht zur Gewalt greifen. Das allein macht sie außergewöhnlich und weist auf einen angeborenen Unabhängigkeitsdrang hin. Wenn sie dieses Tabu einmal gebrochen haben, hegen die meisten nicht die Absicht, nach geschlagener Schlacht wieder in die Küche zurück verwiesen oder auf das Podest der Madonna gehoben zu werden. Feminismus lag allen Frauen außer zweien (Miss Kim und Leila Khaled) am Herzen, obwohl sie aus verschiedenen Richtungen zu einer feministischen Position gelangt waren. Es scheint, daß Frauen in den nationalistischen Bewegungen – bei den Iren, Basken und Palästinensern – nicht nur für politische Unabhängigkeit kämpften, sondern in der neuen Gesellschaft, für die sie sich einsetzten, auch Gleichberechtigung für ihr Geschlecht durchsetzen wollten. Als Folge ihrer Aktivitäten gelangten sie zu der klaren Erkenntnis, daß sie an der Front den Männern ebenbürtig waren. Die Frauen der ETA bewiesen sich in dieser Hinsicht so gut, daß sie mit Billigung der Genossen eine eigene Frauenbewegung gründeten. Man denkt auch an die Gesetzesvorlage für Gleichberechtigung der Intifada-Frauen und die Erkenntnis der IRA-Frauen, daß der Kampf für Gleichberechtigung parallel mit dem nationalistischen Kampf laufen muß.

Frauen aus revolutionären Gruppen in Deutschland und Italien begannen als militante Feministinnen und verbündeten sich anschließend mit Männern, um den breiteren Kampf gegen die Gesellschaft zu führen.

Ist es von Bedeutung, daß so viele der Frauen Feministinnen sind? Gewiß schien das die Meinung des Leiters der deutschen Antiterrorismus-Abteilung zu sein, als er »Frauenemanzipation« als Grund für die hohe Anzahl von deutschen Terroristinnen angab. Doch nur ein verschwindend geringer Prozentsatz von Feministinnen greift zur Gewalt, und es herrscht unter ihnen allgemein die Meinung, daß Männer im Gegensatz zu Frauen gewalttätig sind und den Kampf lieben. Der Grund, warum sich Frauen der Gewalt zuwenden, muß in einer Kombination von Umständen liegen: Sie betrachten sich nicht nur als Opfer von dem, was ihre männlichen Kollegen »politische Unterdrückung« nennen, sondern auch als Opfer von männlicher Unterdrückung. Italienische Männer hatten das gesetzlich verbriefte Recht, ihre Frauen zu schlagen; baskische Frauen leiden ebenfalls unter dem Macho-Image ihrer Männer; deutsche Frauen, deren Stimmen man im Hitler-Deutschland nie vernahm, mußten die nationale Schuld für seine Verbrechen gegen die Menschheit mittragen. Deutsche Revolutionärinnen waren überzeugt, wenn sie unter Hitler eine Stimme gehabt hätten, wären viele Untaten nicht geschehen. Ihre Mütter waren von der Armee ausgeschlossen gewesen, sie aber waren nun entschlossen, wenigstens heute eine militärische Rolle beim Sturz der deutschen Regierung zu spielen. Vermutlich haben deutsche Frauen mehr Gründe zur Wut, und diese Wut ist Teil des nationalen Schuldkomplexes. Dies schien der Wahrheit näher zu kommen, als den wachsenden Feminismus vorzuschieben.

Es hatte offenbar viel mit der Nachkriegssituation in Westdeutschland zu tun, wie ich erfuhr. Die jüngere Generation schien entschlossen, niemals an Verbrechen der Gesellschaft teilzunehmen oder sie totzuschweigen; sie haßte die Eltern, weil sie ehemalige Nazis waren, die sich nie mit ihrer Vergangenheit auseinandergesetzt hatten.

Man hat in Deutschland den Faschismus verdrängt, sagte mir eine der Gefragten; zum Trauern hatte man keine Zeit. Ein Umdenken begann mit den Studentenprotesten. Damals glaubte man, der Staat sei der Unterdrücker, und es wäre recht, Gewalt anzuwenden. »Nach dem Krieg waren eine Menge Nazis unmittelbar zur Tagesordnung übergegangen. Sie waren überall – jeder zweite war Nazi, und sie besetzten einflußreiche Stellen im Geschäftsleben und im Rechtswesen. Sie setzten einfach ihre Karrieren fort. Auf dem Höhepunkt der RAF gab es etwa zwanzig bis dreißig Aktivisten, und es herrschte jede Menge Sympathie für uns, denn jeder kannte jemanden, der entweder mitmachte oder Aktive unterstützte. Alle waren betroffen. Es war eine Frage von Verantwortung.«

Der Schlüssel ist das Bewußtsein, *doppeltes* Opfer zu sein; die Unterdrückung muß an zwei Fronten bekämpft werden. In diesem Licht überrascht es vielleicht noch mehr – und diese Meinung wird von zahlreichen Kriminologen und Psychiatern geteilt –, daß nicht *mehr* Frauen zur Gewalt greifen.

Auch in der deutschen Neonazi-Bewegung spielten Frauen eine größere Rolle. 1988 wurde Sibylle Vorderbrügge aus dem Gefängnis entlassen, nachdem sie acht Jahre ihrer lebenslänglichen Strafe für den Mord an zwei vietnamesischen Flüchtlingen, für Bombenanschläge, Brandstiftungen und Mitgliedschaft in einer terroristischen Vereinigung verbüßt hatte. Nun war sie zweiunddreißig und hatte einen Teil ihrer Strafe im gleichen Hochsicherheitstrakt des Stammheimer Gefängnisses abgesessen wie Mitglieder der RAF. Ihre Überzeugungen konnten sich jedoch von denen ihrer Mitgefangenen kaum stärker unterscheiden.

Die Gruppe, zu der sie 1980 stieß, wurde von dem berüchtigten Neonazi Manfred Roeder angeführt, der behauptete, einer von Hitlers

Admirälen hätte ihn zum Nachfolger des Führers bestimmt. Er war fünfundfünfzig, Rechtsanwalt und hatte in den fünf Jahren zuvor eine kleine Gruppe von Männern und Frauen um sich geschart, die ihn tatsächlich für den neuen Führer hielten. Sie betrachteten es als ihre Aufgabe, Deutschland von Ausländern zu befreien.

In einer Reihe von Artikeln in der Illustrierten *Quick* behauptete sie, zu immer schwereren rassistischen Anschlägen verführt worden zu sein, die schließlich zu Mord führten, weil sie Roeder verfallen war. Alles sei eigentlich nicht ihre Schuld, weil sie so von dem Mann besessen gewesen sei. »Es war, als sei ich blind gewesen«, soll sie gesagt haben.

Christian Lochte, der inzwischen verstorbene Leiter des Hamburger Verfassungsschutzes, hielt Sibylle Vorderbrügge für ein gutes Beispiel, wie Frauen sich einer Sache hingeben, viel stärker als Männer.

Sie verkörpere alles, sagte er, was er immer über Terroristinnen geglaubt habe. »An einem Tag hatte sie noch nie etwas über Neonazis gehört, am nächsten war sie hundertprozentig dabei. Sie wurde über Nacht zur Kämpferin.« Diese vollständige Hingabe an eine Sache, bei der alles andere ausgeschlossen wird, selbst Familienbeziehungen und Herkunft, werde ebenfalls durch den Fall Susanne Albrecht verdeutlicht.

Wenn Susanne, so Christian Lochte, ein Mann gewesen wäre, hätte sie versucht, ihre RAF-Genossen zu überzeugen, sich eine andere Persönlichkeit als mögliche Geisel auszusuchen – jeden anderen, nur nicht ihren Onkel Jürgen. »Doch«, so Lochte, »ihre Einstellung war, ein Ziel direkt und ohne Zögern oder Unterbrechung zu verfolgen. Diese Haltung ist Männern unmöglich.

Susanne war so von Emotionen und Ideologie überwältigt, daß ihr völlig egal war, was geschah. Das kann bei Männern auch passieren, aber nicht auf so radikale Weise – daß man alle Hindernisse aus dem Weg fegt, ohne an die Folgen zu denken. Ein junger Mann hätte sich anders verhalten, er hätte versucht, eine andere Lösung für das Problem zu finden. Für Susanne hingegen gab es keine verschiedenen Stadien oder Schritte. Sie war sofort bereit, es zu tun, und ging anschließend in den Untergrund.«

Diese stärkere Verpflichtung an eine Sache und die Fähigkeit, ein gewünschtes Ergebnis ungeachtet aller anderen Aspekte zu erzielen, sind Eigenschaften, die Frauen viel gefährlicher machen als Männer, wenn sie sich entscheiden, sich einer revolutionären oder terroristischen Gruppe anzuschließen. Frauen würden nicht zögern, sagte mir Lochte, zu schießen, wenn sie sich in die Ecke gedrängt sähen – ein Schluß, zu dem er nach jahrelanger Beobachtung gelangt ist. »Wem sein Leben lieb ist, sollte zuerst auf die Terroristinnen schießen.

Meiner Erfahrung nach haben Terroristinnen einen viel stärkeren Charakter, mehr Kraft und Energie als Männer. Es gibt mehrere Beispiele, in denen Männer, die sich in die Ecke gedrängt sahen, einen Moment zögerten, ehe sie abdrückten. Die Frauen schossen immer sofort. Das ist ein allgemeines Phänomen.« Ich fragte ihn, was er für den Grund hielt, warum Frauen im Gegensatz zu Männern nicht zögerten.

Seine Erklärung war, daß Frauen mehr überwinden müßten, ehe sie überhaupt in eine terroristische Gruppe gelangten; sie müßten gegen Sexismus genauso ankämpfen wie gegen den Feind. Und sie könnten ihre Ebenbürtigkeit am besten beweisen, indem sie noch härter waren als Männer. »Ich glaube, die Frage, wie Frauen ihren Platz in einer Welt der Männer finden, spielt eine wichtige Rolle in der Welt des Terrorismus. Es hat eine Menge mit Emanzipation zu tun. Und in linken Kreisen taucht immer wieder die Frage auf, ob die Frauenrolle hier viel wichtiger sei als in anderen Bereichen der Gesellschaft.«

Alle Frauen, abgesehen von Miss Kim natürlich, sind stolz auf das, was sie erreichten. Sie erlebten beim Morden nicht unbedingt einen Kitzel, obwohl Leila Khaled eine sehr merkwürdige Schadenfreude zeigte, als sie schilderte, wie sie ihre Opfer einschüchterte. Aber sie waren froh, zu gleichen Bedingungen wie Männer kämpfen zu können. Sie haben bewiesen, daß Frauen ebenso fähig sind wie Männer, Bomben herzustellen, zu legen und zu zünden, und wahrscheinlich können sie genausogut schießen.

Es spielt keine Rolle, wie schwach oder körperlich unbedeutend eine Frau ist, sie ist ebenso einschüchternd wie eine eindrucksvolle Männergestalt, wenn sie ein Gewehr hält und weiß, wie man es benutzt. Zwei der Frauen waren sehr klein: Txikia und ihrer eigenen Einschätzung nach Leila Khaled, obwohl sie mir nicht als besonders zierlich auffiel. Txikias Augen glänzten, als sie von der Macht der Waffe sprach und wie sie damit die lästige Schreibtischarbeit umgehen könne, und Leila Khaled beschrieb höchst erinnerungswürdig den Kitzel, den sie erlebte, wenn sie die absolute Kontrolle hatte: mit Hilfe ihrer Waffen. Susanna Ronconi schilderte lebhaft, wie stark sie sich mit einer Waffe fühlte: beschützt und weniger verletzlich in ihrem Alltagsleben.

Fanden diese Frauen es schwerer als Männer, zu töten und zu verletzen? Nein. Susanna Ronconi meinte, sie habe viele Männer kennengelernt, die sagten, sie hätten nie so töten können wie sie. Sie hält Gewalt nicht für ein Vorrecht der Männer. Andere Frauen bestätigten ihre Meinung. Einige Menschen können töten, andere nicht. Es spielt keine Rolle, ob man ein Mann ist oder eine Frau.

Sind diese Frauen irgendwie verstört, verrückt oder schlecht? Ist etwas mit ihnen geschehen, das sie in der Welt der Frauen zu solchen Außenseitern machte? Man fragt seine Gesprächspartnerinnen nicht nach dem Ausmaß ihrer Körperbehaarung, aber es war ganz offensichtlich, daß alle Frauen eher intelligent und ausdrucksfähig waren. Noch schienen sie Männer sein zu wollen. Es fiel auf, daß die Frage, ob sie von einem Freund an die Front gelockt worden seien, am ehesten Wut auslöste. Das war, als hätte man unterstellt, sie seien nicht fähig, einen solchen Schritt allein zu unternehmen.

Ob sie an seelischen Störungen litten, kann ich nicht beurteilen. Manchmal schienen sie von bestimmten Fragen verstört. Amaia von der ETA zum Beispiel schien noch nie an die Folgen ihrer Taten gedacht zu haben. Sie stritt in einem Atemzug ab, Menschen getötet zu haben, nur um im nächsten ihre Befriedigung auszudrücken, daß sie die »Hunde« umgelegt hatte. Dies nannte ein Psychologe, Oliver James, der Menschen mit Neigungen zur Gewalt untersucht hat, als Beispiel für »Aufspaltung«, die Ko-Existenz zweier entgegengesetzter Haltungen zum gleichen Thema. Aufspaltung ist nach James bei gewalttätigen Menschen verbreitet. Es handelt sich um einen schizoiden Mechanismus, der ein Symptom von Schizophrenie sein kann, obwohl jemand mit schizoiden Zügen nicht unbedingt schizophren sein muß. Hatten Amaias Taten sie an den Punkt des Wahnsinns getrieben? Sie wirkte nicht wie eine Frau auf der Kippe zum Zusammenbruch, aber sie hatte vielleicht ungelöste Probleme mit ihrer Vergangenheit.

Susanna Ronconi empfand ich als eine Person, die das Problem Gewalt für sich gelöst hatte. Sie beschrieb aufrichtig, wie schizophren sie sich nach dem Erlebnis ihres ersten Mordes fühlte. In der Sprache der Kriegsberichterstatter würde man dies als »Grabentrauma« oder »posttraumatischen Schock« bezeichnen. Susanna gab auch zu, die »lebensbewahrende Kraft« in sich beiseite zu schieben, wenn sie tötete. Das war einer der Gründe für sie, warum es unmöglich ist, lange mitzumachen, weil man unvermeidlich in eine persönliche Krise gerät. Sie erlebte ihre Krise im Gefängnis und überwand sie.

Miss Kim, die bei der Erkenntnis dessen, was sie getan hatte, zutiefst depressiv wurde, griff zur Religion, um sich zu helfen. Sie wurde zudem von einem Team unterstützt, das aus ihr einen neuen Menschen machen wollte. Sie wirkte sehr kontrolliert, vielleicht zu sehr. Eine ihrer Betreuerinnen bemerkte, Miss Kim habe in den zwei Jahren, seit sie sie kannte, niemals ein persönliches Gefühl ausgedrückt. Sie besitze außerdem kein Selbstgefühl, was nach lebenslanger Gehirnwäsche nicht überrascht. James hielt es für bedeutsam, daß dieser Mangel an Identität mit einer schönen körperlichen Erscheinung verbunden war – »auffallend schönes Aussehen im Gegensatz zu der inneren Leere«. Er sagte, Miss Kim zeige viele Symptome einer »Borderline-Persönlichkeit«. »Das bedeutet, man erfährt einen Großteil seines Lebens aus zweiter Hand, existiert nur ›als ob‹ und hat nur echte Gefühle, wenn man eine Rolle spielt.«

Leila Khaleds Unfähigkeit, sich in die Lage ihrer Opfer zu versetzen, und ihre offensichtliche Absonderung vom Rest der Menschheit ist ebenfalls verstörend. Doch ihre Rollen als Mutter und Politikerin erfüllt sie gut.

Sie ist eine der drei Frauen in diesem Buch, die vor dem Alter von vierzehn Jahren einen Elternteil verlor, entweder durch Tod, Krankheit oder Trennung. James fand auch dies bedeutsam. Untersuchungen zufolge neigen Frauen, die vor dem Alter von vierzehn einen Elternteil verlieren, viel stärker zu Depressionen.

Ob depressiv oder nicht, ich hatte sicher nicht das Gefühl, vor einer Wahnsinnigen zu sitzen, was nicht heißen soll, daß ich nicht gelegentlich, bei manchen Sätzen, innerlich geschaudert habe. Die ETA-Frau Gloria mit ihrer Warnung, daß die Kinder der Zivilgarde ebenso als Ziele galten wie ihre Väter, hat mich sehr schockiert.

Die Frauen schienen mir auch nicht schlecht oder völlig herzlos. Einige waren ärgerlich, andere sagten schreckliche Sachen, aber sie wirkten nicht wie Ungeheuer. Ich erinnere mich an den geqälten Gesichtsausdruck der ehemaligen IRA- Frau, als sie fragte: »Glauben Sie, wir freuen uns, wenn eine Busladung mit jungen Soldaten hochgeht?« Sie sind zweifellos daran gewöhnt, auf moralische Anschuldigungen zu antworten, aber das macht ihre Antwort nicht zur Lüge. Sie glauben ehrlich, daß es sich um eine Kriegstragödie handelt, wenn Unschuldige getötet werden.

Vielleicht sollte man die Frage anders stellen: Besitzen diese Frauen Eigenschaften, die sie zu besonders guten Kämpferinnen machen, und sind diese Eigenschaften für Frauen typisch?

Susanna Ronconi erklärte, warum für sie Gewalt mit Mutterschaft zusammenhing: »Die Frau schenkt Leben, die Frau nimmt aber auch Leben.«

Mutterschaft und mütterliche Instinkte sind deutliche Themen, die die Interviews durchziehen. Viele Frauen hatten Schuldgefühle wegen ihrer Taten und weil sie ihre Kinder um der Sache willen vernachlässigen mußten. So wie die beiden Intifada-Mütter, aber auch Leila Khaled, die die zusätzliche Last zu tragen hatte, ihre Kinder vor einem Anschlag schützen zu müssen, nur weil sie ihre Kinder waren. Rita O'Hare, die ehemalige IRA-Frau, floh aus Angst, ihre Kinder könnten Schaden nehmen, und es war der Gedanke an sie, der sie um ihr Leben kämpfen ließ, als sie verletzt war.

Viele der anderen Frauen ohne Kinder hatten sich dennoch stark mit dem Gedanken an Mutterschaft befaßt und was dies für ihre Zukunft als Kämpferin bedeuten würde. Mary Doyle von der IRA überlegte lange, ob sie einen Hungerstreik beginnen sollte, weil dieser sie unfruchtbar machen konnte, entschied sich aber schließlich doch für diese Protestform. Die ETA-Guerillas sagten, nur wenige Mütter beteiligten sich am direkten Kampf, weil sie Angst hätten, was aus ihren Kindern würde, und diese Angst zwinge die Kommandos, das Kinderkriegen aufzuschieben. Ulrike Meinhof und Gudrun Ensslin verließen ihre Kinder entschlossen zu Gunsten der Revolution. Ulrike Meinhof ging einen Schritt weiter, indem sie zustimmte, ihre kleinen Töchter in ein palästinensisches Waisenlager zu schicken, wo sie eine gute Chance hatten, wie sie zur Kämpferin ausgebildet zu werden.

Susanna Ronconi, schwanger von einem Genossen, als sie gerade den revolutionären Weg eingeschlagen hatte, trieb ab. Als sie von der Gruppe sprach, die sie gegründet hatte, und der Loyalität zu dieser, die die ihrem Geliebten gegenüber übertraf, war es, als spräche sie von der Liebe einer Mutter zu ihrem Kind. Die Intifada-Mütter bezeichneten den Aufstand tatsächlich als ihren Sohn, ihr Lieblingskind, zugunsten dessen man andere Kinder vielleicht würde opfern müssen. Als Leila Khaled Kinder an Bord des Flugzeugs sah, das sie entführen würde, zögerte sie, rief sich aber dann die zahllosen anderen Kinder ins Gedächtnis, die sich auf sie verließen. Es war, als könnten die Frauen mütterliche Instinkte auf ihre Sache projizieren. Eine Mutter wird zur Mörderin, um ihr Kind zu schützen, und wenn eine solche Projektion mütterlicher Instinkte möglich ist, dann kann sie als Erklärung dienen, warum eine Menge Frauen so viel hingegebener, entschlossener und engagierter waren als ihre Genossen.

Susanna Ronconi wies auf einen weiteren Unterschied zwischen Männern und Frauen als Guerillas hin. Sie pflegte über Männer zu lachen, die die Waffe als Fetisch betrachteten und sich der Bewegung angeschlossen hatten, weil sie ihr Macho-Image stärkte. »Frauen«, sagte sie, »bringen viel mehr von sich und ihrem ganzen Wesen in die Sache ein.« Deshalb sind viel weniger Frauen bereit, ihre Kameraden zu verraten, wenn sie gefaßt werden. Ihre Verpflichtung geht tiefer, da sie nicht von oberflächlichen, zufälligen Überlegungen geleitet worden waren.

Der Leiter der deutschen Antiterrorismus-Abteilung stimmte mit ihr überein. Er nannte als Beispiel, wie sich die RAF-Männer und -Frauen unterschieden, die man nach dem Fall der Berliner Mauer gefaßt hatte.

Die Frauen hatten viel stärker gezögert als die Männer, Informationen preiszugeben. Die Polizei schloß daraus, daß die Frauen, wenn sie zum Reden bereit waren, eher aus Schuldbewußtsein wegen vergangener Taten sprachen und nicht, um sich Strafmilderung zu verschaffen, wie ihre männlichen Kollegen.

Txikia argumentierte im gleichen Sinne, daß Frauen viel mehr gäben, wenn sie sich einem ETA-Kommando anschließen: Sie hätten so viel mehr zu verlieren. »Es besteht eine große Chance, daß man seine Familie verliert, sein Zuhause und natürlich alle Sicherheit... Männer wissen, was immer mit ihnen geschieht, die Frauen kümmern sich um die Kinder. Doch wenn eine Frau das gleiche tut, muß sie alle Bindungen durchtrennen und solche Gefühle vergessen.«

Im Gespräch mit Christian Lochte gewann ich den Eindruck, daß er die Terroristinnen bewunderte, die er zwanzig Jahre lang studiert hat. Die meisten terroristischen Gruppen sind ziemlich instabil, und er glaubte, daß die wichtigsten Eigenschaften, die Frauen einbringen, ihr Pragmatismus und ihre Praxisbezogenheit seien. Er verglich die terroristischen Untergrundbewegungen mit einer Nation im Krieg. »Im Krieg sind Frauen immer viel fähiger, alles zusammenzuhalten. Das ist für eine Gruppe Terroristen und ihre Dynamik sehr wichtig. Besonders bei einer Gruppe wie der RAF, in der es eine Menge Diskussionen um Strategien und das tagtägliche Leben gibt. Frauen stehen in solchen Gruppen im Vordergrund, weil sie so praktisch sind.«

In den Anfangstagen der RAF war es Gudrun Ensslin, die das Geld verwaltete, und Ulrike Meinhof, die Wohnungen für die Gruppe beschaffte, zwei von vielen Beispielen für diese praktischen Züge.

Lochte schilderte mir ein Beispiel aus dem Alltag: Vor kurzem habe es eine Fernsehsendung über eine Frau gegeben, die eine Computerfirma gegründet hatte. Sie beschäftigte fünfzehn Personen, zwölf davon waren Frauen. Befragt, warum das so sei, ob sie feministische Gründe habe, antwortete sie mit nein, ihre Beschäftigungspolitik beruhe auf den grundsätzlichen Unterschieden zwischen Männern und Frauen. Frauen begriffen besser und schneller als Männer und seien pragmatischer. Sie lernten nicht nur schnell, sie arbeiteten auch schneller.

»›Die Männer dagegen wollen mit den Computern spielen, experimentieren und etwas Neues erfinden. Mit dieser Haltung könnte ich nicht existieren. Die Arbeit schaffe ich nur mit Frauen.‹

Daran ist mehr als nur ein Körnchen Wahrheit, wenn man es auf männliche und weibliche Terroristen bezieht. Im Alltag sind Frauen immer viel pragmatischer. Das ist Frauenmentalität, sich für eine Arbeit viel stärker als Männer zu engagieren.

Doch nicht nur das«, fuhr er fort. Die Frauen, die er beobachtet hatte, hätten nie Angst, ihrem Instinkt zu folgen, während Männer viel Zeit bei Debatten verschwendeten. Er beleuchtete diesen Aspekt mit der Beschreibung der Dynamik einer Gruppe, die er von seinem Büro mehrere Monate lang überwachen ließ.

»Wir beschatteten diese Gruppe in Hamburg mehrere Monate lang und zapften auch ihre Telefone an. Dazu gehörte ein Mann, der inzwischen im Gefängnis sitzt. Er und zwei Frauen, Christa Eckes und Margrit Schiller, waren die Anführer. Es gab noch andere Männer und Frauen, aber diese drei waren die wichtigsten Mitglieder. Schließlich erfuhren wir aus den abgehörten Telefongesprächen und aus anderen Quellen, daß sie einen Banküberfall planten, und ließen sie verhaften. Doch zuvor gelang es uns, eine Menge sehr wichtiger Informationen über die Rollen der verschiedenen Mitglieder in der Gruppe zu gewinnen.

Wir erfuhren, daß sie immer nur wenige Tage lang einen Anführer hatten, der die Lösung für ein bestimmtes Problem finden mußte. Dann gab es längere Zeit keinen Anführer. Diese Rolle übten immer der Mann oder Margrit Schiller aus – es wechselte zwischen diesen beiden. Der Anführer mußte eine starke Persönlichkeit haben. Es war interessant, daß Margrit Schiller, wenn sie einen größeren Schritt diskutierten, immer weiter und schneller plante als der Mann. Außerdem hatte sie stets die Unterstützung der anderen Frauen der Gruppe. Der Mann war nur stark, wenn sie eine Operation diskutierten, bei der sie sehr aufpassen mußten.

Einmal diskutierten sie, ob sie zwei neue Mitglieder aufnehmen sollten. Schiller entschied sich sofort: ›Ja, die sind in Ordnung. Wir sollten sie akzeptieren.‹ Der Mann aber war vorsichtig. Er gab jedoch logische Gründe für seine Furcht an, während sie einfach sagte: ›Ich habe das Gefühl, daß diese beiden in Ordnung sind.‹ Sie konnte sich sehr schnell ein Urteil über Menschen bilden, indem sie sich ausschließlich auf ihre Gefühle verließ.«

Revolutionärinnen sind also stärker, mehr der Sache verpflichtet, schneller und härter als Männer, und außerdem sind sie noch in der Lage, eine Gruppe zusammenzuhalten, sie zu leiten und alle Aufträge auszuführen, die man ihnen gibt. Gab es noch etwas? »Frauen haben größere Ausdauer und können mehr erdulden«, sagte er. »Sie haben viel bessere Nerven als Männer und können gleichzeitig aktiv und passiv sein.« Es bestand am Ende unseres Gesprächs kein Zweifel, welches Geschlecht Christian Lochte mehr fürchtete.

Die Gründe dafür erkennt man allmählich: Die Frau betrachtet den Kampf als eine Art Kindersatz – für den sie vielleicht wirkliche Muttergefühle geopfert hat. Dieses Kind muß unter allen Umständen beschützt werden, und so beginnt sie von Anfang an mit einer stärkeren Verpflichtung. Aufgrund dieser fundamentalen Unterschiede hat das politische Engagement von Frauen oft einen emotionalen Unterton. Susanna Ronconi gab an, sie sei »nicht so hellsichtig« gewesen, als die Gruppe, die sie mitbegründet hatte, sich aufzulösen begann und ihr Geliebter sie verließ, weil er alles verloren glaubte. »Ich fühlte mich zu stark zwischen Pflicht und Gefühl hin- und hergerissen«, erinnerte sie sich. In Aidas Augen quollen Tränen auf, als sie die Intifada als ihren Sohn bezeichnete und von den Leiden sprach, die sie und andere erduldet hatten. Diese starke emotionale Bindung an die Sache war in den Augen von Christian Lochte ein gefährlicher Aspekt. Ein Grund, warum er den Befehl, zuerst auf die Frauen zu schießen, für vernünftig hielt, war, daß seiner Erfahrung nach Frauen aufgrund emotionaler Instinkte handeln – ein präsentes und leichteres Motiv für einen Mord als eine politische Überzeugung.

Er glaubte auch, daß Frauen entschiedener kämpften als Männer, weil sie von Natur aus an Schmerz gewöhnt seien. Txikia wies darauf auch hin und fügte hinzu, daß Frauen nicht so leicht unter Folter nachgäben. Eine andere Quelle für diese starke Entschiedenheit ist vielleicht das Bedürfnis, mit den Männern zu konkurrieren. Dazu Christian Lochte: »Die Frauen der RAF stehen vor einer besonderen Herausforderung. Sie müssen sich als Frauen wie als Terroristinnen beweisen, und dazu müssen sie besser als Männer werden. Sie müssen aggressiver und stärker sein als die RAF-Männer und mehr Kraft aufbringen, weil sie ja auch gegen die Männer kämpfen.« Dies spiegelt die Bemerkung einer Frau der italienischen *Roten Brigaden,* daß Zögern oder Zweifel bei einer Frau als viel schwerwiegender gelte als bei einem Mann. Frauen müssen also doppelt zäh und ständig auf der Hut vor einem Gefühl sein, das man ihnen als »weibliche Schwäche« auslegen könnte. Dies erklärt vielleicht auch, warum sie manchmal radikaler sind. Die neu erlangte Macht und der Status, besonders, wenn man verletzlich und auf dem Prüfstand ist, macht benommen, ist erregend und führt vielleicht in einer Krise zur Überreaktion.

Anfang 1991 betrug die Gesamtzahl der Personen, die von der deutschen Polizei wegen terroristischer Aktivitäten gesucht wurden, zweiundzwanzig; davon waren dreizehn Frauen. Viele Flüchtlinge hielten sich offensichtlich im Irak oder Libanon auf, wo sie aufgrund von Kontakten mit palästinensischen Guerillas Zuflucht gefunden hatten. Zu Beginn des Krieges mit dem Irak herrschte große Angst, daß jene, die von Saddam

Husseins Regime beschützt worden waren, nun aufgerufen würden, in Europa Terroranschläge auszuführen.

Man gewann zahlreiche Informationen über die Vorteile, die diese Personen durch den Irak genossen, von den fünf Frauen und den drei Männern, die man 1990 nach dem Fall der Berliner Mauer faßte. Sie berichteten, wie man sie aus dem damaligen Westdeutschland nach Bagdad gebracht hatte, wo sie in Häusern lebten, die ihnen die Volksfront zur Befreiung Palästinas (PFLP, Leila Khaleds Organisation) zur Verfügung stellte. Mehrere Mitglieder der RAF hatten allerdings, als sie die irakische Hauptstadt erreichten, bereits beschlossen, die Revolution anderen zu überlassen, darunter auch Susanne Albrecht und Inge Viett.

Die Verhaftung dieser beiden Frauen und anderer ehemaliger RAF-Angehöriger bedeutete für das westdeutsche Bundeskriminalamt einen großen Sieg. Der Sitz der Behörde befindet sich in Wiesbaden in mehreren modernen Gebäuden auf einem Hügel. Die Sicherheitsvorkehrungen sind streng, denn das BKA ist ein mögliches Ziel für einen Anschlag: Hier befindet sich ein Computer, als »Kommissar« bekannt, in den jedes verfügbare Informationsteilchen über alle Personen, die in Verdacht stehen, Verbindungen mit der RAF zu haben, eingespeist wurde. Er soll über zehn Millionen Daten enthalten.

Die beinahe freundlich wirkende Fassade des Gebäudes mit den fürsorglich auf die Fenster aufgeklebten Vogelsilhouetten steht im deutlichen Gegensatz zu den einschüchternden bewaffneten Sicherheitsbeamten und ihrer beeindruckenden Effizienz. Der Raum, in dem das Gespräch mit einem Vertreter der Antiterrorismus-Abteilung stattfinden sollte, lag an einem der endlosen identischen Gänge, die man über zahlreiche Treppenhäuser erreichen konnte, so daß sich sogar mein Führer verlief. Schließlich fanden wir das Büro, einen nüchternen Raum, wo an einer Tafel die Fotos von zwei irischen Frauen hingen, Pauline Drumm und Donna Maguire, die man unter dem Verdacht verhaftet hatte, Mitglieder eines aktiven Kommandos in Europa zu sein. Maguire wurde inzwischen von der Teilnahme an dem Mord an zwei australischen Touristen in Roermond/Holland freigesprochen.

Die drei Männer in diesem Raum, darunter der Leiter des Bundeskriminalamtes, interessierten sich weit mehr für die Verhaftung der Verdächtigen, die sie seit dreizehn Jahren gejagt hatten. Sie hatten von ihnen zahlreiche neue Informationen über die Organisation der RAF erhalten und erfahren, wer direkt für die Morde und Bombenanschläge der Vergangenheit verantwortlich war. Nur eine hatte keine Aussage gemacht, Inge Viett, die nur gesagt hatte, sie würde reden, aber erst vor Gericht.

Es war gegen Ende des Gespräches, als der Leiter, der in den vergangenen zwei Stunden jede Vermutung abgestritten hatte, die RAF-Frauen unterschieden sich in ihren Handlungen und Motivationen von den RAF-Männern, ein wenig lächelte und meinte: »Hier haben wir einen Unterschied zwischen Männern und Frauen: wer Informationen preisgibt und wer nicht.«

Nach dem neuen Kronzeugengesetz, das gerade verabschiedet worden war, können Kriminelle, die bereit sind, bei ihrer Verhandlung Aussagen über eigene Vergehen und die anderer zu machen, eine Milderung ihrer Strafe erwarten. Die drei Männer, die man in der ehemaligen DDR verhaftet hatte, fingen offensichtlich sofort um ihr zu erwartendes Urteil zu feilschen an, indem sie neueste Informationen versprachen.

Die fünf Frauen sagten hingegen anfänglich nichts aus. »Die Frauen meinten, was wir taten, haben wir getan – und weiter werden wir nichts sagen. Die Männer hatten dagegen keine Bedenken. Als eine Zeitung schrieb, daß eine der Frauen sich bereit erklärt hätte, Informationen preiszugeben, regte sie sich sehr auf, weinte und sagte, es sei nicht wahr.

Schließlich stimmten alle zu, uns Informationen zu geben – selbst Frau Viett, die zwar jetzt nicht redet, aber es bei ihrer Verhandlung vorhat. Doch auch so besteht ein Unterschied zwischen Männern und Frauen. Die Männer wollen die Vorteile des neuen Gesetzes für sich nutzen, die Frauen interessieren sich nicht für eine Strafmilderung. Die Männer sagten: ›Wir werden reden, damit wir nicht so harte Urteile bekommen‹, aber die Frauen sind zum Reden bereit, weil sie sich schuldig fühlen. Das ist der Unterschied: Die Männer haben die Situation sofort zu ihrem Vorteil genutzt, die Frauen verhandeln nicht.«

Er fuhr fort: »Mein Eindruck war, daß die Frauen weniger spontan ihre Informationen preisgaben. Ehe sie über Vorfälle sprachen, über die sie Bescheid wußten, dachten sie lange nach und versuchten, alles so genau wie möglich zu schildern. Die Männer kümmerten sich nicht so sehr um Genauigkeit; sie irrten sich häufig und machten eine Menge oberflächlicher Aussagen.«

Ich fragte mich, ob das anfängliche Zögern der Frauen, auszusagen, gefolgt von der Entschiedenheit, alles so genau wie möglich auszudrükken, mit ihrer tieferen Verpflichtung an die Gruppe zusammenhing. Einige der von mir interviewten Frauen, Susanna Ronconi etwa, hatten enthüllt, daß viele Männer zu ihrer Gruppe gestoßen seien, »weil es als macho galt« und daher nur relativ locker an die Gruppe gebunden sind.

Der Leiter der Antiterrorismus-Abteilung gab zu, daß die RAF-Frauen genau »wie Frauen bei jeder anderen Arbeit« seien, stärker persönlich engagiert als Männer. Er erklärte: »Es gehört zur Mentalität einer Frau, ihre Arbeit ernstzunehmen, viel mehr als Männer, die denken, das ist bloß ein Job. Frauen sind auch begeisterungsfähiger als Männer, wenn es um soziale Dinge geht. Sie wollen soziale Probleme lösen. Sie haben die gleichen Motive, Ziele und Gründe wie Männer für terroristische Aktionen, aber sie sind emotionaler, wenn es um die Überzeugung geht. Wenn wir über die Motive reden, lassen sie Bemerkungen über ihren Kampf für soziale Verbesserungen fallen.«

Man hatte das Gefühl, es war schwierig für den Mann gewesen, den ganzen Morgen mit der Analyse zuzubringen, wie sich die Männer und Frauen, die er verfolgte, unterschieden. Frauen spielen seit so vielen Jahren eine wichtige Rolle im Terrorismus, daß es, wie er sagte, »sehr normal für uns ist, daß Frauen sich terroristisch betätigen«. Es habe viel mit der höher entwickelten Emanzipation in der Bundesrepublik zu tun. War es möglich, fragte ich, daß seiner Meinung nach weltweit mit einem Anstieg des Frauenanteils bei Terroraktionen gerechnet werden müsse, wenn andere Länder sich dem in punkto Frauenbefreiung fortschrittlicheren Deutschland anglichen? Er grinste: »Ja, das kann sein, daß weltweit gesehen die Frauen sich stärker an terroristischen Aktivitäten beteiligen, wenn sie emanzipierter werden. Aber das ist nur meine persönliche Meinung.«

Eine Kriminologin, Frances Heidensohn vom Goldsmith-College, London, wies darauf hin, daß man kleinen Mädchen keine Regeln über Gewalt beibringt: »Es gibt vornehmlich männliche Subkulturen, wie Straßenbanden, in denen Jungen diese Regeln lernen. Es stimmt nicht, daß Frauen nicht clubfähig sind, aber wenn Frauen sich solchen Gruppen anschließen, fühlen sie sich nicht wohl, weil sie die Regeln nicht kennen, die Männer bereits als Kinder lernen. Sie wollen das vielleicht kompensieren und drängen darauf, extreme Dinge zu tun, um zu beweisen, daß sie ebensogut wie die Männer sind. Viele Mädchen aus bürgerlichem Elternhaus haben keine Kampfregeln gelernt, und daher glaubt eine Frau vielleicht, sie könne sich durch Gewaltätigkeit bei der Gruppe einschmeicheln.«

Es gab mehrere Beispiele dafür, daß Frauen offensichtlich gnadenloser reagierten als Männer: Die Frau der *Action Directe*, die noch auf den Polizisten schoß, als ihr Freund schon ohne einen Laut aufgegeben hatte; Leila Khaled, die die Einschüchterung der Passagiere übernahm, während ihr Kollege stumm hinter ihr stand; und die IRA-Frau Marion Coyle, die ihrem Entführungsopfer gegenüber kalt und stahlhart blieb, während der »harte« IRA-Mann Gallagher sich mit ihm verständigte.

Es scheint, daß Frauen zwar mit Schmerzen vertraut sind, aber nicht mit Gewalt; aus Angst vor interner Kritik überschreiten sie oft die Grenze, in dem entschlossenen Versuch, sich zu beweisen. Miss Kim und Leila Khaled waren beide stolz, für wichtige Aufträge ausgewählt worden zu sein, und drückten ihren Wunsch aus, die Aufgabe perfekt auszuführen. Die ETA-Frau Amaia schien mir zu stark zu protestieren, als sie erklärte: »Wenn Frauen sich entscheiden, an einer Aktion teilzunehmen, dann tun sie es für sich. Sie haben keinem Mann etwas zu beweisen!«

Das Guerilla-Dasein stellt für Frauen viel mehr Probleme dar als für Männer. Die Frauen zahlen den Preis, nicht nur, als »brutale Tiere« betrachtet zu werden, sondern auch als »unnatürlich«. Heidensohn stellte darüber eine Theorie auf, aber interessanterweise sagte Amaia genau dasselbe: »Die spanische Polizei«, behauptete sie, »bestraft uns stärker, weil wir es wagen, uns am bewaffneten Kampf zu beteiligen. Sie können es nicht akzeptieren, daß Frauen so etwas tun.« Heidensohn formulierte es so: Frauen machen sich der »doppelten Abweichung« schuldig.

Man muß als Frau nicht nur eine harte Behandlung von der Gesellschaft erwarten; auch die Aussichten auf Rehabilitation gelten als schlecht. Heidensohn dazu: »Es gibt einen ausgesprochenen Frauentyp, der Männer vor sich selbst rettet, aber das Stigma einer Frau, die man eines Verbrechens bezichtigt, ist sehr stark. In Indien wird eine Kriminelle manchmal von der eigenen Familie umgebracht. Als Mann darf man schon einmal einen Fehler machen, aber für eine Frau bedeutet die Verbindung mit Kriminalität ein instabiles Sexualleben. Der Mann kann immer eine gute Frau kennenlernen, die ihn wieder in die Reihe bringt, aber eine Frau wird selten von einem guten Mann aufgenommen.«

Die Lebensläufe der Frauen, die ich interviewte, bestätigen dies, denn nur wenigen wurde erlaubt, ihre Vergangenheit zu vergessen.

Einige Frauen schienen sich des unwiderruflichen Schritts bewußt zu sein, den sie bei ihrer Entscheidung zur Gewalt getan hatten. Man spürte, daß sie das Gefühl hatten, nichts mehr zu verlieren zu haben, als sie die Grenze einmal überschritten hatten. Wenn sie sich tatsächlich so fühlen, sind sie in der Tat gefährlichere Gegner als Männer.

Frauen stellen etwa die Hälfte der gegenwärtigen RAF und etwa 80% der Sympathisanten. Traditionellerweise bilden sich neue Kommandos aus dem Netz der Anhängerschaft, und so ist gut möglich, daß in Zukunft noch mehr Frauen die RAF beherrschen. Doch nicht nur in den Reihen der RAF sind Frauen zahlreich; sie spielen auch in den Roten Zellen eine Rolle, und bis vor kurzem existierte eine Gruppe mit dem

Namen Rote Zora, die fast ausschließlich aus Frauen bestand und Anschläge auf Ziele plante und durchführte, die als sexistisch galten. Frauen sind auch Mitglieder neofaschistischer Gruppen; 1980 wurde eine junge Frau wegen Mordes an zwei vietnamesischen Flüchtlingen zu lebenslänglicher Haft verurteilt.

Warum werden besonders deutsche Frauen von Gruppen angezogen, die Gewalt befürworten? Gehört dies zum Nationalcharakter? Oder haben sie mehr Gründe, wütend zu sein als andere? Der Leiter der Antiterrorismus-Einheit des Bundeskriminalamtes schreibt es der fortgeschrittenen Emanzipation seiner Landsmänninnen zu. »Deutsche Frauen sind emanzipierter und selbstbewußter als italienische und französische. Bei den Italienern existiert immer noch das Bild der Frau als Mamma. Man könnte auch sagen, daß die Emanzipation in Frankreich, Italien und Großbritannien nicht so weit fortgeschritten ist, daher gibt es in diesen Ländern weniger Terroristinnen.«

Deutsche Frauen haben die traditionellen gesellschaftlichen Fesseln für Frauen abgestreift und erkannt, daß es keinen Grund gibt, warum sie nicht auch an Aktionen teilnehmen sollten. Sie sind beispielsweise den Frauen der ETA mehrere Schritte voraus, die zugaben, »gerade erst auf die Straße gegangen« zu sein.

Ein anderer, früher Anführer einer anderen revolutionären Gruppe der Bundesrepublik, glaubt ernsthaft, daß die Frauen in diesem Land von SCUM beeinflußt seien, der Gesellschaft für die Vernichtung der Männer (Society für Cutting Up Men). SCUM wurde von der amerikanischen Frau gegründet, die Andy Warhol erschoß. In den deutschen Guerilla-Kreisen der späten Sechziger war diese Idee sehr verbreitet, besonders unter den Frauen. Die Theorie lautete, daß Männer sämtliche Probleme dieser Welt verursacht hätten, und daher müßten sie getötet werden. Michael »Bommi« Baumann erinnerte sich an die Reaktionen seiner Genossinnen auf SCUM: »Sie sagten, die Linke sei ebenso schlimm wie die Rechte in der Ausbeutung der Frauen. Viele hielten SCUM für eine gute Sache und sagten: ›Klar, das machen wir. Ja, das ist vernünftig. Los, schneiden wir ihnen die Schwänze ab.‹«

Allerdings wimmelt es heute auf den Straßen der Bundesrepublik nicht von Entmannten. Die Kastration war metaphorisch, die Frauen wollten den Männern die Zügel der revolutionären Bewegung entreißen. Das ist ihnen gelungen.

Die Gesellschaft scheint vor gewalttätigen Frauen mehr Angst zu haben als vor Männern, als wären sie bedrohlicher. Das sind sie aber auch, denn wenn Frauen die traditionell männliche Rolle des Aggressors annehmen und dabei Erfolg haben, fürchten Männer, daß ihre letzte Waffe – ihre körperliche Überlegenheit – dahin ist. Diese gefährlich entfesselten Frauen, die nun Amok laufen, könnten die Grundfesten der Gesellschaft erschüttern. Männer würden kastriert, die Partei für die Vernichtung der Männer triumphierte. Vielleicht ist das der Grund für die Wut der Polizei, von einer ETA-Frau beschrieben, als eine von ihnen mit einem Fremden »Liebespaar« spielte und so durch ein Polizeinetz schlüpfte. Amaia zufolge waren sie wahnsinnig wütend, »viel wütender, als wenn ihnen ein Mann entwischt wäre«.

Ein weiteres Element dieser Wut ist die Scham eines Mannes, der von einer Frau ausgetrickst, oder schlimmer, im Kampf von einer Frau besiegt wird, besonders, wenn »weibliche List« dabei eingesetzt wurde, um den Mann albern und dumm erscheinen zu lassen. Es ist allgemein bekannt, daß Frauen, wenn sie die Rolle spielen, die man traditionellerweise von ihnen erwartet, in den hier beschriebenen Untergrundskriegen viel wirksamer sein können als Männer. Niemand hätte von der hübschen, zierlichen Miss Kim erwartet, daß sie ein Flugzeug in die Luft jagte. Bommi Baumann war es, der ausdrücklich darauf hinwies, daß ein männliches Opfer kaum die Flucht ergreifen wird, wenn sich ihm zwei Frauen nähern. »Frauen können sich einem Ziel besser nähern. Wenn ein Mann in hoher Position, der vielleicht weiß, daß er Zielscheibe für Terroristen ist, von einer Frau angesprochen wird, denkt er vielleicht: ›Das ist eine Nutte.‹ Frauen können bis vor die Tür des Opfers gehen, manchmal sogar zu zweit, zwei Frauen, die sagen, sie hätten sich verlaufen. Wenn zwei Männer sich ihm so nähern würden, schöpfte er Verdacht.« Mary Doyle meinte, daß eine Frau, die einen Kinderwagen schiebt, absolut nicht bedrohlich wirke, daher müßten Frauen den Job mit Babybomben übernehmen. Die ETA-Frauen nutzen die Macho-Einstellung der Polizei aus, indem sie bei einer Verhaftung protestierten, ihr Freund habe sie dazu gezwungen. Selbst heute, behaupteten sie, könne ein bestimmter Frauentyp – elegant gekleidet – die Polizei an der Nase herumführen. Man kann sich vorstellen, wie man Polizeirekruten warnt, keiner Frau zu trauen, wie unschuldig oder elegant sie auch wirken mag, aber man kann leicht erkennen, wie schwierig es ist, Männer an den Gedanken zu gewöhnen, Frauen grundsätzlich als gefährlich zu betrachten.

Ich sprach mit einem pensionierten SAS-Mann, der häufig getötet hat. Das Opfer, an das er sich am deutlichsten erinnerte, von dem er Albträume hatte, war eine junge Asiatin, auf die er im Dschungel gestoßen war. »Sie richtete ein Gewehr auf mich und wollte abdrücken. Ich mußte sie töten, aber ich zögerte einen Moment und dachte: ›Das ist ja eine Frau.‹« Wenn die Frau ein wenig schneller gewesen wäre, hätte sie diesen Moment des Zögerns ausgenutzt, um ihn zu erschießen. Sie hätte diese Begegnung nicht überlebt, weil sie besser ausgebildet oder skrupelloser war, sondern weil Männer auf Frauen so reagieren.

Warum werden Frauen, die so wenig zu gewinnen und so viel zu verlieren haben, zu Guerillas? Abgesehen von politischen Motiven – gewiß in vielen Fällen ausgeprägt –, scheint Macht ein wichtiges Motiv zu sein. Gleich, auf wie kurze Zeit und wie lebensbedrohlich, diese Frauen haben die Chance, gleichberechtigt mit Männern zu werden. Die Gewalt, bei deren Anblick sie eigentlich in Ohnmacht fallen sollten, steht ihnen zur Verfügung und ermächtigt sie auf eine Weise, wie es nur wenige Frauen erleben, besonders, wenn sie in repressiven Gesellschaften leben. Ein ehemaliges Mitglied der RAF sprach von der existentiellen Qualität der Baader-Meinhof-Gruppe, dem Gefühl, daß die Ausübung von Macht wichtig war und ihr Leben lebenswerter machte. Susanna Ronconi erklärte: »Man hatte das Gefühl, seine Umwelt beeinflussen zu können, statt sie passiv zu erdulden.« Als Revolutionärinnen brauchen diese Frauen sich nicht an herkömmlichen Erwartungen zu messen, und das an sich muß ein befreiendes Gefühl sein. »Was haben denn Mode und Strickmuster mit mir zu tun?« fragte Leila Khaled. Wenn Frauen einen Platz an der vordersten Front einnehmen, kann erwartet werden, daß man sie als politische Wesen behandelt, die fähig sind, ihren eigenen Überzeugungen zu folgen, und versuchen, die Gesellschaft zu ändern. Als Kämpferinnen gehen einige wie Männer in die Geschichte ein. Sie werden vielleicht zu Rollenvorbildern für eine neue Generation von Frauen und zum Objekt männlicher Phantasien – doch muß gesagt werden, daß keine von denen, die ich interviewte, dies bewußt suchte.

Ruhm, Heldentum – diese Motive sind für Frauen ebenso stark wie für Männer. Die Frauen, mit denen ich sprach, stritten zwar meist ab, zu einer Elite zu gehören, aber so wurden sie eindeutig betrachtet. Die Basken bewundern die »bewaffnete Speerspitze«, die ETA. Bana, die junge palästinensische Steinwerferin, verdiente sich die Bewunderung ihrer Schulkameradinnen. Susanna Ronconi erwähnte die heldenhafte Dimension ihrer Aktivitäten. Auch in Deutschland bemerkte ich diesen ein wenig nostalgischen Ton, wenn wir auf die glanzvollen und aufregenden Tage der Baader-Meinhof-Gruppe zu sprechen kamen.

Es scheint, daß eine Frau, die die Entscheidung trifft, mit Gewalt ein politisches Ziel zu verfolgen, vermutlich stärker motiviert ist als ihr männliches Gegenstück. Wenn ihre Opfer größer sind, ist ihr Wille stärker, diese Opfer auch wettzumachen. Wenn ihr Gefühl von Unterdrückung schärfer ist, ist ihr Wunsch zu kämpfen stärker. Wenn die Erwartungen an ihre Fähigkeiten geringer sind, wird sie viel mehr zu beweisen haben. Mit dem Fortschreiten der Frauenemanzipation verlieren viele dieser Motive vielleicht ihre treibende Kraft, doch das Image einer gewalttätigen Frau als besondere Form der Abweichung wird tief verwurzelt bleiben. Gewiß wollten alle Frauen, die ich interviewte, als gleichberechtigt behandelt werden, und es war auffallend, daß die Schimpfnamen, die sie *als Frauen* verspotteten, mehr Wut auslösten als alles andere: Man denkt an Susanna Ronconis Empörung, als man sie als Hure beschimpfte. Ich hatte den Eindruck, lieber wäre sie Mörderin genannt worden. In dieser Hinsicht ist die Ansicht der britischen Antiterrorismus-Abteilung, die Frauen, mit denen sie zu tun haben, unterschieden sich in nichts von den Männern, angemessen.

Viele haben mir bei den Vorarbeiten zu diesem Buch geholfen, denen ich an dieser Stelle meinen Dank aussprechen möchte. Aufgrund der Thematik kann ich einige davon nicht namentlich nennen.

Ein besonderer Dank geht an Minister Hwang von der koreanischen Botschaft in London und an Mr. Park Shinl in Seoul, die beide viel Zeit und Mühe aufwendeten, um die zuständigen Behörden dazu zu bringen, mir ein Gespräch mit Miss Kim zu vermitteln. Irene Rado Vajda und Alison Jamieson setzten sich für mich als Helferinnen, Übersetzerinnen und Kritikerinnen ein. Tala Sive unterstützte mich mit ihrer Freundschaft in Jerusalem, Eric Silver und Michael Sontheimer in Hamburg. Danke, Frances Heidensohn vom Goldsmith-College, Oliver James, den Mitarbeitern der Fawcett Library und dem »Council for the Advancement of Arab-British Understanding«.

Viele Freunde und entfernte Verwandte nahmen mich großzügig auf, wenn ich auf ihrer Schwelle landete, besonders Paul und Julie Ratcliffe, die überrascht von meiner Existenz als angeheiratete Kusine erfuhren, mich aber dennoch bei sich in Korea aufnahmen und mich mit ausgezeichnetem Tee versorgten. Ein besonderer Dank gilt auch Linda Faith, die mich bei meinen häufigen Aufenthalten in Belfast beherbergte. Ebenso dankbar bin ich den vielen Freunden, mit denen ich stundenlang über dieses Buch sprach und die nie dabei einschliefen. David Winner gab mir viele gute Ratschläge, Kritik und Unterstützung, Lucy Homfray ihre Hilfe und Aufmunterung.

Ein Dank geht an Giles O'Bryen von »Fourth Estate« für seine Gelassenheit in allen Krisen, und Annabelle Edwards, meine Lektorin, die immer freundlich, hilfsbereit und interessiert blieb.

Vor allem danke ich meinem Mann Paul, der dieses Buch stets unterstützte und immer nur leicht erblaßte, wenn ich ihn bat, die jeweils neueste Fassung zu lesen.